KB012517

악몽을 파는 가게 2

THE BAZAAR OF BAD DREAMS
by Stephen King

악몽을 파는 가게 2

STEPHEN KING

THE BAZAAR OF BAD DREAMS

스티븐 킹
단편집

이은선 옮김

황금가지

차례

허먼 워크는 여전히 건재하다

2009년 7월 26일에 다이앤 슐러라는 여성이 2003년식 포드 윈드스타를 몰고 뉴욕 주 파크스빌의 헌터 레이크 캠핑장을 나섰다. 승객은 5명이었다. 다섯 살 난 그녀의 아들, 두 살 난 딸 그리고 3명의 조카였다. 그녀는 멀쩡해 보였고(캠핑장에서 마지막으로 목격한 사람도 그녀의 정신이 온전했고 술 냄새가 전혀 나지 않았다고 맹세했다.) 1시간 뒤에 맥도널드에서 아이들에게 뭘 챙겨 먹였을 때도 그래 보였다. 그런데 그로부터 얼마 지나지 않았을 때 길가에서 구토하는 모습이 목격됐다. 그녀는 오빠에게 전화해 컨디션이 좋지 않다고 전했다. 그러고는 타코닉 파크웨이로 진입해 경적을 울리고 손을 흔들고 상향등을 깜빡이며 옆으로 피하는 차량들을 무시하고 3킬로미터 동안 역주행을 하다가 결국 어느 SUV와 정면충돌했다. 이 사고로 그녀와 1명을 제외한 모든 승객(그녀의 아들만 목숨을 부지했다.)과 SUV에 타고 있던 세 사람이 사망했다.

독물 분석 결과에 따르면 충돌 당시 슐러의 몸 속에서는 10잔 분량에 해당하는 알코올과 엄청난 양의 마리화나가 분해되고 있었다. 남편은 그녀가 술을 마시지 않는다고 했지만 독물 분석은 거짓말을 하지 않는다. 전편의 캔디 라이머처럼 다이앤 슐러는 머리꼭지까지 취했다. 대니얼 슐러는 일정 기간의 연애를 거쳐 결혼한 지 5년이 지나도록 아내가 몰래 술을 마신다는 사실을 몰랐던 걸까? 사실 그럴 수도 있었다. 중독자들은 워낙 교활해서 자신의 습관을 오랫동안 숨길 수 있다. 필요에 의해, 절박감에 의해 그럴 수 있다.

그 차 안에서 정확히 무슨 일이 벌어졌을까? 그녀는 어쩌다 그렇게 삽시간에 취했고 언제 마약을 피웠을까? 그녀가 역주행하고 있음을 알리는 다른 운전자들의 경고를 무슨 생각으로 무시한 걸까? 알코올과 약물로 인한 교통사고였을까, 동반 자살이었을까 아니면 그 둘의 희한한 결합이었을까? 오직 소설만이 이런 질문의 해답을 고민할 수 있다. 오직 소설을 통해서만 상상할 수 없는 것을 상상하고 결론 비슷한 것을 내릴 수 있다. 이 이야기는 나의 그런 노력의 일환이다.

그나저나 허먼 워크(미국의 소설가로 퓰리처상 수상 작가 ——옮긴이)는 여전히 건재하다. 그는 이 작품이 《애틀랜틱》에 실렸을 때 읽어 보고는 내게 멋진 편지를 보냈다. 심지어 놀러오라고 초대까지 했다. 오랜 팬으로서 얼마나 황홀했는지 모른다. 그는 현재 100세를 향해 가고 있고(1915년생이니 현재는 100세를 넘었다 —— 옮긴이) 나는 67세다. 내가 좀 더 오래 살면 그의 초대에 응할 날이 올지 모른다.

(메인 주) 포틀랜드의 《프레스 헤럴드》,

2010년 9월 19일자 기사:

95번 주간 고속도로에서 발생한 끔찍한 교통사고로 9명 사망
자발적으로 현장에 몰려든 애도 행렬

레이 더건 기자

페어필드에서 발생한 교통사고로 2명의 성인과 10세 이하의 어린이 7명이 목숨을 잃은 가운데 사고가 발생한 지 6시간도 안 된 시점에서 벌써부터 애도 행렬이 이어지고 있다. 야생화를 꽂은 빈 깡통과 보냉 머그잔들이 바닥에 남은 그을음 자국을 에워쌌다. 인근 175킬로미터 지점 휴게소의 피크닉 공간에는 9개의 십자가 들이 일렬로 놓였다. 가장 어린 두 아이의 시신이 발견된 곳에는 침대 시트에 스프레이로 **천사들이 모이는 곳**이라고 적은 표지판이 꽂혔다.

I. 2700달러짜리 픽3 복권에 당첨된 브렌다, 첫 번째 유혹을 이기다

브렌다는 나가서 오렌지 드라이버로 자축하는 대신 한도 초과 상태에서 풀려날 줄 몰랐던 마스터카드를 해결한다. 그런 다음 허츠 렌터카 회사에 전화해서 문의한다. 그런 다음 노스베릭에 사는 친구 재스민에게 전화해서 픽3에 당첨됐다고 알린다. 재스민은 비명을 지른다.

"야, 너 이제 부자네?"

그럴 리가. 브렌다는 아무 때나 셰비 익스프레스를 렌트할 수 있게 신용카드 연체를 해결했다고 설명한다. 허츠 여직원의 설명에 따르면 9인승 밴이라고 한다.

"거기다 애들을 전부 태우고 마스 힐로 놀러갈 수 있어. 너희 부모님이랑 우리 부모님을 만나러 가자. 손자들 보여 드리고 돈을 좀 뜯어내는 거야. 어때?"

재스민은 머뭇거린다. 그녀의 부모님이 집이라고 부르는 마스 힐의 판잣집에는 남는 방이 없고, 남는 방이 있다 한들 그녀는 거기서 신세를 질 생각이 없다. 그녀는 자기 부모님을 싫어한다. 브렌다도 알다시피 충분히 그럴 만한 이유가 있다. 열다섯 번째 생일을 보내고 1주일이 지났을 때 재스를 범한 사람이 그녀의 친아버지였다. 어머니는 빤히 알면서 아무 조치도 취하지 않았다. 재스가 울면서 찾아가자 그녀의 어머니는 이렇게 말했다.

"아무것도 걱정할 필요는 없어. 네 아빠는 고자 수술을 받았으니까."

재스는 그들에게서 도망치기 위해 미치 로비쇼와 결혼했고 8년이 지난 지금은 세 남자와의 사이에서 네 아이를 낳은 싱글맘이다. 롤 어라운드에서 1주일에 16시간 동안 스케이트를 대여해 주고 비디오 게임기에 쓰이는 토큰을 바꿔 주는 일을 하지만 생활 보조금을 받고 있다. 회사 측의 배려로 막내 둘을 데리고 출퇴근을 한다. 그래서 딜라이트는 사무실 안에서 잠을 자고 세 살 난 트루스는 기저귀를 추어올리며 오락실을 돌아다닌다. 트루스가 별다른 말썽을 일으키지는 않지만 작년에는 이가 생기는 바람에 머리를 박박 밀어야 했다. 그때 얼마나 악을 쓰고 울었는지 모른다.

"카드 연체를 해결하고 나니까 600달러가 남았어. 렌트비를 제하면 400달러가 남는 거지만 제할 필요 없어. 마스터카드로 결제하면 되거든. 레드 루프에 묵으면서 홈 박스 봐도 돼. 무료잖아. 음식은 시내에서 사다먹고 아이들은 수영장에 풀어 놓고. 어때?"

브렌다가 말한다. 그녀의 뒤에서 비명소리가 들린다. 브렌다는 언성을 높여서 소리를 지른다.

"프레디, 동생 그만 괴롭히고 그거 돌려줘!"

맙소사, 두 아이가 다투는 소리에 젖먹이가 깨고 말았다. 아니면 기저귀가 범벅이 돼서 혼자 깬 것일 수도 있다. 프리덤은 늘 기저귀를 범벅으로 만든다. 똥 만들기가 일생일대의 과업이라도 되는 모양이다. 그런 점에서 지 애비를 똑 닮았다.

"글쎄……."

재스민은 글쎄를 4음절로 늘린다. 아니, 5음절로 늘린다.

"가자! 차를 타고 멀리 떠나자니까! 호응을 좀 보여 봐! 제트포트까지 버스를 타고 가서 밴을 빌리자. 480킬로미터니까 4시간이면 도착할 거야. 여직원이 그러는데 애들은 DVD를 보면 된대. 「인어공주」나 뭐 그런 명작을."

"정부에서 받은 위로금을 다 써 버리기 전에 엄마한테 좀 달라고 할 수도 있겠다."

재스민은 생각에 잠긴 목소리로 중얼거린다.

그녀의 남동생 토미가 작년에 아프가니스탄에서 사망했다. 사제 폭탄에 목숨을 잃었다. 그 사건으로 그녀의 부모님이 8만 달러를 받았다. 어머니가 그녀에게도 좀 떼어 주겠다고 전화로 약속했지만 아버지가 옆에서 다 듣고 있었다. 물론 이미 다 써 버리고 없을 수도 있었다. 그랬을 가능성이 크다. 그녀는 열다섯 살짜리를 따먹는 양반이 그 돈으로 야마하 오토바이를 샀다는 것을 안다. 그 나이에 그런 걸 사서 뭘 하겠다는 건지 알 수 없을 따름이다. 그리고 그녀는 정부 위로금이 대개 신기루와 같다는 것도 안다. 이건 그녀의 친구도 아는 사실이다. 뭔가 반짝이는 게 보일 때마다 누군가가 비 뿌리는 기계를 튼다. 이 세상에 영원히 반짝이는 것은 없다.

"가자."

브렌다가 말한다. 그녀는 아이들을 밴에 가득 싣고, 우연히 바로 옆 도시에서 살게 된 고등학교 시절의 (유일한) 절친과 여행을 떠난다는 계획에 푹 빠져 있다. 두 친구 모두 싱글맘이고 딸린 아이들이 합해서 7명이고 형편없는 남자들이 수도 없이 거쳐 갔지만, 그래도 가끔 인생을 재미있게 즐기지 말라는 법은 없지 않은가.

탁 하는 소리가 들린다. 프레디가 비명을 지른다. 글로리가 액션 피겨로 그의 눈을 강타한 것이다.

"글로리, 그만 해. 안 그러면 엄마한테 혼난다!"

브렌다는 고함을 지른다.

"오빠가 파워퍼프 걸을 안 돌려주잖아!"

글로리는 소리를 지르고 울음을 터뜨린다. 이제 프레디, 글로리, 프리덤이 셋 다 울고 있고 브렌다의 눈앞이 일순 회색으로 덮인다. 요즘 들어 그런 현상이 자주 벌어지고 있다. 그들은 3층에 있는 방 3개짜리 아파트에서 국수와 펩시와 월마트에서 파는 싸구려 아이스크림으로 연명하며 살고 있는데 남자는 코빼기도 보이지 않고(가장 최근에 만난 팀은 6개월 전에 튀었다.), 에어컨이나 케이블 TV도 없다. 그녀는 퀵 플래시 매장에서 일을 하고 있었는데 회사가 망하는 바람에 매장이 정신없어지자 점장이 하루에 12~14시간을 근무할 수 있는 멕시코 시커먼스를 채용했다. 멕시코 시커먼스는 머리에 두건을 쓰고 다니고 흉측한 콧수염을 살짝 길렀고 절대 임신할 일이 없다. 여자들을 임신시키는 것이 타코 파코의 역할이다. 그 콧수염에 반하는 순간, 약국에서 파는 테스트기에 두둥하고 두 줄이 뜰 테고 그렇게 또 한 아이가 태어날 것이다.

브렌다도 개인적으로 그렇게 또 한 아이를 낳은 경험이 있다. 그녀는 프레디의 아빠가 누군지 안다고 얘기하고 다니지만 사실은 모른다. 술에 취해서 모든 남자들이 멋져 보이던 밤이 몇 번 있었다. 게다가 그녀가 무슨 수로 취직을 할 수 있을지 냉정하게 따져

보자. 그녀에게는 딸린 *아이가* 셋이다. 그럼 프레디에게 글로리를 맡기고, 프리덤을 들쳐 업고 우라질 면접을 보러 다녀야 할까? 물론 그럴 수도 있을 것이다. 하지만 맥도널드나 버거킹의 드라이브 스루 담당 말고 무슨 일을 할 수 있을까? 포틀랜드에 스트립 클럽이 두세 개 있긴 하지만 그녀 같은 뚱순이는 그런 일도 할 수가 없다.

그녀는 복권에 당첨되지 않았느냐고 기억을 환기한다. 오늘 밤에 레드 루프로 가서 에어컨이 나오는 방을 두 개 잡을 수도 있다고 기억을 환기한다. 아니, 세 개 잡을 수도 있다! 안 될 게 뭔가? 인생이 역전되고 있는데!

"브레니? 진심이야?"

재스는 그 어느 때보다 미심쩍어하는 목소리다.

"그렇다니까. 가자, 응? *승인이* 떨어졌다니까. 허츠 직원이 그러는데 밴이 빨간색이래."

브렌다가 말한다. 그녀는 언성을 낮추고 덧붙인다.

"네 행운의 색이잖아."

"신용카드 대금을 온라인으로 결제했어? 무슨 수로 그랬어?"

지난달에 프레디와 글로리가 싸움을 벌이다 침대에 있던 브렌다의 노트북을 쳤다. 바닥으로 떨어진 노트북은 고장이 났다.

"도서관에 있는 컴퓨터로 했지."

그녀는 마스 힐에서 자란 사람답게 도서간이라고 한다.

"자리가 안 나서 좀 기다려야 했지만 보람이 있었어. 공짜니까. 그래서 어쩔래?"

"앨런스 한 병 사가지고 가면 좋겠다."

재스가 말한다. 그녀는 앨런스 커피 브랜디를 워낙 좋아한다. 사실 살 수만 있다면 뭐든 좋아한다.

"당연하지. 그리고 내가 마실 오렌지 드라이버도 한 병 사고. 하지만 운전할 때는 마시지 않을 거야, 재스. 면허는 지켜야 하거든. 남은 게 그것뿐이니까."

브렌다가 말한다.

"너희 부모님한테 정말로 돈을 좀 얻어낼 수 있을 것 같아?"

재스의 말에 브렌다는 부모님이 아이들을 보면 (뇌물을 써서, 아니면 협박을 동원해서 아이들을 얌전하게 길들여 놓는다는 가정 아래) 가능한 이야기라고 자기 최면을 건다.

"하지만 복권 얘기는 입도 벙긋하면 안 돼."

"당연하지. 내가 밤에 태어나긴 했지만 어젯밤에 태어난 건 아니다, 뭐."

재스민이 말한다. 그들은 언제 들어도 재미있는 이 표현에 깔깔대고 웃는다.

"그래서 어쩔래?"

"에디랑 로즈 엘렌 학교를 빼먹어야 하는데……."

"아뇨. 그래서 *어쩔* 거냐고?"

브렌다가 말한다.

한참의 침묵 끝에 재스민이 말한다.

"여행이다!"

"여행이다!"

브렌다도 맞받아서 고함을 지른다.

브렌다의 샌퍼드 아파트에서는 세 아이가, 재스민의 노스베릭 아파트에서는 최소한 한 아이가 울부짖는 와중에 두 사람은 "여행이다!"를 연호한다. 그들은 길거리로 나서면 아무도 눈길을 주지 않고, 술집에 가더라도 밤은 이슥하고 분위기는 알딸딸한데 더 나은 대안이 없지 않은 이상 남자들의 선택을 받을 일이 없는 뚱순이다. 브렌다와 재스민도 둘 다 알다시피 남자들은 술에 취하면 코끼리 다리라도 없는 것보다는 낫다고 생각한다. 술집이 문을 닫는 시각에 가까워지면 특히 그렇다. 두 사람은 마스 힐에서 고등학교를 함께 다녔고 지금은 남쪽으로 내려와 도울 수 있는 한도 내에서 서로 도와가며 지내고 있다. 아무도 눈길을 주지 않는 뚱뚱한 몸으로 아이들을 줄줄이 낳아 놓은 그들이 지금 머리에 든 게 없는 치어리더처럼 "여행이다!"를 연호하고 있다.

8시 30분인데도 이미 후덥지근한 9월의 아침에 이런 식으로 일이 시작된다. 시작은 늘 이렇듯 똑같다.

II. 한때 파리의 연인이었던 두 원로 시인, 화장실 근처에서 피크닉을 즐기다

필 헨리드는 올해 78살이고 폴린 엔슬린은 75살이다. 양쪽 모두 호리호리하다. 양쪽 모두 안경을 썼다. 가는 백발이 바람에 날린다. 그들은 오거스타에서 북쪽으로 30킬로미터쯤 가면 나오는 페어필드 근처의 95번 주간 고속도로 휴게소에서 잠시 쉬는 중이다. 휴게소는 헛간용 널빤지 건물이고 이웃한 화장실은 벽돌 건물인데 화장실이 제법 쓸 만하다. *최신식*이라고 표현할 수도 있을 정도다. 아무 냄새도 나지 않는다. 메인에서 사는 필은 이 휴게소에

18

대해서 손바닥 보듯 훤하게 알았기에 2개월 전이었다면 여기로 피크닉을 가자고 하지 않았을 것이다. 여름이 되면 다른 주로 떠나는 휴가객들 때문에 고속도로 통행량이 폭증하고 고속도로 관리소에서는 플라스틱으로 된 휴대용 변기를 일렬로 설치한다. 섣달그믐에도 휴대용 변기들 때문에 이 쾌적한 풀밭에 지린내가 진동한다. 하지만 지금은 휴대용 변기들이 다른 어딘가에 보관되어 있고 휴게소는 상쾌하다.

폴린이 늙은 오크 나무 그늘에 설치된 피크닉 테이블(이 사람, 저 사람의 이니셜이 잔뜩 새겨져 있다.) 위에 체크무늬 식탁보를 깔고, 따뜻한 산들바람에 날아가지 않도록 버들가지 피크닉 바구니로 눌러놓는다. 그녀가 바구니에서 샌드위치, 감자 샐러드, V자 모양으로 썬 멜론, 코코넛 커스터드 파이 2조각을 꺼낸다. 큼지막한 유리병에 담긴 아이스티도 꺼낸다. 안에서 얼음이 유쾌하게 달그락거린다.

"파리였다면 와인을 마셨을 텐데."

필이 말한다.

"파리였다면 고속도로를 타고 앞으로 130킬로미터를 더 달릴 일이 없었을 테니까요. 그 차도 시원하고 산뜻해요. 그걸로 때우는 수밖에요."

그녀가 대꾸한다.

"투덜거리느라 한 소리 아니었어요. 이 정도면 성찬이지."

그는 이렇게 말하며 관절염 때문에 통통 부은 손을 그녀의 손(아주 살짝 덜하기는 해도 역시 통통 부었다.) 위에 얹는다.

그들은 닳고 닳은 서로의 얼굴을 바라보며 미소를 짓는다. 필은 세 번 결혼한 전적이 있고(그리고 5명의 아이들을 흩뿌려 놓았다.) 폴린은 두 번 결혼한 전적이 있는데도 불구하고(아이는 없지만 성별을 막론하고 애인이 수십 명이었다.) 그들 사이에서는 찌릿한 전류가 흐른다. 단순한 불꽃 수준이 아니다. 필은 놀랍기도 하고 그렇지 않기도 하다. 그 정도 나이가 되면(많기는 하지만 아주 말년은 아니다.) 누구든 현실을 주어지는 대로 받아들이고 거기에 만족하기 마련이다. 그들은 메인대학교 오로노분교에서 열리는 시 축제에 가는 길인데, 둘이 동반 참석하는 대가가 어마어마하지는 않지만 충분하다. 판공비가 생겼으니 필은 비행기를 타고 오는 그녀와 만나기로 한 포틀랜드 제트포트의 허츠에서 캐딜락을 렌트하는 호기를 부렸다. 폴린은 캐딜락을 보고 야유를 보내며 껍데기만 히피인 줄 진작 알았다고 했지만 목소리에서는 다정함이 넘쳐났다. 그는 히피가 아니라 세상에 하나밖에 없는 진정한 인습 타파주의자였고 그녀도 그걸 안다. 그리고 그는 골다공증에 걸린 그녀의 뼈마디가 달리는 내내 즐거워했다는 것을 안다.

이제 피크닉이다. 오늘 저녁에는 출장 요리를 먹겠지만 대학교 학생식당에서 마련한 정체불명의 미지근한 소스 범벅일 것이다. 닭인 것도 같고 생선인 것도 같고 늘 알 수가 없다. 폴린은 그걸 베이지색 음식이라고 부른다. 내빈으로 참석한 시인에게 제공되는 음식은 늘 베이지색이고 그나마도 8시는 되어야 먹을 수 있다. 여기에 누르스름한 색의 싸구려 와인이 곁들여지는데, 그들처럼 반쯤 은퇴한 알코올중독자들의 위장을 할퀴는 용도로 만들어진 듯한 술이다. 이 음식이 더 낫고 아이스티도 훌륭하다. 필은 심지어 식사를 마치면 밴 모리슨의 오랜 명곡처럼 그녀의 손을 잡고 화장실 뒤편의 키가 큰 풀숲으로 향하는 상상의 나래까지 펼치는데……

아, 하지만 안 된다. 성욕이 1단에 영영 고정되어 버린 나이 많은 시인들은 자칫 우스워져 버릴 수도 있는 밀회의 현장을 연출하면 안 된다. 워낙 오랜 세월 동안 다양하고 풍부한 경험을 쌓았기 때문에 할 때마다 대체로 실망스러울 가능성이 크고, 할 때마다 그것이 마지막일 수 있다는 것을 아는 시인들이라면 더더군다나 그렇다.

필은 생각한다.

'게다가 나는 심장마비도 이미 두 번 일으킨 적이 있잖아. 그녀와 같이 있다가 어떻게 될지 누가 알겠어?'

폴린은 생각한다.

'커스터드 파이는 말할 것도 없고, 샌드위치와 감자 샐러드를 먹은 뒤에는 안 될 말씀이지. 하지만 오늘밤이라면 또 모르지. 전혀 가능성이 없는 건 아니야.'

그녀는 그를 향해 미소를 지으며 바구니에 든 마지막 물건을 꺼낸다. 체크무늬 식탁보와 아이스티가 담긴 병을 비롯해서 나머지 피크닉 준비물을 조달한 오거스타의 편의점에서 같이 산 《뉴욕 타임스》다. 예전처럼 그들은 '예술과 문화' 면으로 넘긴다. 1970년에 『코끼리 태우기』로 전미도서상을 수상한 필은 예전에 늘 동전 뒷면을 선택했고 확률을 무시하는 수준으로 승리를 독차지했다. 오늘은 그가 앞면을 선택하고…… 또 승리를 차지한다.

"어머, 밉상이다!"

그녀는 이렇게 외치고 그에게 신문을 건넨다.

그들은 점심을 먹는다. 신문을 나누어서 읽는다. 잠시 후에 그녀가 감자 샐러드를 찍은 포크 너머로 그를 쳐다보며 말한다.

"나는 여전히 당신을 사랑해요, 사기꾼 영감님."

필은 미소를 짓는다. 불어온 산들바람이 민들레 홀씨 같은 그의 머리칼을 날린다. 성긴 머리칼 사이로 두피가 반짝인다. 그는 이제 부두노동자만큼 넓은 어깨를(그리고 그만큼 거친 입을) 자랑하며 브루클린을 활개 치던 젊은 청년이 아니지만 그래도 폴린의 눈에는 분노와 절망과 흥으로 가득했던 그 시절의 잔재가 보인다.

"이런, 나도 사랑해요, 폴린."

그가 말한다.

"우리는 퇴물 커플이에요."

그녀는 이렇게 말하고 웃음을 터뜨린다. 예전에 그녀는 축음기에서 로드 스튜어트가 프랑스어로 부르는 「매기 메이」가 울려 퍼지는 가운데 발코니에서 왕과 영화배우와 거의 동시에 사랑을 나눈 적도 있었다. 하지만 《뉴욕 타임스》에서 현시대 미국을 통틀어 가장 위대한 여성 시인이라고 칭송했던 여인이 지금은 퀸스의 엘리베이터 없는 아파트에서 살고 있다.

"비루한 사례비를 받으며 작은 마을에서 시 낭송회를 하고, 야외 휴게소에서 점심을 먹고 있으니 말이죠."

"우리 늙지 않았어요. 아직 젊어요, 아가씨."

"도대체 무슨 소릴 하는 거예요?"

"이걸 봐요."

그가 이렇게 말하면서 예술면 1면을 내민다. 그녀는 신문을 받아서 사진을 확인한다. 밀짚모자를 쓰고 웃고 있는 쭈글쭈글하고 수척한 남자의 사진이다.

90대의 워크, 신간을 출간하다

모토코 리치 기자

95살이면(그때까지 살아 있다는 전제 아래) 대부분의 작가들은 은퇴한 지 한참 지난 시점일 것이다. 하지만 『케인 호의 반란』(1951), 『마조리 모닝스타』(1955)와 같은 명작에 빛나는 허먼 워크는 아니다. 제2차 세계대전을 상세하게 다룬 그의 소설 『전쟁의 폭풍』(1971)과 『전쟁과 추억』(1978)을 원작으로 제작된 TV 미니시리즈를 기억하는 사람들의 대다수가 이제 연금을 수령하는 세대로 접어들었다. 워크에게는 1980년에 이런 은퇴 혜택을 누릴 자격이 주어졌다.

하지만 워크의 작가 인생은 여전히 현재 진행형이다. 구순 1년 전에 『텍사스의 구멍』을 깜짝 발표해 호평을 받더니 올해 말에 『신이 쓰는 언어』라는 에세이집을 출간할 예정이라고 한다. 이 작품이 그의 최후의 한 마디일까?

"그 부분에 대해서는 아직 긍정도, 부정도 할 준비가 되어 있지 않군요." 워크는 미소를 지으며 말했다. "사람이 늙었다고 해서 아이디어가 끊이지는 않아요. 육신은 쇠할지 몰라도 언어는 그렇지가 않거든요."

19면에서 계속 이어집니다

멋들어지게 기울여 쓴 밀짚모자로 살짝 가려진, 나이 들어서 쭈글쭈글해진 얼굴을 보고 폴린은 문득 감정이 북받친다. 그녀가 말한다.

23

"육신은 쇠할지 몰라도 언어는 그렇지 않다. 표현이 아름답네요."

"이 작가의 작품 읽어 봤어요?"

필이 묻는다.

"젊었을 때 『마조리 모닝스타』요. 순결에 바치는 짜증나는 찬가였는데 나도 모르게 완전히 빨려들어 갔죠. 당신은요?"

"『젊은 피 호크』를 읽어 보려고 했지만 중간에 포기했어요. 여전히…… 현역으로 활동하고 있다니. 믿기지 않겠지만 우리 아버지 나이뻘인데."

필은 신문을 접어서 피크닉 바구니에 넣는다. 그들의 발치에서는 한산한 차량 행렬이 뭉게구름 가득한 9월의 높은 하늘을 머리에 이고 고속도로를 달리고 있다.

"다시 길 떠나기 전에 바꿔 읽기 한번 할까요? 옛날처럼?"

그녀는 생각해 보고 고개를 끄덕인다. 다른 사람이 낭송하는 그녀의 시를 들은 지 수십 년이 지났고, 다른 사람이 낭송하는 그녀의 시를 들으면 마치 유체이탈을 하는 것처럼 번번이 당황스럽지만 뭐 어떠랴. 그 휴게소에는 그들밖에 없다.

"아직까지 현역으로 활동 중인 허먼 워크에게 경의를 표하는 뜻에서요. 내 작품 파일은 핸드백 앞주머니에 있어요."

"당신 소지품을 뒤져도 될 만큼 나를 믿는 건가요?"

그녀는 나이가 들어서 삐딱해진 미소를 지어 보인 다음 눈을 감고 태양을 향해 기지개를 켠다. 온기를 만끽한다. 조만간 날씨가 추워질 테지만 지금은 포근하다.

"마음대로 뒤져도 돼요, 필립. 실컷 나를 탐험해요."

그녀가 한쪽 눈을 뜨자 묘하게 매혹적인 윙크가 된다.

"기억해 두겠어요."

그는 이렇게 말하고, 렌트한 캐딜락 쪽으로 걸어간다.

'캐딜락을 탄 시인들. 부조리라는 단어의 정의 그 자체지.'

그녀는 생각하며 잠깐 지나가는 차량들을 구경한다. 그러다 신문을 집어서 미소를 짓고 있는 나이 든 작가의 좁은 얼굴을 다시 한 번 들여다본다. 여전히 건재하다니. 어쩌면 지금 이 순간, 이 작가가 파티오 테이블에 공책을 펼쳐 놓고 페리에 한 병을(또는 아직까지 속이 허락한다면 와인 한 병을) 옆에 두고, 높고 파란 9월의 하늘을 올려다보고 있을지도 모를 일이다.

'신이 있을지 모르겠지만 있다면 가끔 아주 너그러워지기도 하는 모양이로구나.'

폴린 엔슬린은 생각한다.

그녀는 필이 그녀의 작품 파일과 그가 작문용으로 애용하는 스프링 수첩을 들고 오길 기다린다. 그들은 바꿔 읽기 게임을 할 것이다. 어쩌면 오늘 밤에 다른 게임도 할지 모른다. 전혀 가능성이 없는 건 아니라고, 그녀는 다시 한 번 속으로 중얼거린다.

III. 세비 익스프레스 밴의 운전석에 앉은 브렌다, 제트 전투기 조종석에 앉아 있는 듯한 기분을 느끼다

모든 게 디지털 방식이다. 위성 라디오도 있고 내비게이션도 있다. 후진을 하자 내비게이션이 TV 모니터로 바뀌어서 뒤에 뭐가 있는지 보여 준다. 대시보드의 모든 게 반짝이고 특유의 새 차 냄새가 실내에 가득하다. 누적 주행거리가 1200킬로미터밖에 안 되니 그럴 만도 하다. 그녀는 누적 주행거리가 그렇게 짧은 차를 평생 운전해 본 적이 없다. 운전대에 달린 버튼을 누르면 평균 시속과 평균 연비와 남은 연료를 알 수 있다. 엔진에서는 거의 아무 소음도 나지 않는다. 앞자리에 놓인 2개의 일인용 좌석에는 가죽처럼 보이는 새하얀 껍데기가 씌워져 있다. 완충기는 버터처럼 부드럽다.

뒷좌석에는 DVD 플레이어가 딸린 TV 화면이 달려 있다. 재스민의 세 살 난 딸 트루스가 DVD 위에 땅콩버터를 발라 버리는 바람에 「인어공주」는 보지 못하지만 「슈렉」으로 충분하다. 지금까지 10억 번쯤 본 영화지만 그래도 괜찮다. *길을 달리면서! 여행을 하면서!* 본다는 게 짜릿한 거다. 프리덤은 프레디와 글로리 사이에 놓인 카시트에서 잠이 들었다. 6개월이 된 재스민의 딸 딜라이트는 그녀의 무릎에서 잠이 들었다. 하지만 나머지 다섯 명은 뒤 두 줄에 옹기종기 모여 앉아서 넋을 잃고 화면을 들여다보고 있다. 입을 떡 벌리고서 그러고 있다. 재스민의 아들 에디는 코를 파고 에디의 누나 로즈 엘렌은 뾰족한 턱 위로 침을 흘렸지만 이번만큼은 서로 잡아먹을 듯이 굴지 않고 얌전하다. 최면에 걸렸다.

브렌다는 행복해야 맞는 거다. 아이들은 조용하고, 도로는 공항 활주로처럼 뻗어 있고, 그녀는 새 밴의 운전석에 앉아 있고, 포틀랜드를 나서자 정체가 풀린다. 그런데 그 잿빛 안개가 스멀스멀 다시 눈앞을 가리기 시작한다.

이 밴은 그녀의 것이 아니다. 나중에 돌려주어야 한다. 사실상 헛돈을 쓴 거다. 이 여행의 목적지가 어디인가? 마스 힐이다. 우라질…… 마스…… 힐이다. 그녀가 그래도 봐줄 만했던 고등학교 시절에 웨이트리스로 일했던 라운드 업에서 음식을 사가지고 왔다. 비닐 랩으로 싼 햄버거와 프렌치프라이다. 아이들은 그걸 먹기 전에, 어쩌면 먹은 후에도 풀장에서 물놀이를 할 것이다. 최소한 한 명이 다쳐서 악을 쓸 것이다. 어쩌면 여럿이 다칠 수도 있다. 글로리는 물이 너무 차다고 징징거릴 것이다. 그렇지 않더라도 징징거릴 것이다. 글로리는 그런 성격이다. 그 아이는 아마 평생 그렇게 징징거릴 것이다. 브렌다는 그 우는 소리가 듣기 싫어서 아버지 닮은 티를 내는 거냐고 글로리를 구박하고 싶어지지만…… 사실은 양쪽 모두를 닮아서 그런 거다. 딱한 아이다. 그들 모두가 그렇다. 앞으로 이어질 날들은 지지 않는 태양 아래에서 펼쳐지는 행군이다.

그녀는 재스민이 뭔가 재미있는 말로 기운을 북돋워 주길 바라며 오른쪽으로 고개를 돌렸다가 우는 친구를 보고 화들짝 놀란다. 소리 없는 눈물이 두 눈에 가득 고여 있고 뺨 위에서 반짝인다. 그녀의 무릎 위에서는 젖먹이 딜라이트가 손가락을 빨며 잠을 자고 있다. 심하게 집착하는 손가락이라 안쪽까지 물집이 잡혔다. 그 손가락을 물고 있는 딜라이트를 보고 재스민이 한 번 세게 때린 적이 있었지만 6개월밖에 안 된 애를 때린들 무슨 소용이 있을까? 차라리 문을 때리는 게 나을지 모른다. 그래도 가끔은 그래야 한다. 가끔 참을 수 없을 때가 있다. 가끔 참고 싶지 않을 때가 있다. 브렌다도 그런 적이 있었다.

"왜 그래?"

브렌다가 묻는다.

27

"아무것도 아니야. 신경 쓰지 말고 운전이나 해."

뒤에서 동키가 슈렉에게 뭔가 재미있는 말을 하자 아이들이 웃음을 터뜨린다. 글로리는 아니다. 그녀는 꾸벅꾸벅 졸고 있다.

"왜 이러셔. 얘기해 봐. 우리는 친구잖아."

"아무것도 아니라니깐."

재스민은 잠을 자는 젖먹이 위로 고개를 숙인다. 딜라이트의 신생아용 카시트가 바닥에 놓여 있다. 그 안의 기저귀 더미 속에 고속도로로 진입하기 전에 사우스포틀랜드에서 챙긴 앨런스가 들어 있다. 지금까지 재스는 두세 모금 홀짝이고 그만이었는데 이번에는 두 모금 길게 마신 다음 뚜껑을 다시 닫는다. 눈물이 계속 그녀의 뺨을 타고 흐른다.

"아무것도 아니기도 하고. 모두 다이기도 하고. 어떻게 얘기해도 결론은 마찬가지라는 게 내 생각이야."

"토미 때문에 그래? 남동생 생각나서?"

재스는 화난 목소리로 웃음을 터뜨린다.

"그 인간들은 그 돈을 나한테 한 푼도 주지 않을 거야. 믿을 사람이 따로 있지. 엄마는 그래야 마음이 편하니까 아빠 탓을 하겠지만 마찬가지 생각일걸? 그리고 어차피 남은 것도 거의 없을 거야. 너는 어때? 너희 부모님은 몇 푼이라도 주실까?"

"응, 아마도."

뭐. 그럴 것이다. 40달러쯤 주실 것이다. 그거면 장을 한 봉지 반 볼 수 있다. 《엉클 헨리의 스왑 가이드》에 실린 쿠폰을 쓰면 두 봉지를 볼 수 있다. 가난한 사람들의 성서라고 할 수 있는 그 너덜너덜한 무가지를 뒤적이다 잉크가 손에 묻는 상상만 해도 그녀를 둘러싼 잿빛 안개가 더 짙어진다. 9월보다 여름에 더 가까운 화창한 오후지만 《엉클 헨리스》로 연명해야 하는 세상은 잿빛이다. 브렌다는 생각한다.

'우리가 어쩌다 이렇게 아이들을 줄줄이 낳게 됐을까? 철물점 뒤에서 마이크 히긴스에게 내 몸을 만져도 좋다고 허락한 게 엊그제 같은데.'

"좋겠다."

재스민은 이렇게 말하고 눈물을 삼킨다.

"우리 부모님은 새로 장만한 가솔린 장난감이 마당에 세 대나 있어도 돈이 없다고 징징거릴 거야. 우리 아빠는 애들을 보고 뭐라고 할지 알아? '아무것도 만지지 못하게 해라.' 이럴걸?"

"달라졌을지도 모르잖아. 좋은 쪽으로."

브렌다가 말한다.

"절대 달라질 리 없고 절대 좋아질 리 없어."

재스민이 말한다.

로즈 엘렌이 꾸벅꾸벅 존다. 로즈가 머리를 남동생의 어깨에 얹으려고 하자 에디가 주먹으로 팔을 때린다. 로즈는 맞은 자리를 문지르며 훌쩍이지만 이내 다시 「슈렉」을 보기 시작한다. 침이 계속 턱에 매달려 있다. 브렌다는 침 때문에 로즈가 바보 같아 보인다는 생각을 하는데, 사실 그 아이는 바보에 가깝다.

"할 말이 없네. 그래도 재미있을 거야. 레드 루프! 수영장을 생각해 봐!"

브렌다가 말한다.

"그래, 그리고 어떤 남자가 새벽 1시에 벽을 두드리면서 애들 좀 조용히 시키라고 하겠지. 난들 그 냄새 나는 유치들이 한꺼번에 올라와서 딜라이트가 한밤중에 깨길 바라겠니?"

그녀는 커피 브랜디를 다시 한 모금 마시고 친구 쪽으로 내민다. 브렌다는 그걸 마시면 면허가 취소될 수도 있다는 걸 알지만 주변에 경찰이 없어 보인다. 게다가 면허가 취소된들 잃을 게 얼마나 될까 싶다. 차는 팀의 것이라 그가 떠나면서 끌고 갔다. 어차피 필러와 철조망으로 특수 제작한 고물차였다. 없어도 아쉬울 게 없었다. 게다가 잿빛 안개가 있지 않은가. 그녀는 병을 받아서 살짝 한 모금 마신다. 브랜디가 한 줄기 어두운 햇살처럼 따뜻하고 포근해서 한 모금 더 마신다.

재스민이 병을 돌려받으며 말한다.

"이달 말에 롤 어라운드가 문을 닫는대."

"*설마!*"

재스민은 앞으로 이어지는 도로를 똑바로 쳐다본다.

"진짜야. 잭이 결국 파산했거든. 작년부터 공고가 붙어 있었어. 1주일에 90달러씩 주던 *그 일자리*마저 없어지는 거지."

그녀는 브랜디를 마신다. 그녀의 무릎에서 딜라이트가 꼼지락거리더니 집착하는 손가락을 입에 물고 다시 잠이 든다.

브렌다는 생각한다.

'마이크 히긴스 같은 남자아이가 조만간 저기다 거시기를 집어넣겠지, 그리고 저 아이는 허락하겠지. 내가 그랬으니까. 재스도 그랬으니까. 다들 원래 그러는 거니까.'

그들 뒤에서 피오나 공주가 뭔가 재미있는 말을 하지만 아무도 웃지 않는다. 심지어 TV 시트콤에 나오는 웃긴 이름처럼 들리는

30

에디와 프레디조차 점점 표정이 흐리멍덩해져가고 있다.

"세상이 잿빛이야."

브렌다는 이렇게 얘기한다. 그녀는 그 말이 입에서 튀어나올 때까지 자기가 그런 말을 하게 될 줄 몰랐다.

재스민이 놀란 표정으로 그녀를 쳐다보다가 말한다.

"당연하지. 이제야 네가 상황을 파악하기 시작하는구나."

브렌다가 말한다.

"술 좀 줘."

재스민이 병을 건넨다. 브렌다는 조금 마시고 돌려준다.

"좋아, 이 정도면 됐어."

재스민이 예전처럼 옆으로 삐딱하게 씩 웃는다. 브렌다가 토요일 오후마다 자습실에서 보았던 미소다. 젖은 뺨과 충혈이 된 눈 때문에 이상하게 보인다.

"확실해?"

브렌다는 대답하지 않고 액셀러레이터를 조금 더 깊숙이 밟는다. 디지털 속도계에 130이라는 숫자가 뜬다.

IV. "당신 먼저"라고 폴린이 말하다

문득 그녀는 부끄러워진다. 필의 입에서 흘러나오는 그녀의 시구를 듣기가 두려워진다. 마른천둥처럼 요란하지만 거짓처럼 느껴질 게 분명하다. 하지만 그녀는 그가 공식석상에서 쓰는 목소리(배심원단 앞에서 사건의 개요를 설명하는 영화 속 변호사처럼 조금 진

부한 연설조다.)와 한두 명의 친구들과 같이 있을 때(그리고 아무것도 마시지 않았을 때) 쓰는 목소리가 다르다는 것을 잊고 있었다. 좀 더 부드럽고 다정한 목소리라 그의 입에서 흘러나오는 그녀의 시를 듣고 기분이 좋아진다. 아니, 기분이 좋아지는 것 이상이다. 고마워진다. 덕분에 실제보다 더 근사하게 느껴진다.

"그림자는 도로에
까만 립스틱의 입맞춤 흔적을 남기고
농장의 벌판에서 썩어 가는 눈은
낡은 웨딩드레스와 같고
점점 차오르는 안개는 금빛 먼지로 바뀌고
너덜너덜한 나무들 사이에서 부글부글 끓던 구름이
펑하고 터져 나오면!
5초 동안 여름이 되고
나는 원피스 앞치마 사이에
꽃을 품은 17세 소녀."

그는 종이를 내려놓는다. 그녀는 살짝 미소를 머금지만 불안한 심정으로 그를 쳐다본다. 그는 고개를 끄덕인다. 그가 말한다.
"좋네요. 아주 좋아요. 이제 당신 차례예요."
그녀가 그의 스프링 수첩을 열자 마지막 작품인 듯한 시가 보이는데 네댓 페이지에 걸쳐서 초고를 끼적여 놓았다. 그녀는 그의 작업 스타일을 알기에 거의 대부분 알아볼 수 없는 구불구불한 글씨가 아니라 조그맣고 깔끔한 인쇄체가 나올 때까지 페이지를 넘긴다. 그녀가 찾은 페이지를 보여 준다. 필은 고개를 끄덕이고 고속도로 쪽으로 고개를 돌린다. 모든 게 근사하지만 조만간 출발해야한다. 그들은 둘 다 약속시간에 늦는 것을 좋아하지 않는다.

그때 달려오는 밝은 빨간색 밴이 그의 시야에 들어온다. 속도가 빠르다.

그녀가 낭독을 시작한다.

V. 브렌다, 썩은 과일을 쏟는 풍요의 뿔을 보다

그녀는 생각한다.

'맞아. 그게 거의 딱이다. 바보들을 위한 추수감사절.'

프레디는 재스민의 남동생 토미처럼 군에 입대해 외국 땅에서 전투를 치를 것이다. 재스의 두 아들, 에디와 트루스도 마찬가지일 것이다. 그러고 귀국하면 고출력 자동차를 장만할 것이다. 앞으로 20년 뒤에도 석유가 날지 모르겠지만. 딸들은? 딸들은 남자들과 어울릴 것이다. 게임쇼가 방송되고 있는 TV 앞에서 처녀 딱지를 뗄 것이다. 늦지 않게 빼겠다는 남자들의 말을 믿을 것이다. 그들은 그녀와 재스가 그랬던 것처럼 아이를 낳고 프라이팬에 고기를 굽고 살이 찔 것이다. 마리화나를 조금 피우고 월마트에서 파는 싸구려 아이스크림을 많이 먹을 것이다. 하지만 로지 엘렌은 안 그럴지 모른다. 로즈는 뭔가가 이상하다. 그녀는 중학교 2학년이 되더라도 지금처럼 뾰족한 턱에 침을 매달고 있을 것이다. 7명의 아이들이 17명을 낳고, 17명이 70명을 낳고, 70명이 200명을 낳을 것이다. 미래로 행진하는 추레한 바보들의 행렬이 그녀의 눈에 보이는 듯하다. 몇 명은 속옷이 보이는 청바지를, 몇 명은 헤비메탈 티셔츠를, 몇 명은 그레이비소스가 튄 웨이트리스 유니폼을, 몇 명은 넉넉한 엉덩이 솔기에 파라과이산(産)이라는 태그가 달린 케이마트의 스판 바지를 입고 있다. 그들이 쓰다 벼룩시장에 내놓은 산더미 같은 피셔 프라이스 장난감들(애초에 벼룩시장에서 장만한 장난감들이다.)이 눈에 보이는 듯하다. 그들은 그녀처럼 TV에서 광고하는 제품을 사고 카드회사에 빚을 질 것이다. 그녀는 또다시 카드회사에 빚을 질 것이다. 복권은 어쩌다 한 번 얻어걸린 행운이었음을 그녀도 안다. 사실 어쩌다 얻어걸린 행운보다 더 저질스러운 약올리기였다. 인생은 도랑에 쳐 박혀 있는 녹슨 휠캡과도 같고 그런 인생은 멈출 줄 모른다. 그녀는 제트 전투기 조종석에 앉아 있는 듯한 기분을 두 번 다시 만끽할 일이 없을 것이다. 지금 이보다 더 좋을 수는 없을 것이다. 누군가를 태운 배도, 그녀의 일상을 촬영하는 카메라도 없다. 이건 가상현실이 아니라 실제 현실이다.

「슈렉」이 끝나고 모든 아이들이, 심지어 에디까지 잠이 든다. 로즈 엘렌의 머리가 다시 한 번 에디의 어깨 위에 놓인다. 그녀는 할머니처럼 콧방귀를 뀐다. 가끔 참지 못하고 몸을 긁는 습관이 있어서 양쪽 팔에 빨간 자국이 남았다.

재스는 앨런스 뚜껑을 닫고 발치에 놓인 신생아용 카시트 안에 다시 넣는다. 그러고는 나지막이 중얼거린다.

"나는 다섯 살 때 유니콘을 믿었어."

브렌다가 말한다.

"나도. 이 새끼가 얼마나 빨리 달릴 수 있을지 궁금하네."

재스민은 눈앞에 놓인 도로를 바라본다. 그들은 **전방 1KM 휴
게소**라는 파란색 표지판을 쌩하니 지나친다. 상행선에 차가 한 대
도 없다. 양쪽 차로가 그들의 차지다.

"한번 알아보자."

재스가 말한다.

속도계의 숫자가 130에서 135로 바뀐다. 거기서 다시 140으로
바뀐다. 그런데도 액셀러레이터와 바닥 사이에 공간이 남아 있다.
아이들은 모두 잠이 들었다.

휴게소가 빠르게 다가오고 있다. 주차장에 차가 한 대밖에 없
다. 비싼 차 같다. 링컨 아니면 캐딜락이다.

'저런 차를 빌릴 수도 있었는데. 돈은 충분했는데 애들이 너무
많았어. 다 태울 재간이 있어야지.'

그녀는 생각한다. 그녀의 인생이 그런 식이다.

그녀는 도로에서 시선을 뗀다. 바로 옆 도시에 살게 된 고등학
교 친구를 쳐다본다. 재스도 그녀를 마주본다. 시속 160킬로미터
에 육박하던 밴의 방향이 틀어지기 시작한다.

재스민은 고개를 살짝 끄덕이고 딜라이트를 들어서 풍만한 그
녀의 가슴에 안는다. 딜라이트는 집착하는 손가락을 계속 입에 물
고 있다.

브렌다도 고개를 끄덕인다. 그런 다음 카펫이 깔린 바닥에 닿을
때까지 액셀러레이터를 더욱 힘껏 밟는다. 바닥이 느껴지자 거기
에 대고 페달을 지그시 누른다.

그가 앙상한 손을 뻗어서 그녀의 어깨를 잡자 그녀는 화들짝 놀란다. 그녀가 시(그녀의 작품보다 훨씬 길지만 이제 12줄 정도 남았다.)를 낭송하다 말고 고개를 들어 보니 그가 고속도로를 바라보고 있다. 입은 벌어졌고 안경을 낀 두 눈은 거의 렌즈에 닿을 듯이 툭 튀어나왔다. 그의 시선을 따라가 보니 빨간 밴이 주행차로에서 갓길로, 갓길에서 휴게소 진입 램프로 미끄러지듯 달려오고 있는데 핸들을 돌리지 않는다. 핸들을 돌리기에는 속도가 너무 빠르다. 그 차는 최소 140킬로미터의 속력으로 그들 바로 아래 있는 비탈길을 타고 오르더니 나무를 들이받는다. 쾅 하는 단음의 요란한 소리와 유리 깨지는 소리가 들린다. 앞유리창이 박살난다. 유리 조약돌이 잠깐 햇빛을 받고 반짝이자 그녀는 *아름답다*는 불경스러운 생각을 한다.

나무가 밴을 비뚤배뚤하게 둘로 나눈다. 무언가(필 헨리드는 차마 믿을 수가 없지만 아이인 듯하다.)가 허공으로 튕겨져 나갔다가 풀밭 위로 떨어진다. 밴의 연료통에 불이 붙자 폴린이 비명을 지른다.

그는 벌떡 일어나서 한창 때처럼 울타리를 뛰어넘어 비탈길을 달려 내려간다. 요즘 제 기능을 못하는 심장이 그의 머릿속에서 떠날 날이 없었는데 불길에 휩싸인 밴을 향해 달려가는 지금 이 순간만큼은 생각나지 않는다.

벌판을 굴러온 시커먼 연기가 건초와 큰조아재비에 그림자가 입을 맞춘 흔적을 남긴다. 야생화들이 고개를 끄덕인다.

필은 불길에 휩싸인 잔해와 20미터 거리를 두고 달리기를 멈춘다. 열기가 그의 얼굴을 뜨겁게 달군다. 생존자가 없을 줄은 알았지만 *비*생존자가 이렇게 많을 줄은 몰랐다. 큰조아재비와 클로버에 남은 핏자국이 보인다. 으깬 딸기처럼 산산조각이 난 미등이 보인다. 덤불에 걸린 한쪽 팔이 보인다. 불길 속에서 녹고 있는 신생아용 카시트가 보인다. 신발들이 보인다.

폴린이 그의 옆으로 다가온다. 숨을 헐떡이고 있다. 눈빛도 심란하지만 머리칼이 그보다 더 심란한 쑥대밭이다.

"보지 마요."

그가 말한다.

"저거 무슨 냄새예요? 필, 저거 무슨 *냄새*예요?"

"기름이랑 고무 타는 냄새예요."

그는 이렇게 대답하지만, 그녀는 그 냄새에 대해서 묻는 게 아닐지 모른다.

"보지 마요. 차에 가서…… 휴대전화 있어요?"

"네, 당연히 있……."

"차에 가서 911에 연락해요. 여기 보고 있지 말고. 보고 싶지 않을 거예요."

그도 보고 싶지 않지만 눈을 뗄 수가 없다. 몇 명일까? 최소한 세 아이와 한 어른의 시신이 보인다. 여자인 것 같은데 확실하지는 않다. 그런데 신발이 너무 많고…… 만화영화 캐릭터가 그려진 DVD 케이스가 보이는데…….

"연결이 안 되면 어떻게 해요?"

그녀가 묻는다.

그는 연기를 가리킨다. 그런 다음 이미 한쪽 옆으로 정차한 서

너 대의 차량을 가리킨다.

"연결이 되지 않아도 상관없어요. 그래도 연락해 봐요."

그의 말에 그녀는 걸음을 옮기려다 돌아본다.

"필…… 몇 명이에요?"

"모르겠어요. 많아요. 대여섯은 되어 보이는데. 가요, 폴린. 몇 명은 살아 있을지 모르잖아요."

"아니라는 거 알잖아요. 이 망할 게 엄청난 속도로 달려오던데."

그녀는 흐느껴 울며 말하고는 터벅터벅 언덕을 되짚어 올라가기 시작한다. 휴게소 주차장까지 반쯤 갔을 때 (한쪽 옆으로 정차하는 차량들이 점점 더 많아지고 있다.) 그녀는 오랜 친구 겸 애인이 풀밭에 쓰러져 있을 게 분명하다는 섬뜩한 생각이 들자 뒤를 돌아본다. 의식을 잃었거나 벼락처럼 들이닥친 심장마비로 죽었을지 모른다. 하지만 그는 멀쩡히 서서 이글거리는 밴의 왼쪽 절반 주변을 조심스럽게 맴돌고 있다. 팔꿈치에 패치가 달린 세련된 캐주얼 재킷을 벗는다. 무릎을 꿇고 그것으로 무언가를 덮는다. 체구가 작은 아이거나 체구가 큰 어른의 일부분일 것이다. 그러더니 다시 맴을 돌기 시작한다.

그녀는 언덕을 오르며 언어로 아름다움을 빚겠다는 그들의 평생의 노력이 환상이었다는 생각을 한다. 그게 아니면 어른이 되길 거부한 이기적인 어린아이들을 상대로 저질러진 장난이었다는 생각을 한다. 맞다, 아마 그거였을 것이다.

'그렇게 멍청하고 이기적인 아이들은 장난을 당해도 싸지.'

숨을 헐떡이며 주차장에 도착한 그녀는 산들바람을 맞으며 풀밭 위에서 한가로이 펄럭이고 있는 《뉴욕 타임스》 예술·문화면을 보며 생각한다.

'걱정하지 마. 허먼 워크는 아직까지 건재해서 신의 언어를 주제로 책을 쓰고 있잖아. 육신은 쇠할지 몰라도 언어는 그렇지가 않는다잖아. 그러니까 괜찮을 거야, 그렇지?'

한 남자와 한 여자가 달려온다. 여자가 휴대전화를 들어서 사진을 찍는다. 폴린 엔슬린은 놀라워하지 않고 그 광경을 쳐다본다. 그 여자는 나중에 친구들에게 사진을 보여 줄 것이다. 그런 다음 술을 마시고 식사를 하고 하느님의 은총을 운운하며 모든 일에는 이유가 있다고 말할 것이다. 하느님의 은총은 상당히 근사한 개념이다. 나만 아니면 된다.

남자가 그녀의 얼굴에 대고 외친다.

"무슨 일이에요? 도대체 무슨 일이에요?"

그들 아래의 먼발치에서 깡마른 원로 시인이 일을 벌이고 있다. 이번에는 또 다른 시신을 덮으려고 셔츠를 벗었다. 층층이 쌓인 갈비뼈가 하얀 살갗 위로 도드라져 보인다. 그가 무릎을 꿇고 셔츠를 펼친다. 두 팔을 하늘로 들었다가 떨어뜨려서 머리를 감싼다.

폴린도 시인이기에 남자에게 신이 쓰는 언어로 대답할 수 있겠다는 생각이 든다.

"염병할. 무슨 일 같아 보여요?"

오언 킹과 허먼 워크에게 바친다

컨디션 난조

"어디에서 아이디어를 얻으시나요?"와 "이 아이디어는 어디에서 착안하셨나요?"는 다른 질문이다. 첫 번째 질문은 답변이 불가능한 것이기에 나는 우티카(아프리카의 고대 도시 ─ 옮긴이)의 조그만 중고 아이디어 숍에서 얻는다는 식으로 장난스럽게 대답한다. 두 번째 질문에는 가끔 답변할 수 있을 때도 있지만, 소설이란 게 워낙 꿈과 비슷하기 때문에 답변할 수 없는 경우가 놀라우리만치 많다. 작업 도중에는 모든 것들이 쨍하게 선명하지만 끝나면 희미한 흔적만 몇 개 남는다. 그래서 가끔 단편집은 무의식속의 이미지들이 사라지기 전에 붙잡아 놓는 꿈 일기장일지 모른다는 생각이 든다. 이 작품이 바로 그런 경우다. 이 「컨디션 난조」는 어디에서 아이디어를 얻었는지, 탈고하기까지 시간이 얼마나 걸렸는지, 심지어 어디에서 쓴 작품인지도 기억이 나지 않는다.

하지만 결말을 분명히 정해 놓고 써내려 간, 아주 드문 작품이라는 건 기억이 난다. 그 말은 곧, 정해진 결말을 향해 스토리를 정교하게 구성했다는 뜻인데 그런 방식을 선호하는 작가들도 있다는 걸 알지만(존 어빙이 예전에 말하길 자기는 소설을 시작하면 맨 마지막 문장부터 쓴다고 했다.) 나는 별로 좋아하지 않는다. 내가 이야기가 어떻게 될지 모르면 독자들도 모를 거라는 판단 아래 대개 결말을 향해 흘러가도록 내버려둔다. 그런데 이 「컨디션 난조」는 독자가 내레이터보다 한 발 앞서나가도 상관없는 그런 작품이다. 나로서는 다행스러운 일이라고 할까.

나는 지금 이 기분 나쁜 꿈을 1주일째 꾸고 있는데 항상 악몽으로 변하기 전에 발을 뺄 수 있는 것을 보면 자각몽인 게 분명하다. 그런데 이번에는 그 꿈이라는 녀석이 나를 쫓아왔는지 이 방에 엘렌과 나만 있는 게 아니다. 침대 밑에 뭔가가 있다. 그 녀석이 씹는 소리가 들린다.

정말로 겁에 질리면 어떻게 되는지 여러분도 알 것이다. 그러니까 누구나 비슷하지 않겠느냐, 이 말이다. 심장이 멈출 듯이 느껴지고, 입안이 마르고, 피부가 차갑게 식고, 온몸에 소름이 돋는다. 머릿속의 톱니가 서로 맞물리지 않고 계속 헛돌기만 한다. 나는 하마터면 비명을 지를 뻔했다. 정말이다. 나는 생각한다.

'이건 내가 보고 싶어 하지 않는 그거야. 창가쪽 좌석에 있는 그거라고.'

그러고 났을 때 천장에서 최저 속도로 느릿느릿 돌아가고 있는 선풍기가 보인다. 젖혀 놓은 커튼 사이로 쏟아져 들어오는 이른 새벽의 햇살이 보인다. 침대 저편에 누워 있는 엘렌의 희끗희끗하고 솜털 같은 머리칼이 보인다. 내가 있는 곳은 여기 어퍼이스트사이드 아파트의 5층이고 모든 게 아무 문제없다. 꿈은 그냥 꿈일 뿐이었다. 침대 밑에 있는 녀석은…….

나는 이불을 젖히고 기도를 하려는 사람처럼 무릎을 꿇고 앉는다. 하지만 기도 대신 주름장식을 들추고 침대 밑을 들여다본다. 처음에는 어두컴컴한 형체만 보인다. 그 형체가 고개를 돌리자 눈알 두 개가 나를 향해 반짝인다. 레이디다. 여기 있으면 안 되는데, 녀석도 그걸 알 거라고 생각하는데(개가 뭐를 알고 뭐를 모르는지 확실하게 알 길이 없지만) 내가 자러 들어오면서 문을 열어 놓은 모양이다. 아니면 걸쇠로 잠그지 않아서 녀석이 코로 밀고 들어왔을 수도 있다. 복도에 놓인 바구니에서 장난감을 들고 온 모양이다. 파란 뼈다귀나 빨간 모자는 아니다. 그 두 개는 찍찍거리는 소리가 나서 그 소리에 엘렌이 분명 깼을 것이다. 엘렌은 푹 쉬어야 한다. 요즘 들어 컨디션이 좋지 않다.

나는 속삭인다.

"레이디. 이리 나와."

녀석은 나를 빤히 쳐다보기만 한다. 나이를 먹어서 예전처럼 빠릿빠릿하지는 않지만 그래도 멍청하지는 않다. 엘렌 쪽 밑에 있어서 내 손이 닿지 않는다. 언성을 높이면 나오겠지만 녀석은 내가 그럴 수 없다는 것을 안다.(아는 게 분명하다.) 언성을 높이면 엘렌을 깨울 게 분명하기 때문이다.

내 짐작이 맞는다는 것을 증명이라도 하려는 듯 레이디는 반대편으로 고개를 돌리고 다시 뭔가를 씹기 시작한다.

뭐, 해결할 방법이 있긴 하다. 나는 13년, 그러니까 결혼 생활의 거의 절반을 레이디와 함께 보냈다. 녀석을 일으키는 방법에는 세 가지가 있다. 첫 번째 방법은 목줄을 흔들며 "엘리베이터!"라고 외치는 것이다. 두 번째 방법은 밥그릇을 쿵 소리 나게 바닥에 내려놓는 것이다. 세 번째 방법은…….

나는 일어나서 부엌까지 짧은 복도를 걸어간다. 요란하게 부스럭거리는 소리를 내며 찬장에서 스내킹 슬라이스(애견 간식 브랜드─옮긴이) 봉지를 꺼낸다. 코커스패니얼의 발톱이 바닥에 나지막이 부딪치는 소리를 오래 기다릴 필요도 없다. 5초 만에 녀석이 등장한다. 심지어 장난감을 들고 오지도 않았다.

나는 조그만 당근 모양을 하나 꺼내서 보여 주고 거실로 던진다. 못된 주인처럼 보일지 몰라도 저 뚱뚱한 노견은 운동을 해야만 한다. 녀석은 간식을 쫓아간다. 나는 커피메이커가 켜질 때까지 기다렸다가 다시 방 안으로 들어간다. 문을 신경 써서 끝까지 닫는다.

엘렌은 계속 잠을 자고 있고 그녀보다 먼저 일어나면 한 가지 좋은 점이 있다. 알람이 필요 없어진다. 알람을 끈다. 그녀는 이제 조금 늦게까지 잠을 잘 수 있을 것이다. 그녀는 기관지염이다. 그 소리를 듣고 한동안 걱정이 됐지만 나아가고 있는 중이다.

욕실로 들어가 이를 닦는 것으로 하루의 시작을 공식 선포한다.(아침에는 입 속이 멸균 상태나 다름없다는 기사를 읽은 적이 있지만 어렸을 때 생긴 습관은 바꾸기 힘든 법이다.) 샤워기를 틀어서 온수가 콸콸 쏟아질 때까지 기다렸다가 그 밑으로 들어간다.

샤워를 할 때 머리가 가장 잘 돌아간다. 오늘 아침에는 꿈에 대해 생각한다. 5일째 밤마다 그 꿈을 꾸고 있다.(물론 기간이 중요한 건 아니다.) 꿈속에서 뭔가 끔찍한 일이 벌어지지는 않는데 그게 가장 기분 나쁜 부분이다. 내가 막지 않으면 끔찍한 일이 벌어질 거라고 절대적으로, 분명히 장담할 수 있기 때문이다.

나는 비행기 비즈니스 석에 앉아 있다. 화장실에 편하게 왔다 갔다 할 수 있어서 좋아하는 통로석이다. 테이블이 내려져 있다. 그 위에 땅콩 한 봉지와 주황색 술이 놓여 있는데, 내 평생 한 번도 주문한 적 없는 보드카 선라이즈인 듯하다. 비행은 순탄하다. 구름이 껴 있을지 몰라도 그 위를 날고 있다. 기내가 햇빛으로 가득하다. 창가쪽 좌석에 누군가가 앉아 있지만 내가 그를(여자이거나 아니면 인간이 아닐 수도 있다.) 쳐다보면 기분 나쁜 꿈이 악몽으로 변할 수 있다. 나란히 앉은 승객을 쳐다보는 순간 내가 미쳐 버릴 수 있다. 머릿속이 달걀처럼 깨지면서 핏빛 어둠이 파도처럼 쏟아져 나올 수 있다.

비누칠한 머리를 얼른 헹구고 밖으로 나와서 몸을 닦는다. 갈아입을 옷은 침실 의자 위에 개켜져 있다. 옷과 구두를 들고, 커피 향 가득한 부엌으로 건너간다. 향이 아주 좋다. 레이디는 스토브 옆에 웅크리고 앉아서 나무라는 눈빛으로 나를 쳐다본다.

"그렇게 째려보지 마. 너도 원칙을 알잖아."

나는 녀석에게 말하고 닫힌 방문을 턱으로 가리킨다.

녀석은 앞발 사이에 주둥이를 놓고 잠을 자는 척하지만 나를 계속 쳐다보고 있다는 것을 나도 안다.

커피가 끓길 기다리는 동안 크랜베리 주스를 마시기로 한다. 평소에 마시는 오렌지 주스도 있지만 구미가 당기지 않는다. 꿈속에서 본 술과 너무 비슷하게 생겼다. 거실에서 CNN을 보며 커피를 마신다. 무음으로 해 놓아서 하단의 자막을 읽는 게 전부지만 사실 그것만 알면 된다. 잠시 후에 TV를 끄고 올브랜 시리얼을 먹는다. 8시 15분 전이다. 레이디를 데리고 나갔을 때 날이 좋으면 택시를 타지 않고 회사까지 걸어가기로 마음먹는다.

날씨가 화창하다. 봄에서 여름으로 넘어가려는 찰나이고 모든 게 반짝반짝 빛난다. 도어맨 카를로가 차양 밑에서 전화 통화를 하고 있다.

"네. 네, 드디어 연락이 됐어요. 저만 지키고 있으면 된다고 마음대로 하라시네요. 아무도 못 믿겠다는데 그럴 만도 하죠. 거기서 재미있는 일이 많은가 봐요. 언제 오신다고요? 3시? 좀 더 일찍은 안 될까요?"

내가 레이디를 데리고 길모퉁이를 향해 걸어가자 그가 흰 장갑을 낀 손을 흔들어 인사를 건넨다.

레이디와 나는 이제 척하면 척이다. 녀석은 날마다 거의 같은 자리에 볼일을 보고 나는 봉투로 잽싸게 처리한다. 내가 다시 돌아오자 카를로가 허리를 숙여서 녀석을 토닥인다. 레이디는 한껏 매력적으로 꼬리를 흔들지만 카를로에게서 간식이 나올 일은 없다. 그는 녀석이 다이어트 중이라는 것을 안다. 다이어트를 해야 한다는 것을 안다.

"워쇼스키 부인하고 드디어 연락이 됐어요. 빈에 계시대요."

카를로가 내게 말한다. 워쇼스키 부인은 5C 입주민이지만 오로지 명목상 그렇다. 어디론가 사라진 지 2~3개월 정도 됐다.

"빈, 그렇군요."

"해충 방제 업체를 불러도 된다고 하셨어요. 제 이야기를 듣고 경악하시더라고요. 4, 5, 6층에서 아무 소리하지 않은 입주민은 선생님뿐이에요. 나머지 분들은……."

그는 고개를 젓고 '휴우' 하는 소리를 낸다.

"나는 어렸을 때 제분소가 많은 코네티컷의 마을에서 살았거든요. 덕분에 부비동이 완전히 망가졌어요. 커피 냄새도 맡을 수 있고 엘렌이 향수를 진하게 뿌리면 그것도 맡을 수 있지만 거기까지가 전부예요."

"이번 같은 경우에는 그게 축복이 될 수도 있겠네요. 프랭클린 부인은 어떠세요? 아직도 컨디션이 안 좋으신가요?"

"다시 일을 할 수 있으려면 며칠은 더 지나야겠지만 아주 많이 좋아졌어요. 한동안 얼마나 걱정했는지 몰라요."

"저도요. 어느 날엔가 외출을 하셨는데…… 물론 비가 오는 날이었죠……."

"엘렌답네요. 아무것도 그녀를 말릴 수 없어요. 어딘가 가야겠다 싶으면 가야 하는 성격이니."

"……그때 제가 혼자 생각했어요. '진짜 오늘내일 하는 환자처럼 기침을 하시네.'"

그는 흰 장갑을 낀 손을 들어서 *정지 신호*를 보낸다.

"정말 그렇게 생각했다는 건 아니고요……."

"알아요. 입원해야 할 정도로 심한 기침이었겠죠. 아무튼 내 말을 듣고 병원에 다녀와서 이제는…… 나아가고 있어요."

"다행입니다. 다행이에요."

그는 그러고는 본론으로 돌아간다.

"워쇼스키 부인은 제 얘기를 듣고 역겨워하셨어요. 저는 아마 냉장고 안에서 썩은 음식이 있는 모양이라고 했지만 그보다 더 심각한 상황이라는 걸 알아요. 후각 기관에 아무 문제가 없는 다른 입주민들도 모두 그렇다는 걸 알고 있죠."

그는 심각한 표정으로 고개를 살짝 끄덕인다.

"집 안에 분명 죽은 쥐가 있을 거예요. 음식은 아무리 썩어도 냄새가 그 정도는 아니거든요. 죽은 동물만 그런 냄새를 풍길 수 있어요. 쥐예요. 어쩌면 두세 마리일 수도 있어요. 워쇼스키 부인이 쥐약을 설치해 놓고 모르는 척하려는 것일 수도 있어요."

그는 허리를 숙여서 레이디를 다시 한 번 토닥인다.

"너도 냄새 느끼지? 당연히 그렇겠지."

*　*　*

커피메이커 주변에 보라색 메모가 여기저기 붙어 있다. 나는 보라색 메모지를 들고 식탁으로 가서 메모를 한 장 더 쓴다.

엘렌: 레이디 산책 마쳤어. 커피 끓여 놨고. 몸 좀 괜찮은 것 같으면 공원에 다녀와! 너무 멀리는 가지 말고. 드디어 차도를 보이기 시작했는데 무리하면 안 되니까. 카를로가 또 쥐 썩은 내가 난

다는군. 5C 주변에서 사는 사람들 모두 그 냄새를 느끼나 봐. 당신은 코가 막혔고 나는 '후각 장애인'이라 다행이야. 하하! 복도에서 사람들 소리가 들리거든 해충 방제 업체 직원들인 줄 알아. 카를로가 그 사람들이랑 같이 있을 거라고 하니까 걱정 말고. 나는 걸어서 출근할 생각이야. 최근에 출시된 남성용 특효약에 대해서 생각할 게 있어서. 이름을 결정짓기 전에 우리 측이랑 상의를 했더라면 좋았을 텐데. 잊지 마, 무리하면 안 돼. 사랑해…… 사랑해.

나는 사랑하는 마음을 강조하기 위해 x를 여섯 번 쓰고(영어에서 편지 끝에 쓰는 x는 키스를 의미한다 — 옮긴이) 하트 안에 B라고 적는다. 그런 다음 다른 메모들처럼 커피메이커 주변에 붙인다. 레이디의 물그릇을 채워 주고 집을 나선다.

20블록 정도 되는 거리를 가는 동안 최근에 출시된 남성용 특효약이 아니라 다른 생각을 한다. 3시에 온다는 해충 방제 업체 직원들에 대해서 생각한다. 시간이 되면 더 일찍 올지 모르는 그들에 대해서 생각한다.

* * *

꿈 때문에 수면 사이클이 어지럽혀졌는지 오전 회의 시간에 하마터면 잠이 들 뻔했다. 하지만 피트 웬델이 새로 출시된 페트로프 엑설런트 광고를 조롱할 목적으로 만든 포스터를 꺼낸 순간 퍼뜩 정신을 차린다. 그가 지난주에 회사 컴퓨터로 만지작거리고 있었을 때 본 포스터다. 꿈속에 등장한 소품의 출처를 이제 알겠다.

"페트로프 엑설런트 보드카."

오라 맥린이 말한다. 그녀는 근사한 젖가슴을 들썩이며 요란하게 한숨을 쉰다.

"그 이름이 새롭게 부상하는 러시아 자본주의의 대표적 사례라면 이미 숨이 끊긴 환자라고 볼 수 있겠네요."

그 말을 듣고 오라가 긴 금발을 펼치고 자기 옆에 누워 있길 바라는 젊은 남자 직원들이 가장 요란하게 웃는다.

"기분 나쁘라고 한 소리 아니에요, 피트. 페트로프 엑설런트라는 이름이 붙어서 그렇지 문구는 훌륭하니까."

"괜찮습니다. 할 수 있는 한도 내에서 최선을 다해야죠."

피트가 가식적인 미소를 지으며 말한다.

포스터를 보면 값비싼 유람선이 즐비한 항구 위로 해가 지는 가운데 한 커플이 발코니에서 건배를 하고 있다. 그 밑에 이런 문구가 적혀 있다. **선셋. 보드카 선라이즈를 마시기에 가장 완벽한 시간.**

페트로프 병의 위치를 놓고 토론이 오가고(왼쪽? 오른쪽? 중앙? 하단?) 프랭크 번스타인이 만드는 법을 추가하면 인터넷 광고와 《플레이보이》나 《에스콰이어》 같은 잡지 광고에서 페이지뷰를 늘릴 수 있을지 모른다고 제안한다. 나는 귀를 닫고 꿈속에서 비행기 테이블 위에 놓여 있던 술에 대해 생각하다가 조지 슬래터리가 나를 부르고 있음을 알아차린다. 그가 뭐라고 물었는지 기억을 재생할 수 있어서 다행이다. 조지는 뭐라고 했느냐고 되묻는 사람을 좋아하지 않는다.

"저는 사실 피트와 같은 생각입니다. 고객이 선택한 이름이니까

53

그 안에서 최선을 다해야죠."

내 말을 듣고 몇몇이 너털웃음을 터뜨린다. 보넬 제약회사의 최신작을 두고 이런저런 농담들이 많이 오가고 있다.

나는 조지 쪽을 쳐다보고 있지 않지만 그는 내가 무슨 말을 하려는지 안다. 나는 말한다.

"월요일쯤에는 뭔가 보여 드릴 수 있을 거예요. 늦어도 다음 주 중순까지는요. 빌리에게 능력을 발휘할 기회를 주고 싶어서요."

빌리 에덜은 우리 회사의 막내이고 수습 기간 동안 내 보조 직원으로 근무 중이다. 아직은 오전회의에 참석할 깜냥이 못 되지만 마음에 든다. 앤드루스 슬래터리의 모든 직원이 그를 좋아한다. 똑똑하고 적극적이라 1~2년 안으로 제몫을 할 것이다.

조지는 고민한다.

"오늘 결과물을 보고 싶었는데. 초안이라도."

정적이 흐른다. 다들 손톱을 들여다본다. 조지 입장에서 이 정도면 공개적인 힐책에 가깝고 나는 그런 대접을 받아도 싸다. 이번 주에는 내 상태가 썩 좋지 않은 데다 맡은 일까지 어린 막내에게 떠넘기다니 모양새가 별로다. 기분도 별로다.

"알았네."

마침내 조지가 이렇게 말하자 회의실에 감도는 안도감을 느낄 수 있을 정도다. 상쾌한 산들바람이 훅 하고 불었다가 사라진 듯한 느낌이다. 화창한 금요일 오전에 회의실에서 매질이 벌어지는 광경을 목격하고 싶은 사람은 없을 테고 나 역시 매질을 당하고 싶지는 않다. 그것 말고도 생각할 거리가 너무 많다.

조지도 쥐 냄새를 맡았을까 생각한다.

"엘렌은 좀 어떤가?"

그가 묻기에 나는 대꾸한다.

"좀 괜찮아졌습니다. 챙겨 주셔서 감사합니다."

프레젠테이션이 몇 개 더 이어진다. 그러고 나서 회의가 끝난다. 다행이다.

*   *   *

20분 뒤에 빌리가 내 사무실로 들어왔을 때 나는 거의 꾸벅꾸벅 졸고 있다. 아니다, *대놓고* 꾸벅꾸벅 졸고 있다. 나는 내가 깊은 생각에 잠겼나 보다고 생각해 주길 바라며 얼른 일어나 앉는다. 어쩌면 그는 너무 신이 나서 알아차리지 못했을 수도 있다. 한손에 포스터 보드를 들고 있다. 포덩크 고등학교에서 금요일 밤의 댄스 파티를 소개하는 큼지막한 공고를 붙이는 학생 역할에 그보다 더 어울릴 수 없겠다. 그가 묻는다.

"회의는 어땠어요?"

"잘 끝났어."

"우리 이야기도 나왔어요?"

"당연하지. 나를 위해서 어떤 선물을 준비했나?"

그는 심호흡을 하고 내 쪽으로 포스터 보드를 돌린다. 왼쪽에 비아그라 병이 있다. 실제 크기인지 아니면 실제 크기에 가까운지 모르겠지만 그건 중요한 문제가 아니다. 오른쪽(광고업계 종사자 아무나 붙잡고 물어도 이쪽이 파워 사이드라고 할 것이다.)에 우리 제품이 있는데 훨씬 크다. 그 밑에 이런 문구가 적혀 있다. **포텐이 터**

지다. 비아그라보다 10배 강력한 효과!

빌리는 포스터를 쳐다보는 나의 안색을 살피고, 그의 얼굴에서 차츰 기대에 찬 미소가 지워진다.

"마음에 안 드시는 모양이네요."

"마음에 들고 안 들고의 문제가 아니야. 이 바닥에서 중요한 건 그런 게 아니거든. 빵 터지겠느냐 안 터지겠느냐지. 이건 안 터지겠는걸."

그는 시무룩해진다. 조지 슬래터리가 그 표정을 보았다면 한소리 했을 것이다. 나는 아무 말도 하지 않겠지만, 그를 가르치는 것이 나의 임무이다 보니 그의 입장에서는 나에게 한소리 들은 것처럼 느껴질 수도 있을 것이다. 나는 여러 가지 생각들로 머릿속이 복잡하지만 그래도 그를 제대로 가르칠 작정이다. 나는 이 일을 사랑한다. 인정은 별로 못 받는 일이지만 그래도 사랑한다. 게다가 당신은 포기라는 걸 모르잖아. 이렇게 말하는 엘렌의 목소리가 들리는 듯하다. 한번 물었다 하면 놓질 않잖아. 그 정도 투지는 가끔 섬뜩하게 느껴질 수도 있어.

"여기 앉아 봐."

그는 자리에 앉는다.

"삐죽 내민 입은 그만 집어넣고. 꼭 변기에 인형을 빠뜨린 어린애 같잖아."

그는 어떻게든 입을 집어넣으려고 한다. 나는 그래서 그를 좋아한다. 그는 최선을 다한다. 앤드루스 슬래터리에서 살아남으려면 그래야 한다. 물론 행동으로 보여 주기도 해야겠지만.

"자네를 나무라지는 않겠어. 자네 잘못이 아니라 우리한테 멀티

비타민처럼 들리는 약을 떠맡긴 보넬 제약회사의 잘못이니까. 하지만 재료가 변변치 않더라도 그걸로 그럴 듯한 결과물을 만들어야 한단 말이지. 그게 광고회사의 주요 업무야. 10건 중 7건이 그래. 어쩌면 8건이. 그러니까 정신 바짝 차리라고."

그는 살짝 웃는다.

"받아 적을까요?"

"시건방지게 굴지 말고. 첫째, 약 광고를 할 때는 절대 약병을 보여 주면 안 돼. 로고는 괜찮아. 약 자체도 가끔은 괜찮고. 어떤 약인가에 따라 달라지지만. 화이자에서 왜 비아그라를 보여 줬는지 아나? 파란색이기 때문이야. 소비자들은 파란색을 좋아하거든. 모양도 도움이 됐지. 소비자들이 비아그라처럼 생긴 알약에 아주 긍정적인 반응을 보이니까. 하지만 *약이 담긴 병을 보고 싶어 하는 사람은 없어.* 약병을 보면 질병이 연상되니까. 알겠나?"

"그럼 조그만 비아그라 알약과 커다란 포텐 알약을 비교하면요? 병 대신에요."

그는 두 손으로 문구가 들어갈 틀을 만들어 보인다.

"'포텐, 10배 크고 10배 강력합니다.' 아시겠죠?"

"그래, 빌리. 알겠어. 식품의약국에서도 알아들을 테고 좋아하지 않을 거야. 그런 문구를 쓰면 광고를 중단하라는 조치가 내려질 수도 있어. 그러면 어마어마한 비용 손실이 따르겠지. 고객도 대거 잃을 테고."

"*왜요?*"

말투가 거의 푸념에 가깝다.

"10배 크지도 않고 10배 강력하지도 않으니까. 비아그라, 시알

리스, 레비트라, 포텐스는 발기력에 관한 한 효과가 똑같다고 보면 돼. 검색을 해 보게. 그 참에 광고법을 다시 공부하는 것도 괜찮겠지. 허풍쟁이의 밀기울 머핀이 수다쟁이의 밀기울 머핀보다 10배 더 맛있다고 얘기하고 싶다? 그럼 해도 돼, 입맛은 주관적인 문제니까. 하지만 거시기가 얼마나 오랫동안, 얼마나 단단해지는가의 문제라면……."

"알겠습니다."

그가 조그맣게 말한다.

"그리고 또 하나. '10배 더 낫다'고 하는 건, 발기부전의 측면에서 말이지…… 상당히 설득력이 떨어져. '1-2-2'처럼 유행이 지난 표현이기도 하고."

그는 멍한 표정을 짓는다.

"1950년대에 광고장이들이 연속극 중간에 내보내는 TV 광고를 그렇게 불렀어. 한 주방에 두 잡년이 앉아 있는 걸 투샷으로 잡는다고 해서."

"설마요!"

"진짜야. 내가 생각해 놓은 게 있는데."

메모지에 끼적이는데 5B의 커피메이커 주변에 여기저기 붙어 있는 메모들이 생각난다. 아직까지 거기 붙어 있는 이유가 뭘까?

"그냥 말로 하시면 안 되나요?"

신입 사원의 질문이 1000킬로미터 멀리에서 말하는 것처럼 들린다.

"안 돼. 광고는 언어 매체가 아니라고. 말로 옮긴 광고는 믿으면 안 돼. 글로 써서 보여 줘야지. 가장 가까운 친구나. 아니면…… 부인한테."

"선배님, 괜찮으세요?"

"응. 왜?"

"그냥…… 방금 전에 잠깐 이상해 보이셨거든요."

"월요일에 프레젠테이션을 할 때만 이상해 보이지 않으면 돼. 자…… 자네가 보기에는 어떤가?"

나는 메모지를 돌려서 인쇄체로 쓴 문구를 보여 준다. **포텐스, 단단하게 밀어붙이고 싶은 남자들을 위하여.**

"지저분한 농담처럼 들리는데요!"

그가 반발한다.

"제대로 파악했군. 하지만 그건 내가 인쇄체 대문자로 써서 그런 거야. 부드러운 이탤릭체로 쓰여 있다고 상상해 봐. 아니면 괄호 안에 조그맣게 들어가 있다고. 비밀처럼."

괄호를 추가한다. 글자가 대문자라 느낌이 살지 않지만 먹힐 것이다. 보면 안다.

"이제 근육질의 덩치 큰 남자 사진을 상상해 봐. 속옷이 살짝 보이는 골반 청바지하고 민소매 운동복을 입었다고 치자고. 총에는 기름과 흙이 살짝 묻어 있다고 하고."

"총요?"

"이두박근 말이야. 그리고 뚜껑을 연 고급 스포츠카 옆에 서 있어. 그런데도 지저분한 농담처럼 느껴지나?"

"그…… 글쎄요."

"나도 분명하게 장담은 못하겠지만 느낌상으로 첫 삽은 제대로 뜬 것 같아. 하지만 아직은 부족해. 자네 말마따나 문구가 아직 약하단 말이지. 그걸 바탕으로 텔레비전과 인터넷 광고가 만들어지기 때문에 빵 터져야 하는데. 그러니까 자네가 다듬어 봐. 빵 터질 수 있게. 키워드를 명심하고……."

바로 그 순간, 그 빌어먹을 꿈의 나머지 출처가 퍼뜩 생각이 난다. 아귀가 딱 맞는다.

"선배님?"

"키워드는 *단단하다*는 거야. 왜냐하면 남자는…… 거시기나 계획이나 *인생*이 마음먹은 대로 되지 않으면 *단단히* 상처를 받거든. 그렇더라도 간단하게 포기하지는 않아. 과거의 기억을 떠올리면서 그때로 돌아갈 수 있길 바라지."

'맞아. 남자들은 분명 그렇지.'

나는 생각한다.

빌리는 히죽히죽 웃는다.

"저는 그 심정을 알 일이 없겠네요."

나는 억지로 미소를 짓는다. 입 꼬리에 추라도 달려 있는 것처럼 어마무지하게 무겁게 느껴진다. 문득 다시 꿈을 꾸는 듯한 기분이 든다. 내 바로 옆에 보고 싶지 않은 무언가가 있기 때문이다. 하지만 이건 빠져나올 수 있는 자각몽이 아니다.

선명한 현실이다.

* * *

빌리가 나가자 나는 화장실로 향한다. 10시, 대부분의 직원들이 모닝커피를 배출하고 손바닥만 한 휴게실에서 다시 커피를 마시는 시점이라 똥간이 나의 독차지다. 어슬렁어슬렁 들어온 누군가가 문 밑을 쳐다 보고 수상쩍게 여길 일이 없도록 바지를 내리지만 사실 내가 이곳을 찾은 용건은 생각을 하기 위해서다.

앤드루스 슬래터리에 합류한 지 4년이 지났을 때 패스프린 진통제 광고를 맡았다. 내가 지금까지 특별하게 빵 터뜨린 몇 건 중에서 패스프린 진통제가 최초였다. 번갯불에 콩 구워먹듯 만든 광고였다. 샘플 상자를 열고 약병을 꺼낸 순간 광고장이들이 골자라고 부르는 기본 콘셉트가 생각났다. 두말하면 잔소리지만 *너무 쉽게* 만든 것처럼 보이지 않게 살짝 바보짓을 하는 척하고는 콘티를 만들었다. 엘렌이 도와주었다. 그녀가 불임이라는 사실을 알게 된 직후였다. 어렸을 때 류마티스열을 치료하느라 투여 받은 약물 때문에 그렇게 됐다는 얘기를 듣고 그녀는 상당히 우울해 했다. 패스프린 광고를 돕는 동안에는 그 생각을 잊을 수 있었기 때문에 정말로 열심히 매달렸다.

그 당시만 해도 앨 페터슨이 실무를 맡고 있었기에 나는 콘티를 들고 그를 찾아갔다. 우리 둘이서 만든 콘티를 그가 천천히 살피는 동안 그의 책상 앞에 앉아서 터질 듯한 심장을 달래며 진땀을 뻘뻘 흘렸던 기억이 난다. 한참 만에 그가 콘티를 내려놓고 텁수룩한 머리를 들어서 나를 쳐다보는데 정적이 흐른 시간이 아무리 못해도 1시간은 되는 것처럼 느껴졌다. 이윽고 그가 말했다.

"좋은데, 브래들리. 좋은 수준을 넘어서 훌륭해. 내일 오후에 고객을 만나기로 하지. 자네가 프레젠테이션을 맡도록."

내가 프레젠테이션을 맡았고 더건 제약회사의 부사장은 롤업 소매에 패스프린 병을 꽂은 젊은 워킹우먼을 몹시 마음에 들어 했다. 광고 덕분에 패스프린은 단숨에 바이엘, 애너신, 부페린과 어깨를 나란히 하는 메이저의 반열에 올랐고 그해 안으로 더건의 모든 광고가 우리 차지가 되었다. 집행되는 예산이 몇 백만 달러였다. 그것도 몇 백만 달러 초반도 아니었다.

나는 보너스로 엘렌을 데리고 나소(카리브 해 바하마의 수도로 겨울 휴양지로 유명하다 — 옮긴이)에 10일 동안 다녀왔다. 비가 퍼붓는 오전에 케네디 공항에서 출발한 비행기가 구름을 뚫고 올라가 기내가 햇빛으로 가득차자 그녀가 웃으며 "자기야, 키스해 줘."라고 외쳤던 기억이 난다. 나는 그녀에게 입을 맞추었고 통로 맞은편에 앉아 있던 커플이(비즈니스 석을 타고 가고 있었다.) 박수를 쳤다.

그때가 최고의 순간이었다. 하지만 30분 뒤에 내가 그녀를 돌아보았을 때 최악의 순간이 찾아왔다. 모로 꼰 고개를 어깨에 대고 입을 벌리고 머리를 창문에 붙인 채로 자고 있는 걸 보고, 순간 그녀가 죽은 줄 알았던 것이다. 그녀는 젊었지만, 우리 둘 다 젊었지만, 돌연사의 가능성이 엘렌의 경우에는 섬뜩한 현실이었다.

의사는 슬픈 소식을 전하면서 이렇게 말했다.

"부인과 같은 증상을 흔히 '불임'이라고 하죠. 하지만 부인의 경우에는 임신을 하지 못하는 것이 축복일 수 있어요. 어렸을 때 병을 제대로 치료하지 않는 바람에 심장이 약해졌는데 아이가 생기면 무리가 갈 수 있거든요. 임신을 하더라도 마지막 넉 달 동안은 누워 지내야 하고 그렇다 하더라도 결과를 장담할 수 없습니다."

그 여행을 떠났을 때 그녀는 홀몸이었고 마지막으로 받은 정기 검진 결과도 아무 이상없었지만 순항 고도까지 올라가는 것도 충분히 힘든 일이 될 수 있었고…… 그녀는 숨을 쉬지 않는 것처럼 보였다.

잠시 후에 그녀가 눈을 떴다. 나는 통로쪽 의자에 몸을 묻으며 떨리는 긴 숨을 내뱉었다.

그녀는 어리둥절한 표정으로 나를 쳐다보았다.

"왜 그래?"

"아무것도 아니야. 당신 자는 걸 보느라."

그녀는 뺨을 닦았다.

"맙소사. 내가 침을 흘렸어?"

나는 웃음을 터뜨렸다.

"아니. 잠깐…… 죽은 것처럼 보였어."

그 말에 그녀도 따라서 웃음을 터뜨렸다.

"만약 그랬다면 당신은 내 시신은 뉴욕으로 보내고 바하마 마마 칵테일이나 다시 즐겼을 테지?"

"아니. 당신을 어떻게든 데려갔을 거야."

"왜?"

"인정할 수 없을 테니까. 죽어도 인정할 수 없을 테니까."

"며칠이 지나면 인정할 수밖에 없을걸? 나한테서 고약한 냄새가 풍길 테니까."

그녀는 웃고 있었다. 그날 의사가 한 말을 제대로 이해하지 못했기에, 한 귀로 듣고 한 귀로 흘렸기에 계속 장난을 치는 줄 알았던 것이다. 게다가 그녀는 겨울처럼 창백한 뺨과 화장이 번진 눈꺼풀과 벌어진 입 위로 반짝이는 햇살이 비출 때 자신이 어떻게 보이는지 알지 못했다. 나는 보았고 그 모습은 이미 머릿속에 새겨졌다. 그녀는 나의 심장이었기에 내가 지켜야 한다. 아무도 그걸 내게서 빼앗아갈 수 없다.

"안 날 거야. 내가 당신을 살아 있게 만들 테니까."

"진짜? 무슨 수로? 주술이라도 쓸 거야?"

"포기하지 않으면 돼. 그리고 광고장이의 가장 값진 자산을 동원하면 돼."

"그게 뭔데요, 패스프린 씨?"

"상상력. 이제 좀 더 신나는 얘기하면 안 될까?"

* * *

기다리던 전화가 3시 30분쯤에 걸려온다. 카를로가 아니다. 건물 관리인 버크 오스트로다. 그가 나더러 몇 시쯤에 퇴근하느냐고 묻는다. 모두들 맡고 있는 쥐 썩은 내가 5C가 아니라 우리 집에서 나고 있다는 것이다. 그는 예약이 있어서 해충 방제 업체 직원들이 4시에는 출발해야 한다는데 그게 중요한 문제가 아니라고 한다. 문제가 발생했으면 고치는 게 중요한 문제라고 한다. 그나저나 카를로가 그러는데 1주일이 넘도록 사모님을 보지 못했다는데요. 선생님하고 개만 보였다고요.

나는 후각에 문제가 있고 엘렌은 기관지염에 걸렸다고 설명한다. 그래서 화재경보기가 울리지 않는 이상 커튼에 불이 나도 그녀는 모를 거라고 말한다. 레이디는 당연히 맡았겠지만 개한테 쥐 썩은 내는 샤넬 넘버 5처럼 느껴질지 모른다고 말한다.

"알겠습니다만, 프랭클린 씨, 그래도 들어가서 어떻게 된 일인지

64

확인을 해야겠는데요. 그리고 해충 방제 업체 직원들을 다시 부르면 거기에 따르는 비용을 선생님이 부담하셔야 할 거예요. 비용이 만만치 않을 텐데 말이죠. 제가 마스터키로 열고 들어갈 수도 있겠습니다만 저로서는 선생님이⋯⋯."

"네, 저도 그렇게 하는 쪽이 더 편합니다. 아내는 말할 나위도 없고요."

"집으로 전화를 드렸는데 사모님께서 받지를 않으시던데요."

이제 그의 목소리에서 의심하는 기미가 느껴진다. 내가 전부 설명했고 광고장이들이 원래 그런 데 재주가 있지만 설명의 효과가 60초 정도면 사라진다. 똑같은 광고와 슬로건이 몇 번이고 반복되는 이유가 그 때문이다. 살짝 문지르면 끝. 시간을 아끼고 돈을 아끼세요. 펩시, 생각이 젊은 사람들을 위한 음료. 정말 좋아요. 챔피언들의 아침. 못을 박는 것과 같다. 심장에 못을 박는 것이다.

"전화기를 무음으로 해 놨을 거예요. 그리고 병원에서 받은 약 때문에 정신을 못 차리고 자더라고요."

"언제 퇴근하시나요, 프랭클린 씨? 저는 7시까지 있을 수 있어요. 그 이후로는 알프레도밖에 없고요."

말투에서부터 나를 무시하는 그를 상대하느니 차라리 길거리의 또라이를 상대하는 게 낫겠다.

'꿈 깨시지. 절대 집으로 퇴근하지 않을 거야.'

나는 생각한다. 사실 나는 처음부터 그 집에 있은 적이 없었다. 엘렌과 나는 바하마가 마음에 쏙 들어서 케이블 비치로 집을 옮겼고 나는 나소의 조그만 회사에 취직했다. 거기서 유람선 특별 상품(가만히 앉아 계시면 목적지에 도착합니다!) 스테레오 폭탄 세일

(더 좋은 품질의 음향기기를 더 저렴한 가격에!), 슈퍼마켓 개점 광고(팜스에서 알뜰 주부 되세요!)를 진행했다. 뉴욕의 이 모든 일들은 언제든 도망칠 수 있는 자각몽에 불과했다.

"프랭클린 씨? 듣고 계십니까?"

"네. 생각하느라요. 반드시 참석해야 하는 회의가 하나 있어서요, 6시쯤에 아파트에서 만나면 어떨까요?"

"로비에서 뵈면 어떻겠습니까, 프랭클린 씨? 거기서 만나서 같이 올라가는 걸로요."

그러니까 선수 칠 생각은 마라, 부인을 죽였을지 모르는 광고 천재 양반, 이런 뜻이다.

무슨 수로 내가 먼저 집 안으로 들어가서 엘렌의 시신을 없앨 수 있겠느냐고 묻고 싶어진다. 그는 그렇게 생각하고 있다. 나를 살인범으로 분명하게 단정 짓지는 않았지만 그렇다고 그럴 리 없다고 생각하지도 않는다. 내가 직원용 엘리베이터를 타고 올라가 작은 방에서 그녀의 시신을 토막이라도 낸다는 걸까? 그런 다음 그걸 소각용 쓰레기 투입구에 넣어서 DIY 화장이라도 시도한다는 걸까?

"로비 좋습니다. 6시. 가능하면 15분 전까지 가겠습니다."

나는 전화를 끊고 엘리베이터로 향한다. 그러려면 휴게실을 지나야 한다. 빌리 에덜이 문가에 기대고 서서 노지를 마시고 있다. 엄청 후진 탄산음료인데 파는 게 그것밖에 없다. 그 회사가 우리의 고객이기 때문이다.

"어디 가세요?"

"집. 엘렌이 전화했어. 몸이 안 좋다고."

"서류가방 안 들고 가세요?"

"응."

당분간은 서류가방을 쓸 일이 없을 것이다. 사실 두 번 다시 쓸
일이 없을 것이다.

"새로운 방향으로 포텐스 광고 만들고 있어요. 이걸로 따낼 수
있을 것 같아요."

"그럴 거야."

진심이다. 빌리 에덜은 조만간 승승장구할 것이다. 다행이다.

"내가 좀 급해서."

"네, 얼른 가세요. 안부 전해주세요."

그는 24살이라 아무것도 이해하지 못한다.

* * *

앤드루스 슬래터리에서는 해마다 대여섯 명의 인턴을 뽑는다.
빌리 에덜도 그런 경로로 선발됐다. 대부분 자질이 뛰어났고 처음
에는 프레드 윌리츠도 그래 보였다. 내가 그의 사수를 자청했기에
회사 비품실을 자기 사냥터로 여기는 도벽광으로 밝혀졌을 때 그
를 해고(애초에 인턴은 '해고'가 불가능하지 않으냐고 반문하는 사
람도 있겠지만)하는 임무가 나에게 주어졌다. 어느 날 오후에 대량
의 복사용지를 가방에 챙기다 마리아 엘링턴에게 들통이 나기 전
까지 얼마나 훔쳐갔을지 아무도 모를 일이었다. 알고 보니 그는 사
이코 기질도 있었다. 내가 오늘로 끝이라고 통보하자 길길이 날뛰
었다. 그가 로비에서 내게 고함을 지르는 동안 피트 웬델이 경비에

게 연락해 억지로 끌어내야 했다.

프레디는 할 말이 많이 남았는지 우리 아파트 근처를 배회하다 퇴근하는 나를 향해 열변을 토하기 시작했다. 하지만 늘 어느 정도 거리를 유지했고 경찰에서는 그가 언론의 자유를 행사하고 있을 뿐이라고 했다. 내가 무서워했던 것은 그의 입이 아니었다. 그가 프린터 카트리지와 50권의 복사용지뿐 아니라 박스칼이나 커터칼까지 훔쳐갔을지 모른다는 생각이 들었다. 그래서 나는 카를로에게 직원용 출입구 열쇠를 달라고 해서 그쪽으로 다니기 시작했다. 그게 그해 가을, 그러니까 9월 아니면 10월에 있었던 일이다. 날이 추워지자 윌리츠 군은 포기하고 속풀이 장소를 다른 데로 옮겼지만 카를로는 열쇠를 달라고 하지 않았고 나도 돌려주지 않았다. 우리 둘 다 깜빡했던 것 같다.

그래서 나는 택시 기사에게 우리 집 주소를 알려 주는 대신 다음 블록에서 내려 달라고 한다. 두둑한 팁까지 얹어서 택시비를 내고(그깟 돈이 대수일까.) 직원용 골목으로 걸어간다. 열쇠가 꼼짝하지 않아서 심장이 철렁하지만 위아래로 살짝 흔들자 돌아간다. 직원용 엘리베이터는 이삿짐센터에서 쓰는 갈색의 누비 패드가 벽에 덧대져 있다. 내가 가게 될 정신병 죄수용 독방을 미리 보는 듯한 기분이지만 너무 극단적인 발상이다. 회사에 휴직서를 제출해야 할 테고 내가 저지른 짓이 임대차 계약 위반에 해당하기는 하지만······.

내가 정확히 무슨 짓을 저질렀을까?

따지고 보면 지난 1주일 동안 도대체 내가 무슨 짓을 저지르고 있었을까?

엘리베이터가 5층에서 멈추자 나는 이렇게 중얼거린다.

"그녀를 살아 있게 만들었지. 그녀가 죽었다는 사실을 감당할 수가 없어서."

그녀는 죽지 않았다고, 컨디션이 안 좋을 뿐이라고 스스로 최면을 건다. 광고문구로는 꽝이지만 지난 1주일 동안 내게는 효과 만점이었고 광고업계에서 중요한 건 단기 성적이다.

안으로 들어간다. 공기가 고요하고 따뜻하고, 아무 냄새도 나지 않는다. 아무튼 내 생각에는 그런데, 광고업계에서는 상상력 또한 중요하다.

"여보, 나 왔어. 일어났어? 몸 좀 괜찮아?"

나는 큰소리로 외친다.

오늘 아침에 출근하면서 깜빡하고 문을 닫지 않았는지 레이디가 어슬렁어슬렁 걸어 나온다. 입가를 핥고 있다. 녀석은 죄책감이 어린 눈빛으로 나를 흘끗 쳐다보더니 다리 사이로 꼬리를 감추고 거실로 비척비척 걸어간다. 돌아보지 않는다.

"여보? 엘?"

방 안으로 들어간다. 솜털 같은 그녀의 머리칼과 이불로 덮인 그녀의 형체 말고는 아무것도 없다. 이불이 살짝 쭈글쭈글한 걸 보면 일어났다가(단순히 커피를 마시기 위해서라도) 다시 누운 모양이다. 지난주 금요일에 퇴근했을 때부터 그녀가 숨을 쉬지 않았는데 그 뒤로 잠을 무척 많이 잔다.

그녀 쪽으로 돌아가 보니 손이 아래로 늘어뜨려져 있다. 뼈하고 살점 몇 조각 말고는 남은 게 거의 없다. 나는 그 손을 쳐다보며 이 사태를 해석하는 방법에는 두 가지가 있다는 생각을 한다. 이렇게 해석하면 내 개(사실은 엘렌의 개다. 레이디는 늘 엘렌을 더 좋아했다.)를 안락사 시켜야 한다. 저렇게 해석하면 레이디가 걱정이 돼서 그녀를 깨우려고 했다고 볼 수 있다. 일어나요, 엘리, 공원에 가고 싶어요. 일어나요, 엘리, 같이 장난감 가지고 놀아요.

작아진 손을 이불 밑으로 넣는다. 그래야 감기에 걸리지 않는다. 그런 다음 파리 몇 마리를 손사래 쳐서 쫓는다. 전에는 이 아파트에서 파리를 본 기억이 없는데. 카를로가 죽은 쥐 어쩌고 하더니 그 냄새를 맡은 모양이다.

"빌리 에덜 알아? 그 친구한테 그 빌어먹을 포텐스 광고 아이디어를 줬거든. 잘 다듬어서 만들 것 같아."

엘렌은 묵묵부답이다.

"당신은 죽으면 안 돼. 내가 받아들일 수가 없거든."

엘렌은 묵묵부답이다.

"커피 마실래?"

나는 손목시계를 흘끗 확인한다.

"뭐 먹을 거라도? 닭고기 수프 있는데. 봉지에 넣어서 파는 거지만 뜨겁게 데우면 나쁘지 않아."

뜨겁게 데우면 나쁘지 않아요. 이 얼마나 허접한 슬로건인가.

"어때, 엘?"

그녀는 아무 말도 하지 않는다.

"알았어. 아무 말하지 않아도 돼. 바하마 갔을 때 기억나? 스노클링 하러 갔는데 당신이 우는 바람에 중간에 멈춰야 했잖아. 내가 왜 그러느냐고 물으니까 당신은 이렇게 대답했지. '너무 아름다워서.'"

이제는 *내가* 울고 있다.

"일어나서 좀 걷지 않을래? 내가 창문 열고 환기 좀 시킬게."

엘렌은 묵묵부답이다.

나는 한숨을 쉰다. 솜털 같은 머리칼을 쓰다듬는다.

"알았어. 그럼 좀 더 잘래? 내가 이렇게 옆에 앉아 있어 줄게."

그리고 나는 그렇게 한다.

조 힐에게 바친다

철벽 빌리

맞다, 이건 야구에 대한 소설이다. 하지만 섣부른 오해는 금물이다. 뱃사람이 아니라도 패트릭 오브라이언의 작품을 좋아할 수 있고, 기수나 심지어 경마꾼이 아니더라도 딕 프랜시스의 미스터리를 좋아할 수 있지 않는가. 그런 작품들은 등장인물과 사건을 통해 활기를 얻는데, 내 바람대로 된다면 여러분도 이 작품에서 그 비슷한 활기를 느낄 수 있을 것이다. 이 작품은 애틀랜타의 터너 필드(애틀랜타 브레이브스팀의 홈구장이었다 ── 옮긴이)에서 열린 포스트시즌 결승전에서 폭투로 인해 분위기가 폭동 직전으로 치닫는 광경을 보고 착안한 것이다. 팬들이 야구장 안으로 컵, 모자, 팻말, 페넌트(각 팀을 상징하는 깃발 ── 옮긴이), 맥주병 세례를 퍼부었다. 심판이 위스키 병에 머리를 맞자 양 팀은 장내가 정리될 때까지 벤치로 철수했다. TV 해설자들은 스포츠맨십이 실종됐다고 아쉬워했지만 미국 팬들은 100년 전부터 여러 야구장에서 그런 식으로 혐오감과 분노를 표출해 왔다.

나는 한평생 야구를 사랑한 팬으로서 "심판 죽여 버려!"나 "눈깔이 삐었냐!"와 같은 발언들과 어우러진 과격한 이의 신청이 경기의 일부분으로 여겨졌던 시절에 대해서 써 보고 싶었다. 야구가 미식축구만큼 격렬해서 주자들이 2루로 슬라이딩할 때 스파이크를 들었고, 홈플레이트에서는 육탄전이 금기시되기보다 당연시됐던 시절에 대해서 말이다. 그 시절에는 심판의 말이 곧 법이었기에 TV 리플레이 화면을 근거로 판정이 번복된다는 것은 상상할 수조차 없었다. 나는 그 시절 야구선수들의 언어를 통해 스포츠를 사랑했던 20세기 중반 미국의 질감과 빛깔을 재현하고 싶었다. 전설적이면서도 끔찍하게 우스꽝스러운 뭔가를 창조할 수 있는지 시험해 보고 싶었다.

나를 이야기 속에 등장시키는 기회가 생긴 것도 좋았다.(내 맨 처음 밥벌이가 리스본 《엔터프라이즈》의 스포츠 담당 기자였다.) 내 아들들은 이런 방식을 '메타픽션'(작가가 독자들에게 의도적으로 자신의 존재를 의식시키면서 책 속의 이야기가 허구임을 드러내는 방식 —— 옮긴이)이라고 부른다. 나는 그냥 재미삼아 만든 장치이고 여러분에게도 이 이야기가 그렇게 느껴졌으면 좋겠다. 「와일드 번치」라는 걸작 영화에서 마지막 문장을 차용한, 예스럽게 유쾌한 작품으로 말이다.

하지만 내 작품을 꾸준히 찾아주는 독자들에게 경고하건대 칼날을 조심하기 바란다. 이러니저러니 해도 스티븐 킹의 작품이지 않은가.

윌리엄 블레이클리?

맙소사, 철벽 빌리 말이로군. 누가 그의 소식을 묻는 것이 얼마
만인지 모르겠네. 물론 여기서는 아무도 내게 거의 뭘 묻질 않아.
내가 시내 P회관의 K강당에서 열리는 폴카 나이트나 버추얼 볼링
이라는 것에 참가 신청을 할 때라면 모를까. 여기 이 휴게실에서
하는 것 말이지. 킹 선생, 자네는 부탁한 적 없지만 그래도 내가 충
고 하나 하겠는데 늙지 말게. 그리고 늙더라도 친척들이 이런 좀비
호텔에 집어넣도록 내버려 두지 말게.

늙는다는 건 우스운 일이야. 젊은 사람들 이야기는 주변에서 항
상 궁금해 하지. 특히 프로야구 선수라면 말할 것도 없고. 하지만
젊었을 때는 사람들에게 내 이야기를 들려줄 시간이 없단 말이지.
지금은 남아도는 게 시간인데 그 시절 이야기에는 아무도 관심이

없는 눈치야. 그래도 그때 생각을 하면 기분이 좋아. 그러니까 빌리 블레이클리에 대해서 들려주리다. 물론 끔찍한 이야기지만 원래 그런 이야기가 가장 오래도록 남는 것 아니겠소?

그 당시에는 야구가 지금하고 달랐어. 한 가지 기억해야 할 것이 뭔가 하면 철벽 빌리는 재키 로빈슨이 인종의 장벽을 깬 지 겨우 10년이 지났을 때 타이탄스에서 활약했는데 타이탄스는 이미 오래 전에 사라진 팀이라는 거지. 뉴저지에 또 다른 메이저리그 팀이 창단되는 날이 올까? 강 하나만 건너면 나오는 뉴욕에 최강의 프랜차이즈가 두 팀이나 있으니 어렵지 싶어. 하지만 그 당시에는 대단한 팀이었고(*우리가* 그랬단 말이지.) 지금하고는 다르게 경기를 했지.

규칙은 같았어. 그건 달라지지 않지. 그리고 소소한 절차들도 거의 비슷했고. 아, 모자를 삐딱하게 쓰거나 챙을 구부리는 건 금물이었고 머리도 짧고 단정하게 깎아야 했지만(요즘 멍청이들 헤어스타일처럼 말이지.) 타석으로 나서기 전에 성호를 긋는 선수도 있었고, 스탠스(야구에서 타격 전 준비 자세 ― 옮긴이)를 취하기 전에 방망이 윗면에 흙을 뿌리는 선수도 있었고, 수비를 하러 달려나갈 때 베이스라인을 밟지 않고 뛰어넘는 선수도 있었지. 베이스라인은 모두의 기피 대상이었어. 그걸 밟으면 가장 재수가 없다고들 했거든.

경기는 *지역 주민들을* 대상으로 치러졌지. TV 중계가 시작되기는 했지만 주말에나 가능한 이야기였거든. 우리 쪽 시장은 탄탄한 편이었는데, 경기 중계를 WNJ에서 맡아서 뉴욕 사람이라면 누구나 볼 수 있었어. 일부 중계방송은 완전 코미디였지. 지금이랑 비교하면 아마추어 연극 수준이었다고 할까. 라디오는 좀 더 전문적이었지만 당연히 그것도 위성 방송이 아니라 지역 방송이었지. 위성이라는 게 없던 시절이었으니까! 그해에 양키스와 브레이브스가 월드 시리즈를 치르는 동안 러시아(스푸트니크는 소련 시절에 쏘아 올렸지만 원서에 러시아라고 되어 있기에 그대로 옮겼다 ― 옮긴이)에서 세계 최초로 위성을 발사했지. 내가 기억하기로는 경기가 없던 날이었는데 내 기억이 틀렸을 수도 있어. 그해에 타이탄스가 일찌감치 떨어져나갔던 건 똑똑히 기억하지. 철벽 빌리 덕분에 얼마동안 경기를 치를 수 있었지만 그가 어떻게 됐는지 자네도 알잖은가. 그래서 날 찾아온 거 아닌가.

내가 하고 싶은 말은 뭔가 하면 그 당시는 경기의 규모가 작았기 때문에 선수들이 엄청난 대접을 받지 않았다는 거야. 스타가 없었다는 말이 아니야. 아론, 버데트, 윌리엄스, 칼라인, 그리고 두말하면 잔소리지만 믹. 하지만 알렉스 로드리게스나 배리 본즈(약물이나 복용하는 초짜 커플이라고 할까.)처럼 전국적으로 유명한 선수는 몇 없었단 말이지. 나머지 선수들은? 한마디로 정의하자면 노동자였어. 당시 평균 연봉이 1만 5000달러였는데 요즘 고등학교에 첫 부임한 교사 연봉이 그보다 많으니까.

노동자였다고, 알겠지? 조지 윌도 자기 책에서 그렇게 표현했잖아. 그치는 그게 좋은 것인 양 했지만, 글쎄. 부인에 딸린 아이가 셋인데 7년 정도 있으면 은퇴해야 하는 30살의 유격수도 그렇게 생각할까? 운 좋게 부상을 면해 봐야 10년쯤 버틸 수 있을 텐데. 칼 퍼릴로도 결국에는 세계무역센터에 엘리베이터를 설치하고 부업으로 야간경비원 일을 했던 거 아냐? 응? 그 윌이라는 자도 그걸 알았을까 아니면 깜빡하고 언급을 하지 않았을까?

요는 이거였어. 숙취가 남아 있어도 솜씨를 발휘할 만한 능력이 되면 경기를 뛴다. 그게 안 되면 고철더미 위로 내동댕이쳐진다. 그렇게 간단하고 그렇게 잔인했다니까? 이렇게 말하고 보니 그해 봄 우리 팀의 포수진이 생각나는군.

타이탄스의 스프링 캠프는 새러소타였고 캠프 기간 내내 분위기가 좋았지. 우리 팀의 선발 포수는 조니 굿카인드였어. 자네는 아마 그 친구를 기억하지 못할 거야. 기억하더라도 그런 식으로 선수 생활을 끝냈기 때문에 기억할 테고. 그는 4년 동안 타율이 3할이 넘었고 거의 모든 경기에 출전하는 맹활약을 펼쳤지. 투수들을 다룰 줄 알았고 헛소리를 용납하지 않았어. 그래서 다들 그가 요구하는 공을 감히 거부하지 못했지. 그해 봄에는 타율이 빌어먹을 3할5푼에 육박했고 홈런도 아마 열댓 개 됐을 텐데, 공이 멀리 날아가지 않는 에드스미스 스타디움(플로리다 주 새러소타에 위치한 야구장 — 옮긴이)에서 내가 본 중에서 최고로 큼지막한 홈런을 한 방 날린 적도 있었어. 어느 기자의 쉐보레 앞유리창을 박살냈다니까, 하!

그런데 술을 너무 좋아해서 우리 팀이 북쪽 홈구장으로 돌아가서 개막전을 치르기 이틀 전에 파인애플 대로에서 어떤 여자를 차로 쳐서 날치처럼 납작하게 만들어 버렸단 말이지. 아니, 날치가 아니라 넙치인가? 아무튼. 그러고는 이 멍청이가 뺑소니를 치려고 했는데 오렌지 대로 모퉁이에 서 있던 순찰차가 다 보고 있었지 뭔가. 조니의 상태에 대해서도 의심의 여지가 별로 없었어. 차에서 끌어내렸을 때 양조장처럼 술 냄새가 진동했고 제대로 서 있지도 못할 정도였거든. 한 보안관보가 수갑을 채우려고 허리를 숙였는데 그 친구의 뒤통수에 대고 토악질을 했고. 조니 굿카인드의 야구 인생은 그 토사물이 마르기도 전에 끝났지. 베이브 루스라도 아침에 장을 보러 나온 가정주부를 쳐서 죽인 뒤에는 도리가 없었을 거야. 그 친구는 결국 레이퍼드 교도소 팀에서 콜사인하는 신세로 전락했을걸? 그런 팀이 있는지 모르겠지만.

백업 포수가 프랭크 패러데이였거든. 그 친구는 포수로서는 나쁘지 않았지만 타자로서는 끽해야 풋내기 수준에 머물렀단 말이지. 한 1할6푼쯤 됐나? 덩치도 크지 않았으니 선수생활이 위태로웠어. 그 당시에는 플레이가 거칠었거든, 킹 선생. 엿 먹이는 경우도 비일비재했고.

하지만 우리 팀에는 패러데이밖에 없는 걸 어쩌겠나. 디푸노 감독이 그 친구를 보고 얼마 못 가겠다고 말한 게 기억이 나지만, 그렇게 짧게 끝날 줄은 그도 몰랐을 거야.

우리 팀이 그해의 마지막 시범경기를 치르던 날 패러데이가 홈플레이트를 맡았지. 상대는 신시내티 레즈였어. 스퀴즈 플레이(주자가 3루에 있을 때 번트를 쳐서 주자를 홈으로 불러들이는 플레이 — 옮긴이)가 진행 중이었고 타자는 돈 호크였어. 3루에는 덩치 큰 헐크(테드 클루셰프스키였던 것 같은데)가 있었고. 호크가 친 공은 그날 우리 팀의 투수 제리 러그에게로 곧장 날아갔고, 폴란드 출신의 클루는 120킬로그램에 달하는 거구를 이끌고 홈으로 돌진했지. 젓가락처럼 비쩍 마른 패러데이는 한 발을 홈플레이트에 얹고 서 있었고. 비참한 최후를 맞이할 수밖에 없는 상황이었어. 러그가 공을 던지자 패러데이가 태그를 하려고 몸을 돌렸는데 차마 눈 뜨고 볼 수가 없더군.

그 친구가 아웃카운트를 잡은 것만큼은 인정해. 하지만 스프링 캠프에서 아웃카운트 하나는 무게감으로 따지자면 강풍 앞에서 뀌는 실방귀하고 같다고 할까? 그길로 프랭크 패러데이의 선수생활은 끝났지. 한쪽 팔 골절, 한쪽 다리 골절, 뇌진탕이라는 진단과 함께. 그 친구가 어떻게 됐는지는 나도 몰라. 투컴캐리의 에소 주유소에서 앞유리창을 닦아 주고 받는 팁으로 연명한다고 들었는데.

이렇게 해서 우리 팀은 48시간 만에 두 명의 포수를 잃고 홈으로 돌아가게 되었는데, 포수 마스크를 쓸 사람이 한국전쟁 직후에 포수에서 투수로 전향한 갠지 버지스밖에 없었지 뭔가. 그 시즌에 갠지는 39살이었고 중간계투요원밖에 안 됐지만 악마처럼 교활한 너클볼의 소유자였기 때문에 조 디푸노도 이 노계를 포수석에 앉히는 무리수를 둘 수가 없었지. 처음에는 나를 거기 앉히겠다고 했어. 나로 말할 것 같으면 주요부위를 하도 많이 맞아서 불알이 무릎을 때릴 정도로 늘어진 늙다리 3루 주루 코치에 불과했기에 농담이라는 걸 알았지만 지금도 생각하면 몸서리가 쳐진다니까?

결국 조는 뉴어크(뉴저지 주에서 가장 큰 도시 — 옮긴이)의 프런트에 연락했지. "행크 매스터스의 패스트볼과 대니 도의 커브를 주저앉지 않고 받을 수 있는 선수가 필요한데. 트레몬트에서 타이어볼 놀이를 하는 애라도 글러브만 있으면 상관없어. 국가가 시작되기 전에 스왐프 구장에 데려다놓기만 해. 그런 다음 제대로 된 포수를 구해 줘. 이번 시즌에 경기를 치르고 싶으면." 그런 다음 전화를 끊고 그날 들어 80개비째쯤 됐을 담배에 불을 붙였지.

아, 감독의 인생이란. 한 포수는 살인 혐의로 기소됐고 다른 포수는 「미라」에 출연한 보리스 칼로프처럼 붕대를 둘둘 감고 병원에 누워 있었으니. 투수진은 아직 면도도 하지 않을 나이거나 연금을 신청해도 될 만한 나이였으니 개막전에 장비를 입고 홈플레이트 뒤에 쭈그리고 앉을 선수는 누구란 말인가.

우리 팀은 그해에 기차가 아니라 비행기를 타고 이동했지만 분위기가 엉망이었지. 그동안 커윈 맥캐슬린 타이탄스 단장이 여기저기 전화를 돌려서 개막전에 투입할 포수를 구해 놓았더군. 이내 철벽 빌리라고 불리게 될 윌리엄 블레이클리를 말이야. 그 친구가 더블 A 출신이었는지 트리플 A 출신이었는지 기억이 안 나지만 인터넷으로 검색해 보면 알 수 있을 거야. 어느 팀 소속이었는지는 기억하거든. 데번포트 콘허스커스였어. 내가 타이탄스에서 근무한 7년 동안 그 팀에서 올라온 선수가 몇 명 되는데 1군 선수들이 항상 콘홀러스에서 경기하기가 어땠느냐고 짓궂게 놀렸거든. 아니면 콕서커스 어땠느냐고.(홀러는 항문, 콕은 남자의 성기를 뜻한다 — 옮긴이) 야구선수들이 좋아하는 유머라는 게 교양하고는 거리가 있단 말이지.

그해 우리 팀의 개막전 상대는 레드삭스였어. 4월 중순이었고. 그 당시에는 야구가 늦게 시작했고 일정도 양호했지. 일찍, 사실 날이 밝기도 전에 구장으로 나가 보니 한 젊은이가 선수용 주차장에 낡은 포드 트럭을 세워 놓고 거기 범퍼에 앉아 있더군. 뒤 범퍼에 아이오와 주 번호판이 매달려 있었어. 경비원 닉이 구단에서 받은 편지와 운전면허증을 보고 들여보낸 거야.

나는 악수를 청하면서 이렇게 말했지. "자네가 빌리 블레이클리겠군. 만나서 반갑네."

"저도 만나서 반갑습니다. 장비를 들고 오기는 했지만 많이 낡았는데요." 그가 말했지.

"아, 그건 우리 쪽에서 커버할 수 있을 거야." 나는 그의 손을 놓으며 말했지. 그는 검지 중간 마디 바로 밑에 밴드를 붙이고 있었어. 나는 그걸 가리키며 "면도하다 베었나?" 하고 물었지.

"네, 면도하다 베었어요."

내 농담을 알아들은 건지 아니면 하도 긴장이 돼서 처음에는 누가 무슨 말을 하건 맞장구를 치기로 작정을 한 건지 알 수가 없더군. 나중에 알고 보니 둘 다 아니었어. 상대방이 하는 말을 그대로 따라하는 습관이 있었을 뿐이었어. 나는 금세 익숙해졌고 심지어 재미있어 하게 됐지만.

"디푸노 감독님이세요?" 그가 묻더군.

"아니. 나는 조지 그랜섬일세. 선수들 사이에서는 그래니라고 불리지. 3루 주루 코치인 동시에 장비 담당이야." 진짜야. 내가 그 두 가지 임무를 겸임했어. 당시에는 판이 작았다니까. "내가 마련해 줄 테니까 걱정 말게. 다 새 걸로."

"다 새 걸로요. 글러브는 사양할게요. 빌리가 쓰던 걸 써야 하거든요. 빌리 주니어하고 저는 워낙 오래 된 친구예요."

"음, 알았네." 그러고 나서 우리는 당시 스포츠 기자들이 올드 스왐피라고 부르던 경기장으로 들어갔지.

패러데이가 쓰던 등번호라 19번을 주는 게 꺼림칙했지만 유니폼이 잠옷처럼 보이지 않고 딱 맞기에 그냥 주기로 했어. 그가 옷을 갈아입는 동안 내가 물었지. "피곤하지 않나? 거의 논스톱으로 달려왔을 텐데. 구단에서 비행기 타고 오라고 돈 안 부쳐 주던가?"

"피곤하지 않아요. 구단에서 비행기 타고 오라고 돈 부쳐 줬을지 몰라도 저는 못 봤어요. 구장 좀 둘러볼 수 있을까요?"

나는 그러자고 하고 복도를 지나서 더그아웃 너머로 그를 안내했지. 그가 패러데이의 유니폼을 입고 파울라인 바깥쪽의 홈플레이트를 향해 걸어가는데 파란색의 19라는 숫자가 아침 햇살을 받고 반짝이더군.(이제 겨우 8시였어. 그라운드 정비원들이 긴 하루를 시작하는 시각이었지.)

그렇게 걸어가는 그를 보았을 때의 느낌을 말로 설명할 수 있으면 좋겠지만 말은 킹 선생, 자네의 주 무기지 나의 주 무기가 아니잖아. 아무튼 뒷모습이 그렇게 패러데이를 빼다 박았을 수가 없었어. 물론 그가 10살 더 어렸지만…… 가끔 걸음걸이에서 티가 날 뿐, 뒷모습으로는 나이가 잘 드러나지 않잖아. 게다가 패러데이처럼 호리호리한데 유격수나 2루수라면 모를까, 포수는 호리호리한 게 미덕이 아니지. 포수라면 모름지기 소화전처럼 듬직해야 하는 법! 조니 굿카운드처럼. 그런데 그 친구는 조만간 갈비뼈가 부러져서 장기가 파열되게 생겼지 뭔가.

그래도 프랭크 패러데이보다 체격이 좋긴 했어. 엉덩이는 떡 벌어졌고, 허벅지는 두툼하고. 상체가 가늘 뿐이었는데 엉덩이를 실룩이며 멀어져 가는 그를 보면서 경치 좋은 뉴어크로 놀러온 아이오와의 플레이보이처럼 보인다는 생각을 했던 기억이 나.

홈플레이트 앞에 도착하자 몸을 돌려서 정중앙을 쳐다보더군. 플레이보이답게 머리가 금발이었고 한 가닥이 이마를 덮고 있었지. 그는 그 머리칼을 쓸어 올리고는 그 자리에 가만히 서서 모든 광경을 눈에 담았어. 그날 오후가 되면 5만여 명의 관중들이 들어찰 고요하고 텅 빈 관람석, 벌써부터 난간에 매달려서 아침바람에 펄럭이는 깃발, 뉴저지를 상징하는 파란색으로 다시 칠한 파울대, 막 물을 뿌리기 시작한 그라운드 정비원들. 나는 언제 봐도 근사한 풍경이라고 생각했는데, 1주일 전만 해도 집에서 소젖을 짜며 5월 중순에 콘홀러스의 경기가 시작되기만을 손꼽아 기다렸을지 모르는 이 녀석이 어떤 생각들을 했을지 상상할 수 있었지.

딱하게도 이제야 드디어 상황을 파악한 모양이로군. 이쪽으로 고개를 돌렸을 때 보면 공포에 질린 눈빛일 거야. 그 고물 트럭을 집어타고 시골 낙원으로 토끼지 못하게 탈의실에 묶어 놓아야 할지 몰라.

그런데 나를 쳐다보는 눈빛에서 공포는 찾아볼 수 없더군. 어떤 선수라도 개막전 때는 긴장을 할 텐데 심지어 긴장감마저 없었어. 리바이스 청바지와 얇은 포플린 재킷을 입고 홈플레이트 뒤에 서 있는 모습이 침착하기 그지없었어.

"흠." 그가 애초부터 굳게 믿고 있던 사실을 확인한 사람 같은 투로 이렇게 말했지. "빌리라면 여기서 안타를 칠 수 있겠네요."

나는 "다행이로군."이라고 말했지. 달리 할 말이 없었거든.

그러자 그가 "다행이죠."라고 대꾸하고 나서 뭐라고 했는지 아나? "저 친구들 물 뿌리는 거 도와주는 게 좋을까요?"

나는 웃음을 터뜨리고 말았어. 그 녀석에게는 주변 사람들을 불안하게 만드는 엉뚱하고 특이한 구석이 있었지만…… 그게 또 매력이었어. 뭐랄까, 좀 귀여웠거든. 그 녀석이 정상이 아니라는 걸 알겠는데도 좋아하고 싶어진다고 할까. 조 디푸노 감독은 녀석이 모자란 아이라는 걸 한눈에 알아차렸지. 몇몇 선수들도 마찬가지였지만 그래도 녀석을 좋아하는 데에는 아무 지장이 없었어. 뭐랄까, 그 녀석에게 말을 걸면 내가 한 말이 고스란히 되돌아오거든. 동굴 속에서 들리는 메아리처럼.

내가 말했지. "빌리, 그라운드 관리는 네가 할 일이 아니야. 오늘 오후에 장비를 갖추고 대니 두슨의 공을 받는 게 네가 할 일이지."

"대니 두 말씀이시죠."

"맞아. 작년에 26승을 해서 사이 영 상을 받아 마땅했지만 못 받았어. 기자들이 싫어하거든. 그것 때문에 아직까지 뿔이 나 있어. 이거 하나만 기억해. 네가 요구하는 공을 그 친구가 거부하면 똑같은 사인을 보내지 마. 경기가 끝난 뒤에 거시기랑 똥꼬의 위치가 바뀌기 싫으면. 200승까지 4게임 남아서 200승이 될 때까지 지랄 맞게 굴 거야."

"200승이 될 때까지요." 그 친구는 고개를 끄덕였지.

"맞아."

"제가 요구하는 공을 거부하면 다른 사인을 보내고요."

"응."

"체인지업을 쓰나요?"

"차라리 개가 소화전 위에다 오줌을 싸느냐고 물어. 196승짜리 투수라니까. 체인지업 없이 무슨 수로 그 많은 승수를 쌓았겠어."

"체인지업 없이 무슨 수로 그 많은 승수를 쌓았겠느냐고요." 그 녀석은 말했지. "알겠습니다."

"그리고 부상당하지 마. 구단에서 누굴 데려오기 전에는 우리 팀에 너밖에 없으니까."

"제가 1인자네요. 알겠습니다."

"알아들었길 바라네."

그 무렵 다른 선수들이 등장하기 시작했고 나는 할 일이 1000개쯤 있었지. 나중에 보니 그 친구가 조 감독의 사무실에서 필요한 서류에 사인을 하고 있더군. 커원 맥캐슬이 로드킬을 노리는 콘도르처럼 그 친구의 위로 허리를 숙이고서는 사인이 필요한 곳들을 손으로 짚어 주고 있었고. 지난 60시간 동안 6시간이나 잤을까 말까 했을 텐데 그 상태로 향후 5년이 달린 계약서에 사인을 하고 있었으니 딱한 노릇이었지. 또 나중에 보니 이번에는 두슨과 보스턴의 라인업을 검토하고 있더군. 말은 두슨이 다하고 그 친구는 듣고만 있었어. 질문도 하지 않는 모양이던데 다행이었어. 그 친구가 말문을 열면 대니가 입을 물어뜯어 버릴 수도 있었으니까.

나는 경기가 시작하기 1시간쯤 전에 조의 사무실에 가서 라인업 카드를 확인했지. 그 친구를 8번 타자로 넣었던데 놀라울 것 없는 선택이었어. 머리 위에서 웅성거림이 시작됐고 널빤지를 밟고 지나가는 요란한 발소리가 들렸지. 개막전에는 관중들이 항상 일찍부터 입장을 해. 그 소리를 듣자 늘 그랬듯이 긴장이 되기 시작했고 조 감독도 마찬가지라는 걸 알 수 있었어. 재떨이가 벌써 넘쳐나고 있더군.

"내 기대에 못 미치게 왜소하네." 그는 라인업 카드에 적힌 블레이클리의 이름을 톡톡 두드리며 이렇게 말했지. "이 친구마저 떨어져나가면 큰일인데."

"맥캐슬린이 아직 아무도 못 구했대요?"

"그런가 봐. 허비 래트너의 부인한테 연락했는데 허비가 위스콘신 주의 머시껭이인가 하는 데로 낚시를 하러 갔대. 다음 주까지 연락이 안 된다는군."

"허비 래트너는 아무리 못해도 43살은 됐을 텐데요."

"그걸 누가 모르나. 하지만 우리가 지금 찬밥 더운밥 가릴 차지가 아니잖아. 그리고 솔직히…… 저 녀석이 덩치들 사이에서 얼마나 버틸 것 같아?"

"뭐, 반짝 머물다가 떠날 수도 있겠죠. 하지만 패러데이에게는 없었던 뭔가가 있어요."

"그게 뭔데?"

"그게 뭔지는 잘 모르겠지만 저 녀석이 홈플레이트 뒤에 서서 중앙을 바라보는 모습을 보셨다면 감독님의 평가가 달라졌을 수도 있어요. 꼭 '뭐 생각보다 그렇게 대단하지는 않네.' 이런 분위기를 풍겼거든요."

"딜록이 자기 코에 대고 공을 던진 순간 얼마나 대단한 곳인지 알게 될 거야." 조는 이렇게 말하고 담배에 불을 붙여서 한 모금 빨더니 그때부터 난도질을 하기 시작했지. "담배를 끊어야 하는데. 자동차 한 대 가득 피워도 기침 한 번 안 난다더니 개뿔. 저 녀석이 대니 두의 첫 번째 커브를 가랑이 사이로 흘린다는 데 20달러를 걸겠어. 그러면 대니는 노발대발할 테고(누가 찬물 끼얹으면 어떻게 되는지 자네도 알잖아.) 보스턴은 쾌속 질주하겠지."

"감독님, 원래 낙관주의자 아니셨던가요?"

그가 손을 내밀더군. "20달러 내기."

나는 그가 저주를 없애려고 그런 내기를 한다는 걸 알았기에 그의 손을 잡았어. 그 20달러는 내 몫이 됐지. 철벽 빌리의 전설이 바로 그날부터 시작됐으니까.

그 친구가 훌륭하게 경기를 이끌었다고 볼 수는 없었어. 그런 역할을 한 건 두였으니까. 하지만 대니가 프랭크 맬존에게 던진 1구가 커브였는데 별 무리 없이 받았단 말이지. 그뿐만이 아니었어. 거시기 털만큼 살짝 빠진 공이었는데 미트질이 그렇게 빠른 포수는 내가 그때까지 본 적이 없었다는 거 아닌가. 요기(뉴욕 양키스에서 명포수로 활약했던 요기 베라 — 옮긴이)도 그렇게는 못했어. 주심이 스트라이크를 외쳤고 쾌속 질주한 쪽은 우리 팀이었지. 5회에 윌리엄스에게 솔로 홈런을 맞긴 했지만 6회에 벤 빈센트가 바로 만회했어. 그리고 나서 7회, 2루에 주자가 나갔고(바바리노였던 걸로 기억하네.) 투아웃이었는데 이 신참내기가 타석에 들어섰단 말이지. 세 번째 타석이었어. 첫 타석에서는 룩킹 삼진(배트를 휘두르지도 못하고 당하는 삼진 — 옮긴이)을 당했고 두 번째 타석에서는 헛스윙 삼진을 당했는데 바보처럼 보일 정도로 딜록에게 완전히 속았거든. 그때 받은 야유가 녀석이 타이탄스 유니폼을 입고서 받은 처음이자 마지막 야유였지.

녀석이 타석에 들어서자 나는 조를 쳐다보았어. 간이 냉장고 옆에 허리를 잔뜩 숙이고 앉아서 자기 신발을 쳐다보며 고개를 젓고 있더군. 왜냐하면 이 친구가 걸어 나간다 치더라도 다음 타자가 두인데, 두는 테니스 라켓으로 슬로피치 소프트볼도 치지 못하는 실력이었거든. 타자로서는 아주 그냥 젬병이었지.

이게 무슨 애들용 스포츠 만화도 아니고 괜히 감질나게 굴지 않겠네. 때로는 삶이 예술을 모방한다는 말을 누가 했는지 모르겠지만 맞는 말이야. 그날이 그랬거든. 볼카운트 3-2. 그때 딜록이 두 번째 타석에서 이 친구를 완전히 속였던 싱커(빠르게 날아오다가 급격히 떨어지는 볼 — 옮긴이)를 던졌는데, 또다시 속아 넘어가도 할 말이 없을 만큼 완벽한 피칭이었어. 그런데 이번에는 속은 쪽이 아이크 딜록이었지 뭔가. 이 친구가 왕년의 엘리 하워드처럼 자기 신발 위로 떨어지는 공을 걷어 올려서 빈 공간으로 날린 거야. 나는 주자에게 달리라는 신호를 보냈고 우리는 2대 1로 앞서 나가기 시작했지.

더그아웃에 있던 선수들이 전부 일어나서 고래고래 소리를 질렀는데 이 친구 귀에는 들리지도 않는 눈치였어. 2루에 서서 엉덩이를 털고는 그만이지 뭔가. 그 자리에 오래 있지는 않았지. 두가 3구만에 타석에서 물러났고 삼진을 당하면 늘 그러는 것처럼 방망이를 집어 던졌거든.

어쩌면 이 이야기는 고등학교 자습시간에 역사책으로 가리고서 몰래 읽었던 스포츠 만화하고 비슷하다고 볼 수도 있겠네. 9회 초, 두의 상대는 상위 타선이었어. 맬존이 삼진을 당하자 관중의 4분의 1이 자리에서 일어났지. 클라우스까지 삼진을 당하자 절반이 일어났고. 그 다음 타자는 윌리엄스였어. 야구천재 테디 말이지. 그런데 두가 볼카운트 0-2로 유리하게 끌고 가다가 힘이 빠져서 볼넷을 허락했지 뭔가. 이 친구가 마운드로 나가려고 하니까 두가 손사래를 쳤어. 꼬맹아, 쭈그리고 앉아서 네 할 일이나 해라, 이 뜻이었어. 그래서 꼬맹이는 그렇게 했어. 달리 어쩔 수 있었겠나? 마운드의 주인공은 야구계에서 가장 위대하다고 손꼽히는 투수였고, 홈플레이트에 앉아 있는 그 녀석은 그해 봄에 그날 짜야 할 젖을 다 짠 다음 몸이 무뎌지지 않게 헛간 뒤에서 길거리 야구나 했을지 모르는데.

제1구. 젠장! 윌리엄스가 2루로 스타트를 끊더군. 공이 원바운드로 튀어서 처리하기가 까다로웠지만 우리의 그 친구가 우라지게 잘 잡아서 던졌어. 테디를 거의 아웃시킬 뻔했지만 킹 선생도 알다시피 거의라는 것은 아무 짝에도 쓸모없는 단어 아닌가. 두가 그 친구한테 뭐라고 소리를 질렀는데(자기가 지랄 맞은 공을 던져놓고 그 친구의 잘못인 것처럼) 두가 그렇게 타박을 하는 동안 윌리엄스가 타임을 불렀지. 슬라이딩을 하다가 무릎을 다쳤다는 건데 그럴 만도 했어. 그가 타자로서는 어마어마할지 몰라도 발은 엄청 느렸거든. 도루를 한 이유가 뭐였는지 아직까지도 모를 일이야. 투아웃이고 박빙의 게임이었는데 히트앤드런일 리도 없었고 말이지.

이렇게 해서 테디 대신 대주자 빌리 앤더슨이 나갔고 타석에는 타율이 4할2푼5리였나, 뭐 그쯤 되는 강타자 딕 거너트가 등장했어. 관중들은 미친 듯이 날뛰고, 깃발은 나부끼고, 핫도그 껍데기들은 휘날리고, 여자들은 우라지게 비명을 지르고, 남자들은 두를 빼고 스투 랜킨(요즘 같았으면 최종병기라고 불릴 선수였지. 그 당시에는 그냥 쇼트릴리프 전문이었지만.)을 투입하라고 조에게 고함을 지르고.

하지만 조는 기도하면서 두셈으로 끝까지 밀어붙였어.

볼카운트가 3-2까지 갔겠지? 두가 공을 던지자마자 앤더슨이 내달렸겠지? 왜냐하면 그는 바람처럼 달릴 수 있었고 포수는 그날 데뷔한 초짜였거든. 괴력의 거너트가 커브를 톡 쳐서(세게 쳐서 날린 게 아니라 그야말로 톡 쳤어.) 투수 마운드 뒤편, 두의 손이 아슬아슬하게 닿지 않는 곳으로 공을 보냈지. 하지만 두가 고양이처럼 달려들었어. 앤더슨이 3루를 돌았을 때 두가 무릎을 꿇은 채

홈으로 공을 던졌지. 공이 무슨 총알처럼 날아갔어.

킹 선생이 무슨 생각을 하는지 알아. 하지만 자네 짐작은 틀렸다네. 나는 우리의 신참 포수가 패러데이처럼 망가져서 한 게임을 끝으로 메이저리그 선수생활을 접을 거라고 생각한 순간이 단 1초도 없었어. 일단 빌리 앤더슨이 클루처럼 뿔을 세우고 돌진하지 않았거든. 그보다는 발레 댄서에 가까웠지. 그리고 또 한 가지 이유가 있다면…… 음…… 이 친구가 패러데이보다 *나았어*. 나는 너덜너덜한 장비가 뒤에 실린 똥차 범퍼에 앉아 있는 그 녀석을 보았을 때 한눈에 그렇다는 걸 알아차렸던 것 같아.

두슨이 던진 공은 낮았지만 정확했지. 그 친구가 다리 사이로 공을 잡더니 몸을 돌려서 *빈 글러브*만 내미는 걸 본 순간 나는 생각했어. 그런 초보적인 실수를 하다니, '초보는 두 손으로'라는 명언도 잊었나, 앤더슨한테 부딪쳐서 저 공이 굴러가면 9회 말에 결승점을 낼 궁리를 해야겠네. 그런데 그 친구가 미식축구의 라인맨처럼 왼쪽 어깨를 내리지 뭔가. 나는 그 녀석의 다른 쪽 손에는 신경을 쓰지 않았어. 그날 그 구장에 있었던 모든 관중들처럼 앞으로 뻗은 포수 글러브만 쳐다보고 있었지. 그래서 어떻게 된 영문인지 제대로 보질 못했는데 모두 마찬가지였을 거야.

아무튼 내가 본 광경을 설명하자면 홈까지 아직 세 걸음 남았을 때 그 친구가 글러브로 앤더슨의 가슴을 강타했어. 그러자 앤더슨은 밑으로 내린 그 친구의 어깨에 부딪치면서 좌타자 타석 뒤편으로 벌러덩 넘어졌지. 주심이 손을 들어서 *아웃* 사인을 보냈는데 앤더슨이 비명을 지르면서 발목을 잡지 뭔가. 3루 코치석에 있었던 내 귀에 들릴 정도면 엄청나게 큰 소리로 비명을 지른 거야.

개막전 관중들이 풍력 10의 돌풍처럼 고함을 지르고 있었거든. 앤더슨의 왼쪽 바짓단이 빨갛게 물들었고 그의 손가락 사이로 피가 배어나오는 게 보이더군.

*　*　*

물 한 잔만 마셔도 될까? 저 플라스틱 주전자에 담긴 걸 따라서 주겠나? 여기에서는 플라스틱 주전자밖에 안 써. 좀비 호텔에서 유리 주전자는 금지 품목이거든.

아, 살 것 같네. 이렇게 말을 많이 한 게 오랜만인데 아직도 할 말이 많이 남았지 뭔가. 벌써 지겨워진 건 아니겠지? 아니라고? 다행이로군. 나도 마찬가지야. 이야기 자체는 끔찍할지 몰라도 이렇게 재미있는 시간을 보낸 게 언제인지 모르겠어.

*　*　*

빌리 앤더슨은 1958년이 되어서야 다시 그라운드로 복귀했는데 1958년이 그의 선수 생활 마지막 해가 되었지. 보스턴에서 시즌 도중에 무조건 방출됐지만 데려가겠다는 팀이 아무도 없었거든. 그의 능력이라고는 빠른 발밖에 없었는데 그게 없어져 버렸으니 말이야. 병원에서는 발목이 말짱하게 나았다고, 아킬레스건이 완전 절단된 것도 아니고 찢어졌을 뿐이라고 했지만, 그게 당겨진 게 그의 선수생활이 끝장난 이유가 아닐까 싶어. 사람들은 잘 모르는데 야구가 얼마나 미묘한 게임인지 아나? 게다가 홈플레이트에서 충돌했을 때 포수들만 부상을 입는 게 아니란 말이지.

경기가 끝난 뒤에 대니 두가 샤워실에서 그 친구를 붙잡고 큰 소리로 외쳤지. "신입, 오늘 밤에 내가 술 한 잔 살게! 아니, 열 잔 살게!" 그러고는 최고의 칭찬을 했지. "*아까 우라지게 잘 버티던데?*"

"열 잔. 제가 우라지게 잘 버텼기 때문에 말이죠." 그 친구가 그렇게 얘기하니까 두가 그렇게 재미있는 농담은 처음 듣는다는 듯이 껄껄 웃으며 그의 등을 때리지 뭔가.

하지만 그때 핑키 히긴스가 들이닥쳤어. 그해에 레드삭스 감독을 맡았는데 참 보람 없는 일이었지. 1957년의 지루한 여름 내내 핑키도 그렇고 레드삭스도 그렇고 점점 상황이 안 좋아졌거든. 그가 노발대발하면서 담배를 어찌나 열심히 씹었던지 진이 양쪽 입가에서 찍찍 튀어나와서 유니폼에 튈 정도였는데, 홈플레이트에서 부딪쳤을 때 그 친구가 앤더슨의 발목을 의도적으로 베었다는 거야. 손톱으로 그랬을 거라고, 그러니까 출전을 정지시켜야 한다고. 좌우명이 "스파이크를 높게 치켜들고 죽여 버리자!"인 감독이 그런 어처구니없는 발언을 하다니.

내가 그때 조의 사무실에서 맥주를 마시고 있었기 때문에 핑키가 고래고래 악을 쓰면서 늘어놓는 이야기를 같이 들었지. 저 인간이 미쳤나 싶었는데 조의 표정을 보니까 나랑 똑같은 생각을 하고 있더군.

조는 핑키의 이야기가 끝날 때까지 기다렸다가 이렇게 말했지. "나는 앤더슨의 발을 보고 있지 않았어. 블레이클리가 태그를 하고 공을 끝까지 잡고 있는가를 봤지. 끝까지 잡고 있더군."

"그 녀석을 이 자리로 데려와." 핑키가 씩씩대며 말했지. "면전에 대고 얘기할 테니."

"왜 이러나, 핑크." 조가 말했지. "블레이클리가 심한 부상을 당했다 한들 내가 자네 사무실로 쳐들어가서 성질을 부리겠나?"

"스파이크가 아니었으니까 그렇지!" 핑키는 고함을 질렀어. "스파이크는 경기의 일부분이야! 하지만 무슨…… *발 야구하는 여학생도 아니고*…… 손톱으로 할퀴는 건 경기의 일부분이 *아니라고!* 그리고 앤더슨은 7년째 선수생활을 하고 있어. 먹여 살려 할 가족이 있단 말이지!"

"그러니까 뭔가? 우리 팀 포수가 자네 팀 대주자를 태그 아웃시키면서…… 거기다 어깨로 밀어서 내동댕이치면서 손톱으로 그 친구의 발목을 찢었다는 건가?"

"앤더슨의 말로는 그래. 앤더슨이 느꼈다고 했어."

"블레이클리가 손톱으로 앤더슨의 발을 잡고 당겼을지 모른다. 이건가?"

"아니." 이렇게 시인하는 핑키의 얼굴이 그 무렵에는 벌겋게 달아올라 있었는데, 화가 나서 그런 것만은 아니었어. 자기 주장이 어떤 식으로 들릴지 알았거든. "그 친구 말로는 넘어지는 순간에 그랬다던데."

"죄송하지만 손톱이라뇨." 내가 말했지. "말도 안 되는 헛소리 아닙니까."

"그 녀석의 손을 봐야겠네." 핑키가 말했지. "보여 주지 않으면 이의를 제기하겠어."

조가 핑키한테 할 일 없으면 집에 가서 똥이나 싸라고 할 줄 알았더니 나를 돌아보면서 이렇게 얘기하더군. "가서 그 친구한테 이리 와 보라고 해. 초등학교 1학년 때 국기에 대한 맹세를 하고 난 다음 선생님한테 그랬던 것처럼 히긴스 감독한테 손톱을 보여 주어야겠다고."

내가 가서 그 친구를 불러왔지. 그는 수건만 두른 상태로 순순히 따라왔고 거리낌 없이 손톱을 보여 주었어. 짧고, 뭉뚝했고, 깨지거나 심지어 구부러진 곳조차 없었지. 진짜로 누군가를 할퀴었다면 피가 맺혔을 텐데 그런 흔적도 없었고. 그런데 그 당시에는 아무렇지 않게 생각했지만 내 눈에 띈 사소한 부분이 하나 있었어. 검지에 붙어 있던 밴드가 없어졌는데 아물어가는 상처 자국은 보이지 않고 샤워를 해서 손가락이 그냥 깨끗하고 불그스름하지 뭔가.

"됐나?" 조가 핑키에게 물었지. "아니면 귓속까지 한번 들여다보겠나?"

"염병하시네." 핑크는 이렇게 말하고 일어나더니 문 앞으로 걸어가서 거기 있는 휴지통에 씹던 담배를 까악! 하고 뱉고는 우리 쪽을 돌아보았지. "*자네 팀 선수가 자길 베었다고 우리 팀 선수가 그랬어. 느껴졌다고. 우리 팀 선수는 거짓말을 하지 않아.*"

"자네 팀 선수는 피어솔을 믿고 3루에서 멈추었으면 됐을 텐데 박빙인 경기에서 영웅이 되고 싶어서 욕심을 낸 거야. 책임을 면할 수만 있다면 자기 팬티에 묻은 똥 자국도 초콜릿 소스라고 우길 걸? 어떻게 된 일인지 자네도 알고 나도 알잖아. 앤더슨은 대자로 넘어지는 와중에 자기 스파이크에 발이 엉켜서 찢긴 거야. 이제 그만 나가주시지."

"갚아줄 테니까 각오해라, 디푸노."

"그래? 내일도 똑같은 시각에 경기가 열리니까 일찌감치 출동하시지. 팝콘은 뜨겁고 맥주는 아직 시원할 때."

핑키는 벌써부터 씹는담배를 새로 한 개 뜯으며 사라졌지. 조는 재떨이 옆쪽을 손끝으로 두드리다 그 친구에게 물었어. "이제 우리밖에 안 남았으니까 솔직히 얘기해 봐. 앤더슨한테 무슨 짓을 저질렀나?"

"아뇨." 일말의 망설임도 없었어. "앤더슨한테 아무 짓도 저지르지 않았어요. 진짜예요."

"좋아." 조는 이렇게 말하면서 자리에서 일어났지. "경기를 끝내고 나누는 잡담이 꿀맛이지만 오늘은 집에 가서 마누라하고 소파에서 떡을 쳐야겠어. 개막전 경기를 이기면 항상 고추가 발딱 서거든." 그는 신참 포수의 어깨를 한 대 때렸지. "오늘처럼 그렇게 하면 돼. 잘했어."

그가 나가자 그 친구는 허리춤에 두른 수건을 질끈 동여매고 탈의실로 가려고 했지. 그걸 보고 내가 말했어. "면도하다가 베었다더니 다 나았군 그래."

그 친구가 문 앞에서 걸음을 멈추었는데 나한테 등을 보이고 있었지만 경기장에서 무슨 짓을 저질렀다는 걸 알 수 있었어. 서 있는 품새에서 진실이 느껴졌지. 어떤 식으로 설명하면 좋을지 모르겠지만…… 그냥 느낄 수 있었어.

"네?" 무슨 말인지 모르겠다는 듯이 그렇게 묻더군.

"면도하다가 벤 손가락 말이야."

"아, 그거요. 네, 다 나았어요."

그러고는 밖으로 나갔는데…… 촌놈이라 어디가 어디인 줄도 몰랐을 거야.

자, 이제 시즌 두 번째 게임. 타석에 들어선 우리 팀 신참 포수가 제대로 자리를 잡지도 않았을 때 보스턴의 투수 댄디 데이브 시슬러가 그의 머리를 향해 강속구를 던졌지 뭔가. 정통으로 맞았다면 눈알이 튀어나왔을 텐데 그 친구는 몸을 숙이거나 뭐 그러지도 않고 고개만 뒤로 홱 빼더니 다시 방망이를 곧추들고 할 *테면 해 봐, 어디 한번 똑같이 던져 봐*, 이렇게 얘기하는 듯한 표정으로 그를 똑바로 쳐다보더군.

관중들이 미친 듯이 고함을 지르며 한 목소리로 외쳤지. **퇴장! 퇴장! 퇴장!** 주심이 시슬러를 퇴장시키지는 않았지만 경고를 주자 환호성이 일었어. 쓱 고개를 돌려보니 핑키가 터지려는 몸을 막는 사람처럼 단단히 팔짱을 끼고 보스턴 더그아웃을 왔다 갔다 걷고 있더군.

시슬러는 마운드를 두 바퀴 돌며 팬들의 사랑을 만끽한 다음 (다들 그를 끌어내 능지처참하고 싶어서 난리였지.) 손에 송진가루를 묻혔고 포수 사인에 두세 번 고개를 저었어. 자기 뜻이 충분히 전달되도록 시간을 끄는 거였지. 그러는 내내 그 친구는 거실 소파에 웅크리고 앉은 할머니처럼 편안한 분위기로 방망이를 곧추들고 서 있을 따름이었어. 그걸 본 댄디 데이브가 스트라이크를 잡으려고 강속구를 한복판으로 던졌는데 이 친구가 그걸 받아쳐서 좌측 담장을 넘겨 버렸지 뭔가. 타이딩스가 주자로 나가 있었기 때문에 우리가 2대 0으로 승기를 잡는 순간이었어. 그 친구가 그 홈런을 쳤을 때 스왐프에서 관중들이 지른 함성이 뉴욕에서까지 들렸을지 몰라.

그 친구가 웃는 얼굴로 3루를 돌 줄 알았더니 판사처럼 표정이 심각하더군. 들릴락 말락 한 목소리로 이렇게 중얼거리고 있었어. "잘했어, 빌리. 저 초짜한테 본때를 보여 줬어, 잘했어."

더그아웃에서 두가 맨 먼저 그를 맞이했고 방망이를 걸어 놓는 곳까지 춤을 추며 따라갔지. 그러고는 바닥에 흐트러진 방망이를 줍는 걸 거들었어. 평소 같았으면 그런 일을 거들떠보지도 않았을 대니 두슨이 말이지.

우리는 보스턴을 두 차례 격파하고 펑기 히긴스를 잔뜩 약 올린 다음 워싱턴으로 건너가서 3연승을 거두었지. 그 친구는 경기마다 안타를 기록했고 2호 홈런까지 쳤지만 그리피스 구장이 워낙 경기하기 우울한 곳 아닌가. 홈플레이트 뒤편 박스석에서 달리는 쥐를 향해 기관총을 발사해도 다른 관중이 맞지 않을까 걱정할 필요가 없을 정도지. 그 해에 시네이터스와 1등과의 경기 차가 40경기가 넘었다니까? 말도 안 되는 일이었지.

두가 거기서 두 번째로 등판했을 때 그 친구가 홈플레이트를 지켰고 메이저리그 유니폼을 입은 지 다섯 게임 만에 노히트 노런을 기록할 뻔했지. 피트 러넬스가 9회 말 원아웃에서 2루타를 치는 바람에 날아가 버리긴 했지만. 2루타를 맞으니까 그 친구가 마운드로 올라갔는데 그때는 대니가 손사래를 치지 않더군. 둘이서 잠깐 의논을 하더니 두가 다음 타자 루 버버렛을 고의 사구로 내보냈어. 그 다음 타자 밥 어셔가 그보다 더 아름다울 수 없게 병살타를 쳤지. 게임 오버.

그날 밤에 두와 그 친구는 두슨의 198승을 자축하러 나갔지. 다음 날 보니까 우리의 햇병아리 중의 햇병아리가 엄청난 숙취로 고생하던데 데이브 시슬러가 그의 머리를 향해 공을 던졌을 때만큼 침착하게 대처하더군. 그때부터 나는 우리 팀에 진정한 메이저 리거가 영입됐을지 모른다는 생각이 들기 시작했지. 허비 래트너는 필요 없겠다는 생각이. 아무도 필요 없겠다는 생각이.

"대니하고 죽이 아주 잘 맞는 모양이로군." 내가 말했어.

"잘 맞죠." 그가 관자놀이를 문지르며 맞장구를 쳤지. "두하고 죽이 잘 맞죠. 빌리더러 행운의 부적이래요."

"그래?"

"네. 저랑 붙어 다니면 25승을 하겠다고, 그러면 기자들이 자기를 아무리 싫어해도 사이 영 상을 줄 수밖에 없을 거래요."

"그런 말을 해?"

"네, 그런 말을 해요. 그래니 코치님?"

"응?"

그는 그 파란 눈을 동그랗게 뜨고 나를 쳐다보았어. 모든 것을 볼 수 있지만 거의 아무것도 이해하지 못하는 2.0/2.0의 그 눈으로. 그즈음 나도 알아차렸다시피 그는 까막눈에 가까웠고 본 영화가 「밤비」 딱 한 편뿐이었어. 오터쇼인지 아우터쇼인지 하는 곳의 친구들이랑 같이 보러 간 적이 있다고 하더군. 다니던 학교 이름인가 보다고 생각한 내 짐작은 맞기도 하고 틀리기도 했지만 중요한 건 그게 아니야. 중요한 건 그가 야구는 할 줄 알았지만(그러니까 본능적으로 말이야.) 그 밖의 다른 부분에 있어서는 아무것도 적혀 있지 않은 칠판과 같았다는 거지.

"사이 영이 뭔지 다시 한 번 가르쳐 주세요."

그런 식이었다니까?

우리는 홈경기를 앞두고 3연전을 치르기 위해 볼티모어로 건너 갔어. 남부도 아니고 북부도 아닌 그 도시에서는 전형적인 봄 시즌이 이어졌지. 첫날은 불알이 떨어질 정도로 지독하게 춥더니 둘째 날은 지옥보다 더 뜨거웠고, 셋째 날에는 얼음물 같은 보슬비가 내리더군. 그 친구한테는 상관이 없었어. 세 경기 모두 안타를 쳐서 8게임 연속 안타를 기록했거든. 그리고 또 한 명을 홈플레이트에서 아웃시켰고. 그 경기에서는 우리가 졌지만 얼마나 엄청난 플레이였는지 몰라. 희생양이 거스 트리앤도스였던 것 같은데 머리로 그 친구의 무릎을 들이받는 바람에 홈플레이트에서 90센티미터 떨어진 곳에서 기절하고 말았거든. 그 친구는 심하게 탄 아이에게 오일을 발라주는 엄마처럼 그의 뒷덜미에 대고 살살 태그를 했지.

뉴어크 《이브닝 뉴스》에 그 사진과 함께 *철벽 빌리 블레이클리, 또 한 차례 실점을 막다*라는 소개가 실렸지. 딱 맞는 별명이었고 팬들도 마음에 들어 했어. 당시 팬들은 요즘처럼 노골적이지 않았지만(1957년에는 게리 셰필드를 응원한답시고 양키 스타디움에 셰프의 모자를 쓰고 오고 그러지 않았거든.) 다시 스왐프로 돌아가서 1차전 치르던 날에 일부 팬들이 **우회하시오** 아니면 **도로 폐쇄**라고 적힌 주황색 표지판을 들고 왔지.

그 표지판들이 일회성 이벤트로 끝날 수도 있었는데 1차전 때 인디언스 타자 두 명이 홈플레이트에서 쫓겨났지 뭔가. 우연찮게도 투수가 대니 두슨이었어. 두 번 다 블로킹이 좋았다기보다 송구가 좋아서 아웃시킬 수 있었던 거지만 칭찬은 신참에게로 돌아갔고 어떻게 보면 그 녀석은 칭찬을 누릴 자격이 있었지. 사람들이 그 친구를 신뢰하기 시작했거든. 게다가 너도나도 녀석이 태그하는 광경을 보고 싶어 했어. 야구선수들은 서로 팬이기도 해서 누가 승승장구한다 싶으면 매정하기 짝이 없는 선수들도 어떻게든 도와주려고 하거든.

두슨은 그날 199승을 기록했지. 아, 그리고 그 친구는 홈런 1개를 포함해서 4타수 3안타를 기록했으니 클리블랜드를 상대로 2차전을 치른 날, 더 많은 팬들이 이 표지판을 들고 등장했을 수밖에.

3차전을 치르는 날이 되자 어느 기획력 있는 친구가 타이탄 둔치에서 까만 글씨로 **철벽 빌리의 명령으로 도로 폐쇄**라고 적힌 큼지막한 다이아몬드 모양의 주황색 종이 팻말을 팔기 시작했어. 빌리가 타석에 서면 몇몇 팬들이 그 팻말을 들었고, 상대팀 주자가 3루에 있으면 전부 들었지. 양키스가 우리 마을로 왔을 무렵에는, 그때가 4월말이었는데, 그 팀 주자가 3루에 있을 때마다(그 해에 주자를 얼마나 자주 3루까지 내보냈는지 몰라.) 온 경기장이 주황색으로 뒤덮였지.

양키스는 우리를 개박살내고 1등으로 치고 올라갔는데 그 친구의 잘못은 아니었어. 그는 매 경기마다 안타를 쳤고 3루와 홈 사이에서 런다운(주자가 두 베이스 사이에 갇혀서 진루도 귀루도 하지 못하게 된 상황 — 옮긴이)에 걸렸을 때 빌 스코런을 잡았으니까. 스코런은 덩치가 빅 클루만 한 코뿔소라서 그 친구를 넙치로 만들어 버리려고 했지만 자기가 오히려 엉덩방아를 찧었지. 그 친구가 양쪽 무릎으로 눌러 버렸거든. 그 사진이 신문에 실렸는데 레슬링 빅 매치 결승전에서 귀염둥이 토니 바바가 이번만큼은 멋쟁이 조지를 해치우는 광경 같더군. 관중들은 그 **도로 폐쇄** 팻말을 얼마나 열심히 흔들었는지 몰라. 타이탄스가 진 건 상관없어 보였

어. 우리의 말라깽이 포수가 스코런이라는 거대한 코뿔소를 주저
앉히는 광경을 보았으니 팬들은 즐겁게 집으로 돌아갔지.

나중에 보니까 그 친구가 샤워실 앞 벤치에 알몸으로 앉아 있
더군. 가슴 양옆으로 멍이 올라오기 시작했는데 아랑곳하지 않는
눈치였어. 징징이가 아니었거든. 나중에 어떤 사람들은 그랬지. 너
무 모자라서 아픈 걸 느끼지 못한 거라고. 너무 모자라고 제정신
이 아니라서. 하지만 나는 모자란 선수들을 수도 없이 보았지만
모자란 선수도 아프면 계속 투덜거리더구먼.

"팻말들 보니까 기분이 어땠나?" 나는 이렇게 물었지. 혹시라도
우울해하고 있다면 이 말을 듣고 기분이 좋아지지 않을까 해서.

"무슨 팻말요?" 어리둥절해하는 표정으로 보았을 때 진짜로 몰
라서 묻는 거였어. 철벽 빌리가 그런 친구였지. 득점을 노리고 3루
에서 홈으로 달려오고 있다면 설령 그게 트레일러라고 하더라도
막으려 들겠지만 다른 부분에 있어서는 전혀 아무것도 모르는.

우리는 홈에서 디트로이트와 2연전을 치렀는데 두 게임 다 졌
어. 2차전 투수가 대니 두였는데 이번에는 패배의 책임을 우리 친
구에게 물을 수도 없었던 것이, 자기가 3회에서 무너졌거든. 그러
고는 더그아웃에 앉아서 날이 추웠다는 둥(춥기는 개뿔), 해링턴이
뜬공을 못 잡아서 그랬다는 둥(죽마가 있어야 그 공을 잡을 수 있
었겠더구먼), 그 빌어먹을 웬더스 주심이 몇 번이나 오심을 했는지
모른다는 둥 얼마나 징징거렸는지 몰라. 마지막 부분에 대해서는
투덜거릴 만한 이유가 있긴 했지. 하이 웬더스는 스포츠 기자들
못지않게 두를 싫어해서 그 전해에 두 번이나 그를 퇴장시켰거든.
하지만 내가 보기에 그날 오심은 없었어. 30미터도 안 되는 거리에

서 봤는데 말이지.

　그 녀석은 홈런 하나, 3루타 하나를 포함해서 두 경기 모두 안타를 쳤어. 두슨도 평소와 다르게 그 녀석에게는 분통을 터뜨리지 않았지. 타이탄스에 빅 스타는 한 명인데 그게 너희들은 아니라고 틈만 나면 동료들에게 각인하는 성격이었는데 그 녀석는 좋아했거든. 그 녀석을 진심으로 행운의 부적으로 여기는 눈치였어. 그리고 그 녀석도 그를 좋아했지. 경기가 끝났을 때 그 둘은 술집을 전전하며 수도 없이 술잔을 비우고, 두의 시즌 첫 패배를 자축하기 위해 사창가까지 다녀오고는 다음 날 하얗게 질린 얼굴로 부들부들 떨며 캔자스시티로 출발하기 위해 등장했지.

　"그 친구, 어젯밤에 여자랑 잤어요." 구단 버스를 타고 공항으로 가는데 두가 내게 귀띔하더군. "처음인 것 같던데. 희소식이죠. 그런데 나쁜 소식은 뭔가 하면 기억을 못 하는 눈치라는 거예요."

　비행기를 타고 가는 동안 많이 흔들렸어. 당시에는 대부분 그랬지만. 프로펠러가 달린 허접한 깡통이었으니 우리가 버디 홀리(짧은 활동기간에도 불구하고 비틀즈, 에릭 클랩튼 등에게 많은 영향을 미친 미국의 뮤지션. 빅 바퍼와 함께 전세 비행기를 타고 공연장으로 향하다 추락사고로 사망했다 ─ 옮긴이)하고 우라질 빅 바퍼처럼 죽지 않은 게 기적이지. 그 친구는 여행 거의 내내 비행기 뒤편의 화장실에서 토악질을 하느라 정신이 없었고 선수들 몇 명이 화장실 문 바로 앞에서 주사위 놀이를 하면서 깐족거렸지. *괜찮아졌어? 토해 놓은 거 좀 잘라먹게 포크랑 나이프 줄까?* 그러더니 다음 날 그 친구가 뮤니서펄 스타디움에서 홈런 2개를 포함해서 5타수 5안타를 쳤지 뭔가.

철벽 빌리다운 플레이도 한 번 보여 주었어. 그 무렵에는 특허를 내도 되겠다 싶을 정도였는데 희생양은 클리터스 보이어였지. 이번에도 철벽 빌리가 왼쪽 어깨를 내렸다가 올리자 보이어가 좌타자석으로 벌러덩 넘어졌지. 그런데 지난번과 다른 차이점이 있었어. 신참이 태그할 때 양손을 썼고, 상대의 발에서 피가 나거나 아킬레스건이 찢어지지도 않았다는 거. 보이어는 그냥 일어나서 엉덩이를 털고 거기가 어디인지 모르겠다는 듯이 고개를 저으며 더그아웃으로 걸어가고는 그만이었지. 아, 그 친구의 5안타에도 불구하고 우리 팀은 졌어. 최종 스코어가 11대 10이었나? 그 비슷했을 거야. 갠지 버지스의 너클볼이 그날은 춤을 추지 않아서 애슬레틱스에게 신나게 얻어맞았지.

다음번 경기는 이겼고 마지막 날에는 아깝게 패배했지. 그 녀석은 두 경기 모두 안타를 때려서 16게임 연속 안타 행진을 이어나갔어. 거기다 홈플레이트에서 9명의 주자를 아웃시켰지. 16경기에서 9명을 아웃시키다니! 아마 신기록이었을 거야. 공식 기록으로 인정이 됐으면 말이지.

시카고에서 3연전을 치렀을 때도 그 녀석이 안타를 쳤으니 19게임 연속 안타였지. 그런데 우리 팀이 그 세 경기를 내리 졌지 뭔가. 마지막 경기가 끝났을 때 조 감독은 나를 쳐다보더니 이렇게 얘기하더군. "행운의 부적이니 뭐니 하는 거 못 믿겠어. 블레이클리가 행운을 *빨아먹는* 것 같은데."

"그렇게 말씀하시면 안 되죠." 내가 말했지. "초반에 잘나가다가 지금 좀 주춤한 거잖아요. 결국에는 안정권으로 접어들 거예요."

"그럴지도. 두슨이 요즘도 그 녀석한테 술을 가르치려고 하고 있나?"

"네. 몇몇 선수들이랑 루프에 갔어요."

"하지만 올 때는 둘이 같이 오겠지. 이해가 안 되네. 지금쯤이면 두슨이 그 녀석을 싫어할 때도 됐잖아. 두슨이 올해로 5년째라 나로 말할 것 같으면 그의 수법을 알 만큼 아는데."

그건 나도 마찬가지였어. 두는 경기에서 지면 무능한 조니 해링턴 아니면 초짜 하이 웬더스, 이런 식으로 남 탓을 해야 직성이 풀리는 성격이었거든. 그런데 그 친구의 차례가 지났는데도 대니는 계속 그의 등을 두드리면서 올해의 신인상은 떼놓은 당상이라고 장담을 했단 말이지. 사실 그날 경기에서 진 걸 대니의 탓으로 돌릴 수도 없는 상황이었어. 4회까지 환상적으로 던지다 5회에 뒤 그물로 공을 던졌거든. 그것도 아주 제대로. 그래서 1점을 내줬어. 그러고 나니까 열 받아서 제구가 안 되는 바람에 다음 두 타자를 포볼로 내보냈고. 다음 타자 넬리 폭스가 좌측 파울라인 안쪽으로 떨어지는 2루타를 때렸지. 그 뒤로 두는 정신을 차렸지만 이미 엎질러진 물이라 승패의 향방을 돌려놓지 못했어.

디트로이트에서는 좀 분발해서 2승 1패를 기록했어. 그 녀석은 세 경기 모두 안타를 기록했고 또다시 놀라운 홈 블로킹을 보여주었지. 그러고 나서 홈구장으로 돌아왔는데 그 무렵 데번포트 콘홀러스 출신의 그 친구는 아메리칸 리그에서 가장 인기 있는 선수의 반열에 올랐어. 질레트 광고를 찍을 거라는 소문이 돌 정도로.

"그 광고 보고 싶은데." 사이 바바리노가 말했지. "내가 워낙 코미디를 좋아하거든."

"그럼 거울 속에 비친 네 얼굴을 보면 되겠네." 크리터 헤이워드가 한 말이야.

"하. 하. 하. 웃겼어. 그 녀석은 수염이 없으니까 코미디라고 한 거지."

물론 광고 같은 건 찍지 않았어. 야구선수로서 철벽 빌리의 인생은 거의 끝나가고 있었으니까.

화이트 삭스와 3연전을 치르게 되어 있었는데 1차전에서 대패를 당했어. 두의 오랜 친구 하이 웬더스가 주심을 맡게 되었다고 나한테 직접 알려주더군. 나는 우리 원정경기 유니폼을 넣은 트렁크가 아이들와일드로 잘못 갔다고 해서 다시 제대로 왔는지 확인하려고 일찍부터 스왐프로 나갔지. 1주일 동안 입을 일이 없었지만 그런 걸 제대로 처리해 놓지 않으면 불안해서.

웬더스가 심판실 앞 의자에 앉아서 멋진 란제리를 입은 금발이 표지 모델인 책을 읽고 있더군.

"부인이신가요?" 내가 물었지.

"여자친구." 그가 이렇게 대답하더군. "돌아가게, 그래니. 기상청에서 그러는데 3시부터 비가 억수로 쏟아진대. 나는 디푸노와 로페스가 경기를 취소하길 기다리는 중이야."

"그렇군요. 고맙습니다." 이렇게 말하고 걸음을 옮기려는데 뒤에서 그가 날 부르더군.

"그래니, 자네 팀의 그 원더 보이 말이야, 정신상태가 멀쩡한 건가? 왜냐하면 홈플레이트 뒤에 앉아서 계속 혼잣말을 하거든. 중얼중얼. 도대체 입을 다물지를 않아."

"똑똑하지는 않지만 정신 이상은 아니에요. 그런 뜻에서 물으신 거라면." 내 판단이 틀렸을 줄 어느 누가 알았겠나? "무슨 말을 중얼거리는데요?"

"내가 주심을 맡았을 때(보스턴하고의 두 번째 경기 말이야.) 제대로 듣지는 못했지만 자기 얘기를 했어. 그 뭣이냐, 3인칭으로 말이지. '할 수 있어, 빌리.' 이러질 않나, 파울팁을 놓쳐서 삼진시킬 수 있는 기회를 날렸을 때는 '미안해, 빌리.' 이러더군."

"그게 뭐 어때서요? 저도 5살 때까지 피트 보안관이라는 상상 속의 친구가 있었어요. 피트 보안관하고 얼마나 많은 탄광촌을 휩쓸고 다녔게요."

"그래, 하지만 블레이클리는 5살이 아니잖아. 여기가 5살이면 모를까." 웬더스는 두툼한 자기 두개골 옆면을 손끝으로 두드리면서 말했지.

"그 친구는 조만간 타율이 5할이 넘을 거예요. 제 관심사는 그것뿐입니다. 그거하고 블로킹 능력이 엄청나다는 것. 그건 심판님도 인정하실 테죠."

"맞아. 그 또라이는 겁이 없어. 머리가 모자라다는 또 하나의 증거지."

나는 심판이 우리 팀 선수를 그런 식으로 깎아내리는 걸 듣고 싶지 않았기에 화제를 돌려서 내일 총애하는 두 버그가 우리 팀 투수인데 그래도 공정하게 심판을 볼 거냐고 가시가 박힌 농담을 던졌지.

"나야 항상 공정하게 심판을 보지." 그가 말했어. "두슨으로 말할 것 같으면 쿠퍼스타운(야구 명예의 전당이 있는 곳이다 ─ 옮긴이)에 자리를 맡아놓았다고 생각하고, 100가지 잘못을 해도 한 번도 책임지지 않고, 시비 거는 걸 좋아하지만 나를 건드리면 국물도 없다는 걸 아는 희떠운 새끼야. 하지만 나는 평소처럼 공정하게 심판을 볼 거야. 자네가 그런 질문을 하다니 어이가 없군 그래."

그러는 당신은 거기 앉아서 엉덩이를 긁적이며 우리 팀 포수더러 선천성 저능아나 다름없다고 하고 있잖아요. 나는 속으로 생각했지. 나야말로 어이가 없네요.

나는 그날 저녁에 아내를 데리고 나가서 외식을 했고 아주 즐거운 시간을 보냈어. 레스터 래넌의 연주에 맞춰서 춤을 췄던 기억이 나. 그 뒤로 택시에서 살짝 로맨틱한 광경도 연출했고 단잠을 잤지. 이후로 한동안 단잠을 잔 기억이 없다네. 꿈자리가 하도 사나워서.

대니 두슨이 더블헤더(두 팀이 같은 날 연속으로 두 경기를 치르는 것 — 옮긴이)로 예정된 경기의 1차전에서 공을 던졌지만 타이탄스가 속한 세상은 이미 초토화된 뒤였어. 조 디푸노를 제외한 아무도 몰랐을 뿐. 밤이 찾아왔을 때 우리는 이번 시즌을 아주 제대로 말아먹었다는 걸 알 수 있었지. 우리가 치른 22경기는 기록에서 지워질 가능성이 거의 100퍼센트였어. 철벽 빌리 블레이클리가 남긴 기록도 마찬가지였고.

나는 차가 막혀서 늦게 도착했지만 유니폼 사태를 해결해 놓았으니 별 문제가 없을 거라고 생각했지. 대부분의 선수들이 이미 와서 옷을 갈아입거나 포커를 치거나 그냥 앉아서 수다를 떨거나 담배를 피우고 있더군. 두슨과 그 친구는 한쪽 구석에 놓인 담배 자판기 앞의 접이의자에 앉아 있었는데 그 친구는 유니폼 바지를 입고 있었지만 두슨은 팬티바람이라 보기가 흉했지. 나는 윈스턴을 사러 가서 무슨 이야기를 하는지 들어보았어. 주로 이야기를 하는 쪽은 대니였지.

"그 우라질 웬더스는 나를 졸라 미워해." 그가 이런 말을 늘어놓고 있더군.

"졸라 미워한다고요." 그 친구는 똑같이 따라하고는 이렇게 덧붙였지. "그 우라질 웬더스가요."

"그렇다니까. 자기가 주심을 맡은 경기에서 내가 200승을 달성하길 바랄 것 같아?"

"아닐까요?"

"당연하지! 하지만 이 인간을 열 받게 만들기 위해서라도 오늘 꼭 이기고 말 거야. 빌, 네가 날 도와줘야 해. 알았지?"

"알았어요. 당연하죠. 빌이 도울 거예요."

"그 개새끼가 스트라이크 존을 아주 좁게 잡을 거야."

"그럴까요? 스트라이크 존을 아주……."

"그렇다니까. 그러니까 네가 미트질을 아주 잽싸게 해야 해."

"잭 라이트닝처럼 잽싸게요."

"네가 나한테는 행운의 부적이야."

그러자 그 친구는 어느 유명인사의 장례식을 집전하는 목사처럼 심각한 목소리로 말했지.

"내가 선배한테는 행운의 부적이야."

우스꽝스러우면서도 섬뜩한 대화였지. 두가 몸을 앞으로 숙이고 눈을 번뜩이면서 얼마나 *진지하게* 이야기를 했는지 몰라. 두는 경쟁심이 어마어마했거든. 밥 깁슨처럼 승리하고 싶어 했고, 깁슨처럼 그럴 수만 있다면 법이 허락하는 한도 안에서 뭐든 할 태세였어. 그리고 그 친구는 그에게 완전히 말려들었고.

나는 뭐라고 말을 꺼낼 뻔했어. 그 둘을 떼어놓고 싶었거든. 이렇게 얘길 하고 보니 내가 무의식적으로는 상황을 이미 제법 파악하고 있었나 봐. 착각일 수도 있지만 그건 아닐 거야.

하지만 나는 아무 말도 하지 않고 담배를 챙겨서 자리를 옮겼지. 뭐, 내가 입을 열었다 한들 두슨이 아가리 닥치라고 했을 테고. 그는 원래 자기가 말을 하는데 누가 끼어드는 걸 질색했고 다른 날 같았으면 그러거나 말거나 나도 한 마디 했겠지만, 누구라도 자기 연봉을 대어 주는 4만 명 앞에서 마운드를 책임지게 된 사람은 건드리지 않는 게 상책 아니겠나.

라인업 카드를 챙기려고 조의 사무실로 찾아갔는데 문이 닫혀 있고 블라인드가 내려져 있지 뭔가. 경기가 있는 날 그러다니 거의 전례가 없는 일이었지. 하지만 블라인드 사이가 벌어져 있어서 그 틈으로 들여다보니 조가 전화기를 귀에 대고 한 손으로는 눈을 가리고 있었어. 나는 창문을 두드렸지. 그는 하마터면 의자에서 떨어질 정도로 화들짝 놀라면서 주위를 두리번거리더군. 야구선수는 울면 안 된다는 말도 있지만(영화 「그들만의 리그」의 유명한 대사다—옮긴이) 그는 분명 울고 있었어. 내가 그의 우는 모습을 본 건 그때가 처음이자 마지막이었지. 얼굴은 새하얬고 얼마 남지도 않은 머리칼은 산발이었어.

그는 손사래를 치더니 다시 통화를 하더군. 나는 탈의실을 지나서 사실상 비품실이나 다름없는 코치실로 가려다 중간에 걸음을 멈추었어. 투수와 포수 간의 거창한 회의가 끝나서 그 친구가 파란색으로 큼지막하게 19라고 적힌 유니폼 셔츠를 입고 있었는데 오른쪽 검지에 다시 밴드가 붙어 있지 뭔가.

그쪽으로 건너가서 녀석의 어깨에 손을 얹었지. 그 친구는 나를 보고 미소를 지었어. 마음만 먹으면 그렇게 기분 좋은 미소를 잘 지었거든. "안녕하세요, 코치님." 하지만 정색한 내 얼굴을 보더니 미소를 점점 거두었지.

"경기에 나갈 준비는 다 됐나?" 내가 물었지.

"네."

"좋아. 하지만 경기장으로 나가기 전에 내가 해주고 싶은 말이 있어서. 두가 투수로서는 뛰어날지 몰라도 인간으로서는 더블 A도 통과하지 못해. 이길 수만 있다면 부러진 자기 할아버지의 허리를 밟고서라도 지나갈 위인인데 너로 말할 것 같으면 자기 할아버지보다 훨씬 의미 없는 인물 아니겠어?"

"나는 그 선배의 행운의 부적이에요!" 그가 씩씩대며 말했지.

"그럴지도 모르지만 내가 하려는 이야기는 그게 아니야. 너무 흥분하면 경기를 망친다는 말도 있어. 조금은 괜찮지만 지나치면 터지게 되어 있다고."

"무슨 말인지 모르겠어요."

"네가 펑크 난 타이어처럼 터져서 바람이 다 빠지면 두는 아무렇지 않게 새로운 행운의 부적을 찾을 거야."

"그런 식으로 말하지 마세요! 선배하고 나는 친구라고요!"

"나도 네 친구다. 더 중요하게는 이 팀의 코치고. 내가 너의 안전을 책임지고 있으니까 할 말은 할 거야. 특히 신참한테는. 그러니까 내 말 들어. 듣고 있니?"

"듣고 있어요."

녀석은 듣고 있기는 했지만 나를 쳐다보지는 않았지. 골이 나서 점점 벌게지는, 어린애처럼 반질반질한 뺨 위로 시선을 내리깔고 있었을 뿐.

"네가 그 밴드 밑에 어떤 장치를 숨겨놓았는지 모르겠고 알고 싶지도 않아. 하지만 네가 우리 팀 선수로 처음 출전한 경기에서 나는 그 밴드를 보았고 그때 선수가 한 명 다쳤어. 그 뒤로 그 밴드를 본 적이 없었는데 오늘도 볼 일이 없었으면 한다. 그러다 들키면 두가 시킨 일이라도 *네가* 덤터기를 쓸 테니까."

"벤 거예요." 그 친구는 뚱한 목소리로 말했지.

"그래. 손마디를 면도하다가 베었겠지. 하지만 경기장에서는 그 밴드를 볼 일이 없었으면 한다. 너를 생각해서 하는 말이야."

눈물을 흘릴 정도로 심란해 하는 조를 보지 않았더라도 그런 소리를 했을까? 예나 지금이나 사랑해 마지않는 야구라는 경기를 생각해서 한 말이기도 해. 야구에 비하면 버추얼 볼링은 뭣도 아니지.

나는 그 친구가 뭐라고 대꾸하기 전에 걸음을 옮겼어. 밴드 밑에 뭐가 있는지 보고 싶지 않기도 했지만 조가 감독실 문 앞에 서서 나를 부르고 있었거든. 그새 그의 머리가 좀 더 희끗희끗해졌다고는 장담 못하겠지만 희끗희끗해지지 않았다고 장담하지도 못하겠네.

감독실로 들어가서 문을 닫았지. 순간 끔찍한 생각이 들더군. 그의 표정을 보았을 때 아주 황당한 발상도 아니었어. "이런, 감독님, 사모님 일인가요? 아니면 아이들? 아이들한테 무슨 일이 생겼어요?"

그는 내가 그의 귀에 대고 종이 봉지라도 터뜨린 것처럼 움찔하

114

며 눈을 끔뻑이더군. "제시하고 아이들한테는 아무 문제없어. 하지만 조지…… 맙소사. 믿기지가 않네. 이렇게 난처할 수가." 그러더니 손바닥의 두툼한 부분을 눈에 대고 누르더군. 그의 입에서 무슨 소리가 났는데 흐느낌이 아니라 웃음소리였어. 그렇게 우라지도록 소름끼치는 웃음소리는 내 평생 처음이었지.

"무슨 일인데요? 누구 전화였어요?"

"고민해 봐야겠어." 그는 이렇게 말했지만 내게 하는 말이 아니었어. 자기 자신한테 하는 말이었지. "어떻게 할지 결정을 내려야 하는데……." 그가 눈을 누르고 있던 손을 떼었고 이제는 좀 더 원래 모습을 되찾았지. "오늘은 그러니, 자네가 감독 역할을 맡아주어야겠네."

"제가요? 안 돼요! 두가 발끈할 거예요! 오늘 다시 200승에 도전하는데……."

"다른 건 전부 상관없어. 모르겠나? 오늘은 그래."

"도대체……."

"입 다물고 라인업 카드나 만들어. 그리고 그 친구는……." 그는 고민을 하더니 고개를 저었지. "젠장, 내보내지, 뭐. 배 째라 그래. 5번 타자로 넣어. 어차피 순번을 당길 생각이었으니까."

"당연히 내보내야죠. 그 친구가 아니면 대체 누가 대니 공을 받겠어요?

"우라질 대니 두슨!"

"감독님, 무슨 일인데요?"

"아냐. 먼저 고민을 좀 해 봐야겠어. 선수들한테 뭐라고 얘기할지. 그리고 기자들한테도!" 이 부분은 이제야 생각났다는 듯이 자기 이마를 때리더군. "쓸데없이 돈만 처받는 새끼들! 젠장!" 그러더니 다시 혼잣말처럼 중얼거리기 시작했어. "하지만 이번 경기는 뛰게 해야지. 우리 선수들이 그 정도는 누릴 자격이 있잖아? 어쩌면 그 녀석도 그럴지 모르고. 망할, 사이클링 히트(한 선수가 한 경기 안에서 1루타, 2루타, 3루타, 홈런을 모두 치는 경우를 말한다 — 옮긴이)를 칠지도 모르잖아?" 그는 다시 웃음을 터뜨렸다가 멈추려고 자기 머리를 때렸지.

"무슨 말씀을 하시는 건지 모르겠네요."

"알게 될 거야. 자, 이제 그만 나가줘. 라인업은 자네 마음대로 짜. 모자에 이름을 넣고 뽑으면 어떨까? 그래도 상관없어. 주심한테 오늘 감독은 자네라는 것만 분명하게 전달하면 돼. 아마 웬더스인 것 같은데."

나는 꿈을 꾸듯 심판실로 걸어가 웬더스에게 내가 라인업을 짜고 3루 베이스 코치석에서 감독을 겸하겠다고 전했어. 그가 조 감독은 어디 갔느냐고 묻기에 아프다고 했지. 내가 보기에는 아픈 게 분명했거든.

나는 1963년에 애슬레틱스에 부임하기 전에 그 경기를 통해 감독 데뷔를 한 셈인데 자네도 조사를 해 보았으면 알겠지만 짧게 끝났지. 6회에 하이 웬더스에게 퇴장을 당했거든. 뭘 어떻게 했는지 기억이 많이 나지도 않아. 머릿속이 너무 복잡해서 꿈을 꾸는 것 같았거든. 그래도 아예 정신이 없지는 않아서 경기장으로 내보내기 전에 그 녀석의 오른손은 확인했어. 두 번째 손가락에 밴드도 없고 베인 상처도 없더군. 안도감 같은 게 느껴지지도 않았지. 조 디푸노의 빨간 눈과 까칠한 입술만 계속 떠올랐을 뿐.

그 경기는 대니 두가 제대로 치른 마지막 경기였고 그는 200승을 달성하지 못했지. 1958년에 복귀하려고 했지만 안 됐거든. 이제는 앞이 두 개로 보이지 않는다고 했고 사실 그랬을지 몰라도 약을 끊을 수가 없었으니, 뭐. 쿠퍼스타운에 대니의 자리는 없었어. 조의 말이 맞았어. 그 녀석이 행운을 빨아먹은 거야. 무슨 부두교 교주처럼.

하지만 그날 오후에 대니 두슨의 구질은 내가 본 중에서 최고였어. 속구는 날아다니고 커브는 뚝뚝 떨어지고. 상대팀 선수들은 4이닝 동안 손도 대지 못했지. 헛방망이질만 하다가 벤치에 앉아 있는 게 전부였어. 삼진을 6개 잡았고 나머지는 모두 내야땅볼이었지. 한 가지 문제가 있었다면 킨더도 그 못지않게 잘 던졌다는 거야. 우리 쪽에서도 3회말 2아웃에 해링턴이 2루타를 한 개 친 게 전부였거든.

이제 5회 초. 첫 타자는 쉽게 처리했는데 다음으로 타석에 선 월트 드로포가 좌측 코너 깊숙한 안타를 때리고는 미친 듯이 달리기 시작했어. 드로포가 2루를 향해 달리는데 해리 킨은 아직도 공을 쫓아가고 있는 걸 보고 관중들은 그라운드 홈런이 될 수도 있겠다는 것을 깨달았지. 그때 연호가 시작됐어. 처음에는 몇 명에 불과했지만 인원이 늘면서 점점 소리가 깊고 커졌지. 내 엉덩이 골에서부터 뒷덜미까지 소름이 돋더군.

"철벼억 방어! 철벼억 방어! 철벼억 방어!"

주황색 팻말이 등장하기 시작했지. 여기저기서 일어나 그 팻말을 머리 위로 치켜들었어. 평소처럼 흔들지 않고 그냥 들고 있기만 했는데 내 평생 그런 광경은 처음이었다네.

"철벼억 방어! 철벼억 방어! 철벼억 방어!"

처음에 내가 생각하기에는 턱도 없는 일이었어. 그 즈음 드로포
는 3루를 향해서 있는 힘껏 전력질주를 하고 있었거든. 하지만 공
을 잡은 킨이 유격수 바바리노에게 완벽하게 송구를 했지 뭔가. 그
동안 신참은 3루쪽 홈플레이트에 서서 글러브를 내밀고서 방향을
잡았고, 바바리노가 공을 잡았지.

관중석에서는 구호가 이어졌어. 드로포는 스파이크를 들고서
슬라이딩을 했지만 그 녀석은 아랑곳하지 않았어. 무릎을 꿇고서
는 그 위로 몸을 날렸지. 하이 웬더스가 있어야 할 자리에 서서(그
때만큼은 그랬다네.) 두 선수를 내려다보았지. 먼지 구름이 일었
고…… 그 사이를 뚫고 웬더스의 엄지손가락이 등장했어. **"아웃!"**

킹 선생, 관중들은 이성을 잃었다네. 월트 도르포도 마찬가지였
지. 벌떡 일어나서 간질발작이 일어났는데 헐리 걸리 춤을 추려는
아이처럼 펄쩍펄쩍 뛰고 난리도 아니었어.

그 친구는 왼쪽 팔뚝 중간까지 긁혀서 심각한 건 아니고 피가
비치는 정도였지만 트레이너 보니 데이디어가 나가서 밴드를 붙여
주었지. 그러니까 그 녀석은 결국 밴드를 붙이게 된 셈이야. 이번에
는 합법적인 경우이기는 했지만. 팬들은 응급처지를 하는 내내 서
서 **도로 폐쇄** 팻말을 흔들고 몇 번을 반복해도 질리지 않는 사람
들처럼 **"철벼억 방어! 철벼억 방어!"**를 연호했지.

그 녀석은 알아차리지도 못하는 눈치였어. 다른 세상에 있는 사
람처럼. 타이탄스 경기가 있을 때마다 늘 그런 식이었거든. 그냥 마
스크를 쓰고 홈플레이트 뒤편으로 가서 평상시처럼 쭈그려 앉고
는 그만이었지. 그 다음 타자인 버바 필립스는 직선타를 쳤고 1루

수 래스로프가 아웃시키면서 그렇게 5회 초가 끝이 났지.

5회 말에 타석에 등장한 그 녀석이 3구 삼진을 당해도 관중들은 기립 박수를 보냈어. 그 친구도 그때는 그걸 알아차렸는지 더그아웃으로 다시 들어가면서 모자를 살짝 건드리는 식으로 인사를 하더군. 그때가 처음이었지. 싸가지가 없어서 그런 게 아니라……뭐, 얘기했잖은가. 다른 세상에 있는 사람 같았다고.

자, 이제 6회 초. 50여 년이 지났지만 지금도 그때를 생각하면 열불이 나. 첫 타자로 등장한 킨더는 투수답게 3구만에 물러났지. 다음 타자가 리틀 루이라고 불리던 루이스 아파리치오였어. 두가 와인드업을 하고 공을 뿌렸지. 아파리치오가 친 공은 높이 떠서 3루 그물망 쪽으로 천천히 날아갔는데 내 쪽이라 똑똑히 보였어. 그 친구가 마스크를 내동댕이치고 고개를 뒤로 젖히고 글러브를 내밀고 공을 쫓아 달려갔지. 웬더스도 따라갔지만 열심히 쫓아가지는 않았어. 턱도 없다고 생각한 거지. 우라지게 높이 떠서 처리하기가 까다로웠거든.

그 친구는 이제 잔디밭에서 벗어나 야구장과 박스석을 가르는 야트막한 담장 옆에 다다랐지. 고개를 빼서 위를 쳐다본 채로. 박스석의 첫줄과 둘째 줄에 앉아 있던 스물 몇 명의 사람들도 고개를 들고 쳐다보고 있었는데 대부분 손을 흔들고 있지 뭔가. 도대체 왜들 그러는지 나는 죽을 때까지 이해를 하지 못할 거야. 기껏해야 우라질 야구공 아닌가. 그때 당시 야구공 하나에 75센트였는데 그걸 잡을 수 있겠다 싶으면 관중들이 탐욕스러운 괴물로 변한단 말이지. 물러나서 선수가 잡을 수 있게 하질 않아요. 자기 팀 선수고 승부가 박빙일 때도.

내가 전부 봤어, 정말이야. 똑똑히 봤어. 1킬로미터도 넘게 올라갔던 뜬공이 우리 쪽 담장을 따라 내려왔거든. 그 친구가 잡을 수 있는 공이었어. 그런데 둔치에서 파는 타이탄스 유니폼을 입은 팔이 긴 멍청이가 손을 뻗어서 그걸 건드리는 바람에 공이 그 친구의 글러브 끝을 맞고 바닥에 떨어졌지 뭔가.

나는 웬더스가 아웃을 선언할 거라고 믿어 의심치 않았기 때문에(누가 봐도 인터피어런스인 게 분명했으니까) 그가 그 친구에게 홈플레이트 뒤로 가서 앉고 아파리치오에게 타석으로 복귀하라고 손짓했을 때 내 눈을 의심했지. 그러다 마침내 상황을 파악하고는 두 팔을 흔들며 파울 라인을 따라 달려갔다네. 관중들이 나를 응원하고 웬더스에게 야유를 보내기 시작했는데, 심판의 판정에 이의를 제기할 때 효과적인 방법은 아니지만 나는 그때 너무 화가 나서 그런 데 신경 쓸 겨를이 없었어. 마하트마 간디가 알몸뚱이로 걸어나와서 화해하라고 해도 달려갔을 거야.

"인터피어런스(경기 중에 발생하는 모든 종류의 방해 행위를 의미한다 — 옮긴이)!" 나는 외쳤지. "명백한 인터피어런스잖아요! 보고도 몰라요?"

"관중석으로 떨어졌으니까 누구든 잡는 사람이 임자였지." 웬더스가 말했지. "제자리로 돌아가게. 경기 속행할 테니까."

그 녀석은 상관하지 않고 자기 친구 두하고 대화를 나누고 있더군. 뭐, 다 괜찮아. 그 녀석이 상관하지 않아도 상관없었어. 그때 나는 하이 웬더스에게 똥구멍을 하나 더 만들어 주고야 말겠다는 생각뿐이었거든. 나는 원래 따지기 좋아하는 사람이 아닌데(애슬레틱스에 있는 동안 퇴장을 당한 적인 딱 두 번뿐일 정도로) 그날은 빌리 마틴(뉴욕 양키스와 오클랜드 애슬레틱스의 감독을 역임했다 ─ 옮긴이)이 평화주의자로 보일 정도였지.

"제대로 보지도 못했잖아요! 멀찌감치 떨어져서 뭉그적거리면서 따라오느라! 쥐뿔도 못 봤잖아요!"

"뭉그적거리지도 않았고 다 봤어. 이제 자리로 돌아가, 그래니. 경고일세."

"그 팔 긴 새끼를 보지 못했다면……."(이 대목에서 두 번째 줄에 앉은 숙녀가 어린 아들의 귀를 막더니 어머나, 이 추잡한 아저씨 보게 하는 표정으로 입을 내밀고 나를 쳐다보았지.) "그 팔 긴 새끼를 보지 못했다면 뭉그적거렸던 거 맞지! 뭐 하자는 수작이야!"

문제의 그 남자는 누구, 나요? 나 아니야! 하고 말을 하는 듯이 고개를 저었지만 당황스러워하며 양해를 구하는 미소를 짓고 있었어. 웬더스는 그의 표정을 보고 그 안에 담긴 뜻을 파악한 다음 고개를 돌렸지. "그만하시지." 그러다 탈의실에서 라인골드나 마셔야 하는 수가 있다고 알리는 침착한 목소리였어. "할 말 다 했으면 이제 입 다물게. 그게 싫으면 경기 뒷부분은 라디오로 듣던지. 어쩔 텐가?"

나는 코치석으로 돌아갔지. 아파리치오는 썩소를 지으면서 다시 타석으로 들어섰어. 알았던 거야, 당연히 그럴 수밖에 없었겠지만. 그 자식은 기회를 놓치지 않았지. 홈런을 별로 친 적도 없었는데 두가 밋밋한 체인지업을 던지자 야외석 가장 깊숙한 곳으로 제대로 날려 버렸지 뭔가. 우리 팀 중견수 노턴은 고개를 돌리지도 않았어.

아파리치오가 입항하는 퀸 메리호처럼 침착하게 베이스를 도는 동안 관중들은 그에게 고함을 지르고 그의 온갖 친척을 들먹이며 욕을 했고, 하이 웬더스의 머리 위로 저주를 퍼부었지. 웬더스는 들은 체도 하지 않았어. 그게 주심의 기본 능력이거든. 주머니에서 새 공을 꺼내 멀쩡한지 살피고는 그만이었지. 그걸 보고 내가 뚜껑이 열렸다는 거 아닌가. 나는 홈플레이트로 달려가서 그의 얼굴에 대고 두 주먹을 흔들었지.

"그거 당신이 낸 점수야, 이 병신 같은 초짜야! 게을러터져서 파울볼 하나 못 쫓아가더니 타점을 기록하는구먼? 그 타점, 똥구멍에 처넣어서 고이 간직해라! 아니면 안경을 하나 맞추던지!"

관중들은 열광했지만 하이 웬더스는 그렇지 않았어. 나를 가리키더니 엄지손가락을 어깨 너머로 보내고는 저쪽으로 걸어가 버렸지. 관중들은 야유를 보내며 **도로 폐쇄** 팻말을 흔들었어. 몇몇은 병, 컵, 먹다 만 핫도그를 경기장 안으로 던졌고. 난장판이었지.

"*어디 가냐, 이 게을러터진 쌍놈의 장님 새끼야!*" 나는 고함을 지르면서 그를 쫓아갔어. 그때 우리 쪽 더그아웃에서 누가 달려나와서 나를 붙잡지 않았다면 난 웬더스에게 달려들었을 거야. 완전히 꼭지가 돌아버렸거든.

관중들은 **"심판 죽여 버려! 심판 죽여 버려! 심판 죽여 버려!"** 를 연호하고 있었어. 나는 죽을 때까지 그 소리를 잊지 못할 거야. **"철벼억 방어! 철벼억 방어!"**를 외칠 때하고 똑같았거든.

"*너희 어머니가 여기 있었다면 그 파란 바지를 내리고 네 볼기짝을 때렸을 거다, 앞 못 보는 이 초짜야!*" 이렇게 소리 지르는 나를 우리 팀 선수들이 더그아웃으로 끌고 갔지. 너클볼의 대가 갠지 버지스가 나머지 3이닝 동안 감독을 맡았어. 8, 9회 때는 마운드까지 지켰고. 그 잃어버린 봄 시즌이 공식 기록으로 인정을 받았다면 그것도 기록에 남을 만한 일이었는데.

내가 마지막으로 본 것은 홈플레이트와 마운드 사이 잔디에 서 있는 대니 두슨과 철벽 빌리의 모습이었어. 그 녀석은 마스크를 겨드랑이 춤에 들고 있었고, 대니가 녀석의 귀에 대고 뭐라고 속삭이고 있었지. 그 녀석은 열심히 듣고 있었지만(두가 무슨 말을 하면 늘 그랬으니까) 시선은 남녀노소 할 것 없이 전부 일어나 **"심판 죽여 버려! 심판 죽여 버려! 심판 죽여 버려!"**를 외치고 있는 4만 명의 관중들에게로 향해 있었어.

더그아웃에서 탈의실로 가는 복도 중간에 공들을 담아 놓은 양동이가 있었거든. 양동이를 걷어찼더니 공들이 사방으로 굴러가더군. 내가 그걸 밟고 엉덩방아를 찧었다면 완벽하게 조진 오후를 완벽하게 마무리할 수 있었을 텐데 말이야.

조가 샤워실 앞 벤치에 앉아 있었어. 50살이 아니라 70살처럼 보이더군. 남자 셋이 그와 함께 있었어. 두 명은 제복을 입은 경찰이었고 한 명은 양복을 입고 있었지만 딱딱하게 굳은 로스트비프처럼 생긴 얼굴을 보면 경찰이라는 걸 알 수 있었지.

"경기가 벌써 끝났습니까?" 이 남자가 내게 물었어. 시어서커 양복바지를 찢을 듯이 두툼한 허벅지를 쩍 벌리고 접이의자에 앉은 채로 말이지.

"나만 끝난 겁니다." 나는 그때까지도 계속 씩씩대느라 경찰이건 뭐건 신경 쓸 겨를이 없었기에 이번에는 조에게 이렇게 말했어. "빌어먹을 웬더스한테 퇴장 당했어요. 죄송해요, 감독님. 하지만 분명히 인터피어런스였는데 그 게을러터진 쌍놈의 새끼가……."

123

"상관없어." 조가 그러더군. "어차피 이 경기는 집계에 들어가지 않을 테니까. 지금까지 우리가 치른 모든 경기가 아마 그럴 거야. 커윈이 협회에 진정서를 넣겠지만……."

"그게 무슨 말씀이세요?" 내가 물었지.

조는 한숨을 쉬더니 양복 입은 남자를 돌아보더군.

"롬바르다치 형사님께서 대신 좀 설명해 주시겠습니까? 나는 차마 못하겠네요."

"저분도 알아야 합니까?"

롬바르다치는 이렇게 묻더니 처음 보는 벌레 대하듯 나를 쳐다보았지. 안 그래도 열 받아서 죽겠는 마당에 사양하고 싶은 표정이었지만 나는 아무 소리하지 않았어. 엄청나게 심각한 일이 아닌 이상 형사를 비롯한 경찰 3인조가 메이저리그 야구단 탈의실을 찾아올 리가 없다는 걸 알았거든.

"블레이클리를 끌고 가는 동안 저 친구가 다른 선수들을 붙잡고 있어 주길 바란다면 설명을 하는 게 좋을 겁니다."

머리 위에서 팬들의 비명에 이어서 신음소리가, 신음소리에 이어서 환호성이 들렸지만 그 자리에 있던 어느 누구도 대니 두슨의 야구인생의 마침표가 될 그날의 경기에 관심이 없었지. 비명은 그가 래리 도비의 직선 타구에 이마를 맞았을 때 터진 거였어. 신음소리는 그가 난타당한 권투선수처럼 마운드 위로 쓰러졌을 때, 환호성은 그가 일어나서 멀쩡하다는 신호를 보냈을 때 터진 거였고. 그는 멀쩡하지 않았지만 6회를 마무리했고 7회에도 마운드에 올랐지. 안타도 허용하지 않았고. 제대로 걷지 못하는 걸 보고 갠지가 8회부터 등판을 못하게 한 거야. 대니는 계속 전혀 아무 문제없

124

다고, 왼쪽 눈썹 위에 생긴 자주색의 큼지막한 거위 알은 별거 아니라고, 그보다 심한 적도 많았다고 했고, 그 친구도 똑같은 말을 반복했지. 별거 아니라고, 별거 아니라고, 무슨 메아리처럼. 클럽하우스에 있었던 우리는 이 사태를 전혀 몰랐지. 두슨이 야구선수 생활을 하면서 이보다 더 심하게 얻어맞은 적이 있었을지 몰라도 뇌수가 누출된 건 이번이 처음인 줄 몰랐던 것처럼.

"그의 이름은 블레이클리가 아닙니다." 롬바르다치가 말했지. "유진 캣서니스죠."

"캣…… *뭐라고요? 그럼 블레이클리는 어디 있는데요?*"

"윌리엄 블레이클리는 죽었습니다. 한 달 전에요. 부모님과 함께."

나는 입을 떡 벌리고 그를 쳐다보았지.

"이게 무슨 소리예요?"

그가 들려준 이야기는 킹 선생도 이미 아는 내용이겠지만 내가 몇 군데 빠진 부분을 채워 줄 수 있을 거야. 블레이클리 가족은 아이오와 주 클래런스의 넓은 농장에서 살았는데, 데번포트에서 차로 1시간도 안 걸리는 곳이라 엄마와 아빠는 아들의 마이너리그 경기를 거의 놓치지 않고 관람할 수 있었지. 블레이클리는 농지가 300만 제곱미터에 달하는 잘나가는 농부였다네. 그 농장의 일손 중에 이제 막 소년 티를 벗은 남자아이가 한 명 있었는데 이름이 진 캣서니스, 오터쇼 크리스천 복지관에서 자란 고아였어. 농장일에는 소질이 없었고 머리도 모자랐지만 야구에는 천부적인 소질이 있었지.

캣서니스와 블레이클리는 서로 경쟁 상대인 교회 야구단에서 활약하다 그 동네 베이브 루스 팀에 같이 들어가서 주 토너먼트를

3년 내내 휩쓸고 한 번은 전국대회 준결승전까지 진출했다더군. 블레이클리는 고등학교에 진학해서 그 학교 야구단에 들어갔지만 캣서니스는 공부 타입이 아니었어. 돼지 밥을 주고 공이나 가지고 노는 타입이었고, 그 실력도 빌리 블레이클리에 비하면 댈 바가 아니라고 다들 그렇게 생각했지. 뚜껑을 열어 보기 전에는.

블레이클리의 아버지가 그를 고용한 이유는 싼값에 일을 잘하기 때문이기도 했지만 그보다는 천부적인 재능이 있어서 빌리를 자극할 수 있기 때문이었어. 주급 25달러에 블레이클리는 야수와 타격 연습용 투수를 얻었지. 그 아버지는 소젖 짜고 똥을 치우는 일꾼을 얻었고. 그들로서는 괜찮은 거래였어.

자네가 수집한 자료에서는 블레이클리 가족을 좋게 묘사했을 거야, 그렇지? 그들은 그 일대에서 4대째 살고 있었으니까, 돈 많은 농부였으니까. 그리고 캣서니스는 교회 계단에 놓인 술 상자에서 인생을 시작했고 머리에 나사가 몇 개 빠진 고아였으니까. 그런데 왜 머리에 나사가 몇 개 빠졌을까? 원래 멍청하게 태어나서 그런 걸까 아니면 자기 방어를 할 수 있을 만한 나이가 될 때까지 그 집에서 1주일에 서너 번씩 맞았기 때문일까? 나는 그 녀석이 많이 맞고 자랐다는 걸 알아. 나중에 신문을 통해 보도됐다시피 혼자 중얼거리는 습관이 있었거든.

빌리가 타이탄스 2군에 입단하자 캣서니스와 빌리는 열심히 연습을 했지만(오프시즌에 던지고 때리는 연습을 했겠지, 눈이 너무 많이 내리면 헛간에서 하고.) 캣서니스는 동네 야구단에서 쫓겨났고 빌리가 입단한 지 2년째가 됐을 때부터는 콘홀러스 연습경기에도 참가하지 못했어. 첫해에는 연습경기에서 몇 번 뛰었고 심지어 선수가 모자라면 다른 팀과의 경기에 출전하기도 했는데 말이지. 지금이야 메이저리거가 헬멧 없이 방망이를 잡기만 해도 보험회사에서 난리를 부리지만 그때는 규정을 따지지 않았고 분위기가 상당히 느슨했거든.

틀렸으면 바로잡아주기 바라네만, 내 짐작에는 어땠을 것 같은가 하면 캣서니스는 이런저런 문제들이 있었을지 몰라도 야구 실력이 점점 늘었던 것 같아. 블레이클리는 아니고. 그런 경우들이 종종 있잖은가. 고등학교 때는 똑같이 우라질 베이브 루스처럼 보였던 두 사람. 키도 같고 몸무게도 같고 달리는 속도고 같고 시력도 2.0/2.0으로 같고. 그런데 둘 중 한 명은 다음 단계…… 또 다음 단계…… 또 다음 단계로 성장하는데…… 다른 한 명은 뒤처지기 시작한다. 여기까지는 나도 나중에 들은 이야기야. 빌리 블레이클리가 원래는 포수가 아니었다고 하더군. 중견수였는데 포수를 보던 아이의 팔이 부러지니까 대신 맡게 됐다는 거야. 그런 식의 교체는 안 좋은 신호지. 감독이 이런 메시지를 보내는 셈이거든. "너한테 맡겨 보마…… 더 잘하는 애가 나올 때까지."

내 생각에는 블레이클리가 질투를 느끼고, 아버지도 질투를 느끼고, 어쩌면 엄마도 질투를 느꼈을 것 같아. 어쩌면 엄마가 특히 심했을 수도 있지. 운동선수의 엄마들은 울버린이 될 수도 있거든. 그들이 힘을 써서 캣서니스를 동네 야구단에서 쫓아내고 데번포트 콕서커스 연습경기에도 참가하지 못하게 막았던 것 같아. 그들은 오래 전부터 아이오와에서 살았던 돈 많은 집안이고 진 캣서니스는 지상에 구현된 지옥이라고 볼 수 있는 고아원에서 자란 들보잡이었으니 충분히 가능한 일이었지.

빌리가 그 녀석을 너무 자주, 너무 심하게 괴롭혔을 수도 있어. 아니면 아버지나 어머니가 그랬을 수도 있고. 젖을 왜 그런 식으로 짜느냐는 둥, 똥을 왜 제때 안 치우냐는 둥 그랬을 테지만 진짜 이유는 야구와 질투심이었겠지. 시기심이었겠지. 내가 알기로는 콘홀러스 감독이 블레이클리에게 클리어워터에 있는 싱글 A팀으로 보낼 수도 있다고 했다는데, 승급이 돼도 모자랄 스무 살에 벌써 강등이 된다는 건 프로야구계에서 버틸 수 있는 날이 얼마 남지 않았다는 확실한 신호가 아니겠나.

하지만 이유가 뭐였건 간에, 누구였던 간에 끔찍한 실수였어. 우리 모두 알았다시피 그 녀석은 대접만 제대로 해 주면 순둥이가 될 수 있었지만 정상이 아니었잖은가. 그리고 위험한 행동을 할 수도 있었고. 나는 경찰들이 찾아오기 전부터 그걸 알고 있었어. 시즌 첫 경기 때 빌리 앤더슨의 발목이 그렇게 된 걸 보고 말이지.

"군 보안관이 블레이클리 가족을 헛간에서 발견했어요." 롬바르다치가 말했지. "캣서니스가 그들의 목을 땄죠. 보안관 말로는 면도날을 쓴 것 같다고 하더군요."

나는 입을 떡 벌리고 그를 쳐다보기만 했지.

"아마 이렇게 된 모양이야." 조가 심각한 목소리로 말문을 열었어. "우리 팀 포수가 플로리다에서 부상을 당해서 커윈 맥캐슬린이 백업 포수를 찾는다고 연락을 하자 콘허스커스 감독은 3~4주 동안 대타로 쓸 만한 녀석이 있다고 했겠지. 우리 쪽에서 정교한 타격까지는 바라지 않을 거라고 생각하고. 왜냐하면 그 친구가 그런 역할까지 하지는 못할 테니까."

"그런데 해냈죠." 내가 말했지.

"블레이클리가 아니었으니까요." 롬바르다치가 말했지. "그때쯤 블레이클리와 부모님은 죽은 지 최소한 2~3일은 됐을 겁니다. 캣 서니스라는 녀석이 그 집을 독차지하고 있었죠. 그런데 나사가 전부 풀린 것도 아닌 것이, 걸려오는 전화는 받았어요. 그래서 감독이 전화를 했을 때 빌리는 기꺼이 뉴저지로 갈 거라고 대답했죠. 그러고는 빌리를 사칭하고 떠나기 전에 이웃 주민들과 읍내 사료 가게에 전화를 돌려서 블레이클리 가족이 집안에 급한 일이 생겨서 어디 가는 바람에 자기가 집을 관리하게 됐다고 했어요. 정신병 자치고는 상당히 영리하지 않은가요?"

"그 친구는 정신병자가 아니에요." 내가 말했지.

"자기를 거두고 일자리를 준 사람들의 목을 따고, 밤에 젖을 짜 달라고 우는 소리가 이웃 주민들 귀에 들리지 않게 소들을 전부 죽였는데도 정신병자가 아니라니 뭐, 마음대로 생각하세요. 지방검사도 당신의 의견에 동의할 겁니다. 캣서니스가 교수형을 당하길 바라거든요. 아이오와에서는 처형 방식이 교수형이에요."

나는 조를 돌아보았지.

"어떻게 이런 일이 있을 수가 있죠?"

"그 녀석이 잘해서 이렇게 된 거야." 조가 말했지. "그리고 야구를 하고 싶어 했기 때문에."

그 녀석은 빌리 블레이클리의 신분증을 가지고 있었고 그 당시에 사진이 들어간 신분증은 듣도 보도 못한 물건에 가까웠거든. 게다가 두 아이는 서로 아주 비슷했어. 파란 눈, 까만 머리, 180센티미터의 키. 하지만 맞아, 그 녀석이 잘해서 그렇게 된 거였지. 그리고 야구를 하고 싶어 했기 때문에.

"프로팀에서 거의 한 달 동안 뛸 수 있을 정도로 잘했죠." 롬바르다치가 말했을 때 우리 머리 위에서 환호성이 들렸지. 철벽 빌리가 메이저리그에서의 마지막 안타를 홈런으로 장식한 거야. "그런데 그제 LP 가스 배달원이 블레이클리의 농장으로 찾아갔어요. 그동안 찾아왔던 다른 사람들은 캣서니스가 문에 붙여 놓은 쪽지를 보고 발길을 돌렸지만, 가스 배달원은 헛간 뒤편에 있는 탱크를 채우러 갔죠. 모든 사체가 헛간에 있었거든요. 암소들도 그렇고 블레이클리 가족도 그렇고. 날이 마침내 따뜻해진 터라 그가 냄새를 맡았고, 그래서 우리가 이렇게 찾아오게 된 겁니다. 여기 이 감독님께서는 최대한 조용히, 다른 선수들에게 최대한 피해가 가지 않게 그를 체포했으면 좋겠다고 하시는군요. 저는 좋습니다. 그러니까 당신의 역할은……."

"나머지 선수들을 더그아웃에 붙잡아 놓는 거야." 조가 말했어. "블레이클리…… 아니 캣서니스를…… 혼자 여기로 내려보내 주게. 나머지 선수들이 탈의실에 도착했을 때쯤 그는 온데간데없이 사라졌을 거야. 그러고 나서 이 사태를 어떻게든 수습해 보자고."

"다른 선수들한테 뭐라고 얘기합니까?"

"팀 미팅을 하자고 해. 아니면 아이스크림을 사 주겠다고 하든지. 상관없어. 다른 선수들을 5분만 붙잡고 있으면 돼."

나는 롬바르다치에게 말했지. "아무도 제보를 하지 않은 겁니까? 아무도요? 라디오 중계를 듣고 아버지에게 전화해서 아들이 메이저리그에 진출하다니 대단하다고 얘기하려고 했던 사람이 아무도 없었다고요?"

"한두 명은 전화를 했겠죠." 롬바르다치가 말했지. "내가 듣기로는 아이오와 사람들도 가끔 대도시를 찾는다고 하더군요. 뉴욕에 놀러왔다가 타이탄스의 중계를 듣거나 신문 기사를 읽은 몇몇 사람들이……."

"저는 양키스를 더 좋아하는데요." 경찰 하나가 불쑥 끼어들었지.

"자네 의견이 듣고 싶으면 코털을 건드려 줄게." 롬바르다치가 말했지. "그 전에는 입 다물고 얌전히 있도록."

조를 쳐다보는데 속이 울렁거리더군. 오심에 항의했다가 감독으로 데뷔하자마자 퇴장당한 건 아주 사소한 문제처럼 느껴질 정도였어.

"그 친구를 혼자 여기로 보내." 조가 말했지. "무슨 방법을 쓰든 상관없어. 다른 선수들은 절대 그 광경을 보지 못하게 해야 해." 그는 잠깐 생각하더니 이렇게 덧붙였지. "그 친구도 남들 보는 앞에서 끌려가면 되겠나. 무슨 짓을 저질렀던 간에."

이게 중요한 부분인지 모르겠지만(중요한 부분이 아니라는 건 나도 알아.) 우리는 그날 경기에서 2대1로 졌다네. 3점이 모두 홈런이었지. 미니 미노소가 9회 초에 갠지를 상대로 결승점을 때렸거든. 마지막 타자가 그 친구였어. 타이탄으로 맨 처음 타석에 섰을 때 헛스윙을 하더니 마지막 타석에서도 헛스윙을 했지 뭔가. 야구는 종이 한 장 차이로 승부가 결정되는 경기이기도 하지만 균형을 도모하는 경기이기도 하지.

선수들은 경기 결과에 신경 쓰지 않았어. 올라가 보니 두를 에워싸고 있더군. 그는 괜찮다고, 좀 어지러울 뿐이라고 했지만 괜찮아 보이지 않았고, 우리의 보잘 것 없는 팀 닥터는 표정이 상당히 심각했어. 대니를 뉴어크 종합병원으로 보내서 엑스레이를 찍어

봤으면 좋겠다고 하더군.

"지랄하시네." 두는 이렇게 말했지. "그냥 좀 쉬면 돼요, 괜찮다니까요. 아, 진짜, 왜 그래요, 본스?"

"블레이클리." 내가 말했지. "탈의실로 내려가 봐. 디푸노 감독님이 보자고 하신다."

"디푸노 감독님이 저를 보자고 하신다고요? 탈의실에서요? 뭐 때문에요?"

"이달의 신인상 때문인가 봐."

어디에서 튀어나왔는지 모를 말이었어. 그 당시에는 그런 상이 없었는데 그 녀석은 그런 줄 몰랐지.

그 녀석이 대니 두를 쳐다보자 두는 손을 휘휘 저었어. "가, 얼른 가. 너는 잘했어. 네 잘못 아니야. 너는 아직도 행운의 부적이야. 아니라는 사람이 있으면 엿 먹으라 그래." 그러고는 이렇게 말했지. "다들 나가 줘요. 나 숨 좀 돌리게."

"안 돼." 내가 말했지. "감독님이 저 친구를 단독으로 만나고 싶다고 하셨어. 1대1로 축하를 해 주고 싶으신 모양이지. 어이, 뭘 꾸물거리냐. 얼른……." 나는 얼른 가 보라고 하려던 참이었지만 말문을 맺을 필요가 없었지. 블레이클리, 아니 캣서니스는 이미 사라지고 없었거든.

그 뒤로는 어떻게 됐는지 자네도 알지?

그 녀석이 복도를 지나서 심판실로 갔다면 그 길로 체포됐을 거야. 가는 길에 탈의실이 있었거든. 그런데 복도가 아니라 짐을 보관하는 용도로 쓰이고 마사지 테이블 몇 개랑 월풀 욕조도 있는 작은 방을 지나서 갔단 말이지. 왜 그랬는지는 아무도 알 길이 없겠지만 내가 보기에는 이상한 낌새를 알아차렸던 것 같아. 지붕이 마침내 무너지려고 한다는 걸 알아차린 거지. 정신병자였다면 여우같은 정신병자였다고 할까.

아무튼 그는 탈의실을 그런 식으로 통과하고 심판실로 걸어가서 문을 두드렸지. 오터쇼 크리스천 복지관에서 배운 도구를 검지에 장착하고서. 아마 형들한테 배웠겠지. *야, 계속 얻어맞기 싫으면 이걸 만들어서 써.*

그걸 자기 사물함에 갖다 놓지 않고 주머니에 넣어두었던 거야. 경기가 끝났으니 밴드로 감출 필요도 없었지. 그러니까 내가 보기에는 더 이상 뭐든 감출 필요가 없다는 걸 눈치 챈 거야.

그는 심판실 문을 두드리고 이렇게 말했지. "하이 웬더스 씨한테 긴급 전보가 왔는데요." 여우같은 거 맞지? 다른 심판이 문을 열었더라면 어떻게 됐을까 싶지만 문을 연 사람이 웬더스였고 아마 그는 상대가 웨스턴 유니언의 사환이 아니라는 걸 알아차리기도 전에 숨이 끊겼을 거야.

면도칼이었어. 아니, 면도칼 조각이었다고 해야 할까. 필요가 없을 때는 반지인 양 손에 감은 밴드 밑에 숨겨놓았다가 오른손 주먹을 쥐고 밴드를 엄지손가락 아래의 두툼한 부분으로 밀면 조그만 날이 쏙 나오게 되어 있었어. 웬더스가 문을 열자 캣서니스는 그걸로 그의 목을 그었지. 그가 수갑을 차고 끌려간 뒤에 피 웅덩이를 보았을 때(얼마나 어마어마했는지 몰라.) 내 머릿속에 떠오른 것은 **"철벼억 방어!"**를 외칠 때와 똑같은 목소리로 **"심판 죽여 버려!"**를 연호하던 4만 명의 관중들이었어. 진심으로 그렇게 말한 사람은 없었겠지만 그 녀석은 그것도 몰랐을 거야. 가뜩이나 웬더스가 그들을 둘 다 엿 먹이려고 한다는 이야기를 두에게 귀가 닳도록 들어서 세뇌가 됐을 테니까.

경찰들이 탈의실에서 뛰쳐나갔을 때 철벽 빌리는 하얀 홈경기용 유니폼 앞면을 피로 물들인 채 가만히 서 있었고, 웬더스가 그의 발치에 쓰러져 있었지. 그는 경찰들에게 잡혔을 때 저항하거나 칼을 휘두르지 않았어. 그냥 가만히 서서 이렇게 중얼거렸지. "내가 해치웠어, 두. 빌리가 해치웠어. 이제는 더 이상 오심을 하지 못할 거야."

* * *

그 사건은 그렇게 된 거라네, 킹 선생. 내가 알기로는 그래. 타이탄스가 어떻게 됐는지는 예전에 케이시도 얘기했다시피 찾아보면 돼.(뉴욕 양키스의 명감독으로 꼽히는 케이시 스텡걸을 의미한다. 그가 입버릇처럼 찾아보면 된다고 했다 — 옮긴이) 그동안 치른 경기는 모두 무효로 처리됐고 그걸 메우느라 더블 헤더를 얼마나 많이 뛰었는지 몰라. 결국에는 늙다리 허비 래트너에게 홈플레이트를 맡겼는데 그는 타율이 1할8푼5리였지. 요즘 얘기하는 멘도사 라인(2할의 타율을 지칭한다 — 옮긴이)에도 못 미쳤어. 대니 두슨은 '두개강내 출혈'인가 뭔가 하는 진단을 받고 시즌이 끝날 때까지 벤치를 지키다 1958년에 복귀를 시도했지만…… 안타깝게 됐지. 다섯 번 출전했지만 그중 세 번을 홈플레이트까지 공을 던지지도 못했거든. 나머지 두 번은…… 2004년에 치러진 레드삭스와 양키스의 결승전 마지막 경기 기억나나? 케빈 브라운이 양키스 선발로 나왔는데 삭스가 그를 상대로 2회 만에 6점을 뽑았잖아. 1958년에 대니 두가 홈플레이트까지 공을 던질 수 있게 됐을 때 거둔 성적이 그랬어. 가진 게 *아무것도* 없었거든. 그런 악조건이었음에도 불구하고 우리는 시네이터스와 애슬레틱스를 젖혔지. 그해 월드시리즈 기간 동안 조 디푸노가 심장마비를 일으킨 게 문제였을 뿐. 러시아에서 스푸트니크를 쏘아올린 날이었을 거야, 아마. 그래서 컨트리 스타디움에서 들것에 실려 나갔지. 그 뒤로 5년을 더 살았지만 껍데기만 남았고 두말하면 잔소리지만 두 번 다시 감독은 맡지 못했지.

그는 그 녀석이 행운을 빨아먹는다고 했는데 그보다 더 정확할 수가 없었어. 그 녀석은 행운의 블랙홀이었거든, 킹 선생.

그 친구의 입장에서 봐도 그랬어. 자네도 이 사건이 어떻게 끝났는지 알지 않나. 녀석은 에식스 카운티 구치소에서 인도 절차를 밟던 도중에 비누를 삼켜서 질식사했잖아. 그보다 더 끔찍한 죽음이 어디 있을까. 그 해가 악몽과도 같은 시즌이었지만 이야기를 하다 보니 좋았던 추억들도 떠오르는군. 수많은 팬들이 **철벽 빌리의 명령으로 도로 폐쇄** 팻말을 들면 스왐프 구장이 주황색으로 물들었던 게 가장 기억에 남아. 맞아, 그걸 만든 사람은 떼돈을 벌었겠지. 하지만 그걸 산 사람들도 산 보람이 있었다고 봐야 할 거야. 자리에서 일어나 그 팻말을 머리 위로 들었을 때 그들 자신보다 더 원대한 무언가를 함께 만들어 나갔으니까. 그 무언가가 나쁜 것일 수도 있었는데(히틀러를 보려고 집회를 찾은 사람들을 생각해 보면) 이건 좋은 거였어. 야구는 좋은 거니까. 예전에도 그랬고 앞으로도 그럴 테니까.

철벼억 방어, 철벼억 방어, 철벼억 방어.

생각하면 지금도 소름이 돋아. 머릿속에서 메아리가 들려. 그 친구는 정신병자였건 아니건, 행운을 빨아먹었건 아니건 진짜 물건이었는데.

킹 선생, 이제 할 이야기는 다 한 것 같은데. 만족하나? 다행이로군. 다행이야. 아무 때나 다시 와도 되는데 수요일 오후는 피해주게. 그 빌어먹을 버추얼 볼링이 열리는 시간이라 시끄러워서 도대체 생각이라는 걸 할 수가 없거든. 토요일에 오지 그래? 여럿이 모여서 이번 주의 베스트 게임을 보거든. 그날에는 맥주도 몇 잔 마실 수 있고 미친 듯이 응원을 하지. 예전 같지는 않지만 그래도 나쁘지는 않아.

친구이자 고등학교 시절의 은사였던 플립 톰슨에게 바친다

미스터 여미

초기 작품에서 내 대역으로 설정된 어떤 인물(아마도 『살렘스 롯』에서 벤 미어스인 것 같은데)은 어떤 작품을 쓸 생각인지 미리 밝히지 않는 게 좋다고 말한다. "땅바닥에 오줌을 갈기는 것과 다를 게 없다"는 표현을 써 가면서. 하지만 가끔, 특히 너무 흥분이 되면 내 조언을 따르기가 쉽지 않을 때도 있다. 이 「미스터 여미」 같은 경우가 그랬다.

친구에게 대강의 얼개를 설명하자 그는 가만히 듣더니 고개를 저었다.

"에이즈에 대해서 새로운 이야깃거리가 남아 있을까, 스티브?"

그는 잠깐 멈추었다가 이렇게 덧붙였다.

"게다가 이성애자의 입장에서."

그렇지 않다. 무슨 소리. 절대 아니다.

나는 경험해 보지 않으면 쓸 수 없다는 발상을 질색한다. 기본적으로 무한한 인간의 상상력에 한계를 설정하고 비약적인 동일시가 불가능하다고 보는 발상이기 때문이다. 나는 그건 아니라고 거부하겠다. 그 발상이 맞는다면 진정한 변화는 우리 능력 밖의 일이고 감정이입도 마찬가지라는 결론이 내려지지 않겠는가. 증거만 봐도 그렇지가 않다는 걸 알 수 있다. 살다보면 별의별 우라질 일들이 벌어지듯 변화도 벌어진다. 영국과 아일랜드가 화해할 수 있다면 언젠가는 유대인과 팔레스타인도 문제를 해결할 수 있을지 모른다. 열심히 노력해야 변화를 일굴 수 있다는 데에는 모두가 동의하는 바일 테지만 노력만으로는 부족하다. 어마어마하게 비약적인 상상력을 동원해서 상대방의 입장을 이해하려는 시도도 있어야 한다.

그리고 내가 쓰고 싶었던 이야기는 에이즈나 게이 생활이 아니었다. 그런 것들은 설정에 불과했다. 내가 쓰고 싶었던 이야기는 인간의 성욕이 얼마나 짐승 같아질 수 있는가였다. 내가 보기에 특히 젊었을 때에는 그 성욕이라는 것이 모든 방향성을 좌우하지 않나 싶다. 문득 마침 알맞은 밤이건 그렇지 않은 밤이건, 마침 알맞은 장소이건 그렇지 않은 장소이건 욕망이 분출되면 거부할 도리가 없다. 경계심이 완전히 사라진다. 설득력 있는 사고가 멈춘다. 위험 요소들이 더 이상 상관없어진다.

내가 쓰고 싶었던 게 바로 그런 이야기였다.

I

데이브 캘훈은 에펠탑을 만드는 올가 글루코프를 돕고 있었다. 그들은 6일째 6시라는 꼭두새벽부터 레이크뷰 양로원 휴게실에서 그 일을 하고 있었다. 단둘이 있는 경우는 거의 없었다. 노인들은 대개 일찍 일어난다. 저쪽에 달린 거대한 평면 TV에서 5시 30분부터 폭스 뉴스의 선동적인 기사들이 요란하게 울려퍼지면 몇몇 입소인들은 입을 떡 벌리고 뉴스를 보았다.

"아. 계속 찾던 게 여기 있었네."

올가가 말했다. 그녀는 상자 뒷면에 적힌 설명에 따르면 고철로 만들었다는 귀스타브 에펠의 걸작 중간쯤에 도리를 끼웠다.

뒤에서 바닥을 두드리는 지팡이 소리가 들리자 데이브는 고개도 돌리지 않은 채 인사를 건넸다.

"안녕, 올리. 일찍 일어났군 그래."

젊은 시절이었다면 데이브는 지팡이 소리만 들어도 누군지 알 수 있다는 것을 믿지 않았을 테지만, 젊은 시절이었다면 거쳐 간 사람들이 이렇게 많은 데서 지상에서의 마지막 시간을 보낼 줄은 상상도 하지 못했을 것이다.

"좋은 아침. 올가도 좋은 아침."

올리 프랭클린이 말했다.

그녀는 잠깐 고개를 들었다가 다시 퍼즐을 쳐다본다. 상자에 따르면 1000조각짜리라는데 대부분 제자리를 찾았다.

"이 도리들이 *골칫덩어리*예요. 눈을 감을 때마다 앞에서 둥둥 떠다닌다니까? 담배나 한 대 피우면서 허파를 깨워야겠어요."

레이크뷰에서 흡연은 금물이었지만 올가와 몇몇 골수분자들은 주방을 통해 재떨이용 깡통이 있는 하역장으로 나가서 피웠다. 그녀는 일어났다가 휘청하자 러시아어인지 폴란드어인지 모를 말로 욕을 하며 균형을 잡더니 발을 질질 끌며 걸어갔다. 그러다 중간에 걸음을 멈추고 데이브를 돌아보며 미간을 찌푸렸다.

"내 몫 남겨둬요, 밥. 알았죠?"

그는 손바닥을 들어 보였다.

"약속할게요."

그녀는 담배와 라이터를 찾느라 볼품없는 평상복 주머니를 뒤지며 흡족한 표정으로 발걸음을 옮겼다.

올리는 눈썹을 추켜세웠다.

"자네가 언제부터 밥이 됐어?"

"올가 남편이잖아. 기억 안 나? 올가랑 같이 들어왔다가 2년 전에 죽은."

"아. 맞다. 올가도 점점 정신이 흐려져 가고 있는 모양이로군. 안 됐네 그려."

데이브는 어깨를 으쓱했다.

"가을이면 90살인걸. 그때까지 살아 있다면 말이지. 나사가 몇 개 풀릴 때도 됐지. 그래도 이걸 봐."

그는 카드테이블을 가득 채운 퍼즐을 가리켰다.

"그녀가 혼자서 거의 다 했어. 나는 단순히 거들었을 뿐이고."

자칭 현실세계라고 부르는 곳에서 그래픽 디자이너였던 올리는 거의 완성된 퍼즐을 우울한 표정으로 바라보았다.

"르 투르 에펠이네. 공사가 한창이었을 때 예술가들이 항의 시위를 벌였던 거 아냐?"

"아니. 하지만 놀랍지는 않군. 프랑스 사람들이란."

"소설가 레옹 블로이는 그걸 가리켜서 진실로 참담한 가로등이라고 했지."

캘훈은 퍼즐을 보았다가 블로이가 한 말의 뜻을 알아차리고 웃음을 터뜨렸다. 그러고 보니 가로등을 닮긴 했다. 약간은.

"누구인지 기억이 나지 않네만 어떤 예술가인지 작가는 에펠탑에서 바라본 파리의 풍경이 최고라고 했지. 에펠탑 없는 파리는 거기서만 볼 수 있다면서."

올리는 한손으로 지팡이를 움켜쥐고 다른 손으로는 흩어지지 않게 붙잡는 것처럼 엉덩이 위쪽의 움푹 들어간 부분을 누르며 허리를 숙였다. 퍼즐을 쳐다보았다가 100개쯤 남은 조각들을 쳐다보았다가 다시 퍼즐 쪽으로 시선을 돌렸다.

"휴스턴, 문제가 발생한 것 같다.(아폴로 13호에서 휴스턴 기지로 문제점을 통보할 때 쓰던 말이다 — 옮긴이)"

데이브도 진작부터 의심하고 있던 부분이었다.

"자네 짐작이 맞는다면 올가가 우울해 할 텐데."

"그녀도 예상했을 거야. 이 에펠탑이 지금까지 얼마나 수도 없이 조립과 해체를 반복했겠나? 늙은이들도 10대 못지않게 조심성이 없거든."

그는 허리를 폈다.

"나랑 같이 정원으로 나가서 좀 걷겠나? 자네한테 줄 게 있는데. 할 얘기도 있고."

데이브는 올리를 빤히 쳐다보았다.

"자네, 괜찮은 거지?"

상대는 대답을 피했다.

"나가자고. 날씨가 얼마나 좋은지 몰라. 몸을 데우기 딱 좋아."

올리는 특유의 원 투 쓰리 리듬에 맞춰 지팡이로 바닥을 두드리며 앞장서 가다 커피를 마시면서 TV를 보고 있는 누군가를 향해 아침 인사차 손을 흔들었다. 데이브는 기꺼이 따라나섰지만 살짝 어리둥절했다.

II

레이크뷰는 휴게실을 가운데 두고 양옆으로 팔을 뻗은 것처럼 '요양실'이 줄줄이 이어지는 U자 모양인데 요양실에는 거실, 침실, 핸드레일과 샤워의자가 딸린 욕실이 갖추어져 있었다. 입소비는 적지 않았다. 대부분의 입소인들이 종종 실수를 했지만 (데이브도 여든세 번째 생일을 보내고 얼마 되지 않았을 때부터 밤에 실수를 하기 시작해서 옷장 위 선반에 PM 요실금 팬티를 상비해 두었다.) 지린내와 소독약 냄새가 여기저기서 풍기지는 않았다. 방에는 위성 TV도 설치되어 있었고, 각 동마다 스낵바가 있었고, 한 달에 두 번 와인 시음회가 열렸다. 데이브가 보기에는 모든 걸 감안했을 때 말년을 보내기에 상당히 훌륭한 시설이었다.

생활동 사이에 있는 정원은 초여름이라 거의 절정에 가까울 정도로 신록이 우거졌다. 오솔길은 구불구불했고 중앙의 분수대에서는 물이 쏟아졌다. 꽃들은 무성하되 관리가 잘 되어 있어서 고급스럽게 무성했다. 산책을 하다가 갑자기 숨이 차거나 다리가 점점 저리면 도움을 요청할 수 있도록 곳곳에 인터폰이 설치되어 있었다. 아직 일어나지 않은 사람들(또는 휴게실에서 폭스 뉴스를 실컷 본 사람들)이 날이 너무 더워지기 전에 햇살을 만끽하러 나오면 산책객이 많아지겠지만 아직은 데이브와 올리밖에 없었다.

이중문과 판석이 깔린 넓은 베란다를 지나서 계단을 내려가자 (둘 다 조심조심 내려갔다.) 올리가 걸음을 멈추고, 입고 있던 헐렁한 하운드투스 체크무늬 캐주얼 재킷의 주머니를 뒤지기 시작했다. 그는 묵직한 은색 체인이 달린 은색 회중시계를 꺼내 데이브에게 내밀었다.

"이걸 자네한테 주고 싶어. 우리 증조부 시계일세. 뚜껑 안에 새겨진 연도를 보면 증조부가 1890년에 샀거나 선물 받은 거야."

데이브는 살짝 중풍이 온 올리 프랭클린의 손에 매달린 채 최면술사의 부적처럼 대롱거리는 시계를 호기심과 경악이 어린 눈빛으로 물끄러미 쳐다보았다.

"그런 걸 내가 받으면 쓰나."

올리는 아이를 가르치는 사람처럼 느긋한 말투로 이야기했다.

"내가 준다는데 못 받을 이유가 뭔가. 자네가 이걸 보면서 좀 여러 번 감탄을 했어야지."

"가보 아닌가!"

"맞아. 그리고 내가 죽었을 때 유품 안에 있으면 남동생에게 넘어가겠지. 나는 죽을 날이 머지않았어. 어쩌면 오늘밤이 될지도 모르지. 며칠 안 남은 건 분명해."

데이브는 뭐라고 대꾸하면 좋을지 알 수가 없었다.

올리는 변함없이 느긋한 말투로 말을 이었다.

"내 남동생 톰은 대포에 실어서 디모인(아이오와주의 주도 — 옮긴이)으로 날려 버리고 싶어도 화약이 아까운 녀석이야. 내가 차마 그 녀석한테 그렇게 모진 소리는 하지 못했지만 자네한테는 수도 없이 얘기했을 텐데. 아닌가?"

"음…… 그렇지."

"사업에 세 번 실패하고 결혼에 두 번 실패하는 동안 내가 계속 먹여 살렸지. 그 얘기도 자네한테 수도 없이 했을 텐데. 아닌가?"

"맞아. 하지만……."

"나는 일에도 성공했고 투자에도 성공했지."

올리는 지팡이로 자기만의 암호를 찍으며 걷기 시작했다. 탁, 타악 탁, 탁, 타악 타악 탁.

"덕분에 진보적인 젊은이들이 매도하는 상위 1퍼센트가 되었어. 재산이 어마어마한 건 아니지만, 지난 3년 동안 남동생의 비빌 언덕이 되어 주는 한편으로 여기서 편안하게 지낼 만큼은 됐지. 고맙게도 그 녀석의 딸아이한테까지 그렇게 해 줄 필요는 없는 것 같네. 마서는 제 앞가림은 하는 눈치거든. 얼마나 다행인지 몰라. 유언장도 제대로 작성해서 분란의 씨앗을 없앴다네. *가족들 사이에 의가 상하지 않게* 말이지. 나는 아내도 없고 자식도 없으니 전 재산이 톰에게 넘어갈 거야. 이것만 빼고. 이건 자네 몫일세. 자네는 나한테 더할 나위 없는 친구였어. 그러니까 제발 받아주게."

데이브는 고민하다 친구의 불길한 예감이 지나갔을 때 돌려주면 된다는 판단 아래 시계를 받았다.

그는 뚜껑을 열고 크리스탈로 된 화면을 보며 감탄했다. 6시 22분. 그가 알기로는 시간도 정확히 맞았다. 나름의 조그만 원을 그리며 움직이는 초침이 당초무늬로 새겨진 6이라는 숫자 위를 이제 막 씩씩하게 지나갔다.

올리는 다시 천천히 걸음을 옮기기 시작했다.

"세척은 여러 번 했지만 수리를 받은 적은 딱 한 번뿐이야. 할아버지 말로는 1923년, 우리 아버지가 헤밍퍼드 홈에 있는 옛날 농장집 우물 안으로 떨어뜨렸을 때. 믿어지나? 120년 동안 수리를 받은 게 딱 한 번뿐이라니. 이 지구상에는 그럴 수 있는 인간이 몇이나 될까? 열두어 명? 어쩌면 겨우 여섯 명? 자네는 2남 1녀를 두었지, 맞나?"

"응."

데이브는 말했다. 그의 친구는 지난 1년 동안 점점 노쇠해졌고 머리칼은 갓난쟁이 같은 솜털 몇 가닥만 남아서 군데군데 검버섯이 난 두피를 덮었지만 정신 상태만큼은 올가보다 또렷했다.

'그리고 나보다도 또렷하지.'

그는 속으로 인정했다.

"그 시계가 내 유언장에서는 빠지겠지만 자네 유언장에는 들어가야겠지. 자네로 말할 것 같으면 아이들을 똑같이 사랑할 사람이지만 예뻐하는 건 성격이 다른 문제 아닌가. 자네가 가장 예뻐하는 아이한테 물려주게."

'그렇다면 피터지.'

데이브는 생각하고 미소를 지었다.

미소에 화답하는 건지 그 뒤에 숨은 생각을 읽은 건지 몰라도 올리의 입술이 벌어지며 남은 이가 보였고 그는 고개를 끄덕였다.

"좀 앉을까? 기운이 다 빠졌어. 요즘은 별것 안 해도 그러네."

그들은 벤치에 앉았고 데이브는 시계를 돌려주려고 했다. 호들갑스럽게 그의 손을 물리치는 올리의 품새가 너무 우스워서 웃음이 터졌지만 데이브도 알다시피 이건 심각한 문제였다. 없어진 직소 퍼즐보다 분명 심각한 문제였다.

꽃향기가 진하고 상큼했다. 데이브 캘훈은 죽음을 생각하면(그리 먼 일도 아니었다.) 감각으로 이루어진 세상과 그로 인한 일상의 호사를 잃어버리는 게 가장 아쉬웠다. 보트넥 톱을 입은 여인의 가슴골. 코지 콜의 말도 안 되는 「톱시 파트 2」 드럼 연주. 위에 구름 같은 머랭을 얹은 레몬 파이의 맛. 아내였다면 다 알았을 테지만 그는 이름조차 모르는 꽃들의 향기.

"올리, 자네가 이번 주에 죽을 수도 있지만, 여기 사는 사람들은 전부 한발은 무덤 안에 있고 다른 발로는 바나나 껍질을 딛고 있다는 걸 하늘도 알고 땅도 알지만, 확실하게 장담할 수 있는 사람은 아무도 없어. 자네가 꿈을 꾸었거나 아니면 까만 고양이가 자네 앞을 지나갔는지 모르겠지만 예감은 순 엉터리야."

올리가 말했다.

"단순한 예감이 아니야. 두 눈으로 봤어. 미스터 여미를. 지난 2주 동안 몇 번을 봤나 몰라. 점점 더 가까이 다가오더군. 조만간 내 방으로 찾아올 테고 그러면 그렇게 끝이 나겠지. 상관없어. 사실 기다려지기도 해. 삶은 위대한 것이긴 하지만 충분히 오래 살면 다하기 전에 닳아버리거든."

캘훈이 물었다.

"미스터 여미라니. 미스터 여미가 도대체 누군데?"

올리는 친구의 말을 못 들은 것처럼 이렇게 얘기했다.

"진짜 그는 아니야. 그건 알아. 그의 *상징*이지. 시간과 장소의 총체라고 할까. 예전에는 *진짜* 미스터 여미가 있었어. 친구들하고 나는 그날 밤, 하이포켓츠에서 만난 그를 그렇게 불렀지. 본명은 절대 알 수가 없었지만."

"무슨 소리인지 모르겠군."

"자네, 내가 동성애자라는 거 알지?"

데이브는 미소를 지었다.

"뭐, 자네가 연애를 하던 시절이야 나를 만나기 전에 끝이 났겠지만 짐작은 하고 있었지."

"애스콧 타이(스카프 모양의 넥타이 — 옮긴이)를 보고 알았나?"

데이브는 생각했다.

'걸음걸이를 보고 알았지. 지팡이를 짚어도 티가 나거든. 그리고 남은 머리칼을 손으로 쓸어 올린 다음 거울을 쳐다보는 것도. 「리

149

얼 하우스와이브스」에 나오는 여자들을 보고 눈을 부라리던 것
도. 자네가 걷고 있는 내리막길을 연대순으로 보여 주는, 자네 방
에 있는 여러 점의 정물화도. 예전에는 솜씨가 아주 훌륭했을 텐
데 지금은 손이 떨리지. 자네 말이 맞아. 다하기 전에 닳아버린다
는 거 말이야.'

"그것도 그중 하나였지."

"자기는 나이가 너무 많아서 미군이 펼치는 모험에 동참할 수
없다고 누가 말하는 거 들어본 적 있나? 베트남전 때나 이라크전
때나 아프가니스탄전 때."

"당연하지. 평소에는 자기들이 너무 젊다고 말을 하면서 말이지."

"에이즈도 전쟁이었지. 그리고 나는 그 전쟁에 참전하기에 너무
많은 나이도 아니었어. 자기가 사는 나라에서 전쟁이 벌어지면 누
구든 그럴 수밖에 없지 않겠나?"

올리는 울퉁불퉁 마디가 지고 능력이 점점 사라져가고 있는 자
기 손을 내려다보고 있었다.

"아무래도 그렇지."

"나는 19세기에 태어났지. 에이즈가 맨 처음 미국에서 발견되고
임상적으로 설명이 되었을 때 내 나이가 52살이었어. 나는 그때
뉴욕에서 살며 몇몇 광고회사와 프리랜서로 일을 하고 있었지. 여
전히 친구들과 함께 어쩌다 한 번씩 빌리지에 있는 클럽을 드나들
었고. 마피아가 사장이었고 악명이 높았던 스톤월은 말고 다른 데.
어느 날 밤, 크리스토퍼 대로에 있는 피터 페퍼스 앞에 서서 친구
와 함께 마리화나를 나누어 피우고 있었을 때 젊은 친구들이 그
안으로 들어갔지. 하나같이 그 당시 유행을 따라서 타이트한 나팔

바지와 어깨는 넓고 허리는 좁은 셔츠를 입은 꽃미남들이었어. 거기에 스택 힐이 달린 스웨이드 부츠를 신었고."

"미스터 여미들이었겠군 그래."

"아마도. 하지만 그 미스터 여미는 아니었어. 친구(이름이 노아 프리몬트였는데 작년에 죽어서 내가 장례식에 다녀왔지.)가 나를 돌아보더니 이렇게 말하더군. '저 친구들, 이제는 우리를 쳐다보지도 않네?' 나는 맞장구를 쳤지. 돈이 있으면 쳐다봐 주기는 하겠지만 그러기엔 우리가 너무…… 점잖았다고 할까? 가끔 그런 친구들도 있기는 했지만 돈을 주고 하는 건 굴욕적이잖아. 하지만 내가 맨 처음 뉴욕에 발을 들인 1950년대 후반에는……."

그는 어깨를 으쓱하고 먼 곳을 바라보았다.

"1950년대 후반에는 뭐?"

데이브는 다그쳤다.

"어떤 식으로 표현하면 좋을지 고민하는 중이야. 여자들이 록 허드슨과 리버라치(미국 최고의 스타 피아니스트 — 옮긴이)에 한숨 지었고, 동성애가 감히 입 밖에 낼 수 없는 사랑이었던 1950년대 후반에 내 성욕은 극에 달했다네. 물론 다른 공통점도 많지만, 그런 점에서 동성애자와 이성애자는 같다고 볼 수 있겠지. 어디에선가 읽었는데 매력적인 상대가 있으면 남자들은 20초에 한 번 꼴로 섹스를 생각한다고 하더군. 하지만 10대와 20대 때는 매력적인 상대가 있건 없건 남자들은 주구장창 섹스를 생각하지."

"바람만 불어도 선다고들 하지 않나."

데이브가 말했다.

그는 주유소 점원으로 맨 처음 취직했을 때 남자친구의 트럭

조수석에서 내리는 걸 본 적 있는 빨간 머리의 예쁘장한 아가씨가 생각났다. 치맛자락이 말려 올라가서 하얀 면 팬티가 1초, 길어야 2초 정도 보였다. 그랬음에도 그는 수음을 할 때마다 그 순간을 끊임없이 재생했고, 열여섯 살밖에 안 됐을 때의 일인데도 불구하고 기억이 어제처럼 생생했다. 쉰 살에 본 장면이었어도 과연 그랬을까? 그 무렵에는 여자의 속옷을 본 적이 너무 많았다.

"일부 보수적인 칼럼니스트들은 에이즈를 동성애자의 전염병이라고 지칭하면서 만족감을 감추지 못했지. 전염병인 건 맞았지만 동성애자 커뮤니티에서는 1986년에 이르렀을 때 이 문제를 제대로 해결했거든. 무방비한 성관계를 맺지 않고 주사바늘을 돌려쓰지 않는 것이 가장 기본적인 예방법이라는 걸 알았으니까. 하지만 젊은 친구들은 자기가 불사신인 줄 알고, 우리 할머니가 거나하게 취하면 입버릇처럼 얘기했다시피 단단해진 거시기는 양심이 없잖은가. 그 거시기의 주인이 알딸딸하게 취했고 성욕이 하늘을 찌를 기세면 더 말할 나위도 없지."

올리는 한숨을 쉬고 어깨를 으쓱했다.

"도박을 감행하고. 실수를 저지르고. 감염 경로가 알려진 이후에도 수만 명의 동성애자들이 목숨을 잃었잖은가. 동성애라는 성적 취향은 개인이 선택할 수 없는 부분이라는 인식이 널리 퍼지면서 사람들이 사태의 심각성을 깨닫기 시작했지. 재능을 꽃피우지 못하고 눈을 감은 위대한 시인, 위대한 음악가, 위대한 수학자와 과학자들이 얼마나 많은지 어느 누가 알 수 있겠나. 그들은 음악소리는 요란하고 와인은 넘쳐나고 폭죽은 펑펑 터지던 어느 날 밤에 모험을 감행하는 바람에 시궁창에서, 온수도 안 나오는 아파트에서, 병원에서, 구빈원에서 생을 마감했지. 자초한 거 아니냐고? 아직도 그렇게 얘기하는 사람들이 많지만 천만의 말씀. 충동이 너무 강하거든. 너무 *원초적*이거든. 20년 늦게 태어났다면 나도 희생양이 될 수 있었어. 내 친구 노아도 그렇고. 하지만 그는 자던 도중에 심장마비로 죽었고 나는 뭔가로…… 죽겠지. 쉰 살이 되면 참아야 하는 성적 유혹이 줄고, 엄청난 유혹이 느껴지더라도 적어도 콘돔을 챙길 수 있을 만큼 이성으로 통제가 되니까. 내 또래 남자들 중에 에이즈로 죽은 사람이 없다는 건 아니야. 많지. 늙은 바보를 능가하는 바보는 없다잖은가. 내 친구들도 몇 명 그랬어. 하지만 날마다 클럽을 가득 메우던 젊은 친구들처럼 많지는 않았지.

노아, 헨리 리드, 존 루빈, 프랭크 다이아몬드로 이루어진 우리 패거리는 가끔 짝짓기 춤을 추는 젊은 친구들을 구경하러 클럽을 찾곤 했다네. 군침을 흘리지 않고 그냥 구경만 했지. 허리를 숙이는 웨이트리스를 구경하러 매주 후터스에 출입하는 중년의 평범한 골프 친구들과 별반 다를 게 없었어. 그런 행동이 조금 측은할지는 몰라도 비정상적이라고 볼 수는 없지 않은가. 자네 생각은 다를지 모르겠지만."

데이브는 고개를 저었다.

"어느 날 밤에 우리 넷인가 다섯 명이 하이포켓츠라는 댄스 클럽에 들른 적이 있었어. 이제 그만 파할까 하던 참에 이 친구가 혼자 들어왔지. 살짝 데이비드 보위를 닮은 친구였어. 큰 키에 하얀색의 타이트한 자전거용 반바지와 소매를 자른 파란색 티를 입고 있었지. 긴 금발을 부풀려서 올백으로 넘긴 헤어스타일이 우스꽝스러우면서도 섹시했고. 불그스름한 뺨에(볼연지를 바른 게 아니라 원래 그랬지.)는 은색 반짝이를 뿌렸어. 입술은 큐피드의 활 모양이었고. 그 안에 있던 모든 사람들이 고개를 돌리고 그를 쳐다봤지. 노아는 내 팔을 잡으면서 이렇게 말했어. '저 아이야. *저 아이*가 미스터 여미야. 저 아이를 집에 데리고 갈 수만 있다면 1000달러를 내겠네.'

나는 웃으면서 1000달러로는 어림도 없을 거라고 했지. 그 나이에 그 정도 외모라면 찬사와 애정 공세를 한 몸에 누리는 것 말고는 바라는 게 없을 거라고. 그리고 가능한 한 자주 욕정을 불사르는 것 말고는 바라는 게 없을 거라고. 스물두 살 때는 대개 그렇지 않은가.

그는 이내 꽃미남 그룹에 합류해서(하지만 그만큼 훌륭한 외모는 없었지.) 다 같이 웃고 마시며 당시 유행하던 춤을 추었지. 그들 중 어느 누구도 댄스플로어에서 멀찌감치 떨어진 테이블에 앉아서 와인을 마시는 중년의 4인조에는 눈길 한 번 주지 않았어. 나이보다 젊어 보이길 포기하는 시기까지 10년이 남은 중년의 4인조 말일세. 그의 환심을 사고 싶어서 안달이 난 귀여운 젊은 친구들이 그렇게 많은데 뭐 하러 우릴 쳐다보겠나?

그때 프랭크 다이아몬드가 말했다네. '저 아이는 1년 안으로 죽을 거야. 그때도 얼마나 예뻐 보일지 두고 보자고.' 말을 한다기보다 피를 토하는 듯이 얘기하더군. 거기서…… 뭐랄까…… 일말의 위로라도 얻는 사람처럼."

동성결혼이 거의 모든 주에서 합법으로 인정을 받는 시대가 될 때까지 깊은 벽장과도 같았던 시대를 버틴 올리는 야윈 어깨를 다시 한 번 으쓱했다. 이미 지난 일이라는 식이었다.

"그가 바로 미모와 성적 매력과 닿을 수 없는 경지의 집합체라 할 수 있는 미스터 여미였어. 나는 그날 이후로 그를 두 번 다시 본 적이 없었는데 2주 전에 만났지 뭔가. 하이포켓츠나 피터 페퍼스나 톨 글래스처럼 내가 다니던 클럽에서 만난 건 아니었어. 나는 이른바 레이건 시대가 저물어가면서부터 점점 클럽에 발길을 끊었는데 1980년대 후반부터는 게이 클럽을 출입한다는 발상이 섬뜩하게 다가오더군. 붉은 죽음을 이야기한 포의 단편에서 펼쳐지는 가면무도회에 참석하는 느낌이었단 말이지. '자, 여러분! 록 음악을 크게 틀어놓고 샴페인을 한 잔 더 마십시다. 파리 목숨처럼 스러져가는 사람들은 신경 쓰지 말고요.' 총에 맞아도 죽지 않을 것처럼 느껴지는 스물두 살이 아닌 이상 그런 클럽이 무슨 재미가 있었겠나."

"힘들었겠어."

올리는 지팡이를 잡지 않은 쪽 손을 좌우와 위아래로 동시에 흔들었다.

"힘들 때도 있었고 아닐 때도 있었고. 술을 끊어가는 알코올 중독자가 말하는, 삶을 있는 그대로 받아들인다는 것이 그런 거겠지."

데이브는 그냥 넘어갈까 고민하다가 그럴 수는 없다는 결론을 내렸다. 시계라는 선물이 너무 당혹스러웠다.

"이 데이브 삼촌 말을 잘 들어, 올리. 딱 한 마디만 할게. *자네가 본 사람은 그 친구가 아니야.* 그를 닮은 사람이라면 모를까, 미스터 여미가 그 당시 스물두 살이었다면 지금은 50대일 거 아닌가. 에이즈를 모면했다면 말이지. 자네 머리가 농간을 부린 거야."

"내 *나이*를 먹은 머리가 말이지. 조만간 망령이 날 내 머리가."

올리는 말하면서 미소를 지었다.

"내가 언제 망령을 운운했나. 자네가 그 지경은 아니지. 하지만 나이를 먹은 건 맞아."

"그건 의심할 여지가 없지만 그 친구였어. 분명 그 친구였다고. 내가 그를 처음 본 곳은 메인 드라이브 입구의 메릴랜드 가였어. 그로부터 며칠 뒤에는 정향 담배를 피우면서 정문 아래 계단을 어슬렁거리고 있더군. 이틀 전에는 원무과 앞 벤치에 앉아 있었고. 변함없이 그 파란색 민소매 티와 눈부시게 하얀 반바지를 입고 있었어. 그 정도면 교통 체증이 빚어졌어야 하는데 아무도 그를 보지 못했지. 나 말고는 말이야."

'대충 장단을 맞춰주고 넘어가지 않겠어. 이 친구를 그런 식으로 대접하면 안 되지.'

데이브는 생각했다.

"환영이 보이는 모양이로군."

올리는 당황하지 않았다.

"좀 전에는 휴게실에서 다른 아침형 인간들과 함께 TV를 보고 있었어. 내가 손을 흔들었더니 마주 흔들어 주더군. 심지어 윙크까지 했어."

놀랍도록 젊은 미소가 올리의 얼굴 위로 번졌다.

"하얀색 자전거용 반바지? 민소매 티? 스물두 살의 꽃미남? 내 비록 이성애자지만 그런 청년이라면 눈에 들어왔을 텐데."

"나를 데리러 왔으니까 내 눈에만 보이는 거지. 이상 끝일세."

그는 지팡이에 몸을 싣고 자리에서 일어났다.

"이제 그만 들어갈까? 커피 마실 준비가 됐는데."

그들은 베란다로 걸어가서 내려올 때처럼 조심스럽게 계단을 올라갔다. 그들은 한때 레이건 시대에 살았다. 지금은 유리 고관절의 시대에 살고 있었다.

판석이 깔린 휴게실 앞에 다다랐을 때 그들은 걸음을 멈추고 숨을 골랐다. 진정이 되자 데이브가 말했다.

"자, 그럼 오늘 우리가 뭘 배웠을까? 사신은 어깨에 낫을 짊어지고 창백한 말을 타고 다니는 해골이 아니라 뺨에 반짝이를 뿌린 섹시한 댄스 클럽의 아이라는 거?"

"사람들마다 보이는 형상이 다르겠지. 내가 읽은 책에서는 죽음의 문전에 다다르면 대다수가 어머니를 본다고 하더군."

올리는 조심스럽게 말했다.

"올리, 대다수가 *아무*도 보지 않아. 자네가 지금 죽을병에 걸린 것도……."

"하지만 우리 어머니는 나를 낳자마자 돌아가셨기 때문에 나는 어머니를 만나더라도 못 알아볼 거야."

그는 이중문 쪽으로 걸음을 옮기려고 했지만 데이브가 그의 팔을 잡았다.

"시계는 핼러윈 파티 때까지 내가 보관하고 있겠네. 넉 달 동안. 밥은 어김없이 줄게. 하지만 그때까지 자네가 살아 있으면 도로 가져가는 걸로. 어떤가?"

올리는 얼굴을 환히 빛냈다.

"좋지. 올가의 에펠탑이 어떻게 돼 가고 있는지 들어가서 볼까?"

올가는 카드테이블 앞으로 돌아와서 퍼즐을 내려다보고 있었다. 기뻐하는 표정이 아니었다.

"마지막 세 조각 남겨뒀어요, 데이브."

속상해 하고 있는지 어쩐지 몰라도 이제는 그의 정체를 헷갈리지 않았다.

"그래도 네 칸이 남네. 1주일 동안 고생한 결과가 이렇다니 너무 실망스럽네요."

"살다보면 별의별 우라질 일들이 벌어진다고 하잖아요, 올가."

데이브는 이렇게 말하고 의자에 앉았다. 남은 세 조각을 제자리에 끼우자 비 오는 날 여름 캠프에서 느꼈던 성취감이 다시금 느껴졌다. 이제 생각해 보니 휴게실이 비 오는 날 여름 캠프와 상당히 비슷했다. 인생은 북엔드가 딸린 짧은 책꽂이였다.

"그렇죠. 맞아요. 그런데 우라질 일이 *너무* 많네요, 밥. 너무 많아요."

그녀는 사라진 네 조각에 대해 생각하며 말했다.

"올가, 나 데이브예요."

그녀는 그를 돌아보며 미간을 찌푸렸다.

"내가 데이브라고 했잖아요."

옥신각신할 필요도 없었고, 1000조각 중에 996조각이 남았으면 양호한 편이라고 그녀를 설득할 필요도 없었다. 데이브는 생각했다.

'그녀는 앞으로 10년 있으면 100살이 되는데도 완벽을 요구할 자격이 있다고 생각하는군. 착각이 유난히 견고한 사람들도 있다니까?'

고개를 들어 보니 올리가 휴게실 옆에 딸린 벽장만 한 크기의 공작실에서 나오고 있었다. 박엽지와 펜을 들고 있었다. 그가 테이블 앞으로 다가와 박엽지로 퍼즐을 덮었다.

"어머, 어머, 뭐하는 거예요?"

올가가 물었다.

"이번 한 번만큼은 꾹 참고 기다려 봐요. 보면 알아요."

그녀는 심통 난 아이처럼 아랫입술을 삐죽 내밀었다.

"싫어요. 담배 피울 거예요. 그 빌어먹을 퍼즐 해체하고 싶으면 해도 돼요. 상자 안에 넣든지 바닥 위로 떨어뜨리든지. 마음대로 해요. 지금 이 상태로는 아무 짝에도 쓸모없겠어요."

그녀는 관절염이 허락하는 한도 내에서 최대한 거만하게 걸어나 갔다. 올리는 안도의 한숨을 내쉬며 그녀가 앉았던 자리에 앉았다.

"이제 살겠네. 요즘은 허리를 숙이려면 여간 괴로운 게 아니야."

그는 마침 나란히 붙어 있는 빈 구멍 두 개의 본을 뜨고 박엽지를 옮겨서 나머지 두 개의 본을 떴다.

데이브는 흥미진진한 눈빛으로 구경했다.

"그걸로 될까?"

"당연하지. 우편실에 택배 상자가 있거든. 하나를 슬쩍 해다가 좀 자르고 그리고 하면 돼. 내가 올 때까지 올가가 성질부리면서 이 망할 물건을 해체하지 않게만 해 줘."

"혹시 사진 필요하면(비교하는 용도로 말이야.) 내가 휴대전화를 들고 올게."

"그럴 필요 없어."

올리는 근엄한 표정으로 자기 이마를 두드렸다.

"내 카메라가 여기 들어 있거든. 스마트폰이 아니라 오래 된 브라우니 상자지만 아직 제법 쓸 만해."

III

올가는 하역장에서 돌아왔을 때도 계속 씩씩거리고 있었고 완성되지 않은 퍼즐을 해체하려고 했지만, 데이브가 크리비지 판을 그녀의 눈앞에 대고 흔드는 수법을 동원해 다른 데로 관심을 돌렸다. 그들은 세 게임을 했다. 데이브가 세 번 다 졌고 마지막 판에는 한 점도 내지 못했다. 올가는 그의 정체를 헷갈리고 애틀랜타로 돌아가 이모의 하숙집에서 살고 있다고 생각하는 날도 있었지만 크리비지에 있어서만큼은 기회를 절대 놓치는 법이 없었다.

'그리고 운이 따르기도 하지.'

데이브는 이런 생각이 들었지만 분하다는 느낌은 없었다.

'세상에 어느 누가 크리비지로 20점을 딸 수 있겠어?'

11시 15분쯤 됐을 때(폭스 뉴스가 끝나고 드루 캐리가 상품을 계속 소개하는 「얼마일까요」로 바뀌었다.) 올리 프랭클린이 돌아와서 크리비지 판 쪽으로 다가왔다. 수염을 깎고 깔끔한 반팔 셔츠를 입고 있어서 산뜻해 보였다.

"올가. 내가 여자친구인 그대를 위해서 선물을 준비했어요."

그녀는 재미있다는 듯이 심술궂게 눈을 번뜩였다.

"난 당신 여자친구 아니에요. 당신한테 여자친구가 있었다면 개똥밭에 몸을 담그겠어요."

"고마워할 줄 모르는 자여, 그대의 이름은 여자니라(셰익스피어의 「햄릿」에서 햄릿이 '약한 자여, 그대의 이름은 여자니라.'라고 한 것을 살짝 비틀었다 — 옮긴이)."

올리는 장난스럽게 말했다.

"손 내밀어 봐요."

그녀가 손을 내밀자 그는 새로 만든 네 개의 퍼즐 조각을 그 위로 떨어뜨렸다.

그녀는 의심스러워하는 눈빛으로 퍼즐 조각들을 쳐다보았다.

"이게 뭐예요?"

"없어진 조각요."

"*뭐*의 없어진 조각요?"

"데이브랑 같이 맞춘 퍼즐요. 기억 안 나요?"

곱슬곱슬하고 하얀 구름 같은 그녀의 머리 밑에서 딸깍 하고, 낡은 계전기와 녹이 슬었던 기억 장치가 되살아나는 소리가 데이브의 귀에 들리는 듯했다.

"당연히 기억하죠. 하지만 이게 맞겠어요?"

"한번 끼워 봐요."

올리가 제안했다.

데이브가 그럴 틈도 주지 않고 퍼즐 조각들을 낚아챘다. 그가 보기에는 완벽했다. 한 조각에는 도리의 레이스 부분이 그려져 있었다. 서로 붙어 있던 두 조각에는 지평선 위에 뜬 분홍색 구름의 일부분이 담겨 있었다. 네 번째 조각에는 방돔 광장을 걷고 있었을지 모르는 조그만 건달의 이마와 건방지게 챙을 위로 젖힌 베레모가 그려져 있었다. 올리는 여든다섯 살인데도 솜씨가 여전했다. 데이브가 돌려주자 올가는 하나씩 차례대로 알맞은 칸에 넣었다. 딱 맞았다.

"오호."

데이브가 말하고 올리와 악수했다.

"모두 완성이야. 훌륭해."

올가는 퍼즐에 코가 닿을 정도로 허리를 숙였다.

"이 도리 조각은 주변이랑 잘 안 맞는데요."

데이브가 말했다.

"올가, 아무리 당신이라도 그건 좀 너무 배은망덕한데요."

올가는 흥 하는 소리를 냈다. 그녀의 머리 위에서 올리가 눈썹을 꿈틀거렸다.

데이브도 덩달아 눈썹을 꿈틀거렸다.

"같이 점심 먹지 그래."

"점심은 건너뛸까 봐. 아까 걸은 데다 솜씨를 좀 발휘했더니 피곤하네."

그렇게 대꾸하고 나서 올리는 허리를 숙여 퍼즐을 보고 한숨을 쉬었다.

"맞아요, 안 맞네요. 하지만 거의 비슷해요."

"거의라는 것은 아무 짝에도 쓸모없는 단어죠. *남자친구 씨*."

올가가 말했다.

올리는 특유의 원 투 쓰리 리듬으로 지팡이를 두드려가며 에버그린 동 입구로 천천히 걸어갔다. 그가 점심시간은 물론이고 저녁시간에까지 얼굴을 보이지 않자 그날의 당직 간호사가 확인차 찾아갔고, 재능 많은 두 손을 가슴 위로 깍지 끼고 침대보 위에 누워 있는 그를 발견했다. 살아생전에 그랬던 것처럼 평화롭게 고요하게 생을 마감한 듯했다.

그날 저녁에 데이브가 죽은 친구의 방으로 찾아가 보니 문이 잠겨 있지 않았다. 그는 시트를 벗긴 침대에 앉아서 은시계를 손바닥에 얹고 초침이 6 위로 작은 원을 그리는 것을 볼 수 있게 뚜 껑을 열었다. 올리의 소지품(책꽂이에 꽂힌 책, 책상 위의 스케치북, 벽에 붙어 있는 다양한 그림)을 둘러보며 누가 그걸 가지고 갈지 궁금해 했다. 아무 짝에도 쓸모없는 동생일 것이다. 기억을 더듬어 보니 이름이 생각났다. 톰. 그리고 조카는 마서였다.

머리를 부풀려서 올백으로 빗어 넘기고 뺨에 반짝이를 뿌린 잘 생긴 청년을 그린 목탄화가 침대 위에 놓여 있었다. 큐피드의 화살 을 닮은 입술에 미소를 머금고 있었다. 희미하지만 매혹적인 미소 였다.

IV

절정에 달했던 여름이 썰물처럼 빠지기 시작했다. 스쿨버스들이 메릴랜드 가를 지나다녔다. 올가 글루코프는 상태가 계속 나빠졌 다. 데이브를 죽은 남편으로 착각하는 횟수가 점점 늘었다. 크리비 지 실력은 여전했지만 영어 실력은 후퇴하기 시작했다.

데이브의 큰아들과 딸이 가까운 곳에 살았지만 가장 자주 면회 를 오는 자식은 피터였다. 피터는 헤밍퍼드 카운티의 농장에서부 터 100킬로미터를 달려와서 종종 아버지를 모시고 저녁에 나가서 외식을 했다.

핼러윈이 찾아왔다. 직원들이 휴게실을 주황색과 까만색 테이 프로 장식했다. 레이크뷰 요양원의 입소인들은 사과주와 호박 파 이로 만성절을 자축했고, 이가 아직 성한 사람들은 팝콘을 먹었다. 코스튬을 입고 저녁 시간을 보내는 대다수의 입소인들을 보며 데이브 캘훈은 마지막 대화에서 죽은 친구가 한 이야기를 떠올렸다. 1980년대 후반부터는 게이 클럽을 출입하면 붉은 죽음을 이야기한 포의 단편에서 펼쳐지는 가면무도회에 참석하는 느낌이었다고 한 이야기를 말이다. 그가 보기에는 레이크뷰도 일종의 클럽이었고 어떨 때는 게이클럽일 수도 있었지만 한 가지 단점이 있었다. 받아주겠다는 친척이 있지 않은 이상 나갈 수가 없다는 것이었다. 데이브가 부탁하면 피터와 앨리샤가 아들 제롬이 쓰던 방을 내주겠지만 이제야 단둘이서 지내게 된 그들 부부에게 그런 부담을 지울 수는 없었다.

11월 초의 어느 따뜻한 날에 그는 판석이 깔린 베란다로 나가서 벤치에 앉았다. 햇살이 비치는 그 너머의 오솔길이 그를 유혹했지만 이제는 계단을 내려갈 엄두가 나지 않았다. 내려다가 넘어지기라도 하면 큰일이었다. 부축을 받아야만 다시 올라올 수 있을지도 모르는데 얼마나 굴욕적이겠는가.

분수대 옆에 서 있는 젊은 여자가 보였다. 요즘은 TCM 채널의 영화에서나 볼 수 있는, 정강이까지 내려오는 길이에 프릴 칼라가 달린 원피스를 입고 있었다. 머리는 옅은 빨간색이었다. 그녀가 그를 향해 미소를 지으며 손을 흔들었다.

'아니, 이게 누구야. 2차 세계대전이 끝나고 얼마 안 됐을 때 오마하의 험블 주유소까지 남자친구의 트럭을 타고 와서 내리던 그 여자잖아.'

빨간 머리의 미녀는 그의 생각을 읽기라도 한 것처럼 윙크를 날리더니 원피스 자락을 살짝 들어서 무릎을 보였다.

'안녕, 미스 여미. 예전에는 그보다 훨씬 많이 보여 주었는데.'

데이브는 생각했다.

그때 기억이 떠오르자 웃음이 났다.

그녀도 덩달아 웃음을 터뜨렸다. 그녀는 가까이에 있었고 그는 청력에 아무 문제가 없었는데도 웃는 얼굴만 보일 뿐 소리는 들리지 않았다. 잠시 후에 그녀는 분수대 뒤로 걸어들어가더니…… 다시 나오지 않았다.

그의 저 밑에서 생명의 약동이 언뜻 느껴졌지만 그 이상도 그 이하도 아니었다. 강하게 두근거리는 남성미와 욕망의 심장. 다음 번에는 그녀가 조금 더 가까이 다가올 것이었다.

V

피터가 다음 주에 찾아오자 그들은 인근의 근사한 식당으로 저녁을 먹으러 나갔다. 데이브는 잘 먹었고 와인도 두 잔이나 마셨다. 덕분에 제법 기운이 솟았다. 식사가 끝나자 그는 외투 안주머니에서 올리의 은시계를 꺼내 묵직한 체인을 돌돌 말고는 테이블 너머로 아들에게 내밀었다.

"이게 뭐예요?"

피터가 물었다.

"친구한테 받은 선물이야. 죽기 직전에 주더구나. 이걸 이제 너한테 주려고."

데이브의 말에도 피터는 거부하려고 했다.

"못 받아요, 아버지. 너무 고급이잖아요."

"사실 받는 게 날 도와주는 거야. 관절염 때문에 태엽을 감기가 너무 힘들거든. 조만간 아예 감지 못할 거야. 적어도 120년 된 물건인데 그 정도 된 시계라면 쓸 수 있을 때까지 써야 하지 않겠니? 그러니까 부탁한다. 받아주렴."

"그렇게 말씀하시니……. 고마워요, 아버지. 시계가 멋져요."

피터는 시계를 받아서 주머니에 넣었다.

옆 테이블(워낙 가까워서 손을 내밀면 건드릴 수 있을 정도였다.)에 빨간 머리가 앉아 있었다. 그녀의 앞에는 아무 음식도 놓여 있지 않은데 아무도 신경 쓰지 않는 눈치였다.

이 정도 거리에서 보니 그녀가 단순히 예쁜 정도가 아니라는 걸 알 수 있었다. 엄청난 미인이었다. 오래 전에 남자친구의 트럭에서 내리느라 치맛자락이 무릎 위로 말려 올라갔던 그 여자보다 분명 훨씬 예뻤다. 하지만 뭐 어떠랴? 그런 식의 보정은 삶과 죽음처럼 자연스러운 현상이었다. 과거를 재생하고 윤기 나게 닦는 것이 기억력의 역할이었다.

빨간 머리가 이번에는 치맛자락을 더 높이 올려서 길고 하얀 허벅지를 1초 동안 보여 주었다. 어쩌면 2초 동안일 수도 있었다. 그러고는 윙크를 날렸다.

데이브도 윙크로 화답했다.

피터가 고개를 돌려 보니 4인용 테이블에 **예약석**이라고 적힌 카드만 놓여 있을 뿐, 손님은 없었다. 그는 아버지를 다시 돌아보며 눈썹을 추켜세웠다.

데이브는 미소를 지었다.

"눈에 뭐가 들어가서. 이제 없어졌다. 계산서 달라 그럴래? 피곤 해서 이제 그만 가야겠다."

마이클 맥도웰을 추억하며

토미

이런 우스갯소리가 있다. "1960년대를 기억하면 실제로 그 시절을 살았던 사람이 아니다." 100퍼센트 헛소리지만 여기 좋은 예가 있다. 그의 이름은 토미가 아니었고 죽은 사람은 그가 아니었지만, 우리 모두 영원히 죽지 않고 세상을 바꿀 수 있을 거라고 생각했던 그 시절은 이런 식이었다.

토미는 1969년에 세상을 떠났다.

그는 백혈병에 걸린 히피였다.

오호, 통재라.

장례식이 끝나고 뉴먼 센터에서 피로연이 열렸다.

그의 부모님이 그렇게 불렀다, 피로연이라고.

내 친구 필은 말했다. "염병할 *결혼식* 다음에 하는 게 피로연 아니야?"

히피들은 전원 피로연에 참석했다.

대릴은 망토를 썼다.

샌드위치와 종이컵에 담긴 포도 주스가 있었다.

내 친구 필이 물었다. "포도 맛 나는 이 쓰레기는 뭐야?"

나는 재렉스라고 말했다. MYF에서 마셔 봐서 안다고 했다.

"그건 또 뭔데?" 필이 물었다.

"감리교 청년회." 내가 대답했다.

"10년 동안 청년회 예배를 드렸거든.

플란넬보드로 노아의 방주를 만든 적도 있어."

"방주는 엿이나 먹으라 그래." 필이 말했다.

"거기 탔던 동물들도."

필은 자기 주장이 강한 청년이었다.

피로연이 끝나자 토미의 부모님은 집으로 돌아갔다.

아마 눈물이 마르도록 울었을 것이다.

히피들은 노스메인 110번지로 갔다.

전축을 틀었다. 그레이트풀 데드 음반이 몇 장 있었다.

나는 그들이 싫었다. 제리 가르시아(그레이트풀 데드의 리더 ―
옮긴이)를 두고 나는 종종 이렇게 얘기했다.

"그가 죽어 주면 정말이지 고맙겠어(밴드 이름인 Grateful Dead
를 활용한 말장난이다 ― 옮긴이)!"

(그런데 알고 보니 아니었다.)

하지만 토미는 그들을 좋아했다.

(그리고 맙소사, 케니 로저스도 좋아했다.)

우리는 지그재그 종이로 만 마리화나를 피웠다.

윈스턴과 폴몰(둘 다 담배 브랜드다 ― 옮긴이)도 피웠다.

맥주를 마시고 스크램블드에그를 먹었다.

토미를 주제로 시끄럽게 떠들었다.

정말 재미있었다.

와일드 스타인 클럽이 찾아오자(모두 8명이었다.)

토미는 게이였고 가끔 대릴의 망토를 입은 적도 있었기에

들어오라고 했다.

우리 모두 동의했다시피 그의 부모님이 아들의 마지막을 제대
로 챙겼다.

토미는 원하는 바를 글로 남겼고 부모님은 그의 소원을 대부분
들어주었다.

그는 가장 좋은 옷을 입고 새로 장만한 좁다란 아파트에 누웠다.

나팔 청바지에 가장 좋아했던 홀치기 염색 셔츠를 입었다.

(멜리사 빅 걸 프리크가 만든 셔츠였다.

그녀는 어떻게 됐는지 모르겠다.

어느 날 갑자기 그 잃어버린 고속도로로 사라졌다.

그녀를 떠올리면 녹아내리는 눈이 생각난다.

축축하게 젖은 오로노의 메인 대로가

눈이 아플 정도로 환하게 반짝였다.

레몬 파이퍼스가 「그린 탬버린」을 부른 해 겨울이었다.)

머리는 감겨졌다. 어깨까지 내려오는 길이였다.

어찌나 깨끗하던지!

장의사가 감겼을 것이다.

그는 흰색 실크에 평화의 상징이 수놓아진

헤드밴드를 하고 있었다.

"멀쩡해 보이더라." 필이 말했다. 그는 알딸딸한 상태였다.

(필은 항상 알딸딸한 상태였다.)

제리 가르시아가 「트러킹」을 부르고 있었다. 엄청 한심한 노래
였다.

"엿 먹어라, 토미!" 필이 말했다. "엿 같은 새끼를 위해 마시자!"

우리는 엿 같은 새끼를 위해 마셨다.

"그 배지 안 달고 있던데." 인디언 스콘트러스가 말했다.

인디언은 와일드 스타인 클럽 멤버였다.

그 당시에 그는 모르는 춤이 없었다.

지금은 브루어에서 보험을 판다.

"그 친구, 어머니한테 배지 달고서 묻어 달라고 했거든.

엄청 황당하지."

내가 말했다. "어머니가 조끼 밑으로 넣었어. 내가 봤어."

은색 단추가 달린 가죽 조끼였다.

토미가 벼룩시장에서 산 조끼였다.

나는 그날 그와 같이 있었다. 무지개가 떴고

스피커에서는 캔드 히트의 「렛츠 웍 투게더」가 흘러나왔다.

그의 어머니가 조끼 밑으로 넣은 배지에는

나는 게이 나는 별종이라고 적혀 있었다.

"밖에 그냥 달아놨어야지." 인디언 스콘트러스가 말했다.

"토미는 당당했는데. 아주 당당한 게이였는데."

인디언 스콘트러스는 울고 있었다.

지금 그는 온갖 종류의 생명 보험을 팔고 딸이 셋이다.
그렇게 재미있는 일은 아니지만
내가 보기에 보험 판매업은 *상당히 수상쩍은* 일이다.
"어머니잖아." 내가 말했다. "어렸을 때 녀석이 어디 다치면
상처에다 입을 맞추던 분이라고."
"그게 이거랑 무슨 상관이야?" 인디언 스콘트러스가 물었다.

"엿 같은 토미!" 필이 외치며 맥주를 높이 들었다.
"엿 같은 새끼를 위해 건배를!"
우리는 엿 같은 새끼를 위해 건배했다.

그게 40년 전의 일이었다.
오늘밤에 나는 그 눈부시던 몇 년 동안 죽은 히피가 몇이나 될
지 궁금해진다.

제법 많았을 것이다. 통계를 보면 알 수 있지 않은가!
단순히
!!그 전쟁!!뿐 아니라
교통사고
약물과다복용
여기에 알코올중독
술집에서 벌어진 몸싸움
어쩌다 한 번씩 등장하는 자살
그리고 빼먹으면 안 될 백혈병까지.

용의자가 한두 개가 아니다.
히피 옷을 입고 묻힌 자들이 몇이나 될까?
소곤대는 한밤중에 떠오른 궁금증이다.
제법 많았을 것이다.
히피들의 시대는 눈 깜빡할 새 지나가 버렸지만.
그들의 벼룩시장은 이제 무덤 속
그곳에서 그들은 여전히 나팔바지를 입고 헤드밴드를 매고
사이키델릭한 셔츠의 헐렁한 소매에는 곰팡이가 피었다.

이 좁은 방 속에 뉘어진 머리칼은 금방이라도 부서질 듯하지만
40년 동안 '남성용' 이발사의 손길이 닿지 않았으니 여전히 길고
희끗희끗하게 서리가 내리지 않았다.
참전을 절대 거부한다는 뜻에서
손깍지를 끼고 묻힌 사람들은 어떻게 됐을까?
교통사고를 당해서
매카시 스티커를 붙인 관 뚜껑을 덮고 묻힌 남자아이는 어떻게
됐을까?
이마에 별을 붙인 여자아이는 어떻게 됐을까?
(지금은 양피지처럼 되어 버린 이마에서 떨어졌겠지만.)

이들은 보험 따위 팔지 않았던 사랑의 전사.
절대 유행에서 뒤처진 적 없는 패셔니스타.
가끔 나는 한밤중에 땅 속에서 잠을 자는 히피들을 생각한다.
토미를 위해 건배.

엿 같은 새끼를 생각하며 마시자.

D. F.에게 바친다

초록색 악귀

1999년에 나는 집 근처를 걷다 밴에 치인 적이 있었다. 밴이 시속 65킬로미터 정도로 달리고 있었기 때문에 부딪치면서 내가 죽었어야 맞는 거였는데 마지막 순간에 어설프게나마 피한 모양이다. 그건 기억이 나지 않지만 후유증은 생생하게 기억이 난다. 메인 주의 시골 국도에서 2~3초 만에 벌어진 사고로 인해 나는 2~3년 동안 물리 치료를 받으며 더딘 재활의 시간을 보내야 했다. 오른쪽 다리의 가동 능력을 회복하고 다시 걷는 법을 배운 그 길고 긴 몇 개월 동안 철학자들이 '고통의 문제'(하느님이 선하고 전능하다면 세상에 고통이 존재하는 이유는 무엇일까에 대한 고민을 말한다 —— 옮긴이)라고 일컫은 주제에 대해 반추할 시간이 많았다.

이것은 그것을 주제로 몇 년 뒤에, 국도의 고통이 나지막이 중얼거리는 수준으로 잦아든 이후에 쓴 작품이다. 이 단편집의 몇몇 작품들이 그렇듯 이 「초록색 악귀」 역시 종료를 모색한 결과물이다. 하지만 이 단편집의 모든 작품들이

181

그렇듯 주된 목적은 재미다. 모든 이야기의 근원은 인생 경험이지만 나는 자전적인 소설에는 관심이 없다.

"사고를 당했어요."

뉴섬이 말했다.

캐서린 맥도널드는 고개를 숙인 채 침대 옆에 앉아서 요즘 들어 뉴섬이 늘 입고 다니는 농구 반바지 바로 밑으로 드러난 앙상한 허벅지에 네 개의 텐스(경피 신경 전기 자극 치료기 — 옮긴이) 중 한 개를 연결했다. 일부러 무표정을 유지했다. 요즘 들어 하루 일과 시간의 거의 대부분을 보내는 이 널따란 침실에서 그녀는 가구와 다를 바 없었고 그래서 좋았다. 모든 직원들이 알다시피 뉴섬 씨의 관심을 받는다는 것은 나쁜 징조였다. 그래도 그녀의 생각은 꼬리에 꼬리를 물고 이어졌다.

'이제는 자기가 자초한 사고였다고 얘기하겠지. 책임을 인정하면 대단한 위인처럼 보일 거라고 생각하니까.'

뉴섬이 말했다.

"사실 내가 자초한 사고였죠. 너무 세게 조이지 말아줘, 캣."

처음에 그랬던 것처럼 화가 난 신경을 꽉 조여서 달래 주지 않으면 텐스가 아무 소용없다고 대꾸할 수도 있었지만 그녀는 습득 속도가 빨랐다. 그녀가 벨크로 끈을 살짝 푸는 동안에도 생각은 계속 이어졌다.

'조종사가 오마하 일대에 뇌우가 쳤다고 말했다고 하겠지.'

"조종사가 그쪽 일대에 뇌우가 쳤다고 하더군요."

뉴섬은 말을 이었다. 두 남자는 열심히 귀를 기울였다. 젠슨은 이미 들은 이야기였지만 미국이 아니라 전 세계에서 여섯 번째로 돈이 많은 남자가 하는 말이라면 귀를 기울일 수밖에 없었다. 그보다 순위가 높은 다섯 명 가운데 세 명은 가운을 입고 벤츠 장갑차로 사막 국가를 누비는 검은 얼굴의 사나이였다.

'하지만 내가 그 회의에 반드시 참석해야 된다고 했어요.'

"하지만 내가 그 회의에 반드시 참석해야 된다고 했어요."

뉴섬의 비서 옆에 앉아 있는 남자가 인류학적인 측면에서 그녀의 호기심을 자극했다. 그의 이름은 라이드아웃이었다. 키가 크고 말랐고 60살쯤 돼 보였고, 회색의 민무늬 바지와 앙상한 목까지 단추를 채운 흰색 셔츠를 입고 있었는데 너무 열심히 수염을 깎아서 목이 벌겋다. 전 세계에서 여섯 번째로 돈이 많은 남자를 만나기 전에 바짝 정리하고 싶었던 모양이다. 의자 밑에는 그가 들고 온 유일한 소지품이 놓여 있었다. 까만색의 기다란 도시락 가방인데, 위가 둥그스름한 것으로 보았을 때 보온병이 들어 있는 모양이었다. 그는 목사라고 주장하지만 육체노동자가 들고 다님직한 도시락 가방이었다. 지금까지 라이드아웃 씨는 말을 한 마디도 하지 않았지만 캣은 아무 말을 듣지 않아도 그의 정체를 알 수 있었다. 그에게서 풍기는 사기꾼 냄새가 애프터셰이브 냄새보다 더 진했다. 통증 관리 전문 간호사로 15년을 일하는 동안 그런 부류라면 볼 만큼 보았다. 이 남자는 그나마 수정 구슬을 들고 다니지는 않았지만.

'이제 당신이 느낀 깨달음을 공개해야죠.'

그녀는 침대 반대편으로 의자를 들어서 옮기며 생각했다. 의자에 바퀴가 달려 있었지만 뉴섬이 바퀴 구르는 소리를 싫어했다. 다른 환자 같았으면 의자를 들어서 옮기는 건 계약서에 없는 일이라고 얘기할 수도 있었겠지만 간호 위주로 일을 하면서 1주일에 5000달러를 받을 경우 입바른 소리는 마음속에 담아두어야 하는 법이었다. 요강을 비우고 씻는 것도 계약서에 없는 일이라는 항의 역시 마찬가지였다. 하지만 요즘 들어 그녀의 인내심이 점점 한계에 다다르고 있었다. 그녀는 그렇다는 것을 느낄 수 있었다. 너무 자주 세탁한 셔츠처럼 되어 가고 있다는 것을 느낄 수 있었다.

뉴섬은 주로 상경한 농부 행색을 한 남자를 상대로 이야기를 늘어놓고 있었다.

"옷이 거의 뜯겨져 나간 채로(도로로 내동댕이쳐져서 1미터 넘게 구르면 그렇게 되거든요.) 불길에 휩싸인 1400만 달러짜리 비행기의 잔해 속에서 비를 맞으며 활주로에 누워 있었을 때 깨달음을 느꼈죠."

'사실 두 가지였어요.'

캣은 흉터가 지고 힘없이 축 늘어진 그의 다른 쪽 다리에 두 번째 텐스를 묶으며 생각했다.

뉴섬이 말했다.

"사실 깨달은 게 두 가지였어요. 하나는 중상을 입기는 했지만 (지난 2년 동안 나의 동반자나 다름없었던 통증이 충격을 가르고 나를 찾아오기 전부터 부상이 심각하다는 걸 알았어요.) 살아 있으니 좋다는 것. 또 하나는 예전의 나를 비롯해서 *반드시*라는 단어를 대부분의 사람들이 너무 아무렇지 않게 남발한다는 것. 인간에게 반드시 있어야 할 것은 두 가지뿐이거든요. 하나는 목숨, 또 하나는 통증으로부터의 자유. 동의하십니다, 라이드아웃 목사님?"

뉴섬은 라이드아웃이 맞장구를 칠 겨를도 없이(분명 맞장구를 치려고 했을 테지만) 위협적인 노인네의 말투로 쏘아붙였다.

"그렇게 *우라지게* 꽉 조이지 말라고, 캣! 몇 번을 얘기해야 알아듣겠어?"

"죄송합니다."

그녀는 중얼거리고 끈을 살짝 풀었다.

흰색 블라우스와 하이 웨이스트 스타일의 흰색 바지를 깔끔하게 차려입은 가정부 멜리사가 커피 쟁반을 들고 들어왔다. 젠슨은 인공감미료 2봉지와 함께 잔을 받았다. 자칭 목사라는 수준 이하의 남자는 고개를 저었다. 도시락 보온병 안에 성스러운 커피라도 담아가지고 왔을지 모를 일이었다.

멜리사가 캣에게까지 커피를 권하지는 않았다. 그녀는 커피를 마시더라도 다른 직원들과 함께 주방에서 마셨다. 아니면 피서용 별채에서 마셨다. 하지만 지금은 여름이 아니었다. 11월이라 바람에 날린 빗방울이 유리창을 때렸다.

"텐스를 켜 드릴까요 아니면 이제 그만 자리를 비켜 드릴까요?"

그녀는 자리를 비키고 싶지 않았다. 사건의 전말(오마하에서 열린 중요한 회의, 추락, 불이 난 비행기에서 튕겨져 나온 앤드류 뉴섬, 부러진 뼈, 깨진 척추와 탈구된 골반, 이후 24개월 동안 가실 줄 모르는 고통)이야 하도 여러 번 들어서 지긋지긋했다. 하지만 라이드아웃이 호기심을 자극했다. 믿을 만한 선택지가 모두 소진됐으니 앞으로 사기꾼들이 득세할 일만 남았지만 라이드아웃이 첫 타자였고 캣은 농부처럼 생긴 이 사람이 앤디 뉴섬에게서 어떤 식으로 거금을 받아내는지, 어떤 식으로 거금을 받아내려고 할지 지켜보고 싶었다. 뉴섬은 바보짓으로 재산을 축적하지 않았지만 그가 호소하는 통증이 어디까지 진짜인지 몰라도 예전의 그가 아닌 것만큼은 분명했다. 그가 호소하는 통증의 진위 여부에 대해서는 캣도 할 말이 있었지만 지금까지 섭렵한 일자리 중에서 여기가 최고였다. 적어도 금전적인 면에서는 그랬다. 뉴섬이 계속 고통스러워하고 싶어 한다면 내버려 두어야지 어쩌겠는가.

"다 됐으면 켜 줘."

그는 그녀를 향해 눈썹을 꿈틀거리며 말했다. 예전에는 그가 진짜로 색을 밝혔을지 몰라도(이 부분에 대해서라면 멜리사가 아는 게 있을 것이다.) 지금은 근육에 남은 기억을 통해 텁수룩한 눈썹을 움직이는 것에 불과했다.

캣은 기기에 코드를 꽂고 스위치를 켰다. 제대로 연결하면 텐스가 뉴섬의 근육으로 약한 전류를 흘려보내 기능 개선에 도움을 주겠지만…… 어떤 기제로 그렇게 되는지, 위약 효과인지 아닌지 정확히 아는 사람은 없었다. 하지만 오늘 뉴섬에게는 아무 효과가 없을 것이었다. 최대한 헐렁하게 채워 놨으니 값비싼 진동 장난감에 불과했다.

"이제 그만……."

"그냥 있어! 치료를 해야지!"

그가 말했다.

'주인님이 전투를 지휘하던 중에 부상을 당했으니 명령에 따를 수밖에.'

그녀는 허리를 숙여 침대 밑에서 소지품 상자를 꺼냈다. 예전 고객들이 고문 도구라고 부른 장치들이 가득 담긴 상자였다. 젠슨과 라이드아웃은 그녀에게 눈곱만큼도 관심이 없었다. 깨달은 바가 있어서 인생의 우선순위와 관점이 달라졌을지 몰라도 여전히 주인공 역할을 좋아하는 뉴섬만 계속 쳐다보았다.

그는 그들에게 눈을 떠 보니 쇠와 철망으로 이루어진 우리 안이었다고 말했다. 외고정 장치라고 불리는 강철 지지대가 "한 100개쯤 되는" 철심이 꽂힌(사실은 17개였다. 캣도 엑스레이 사진을 본 적이 있었다.) 양쪽 다리와 한쪽 팔의 관절을 잡고 있었다. 으스러진 대퇴골, 경골, 비골, 상완골, 요골, 척골을 고정 장치가 지탱하고 있었다. 등은 엉덩이에서부터 목덜미까지 쇠사슬 갑옷처럼 생긴 거들로 둘러싸였다. 그는 불면의 밤이 몇 시간이 아니라 몇 년 동안 계속되는 것처럼 느껴졌다고 했다. 머리가 으스러지는 것처럼 아팠다고 했다. 발가락을 꼼지락거리기만 해도 턱까지 아팠고, 기능을 완전히 상실하지 않도록 의사들이 시킨 대로 고정 장치를 단채 다리를 움직이면 비명이 나오도록 고통스러웠다고 했다. 욕창을 없앤답시고 간호사들이 그의 몸을 옆으로 굴리면 아프고 화가 나서 아우성이 터지려는 것을 입술을 깨물며 참았다고 했다.

"지난 2년 동안 수술을 10여 차례 추가로 받았지요."

그가 암울하게 으스대는 듯한 목소리로 말했다.

캣도 알다시피 사실은 5번이었고 그중 2번은 뼈가 충분히 아물자 외고정 장치를 제거하는 수술이었다. 부러진 손가락을 다시 맞추는 소소한 시술까지 합하면 6번이 될 테지만 그녀가 생각하기에 부분 마취로 충분한 외과적 조치는 '수술'이 아니었다. 그것도 수술로 친다면 그녀도 치과 의자에 앉아서 편안한 음악을 들으며 대여섯 번 수술을 받은 적이 있었다.

'이제 속았다는 말을 하겠지. 그게 다음 차례니까.'

그녀는 생각하며 뉴섬의 오른쪽 무릎 안쪽에 젤 패드를 대고 그의 오른쪽 허벅지 아래로 뜨거운 물주머니처럼 늘어진 근육을 감싸며 손깍지를 꼈다.

뉴섬이 말했다. 그의 시선은 라이드아웃에게 고정돼 있었다.

"병원에서는 통증이 누그러질 거라고 했어요. 6주만 지나면 여기 계신 이 통증 치료의 여왕님에게 물리치료를 받기 전후에만 진통제가 필요할 거라고. 2010년, 그러니까 *작년* 여름이면 다시 걸을 수 있을 거라고."

그는 극적인 효과를 위해 잠시 말을 멈추었다.

"라이드아웃 목사님, 그게 다 거짓말이었어요. 나는 무릎을 거의 구부릴 수가 없고 엉덩이와 허리가 말로 표현할 수 없을 정도로 아파요. 병원에서는 *악! 으악! 그만해, 캣, 그만!*"

그녀는 그의 오른쪽 다리를 10도, 어쩌면 그보다 조금 더 올렸을 뿐이었다. 완충용 패드를 제대로 댈 수도 없을 만한 각도였다.

"내려놔! *내려놓으라고*, 젠장!"

캣이 무릎을 잡았던 손을 놓자 다리가 침대 위로 되돌아갔다. 10도. 아니면 12도. 그런데 야단법석이었다. 어쩌다 한 번 15도까지 올리면(그보다 상태가 괜찮은 왼쪽 다리는 20도까지) 그가 양호 선생님의 손에 쥐어진 주사바늘을 보고 겁에 질린 아이처럼 고함을 지르기 시작했다. 의사들이 그를 속였다지만 허위광고를 한 건 아니었다. 몇 번 진찰을 받는 동안 캣도 벙어리 구경꾼으로 그 자리에 동석했다. 그들은 사고로 짧아지고 고정기 때문에 굳어 버린 중요한 힘줄들을 펴고 다시 유연하게 만들려면 고통의 바다에서 헤엄쳐야 될 거라고 했다. 엄청난 통증을 견딘 다음이라야 무릎을 예전처럼 90도로 구부릴 수 있을 거라고 했다. 그런 다음이라야 의자나 운전석에 앉을 수 있을 거라는 뜻이었다. 허리와 목도 마찬가지였다. 고통의 땅을 지나야 회복으로 향하는 길을 걸을 수 있었다.

이 진정한 약속을 앤드류 뉴섬은 듣지 않았다. 전 세계에서 여섯 번째 돈이 많은 남자는 고통의 땅을 지나지 않고 완전 회복이라는 황금빛 해안에 다다를 수 있다고 믿었다. 한 음절짜리 욕을 써가며 입 밖으로 표현하지는 않았지만 자기는 그런 운세를 타고 났다고 생각했다. 그래서 밤낮으로 의사들을 원망했다. 운명을 원망했다. 그 같은 사람에게는 이런 일이 벌어지면 안 되는 거였다.

멜리사가 쿠키가 담긴 쟁반을 들고 다시 왔다. 뉴섬은 그녀를 향해 짜증난 투로 손(사고 때문에 뒤틀렸고 흉터투성이였다.)을 저었다.

"지금 그런 거 먹고 싶어 할 사람 아무도 없어, 리사."

캣 맥도널드도 터득했다시피 상식적인 수준을 넘어설 만큼 재산을 축적한 금수저들은 그런 식이었다. 아주 당당하게 같은 방에 있는 모든 사람들의 대변인을 자처했다.

멜리사는 모나리자 같은 미소를 지으며 몸을 돌려서(거의 피루엣을 하다시피 했다.) 나갔다. *미끄러지듯* 방을 빠져나갔다. 나이가 못해도 45살은 될 텐데 그보다 젊어 보였다. 섹시하지는 않았다. 그렇게 천박한 분위기가 아니었다. 오히려 얼음 여왕 같은 매력의 소유자라 캣은 그녀를 보면 잉그리드 버그먼이 생각났다. 냉랭하건 아니건 남자들은 핀으로 고정한 그 밤색 머리를 풀어헤치면 어떤 모습일지 궁금해 할 것이었다. 그녀의 이와 한쪽 뺨에 산호색 립스틱 자국이 남으면 어떤 모습일지 궁금해 할 것이었다. 땅딸막하다고 자평하는 캣은 그 반질반질하고 서늘한 얼굴이 부럽지 않다고 매일 최소 한 번씩 속으로 중얼거렸다. 그 탱탱한 하트 모양의 젖가슴도 부럽지 않았다.

캣은 침대 반대편으로 돌아가서 뉴섬이 그만하라고, 사람을 죽일 작정이냐고 소리를 지를 때까지 왼쪽 다리를 들어 올릴 준비를 했다. 그녀는 생각했다.

'당신이 다른 환자 같았으면 피할 수 없는 현실을 알려줬을 텐데. 지름길 같은 건 없으니까 찾지 말라고. 전 세계에서 여섯 번째로 돈이 많은 남자라도 마찬가지라고. 도움을 청하면 내가 도와줄 테지만 계속 그렇게 돈으로 침대에서 탈출해 보려고 하면 혼자 해결해야 할 거라고.'

그녀는 그의 무릎 밑에 패드를 댔다. 지금쯤은 다시 단단해지고 있었어야 하는 축 늘어진 살덩이를 움켜잡았다. 다리를 구부리기 시작했다. 그가 그만하라고 비명을 지를 때까지 기다렸다. 그가 비명을 지르면 그녀는 그만할 것이다. 주급 5000달러를 연봉으로 계산하면 1년에 무려 25만 달러였다. 그는 그 돈으로 그녀를 매수해서 회복에 관여하지 않는 공범으로 만들었다는 걸 알고 있을까? 모를 수 없지 않을까?

'이제 병원 얘기를 하셔야죠. 제네바, 런던, 마드리드, 멕시코시티.'

"전 세계 병원을 찾아다녔어요."

그가 라이드아웃에게 말했다. 목사는 여전히 아무 말도 하지 않고, 단추를 끝까지 채운 시골 목사 스타일의 셔츠 위로 면도를 너무 열심히 해서 턱볏처럼 불그죽죽해진 목을 내밀고 가만히 앉아 있기만 했다. 그는 노란색의 큼지막한 작업용 부츠를 신고 있었다. 한쪽 뒤꿈치가 까만 도시락에 닿을락 말락 했다.

"내 상태를 감안했을 때 화상 진찰을 받으면 더 간단했겠지만 나 같은 케이스는 그럴 호사를 누릴 수도 없죠. 그래서 통증을 감수하고 직접 찾아갔어요. 전 세계로 찾아다녔죠. 안 그래, 캣?"

"네, 맞아요."

그녀는 대답하고 아주 천천히 다리를 구부리기 시작했다. 지금쯤이면 그 다리로 걸어 다녔어야 하는 건데 그가 아픈 것에 대해서라면 워낙 어린애처럼 굴었다. 너무 버릇없게 자란 어린애처럼 굴었다. 목발을 짚고서라면 모를까, 아직 걸어 다니지는 못했다. 내년이면 목발을 내동댕이칠 수 있을지 몰랐다. 하지만 내년에도 그는 여전히 이 20만 달러짜리 초호화 병동에 입원해 있을 것이었다. 그리고 그녀는 여전히 그의 곁을 지키고 있을 것이었다. 그에게 무마비를 받으며. 어느 정도면 충분할까? 200만 달러? 얼마 전까지만 해도 50만 달러면 충분하다고 생각했는데 그새 목표가 달라졌다. 돈이 그렇게 몹쓸 물건이었다.

"지금까지 멕시코, 제네바, 런던, 로마, 파리의 전문가를 만났어요. 또 어디 갔었지, 캣?"

"빈요. 그리고 샌프란시스코도요."

그녀의 말에 뉴섬은 콧방귀를 뀌었다.

"그 병원 의사는 나더러 통증을 위조하고 있다고 그랬어요. 히스테리성 전환장애라고 하면서. 재활이라는 힘든 일을 맡기 싫어서 그랬던 거죠. 하지만 그는 파키스탄 사람이었어요. 그리고 게이였고. 파키스탄 게이, 이 조합을 어떻게 보십니까?"

그는 개 짓는 소리를 내며 짧게 웃더니 라이드아웃을 빤히 쳐다보았다.

"기분 나빠지신 건 아니죠, 목사님?"

라이드아웃은 아니라는 뜻에서 고개를 좌우로 저었다. 두 번. 아주 천천히 저었다.

"네, 네, 다행입니다. 그만, 캣. 그 정도면 충분해."

"조금만 더요."

그녀는 살살 구슬렸다.

"그만 하라니까. 내가 감당할 수 있는 게 거기까지야."

그녀는 다리를 내려놓고 왼쪽 팔을 주무르기 시작했다. 그건 그도 허용했다. 그는 사람들에게 종종 양쪽 팔도 부러졌다고 얘기하지만 그건 아니었다. 왼쪽 팔은 접질리기만 했다. 그는 사람들에게 휠체어 신세를 지지 않아서 다행이라고도 했지만 온갖 장치가 달린 병원 침대를 보면 당분간 휠체어 신세를 질 생각이 없음을 한 눈에 알 수 있었다. 온갖 장치가 달린 병원 침대가 그의 휠체어였다. 그는 그 침대를 타고 전 세계를 누볐다.

'신경성 동통. 그게 엄청난 수수께끼예요. 어쩌면 영원히 풀리지 않을 수수께끼일지 모르죠. 약도 이제는 듣지 않거든요.'

"다들 합의한 바로는 내가 신경성 동통을 앓고 있대요."

'그리고 비겁증도.'

"그게 엄청난 수수께끼예요."

'핑계도 잘 대지.'

"어쩌면 영원히 풀리지 않을 수수께끼일지 모르죠."

'노력을 하지 않으면 더욱 그렇겠지.'

"약도 이제는 듣지 않고 의사들도 도움이 안 돼요. 그래서 라이드아웃 목사님을 여기로 모신 겁니다. 이…… 치유라는 분야에 있어서…… 목사님의 평판이 워낙 훌륭해서요."

라이드아웃이 자리에서 일어났다. 캣은 그의 키가 그렇게 큰 줄 몰랐다. 뒷벽에 드리워진 그림자는 그보다 더 컸다. 거의 천장에 닿았다. 그는 움푹 들어간 눈으로 뉴섬을 진지하게 응시했다. 카리스마가 있는 사람인 것만큼은 분명했다. 그게 없으면 눈치 빠른 사기꾼이 될 수 없을 테니 당연한 노릇이었지만 그가 자리에서 일어나 그들을 내려다보자 카리스마가 어느 정도인지 느낄 수 있었다. 젠슨은 사실상 목을 길게 빼고 그를 올려다보고 있었다. 누군가가 움직이는 것이 그녀의 곁눈으로 보였다. 고개를 돌려보니 멜리사가 입구에 서 있었다. 요리사 토냐만 빼고 모두 이 자리에 모인 셈이었다.

거세진 바람이 밖에서 비명을 질렀다. 유리창이 덜커덩거렸다.

"나는 치유하지 않습니다."

라이드아웃이 말했다. 캣이 듣기로는 아칸소에서 왔다는데(뉴섬이 새로 산 걸프스트림 4호가 거기서 그를 태워 왔다.) 억양이 전혀 없었다. 말에 높낮이도 없었다.

"그래요?"

뉴섬은 실망한 표정이었다. 언짢아하는 표정이었다. 캣이 보기에는 살짝 겁먹은 표정인 것 같기도 했다.

"내가 파견한 조사팀이 장담하길 목사님이 치유한 환자가 많다고……."

"나는 *쫓아내지요.*"

덥수룩한 눈썹이 위로 솟구쳤다.

"무슨 말씀이신지."

라이드아웃은 침대로 다가가 기다란 손가락이 달린 두 손을 가랑이 근처에서 느슨하게 깍지를 끼었다. 그러고는 움푹 들어간 눈으로 침대 위의 남자를 진지하게 내려다보았다.

"구제업자가 집 안에 사는 개미를 박멸하듯 나는 아픈 몸 속에 사는 해충을 박멸한다는 뜻이에요."

'이로써 모든 걸 들은 셈이네.'

캣은 생각했다. 하지만 뉴섬은 넋을 잃었다.

'길모퉁이에서 카드 도박 전문가를 구경하는 꼬맹이 같잖아.'

그녀는 생각했다.

"악귀에 홀리셨군요."

"네. 바로 그런 느낌이에요. 밤이 되면 특히 심해요. 밤이…… 얼마나 긴지 모릅니다."

"고통스러워하는 사람들은 모두 악귀에 홀렸다고 볼 수 있지만 몇몇 운이 없는 경우(선생님이 그런 경우입니다만)에는 문제가 한층 골치 아픕니다. 악령 들림은 일시적인 현상이 아니라 지속적인 증상이에요. 게다가 점점 심각해지죠. 의사들은 믿지 않아요. 그들은 과학을 신봉하니까요. 하지만 *선생님*은 믿으시지 않습니까? 괴로워하는 당사자는 바로 선생님이니까요."

"그럼요."

뉴섬이 숨을 내뱉듯 말했다. 그의 옆 의자에 앉아 있었던 캣은 눈을 부라리지 않으려고 무진장 애를 써야 했다.

"이 운이 없는 사람들의 경우, 고통으로 인해 악마와 연결된 길이 열립니다. 좁은 길이지만 위험해요. 그 악마는 특정 부류의 사람들이 양산하는 특정 부류의 통증을 먹잇감으로 삼지요."

'천재적이네. 뉴섬이 아주 마음에 들어 하겠어.'

캣은 생각했다.

"그 사악한 신이 안으로 들어오면 통증이 고통이 됩니다. 신은 선생님의 단물을 빨아먹다가 기운이 다 떨어졌다 싶으면 버리고 다른 곳으로 옮아가죠."

캣은 자기도 모르게 불쑥 이런 말을 내뱉었다.

"무슨 신이 그래요? 목사님이 설교 시간에 말씀하시는 신은 아니겠네요. 그분은 사랑이 넘치는 분이니까요. 적어도 저는 그렇게 배웠거든요."

젠슨이 그녀를 향해 미간을 찌푸리며 고개를 저었다. 그는 상사가 폭발할 것으로 예상했지만…… 뉴섬은 입가에 옅은 미소를 머금었다.

"저 말에 대해서 어떻게 생각하십니까, 목사님?"

"신에는 여러 종류가 있습니다. 우리 여호와, 만군의 주가 그들 모두를 다스리고 심판의 날에 그들 모두를 멸하겠지만 그래도 기본적인 사실에는 변함이 없죠. 이와 같은 잡신들은 고대에도 그렇고 현대에도 그렇고 숭배를 받아왔어요. 그들에게는 나름의 능력이 있고 우리 여호와께서도 가끔 능력을 발휘하도록 허락해 주시죠."

'시험하는 도구로 말이지.'

캣은 생각했다.

"인간의 능력과 믿음을 시험하는 도구로 말입니다."

라이드아웃은 뉴섬 쪽을 돌아보더니 놀라운 말을 꺼냈다.

"선생님은 능력은 넘치지만 믿음은 거의 없는 분이로군요."

뉴섬은 비판을 듣는 데 익숙하지 않은 사람인데도 불구하고 미소를 지었다.

"그리스도교에 대한 믿음이 별로 없는 건 맞습니다만 저에 대한 믿음은 있습니다. 돈에 대한 믿음도 있고요. 얼마를 원하십니까?"

라이드아웃은 바람에 조그맣게 깎인 비석처럼 생긴 이를 드러내며 미소로 화답했다. 치과에 간 적이 있다한들 아주 오래 전의 일인 듯했다. 게다가 그는 씹는담배 애호가였다. 구내암으로 세상을 떠난 캣의 아버지도 그렇게 이가 변색이 됐었다.

"고통에서 벗어날 수 있다면 얼마를 지불하실 생각입니까?"

"1000만 달러요."

뉴섬은 지체 없이 대답했다.

멜리사가 헉 하고 숨을 내뱉는 소리가 캣의 귀에 들렸다.

"하지만 내가 빙충이 노릇으로 오늘날 이 자리에 오른 건 아닙니다. 추방이 됐건 박멸이 됐건 퇴마가 됐건 소기의 성과를 거두시면 그 돈을 받을 수 있습니다. 하룻밤 기다려도 상관없다면 현금으로 드릴게요. 하지만 실패하면 빈손으로 돌아가셔야 합니다. 전용기로 모셔다는 드리겠습니다. 비용 청구 없이요. 어쨌든 제 쪽에서 목사님께 도움을 청했으니까요."

"싫습니다."

라이드아웃은 침대 옆에 서서 부드러운 목소리로 이렇게 말했다. 캣과 워낙 바짝 붙어 있어서 양복바지에서 풍기는 좀약 냄새를 느낄 수 있을 정도였다.(설교할 때 입는 다른 양복이 있다면 모를까, 단벌 신사일 수도 있었다.) 독한 비누 냄새도 느껴졌다.

"싫다고요? 지금 싫다고 하신 겁니까?"

뉴섬은 대놓고 놀라워했다. 그는 다시 미소를 지었다. 이번에는 전화로 협상을 할 때 짓는 비밀스럽고 불쾌한 미소였다.

"알겠습니다. 꼼수를 부리시는군요. 실망인데요, 라이드아웃 목사님. 정직한 분이길 바랐는데."

그가 그녀를 돌아보자 캣은 살짝 뒷걸음질을 쳤다.

"자네는 내가 미쳤나 보다고 생각하겠지. 하지만 조사팀이 보낸 보고서를 내가 보여 준 적 없었지?"

"네."

그녀는 대답했다.

라이드아웃이 말했다.

"꼼수를 부리는 게 아닙니다. 나는 5년 동안 퇴마 의식을 주관한 적이 없어요. 조사팀이 그 얘기는 하지 않던가요?"

뉴섬은 아무 대꾸도 하지 않았다. 불안한 눈빛으로 호리호리한

198

거인을 올려다보기만 할 따름이었다.

젠슨이 말했다.

"능력이 없어졌나요? 그렇다면 여기까지 오신 이유가 뭡니까?"

"그건 내 능력이 아니라 주님의 능력이고 없어지지 않았습니다. 하지만 퇴마 의식은 기운과 체력의 소모가 많습니다. 5년 전에 끔찍한 교통사고를 당한 여자아이에게서 악귀를 쫓아낸 직후에 가벼운 심장마비가 찾아왔어요. 우리, 그러니까 여자아이와 나는 성공을 거두었지만 존즈버러의 심장병 전문의가 말하길 또다시 그정도로 기운을 쓰면 심장마비가 재발할지 모른다고 했어요. 이번에는 치명적일 거라고요."

뉴섬은 끙끙대며 울퉁불퉁한 손을 들어서 입가에 대고 희극에서 방백을 하듯 캣과 멜리사에게 말했다.

"2000만 달러를 받고 싶은가 봐."

"내가 원하는 금액은 75만 달러입니다."

뉴섬은 그를 빤히 쳐다보기만 했다. 멜리사가 물었다.

"왜요?"

"나는 티터스빌의 교회 목사예요. 홀리페이스 교회 목사요. 그런데 교회가 없어졌어요. 여름동안 가뭄이 들었는데 술 취한 캠핑객들 때문에 불이 났거든요. 그래서 콘크리트 토대와 까맣게 탄 기둥 몇 개밖에 안 남았어요. 교인들과 함께 존즈버러 고속도로상의 방치된 주유소 겸 편의점에서 예배를 드리고 있어요. 겨울 동안 불편해도 모든 인원을 수용할 수 있을 만큼 넓은 집이 없어요. 교인 수는 많은데 전부 가난해서요."

캣은 귀를 쫑긋 세우고 들었다. 사기꾼이 하는 이야기들이 그렇듯 아주 훌륭했다. 동정심을 자극할 만한 요소를 모두 갖추고 있었다.

여전히 대학교 운동선수 같은 체격을 자랑하며 하버드 MBA 졸업생의 지적 능력을 갖춘 젠슨이 누가 봐도 빤한 질문을 했다.

"보험은요?"

라이드아웃은 좀 전에 그랬던 것처럼 천천히 고개를 저었다. 왼쪽에서 오른쪽으로, 다시 왼쪽에서 오른쪽으로 젓고 중간에서 멈추었다. 그는 지금도 시골에서 상경한 수호천사처럼 최첨단 시설이 달린 뉴섬의 침대 옆에 우뚝 서 있었다.

"우리는 하느님을 믿습니다."

"올스테이트 보험사를 믿는 쪽이 더 나을지 몰라요."

멜리사가 말했다.

뉴섬은 미소를 짓고 있었다. 몸에 잔뜩 힘을 주고 있는 것을 보면 몹시 불편한 상태임을 알 수 있었는데(약을 먹어야 하는 시간에서 30분이 지났다.) 호기심에 통증을 참는 중이었다. 그가 통증을 참을 수 있다는 거야 그녀도 오래 전부터 알던 사실이었다. 그는 마음만 먹으면 통증을 극복할 수 있었다. 그럴 만한 능력이 있었다. 지금까지는 짜증이 나고 그만이었는데 아칸소에서 건너온 사기꾼 때문인지 이제는 분노가 치밀었다. 이 얼마나 소모적인 일이란 말인가.

"우리 교회 신도는 아니지만 예전에도 괜찮은 가격에 수리를 몇 번 맡긴 적 있는 믿을 만한 동네 건축업자에게 상담을 받았어요. 재건축하려면 대략 75만 달러가 들겠다고 하더군요."

'아하.'

캣은 생각했다.

"당연히 우리한테 그만 한 금액이 있을 턱이 없죠. 그런데 키너넌 씨와 이야기를 마치고 1주일도 안 됐을 때 DVD와 함께 선생님의 편지가 도착했어요. 그나저나 DVD는 아주 흥미진진하게 감상했습니다."

'그랬겠죠. 특히 샌프란시스코의 의사들이 물리치료를 받으면 부상으로 인한 통증을 많이 줄일 수 있다고 한 부분. 엄격한 물리치료를 받으면 그럴 수 있다고 한 부분.'

캣은 생각했다.

DVD에 출연한 10여 명의 의사들 모두 어떻게 된 영문인지 모르겠다고 했지만 캣이 보기에 입바른 소리를 할 만큼 배짱이 있었던 사람은 딜라와르 박사뿐이었다. 면담 내용이 담긴 DVD를 외부로 유출하다니 놀라웠지만 전 세계에서 여섯 번째 돈이 많은 이 남자는 사고를 당한 뒤로 실수를 저지른 적이 한두 번이 아니었다.

"교회 재건축 비용을 부담해 주시겠습니까?"

뉴섬은 그를 유심히 들여다보았다. 점점 벗어져 가는 이마 위로 작은 땀방울이 맺혔다. 그가 요청을 하건 안 하건 캣이 조만간 약을 주어야 할 것이다. 그는 꾀병을 부리는 게 아니라 정말로 통증을 느끼고 있었다. 다만……

"더 이상 요구하지 않으실 겁니까? 서류에 서명을 하거나 그러지 않아도 신사 대 신사로 약속하실 수 있나요?"

"네."

라이드아웃은 주저 없이 대답했다.

"통증을 없애 주시면…… 통증을 *쫓아내* 주시면 기부금을 드릴 수도 있습니다. *제법 많은 금액을요.* 교회에서는 그걸 사랑의 헌금이라고 하죠."

"그야 선생님이 알아서 하실 일이고요. 시작할까요?"

"좋죠. 다들 나가 달라고 할까요?"

라이드아웃은 다시 고개를 저었다. 왼쪽에서 오른쪽으로, 다시 왼쪽에서 오른쪽으로 젓고 중간에서 멈추었다.

"도움이 필요할 겁니다."

'마술사들은 늘 그렇지. 그게 공연의 일부잖아.'

캣은 생각했다.

밖에서는 바람이 비명을 지르다가 잠잠해졌다가 다시 기승을 부렸다. 전등이 깜빡거렸다. 집 뒤편에서 발전기(역시 최첨단이었다.)가 트림을 하며 깨어났다가 다시 잠잠해졌다.

라이드아웃은 침대 가에 걸터앉았다.

"저분이 젠슨 씨죠? 힘이 좋고 날렵해 보이는데요."

뉴섬이 말했다.

"맞습니다. 대학교 때 미식축구 선수였어요. 러닝백요. 그때랑 지금이랑 똑같아요."

"뭐…… 그렇지는 않고요."

젠슨이 겸손하게 말했다.

라이드아웃은 뉴섬 쪽으로 몸을 기울였다. 움푹 들어간 까만 눈으로 흉터가 진 억만장자의 얼굴을 진지하게 들여다보았다.

"내가 묻는 말에 대답해 보세요. 통증이 무슨 색입니까?"

"초록색요. 내 통증은 초록색이에요."

뉴섬이 대답했다. 그는 홀린 듯한 표정으로 목사를 마주보았다.

라이드아웃은 고개를 끄덕였다. 위로 아래로, 위로 아래로 끄덕이고 다시 중간에서 멈추었다. 그러는 동안 계속 눈을 맞추었다. 뉴섬이 그의 통증이 파란색이거나 영화 속에서 사람을 잡아먹는 괴물처럼 보라색이라고 했더라도 그렇게 심각한 표정으로 고개를 끄덕였을 거라고 캣은 장담할 수 있었다. 그녀는 경악하는 한편 진심으로 재미있어하며 이런 생각을 했다.

'이러다 내 뚜껑이 열릴 수도 있겠어. 정말로 그럴 수도 있겠어. 여기서 버럭 했다가는 내 평생 가장 값비싼 대가를 치러야 하겠지만 그래도 어쩌지 못하겠어.'

"그리고 있는 위치는요?"

"온 사방에 있어요."

거의 신음소리에 가까웠다. 멜리사가 걱정스러운 눈빛으로 젠슨을 쳐다보며 한 걸음 다가왔다. 그가 고개를 살짝 저으며 그녀에게 다시 문 앞에 가 있으라고 손짓하는 것이 캣의 시야에 들어왔다.

"네, 그런 인상을 풍기기 십상이죠. 하지만 녀석은 거짓말을 잘해요. 눈을 감고 집중해 보세요. 통증의 근원지를 찾으세요. 녀석이 거짓으로 지르는 고함소리는 무시하고, 가당치도 않은 복화술에 속지 말고 위치를 파악하세요. 할 수 있어요. 일말의 성공이나마 거두고 싶으면 *해야* 해요."

라이드아웃의 말에 뉴섬은 눈을 감았다. 90초라는 시간 동안 바람 소리와 빗방울이 고운 자갈처럼 창문을 때리는 소리 말고는 아무 소리도 들리지 않았다. 캣은 오래 전에 간호학교를 졸업했을 때 아버지에게 선물 받은 구식 태엽시계를 차고 있었는데 그 시계가 잘난 척 째깍거리는 소리가 들릴 만큼 고요했다. 그리고 또 하

나. 대저택 저쪽 끝에서 나이 지긋한 토냐 마스던이 주방 청소로 하루 일과를 마무리하며 나지막이 노래를 부르는 소리도 들렸다.

마침내 뉴섬이 말했다.

"가슴에 있네요. 가슴 위편. 아니면 목구멍의 맨 밑바닥, 기관 아래쪽요."

"보이나요? 집중해 보세요."

뉴섬의 이마에 세로선이 등장했다. 집중하느라 생긴 주름살 사이로 사고 때문에 생긴 흉터들이 꿈틀거렸다.

"보여요. 내 심장 박동에 맞춰서 펄떡이고 있어요. 흉물스럽네요."

그는 혐오스럽다는 듯이 입 꼬리를 늘어뜨렸다.

라이드아웃은 한층 몸을 숙였다.

"공 모양이죠? 그렇죠? 초록색 공이죠?"

"네. 네! 초록색 조그만 공이 숨을 쉬고 있어요!"

'목사님이 급조해서 소매 속이나 까만색의 큼지막한 저 도시락 안에 넣어가지고 온 테니스공처럼 생겼다, 이 말씀이로군요.'

그녀는 생각했다. 그녀가 이 깜찍한 코미디의 다음 단계가 무엇일지 간단하게 추론한 게 아니라 그를 마인드컨트롤이라도 한 것처럼 라이드아웃이 이렇게 말했다.

"젠슨 씨. 내가 앉아 있었던 의자 밑에 도시락 가방이 있어요. 그걸 꺼내서 열고 내 옆에 서 있어 주세요. 한 1분 정도만 들고 있으면 돼요. 그러니까……."

캣 맥도널드는 결국 폭발했다. 그녀의 머릿속에서 실제로 딱 하는 소리가 들렸다. 「킹 오브 더 로드」의 도입부에서 로저 밀러가 손가락을 퉁기는 소리와 비슷했다.

그녀는 라이드아웃의 옆으로 다가가 어깨로 그를 밀쳤다. 간단했다. 그가 키는 더 컸지만 반평생 환자를 들고 돌리는 일을 했으니 그녀가 힘은 더 셌다.

"눈 뜨세요, 뉴섬 씨. 당장 눈 뜨세요. 눈 뜨고 저를 보세요."

깜짝 놀란 뉴섬은 그녀가 시키는 대로 했다. 멜리사와 도시락 가방을 들고 있던 젠슨은 놀란 표정을 지었다. 그들이 지금까지 직장생활을 하면서 터득한 진리가 있다면(이 부분에 있어서는 캣도 마찬가지였다.) 상사에게 명령을 내리면 안 된다는 것이었다. 명령을 내리는 쪽은 상사였다. 상사를 놀라게 하면 절대 안 되는 법이었다.

하지만 그녀는 더 이상 견딜 수가 없었다. 20분 뒤에는 폭풍우가 치는 이런 날씨에 전조등을 켜고 엉금엉금 기어가며 근처에 딱 하나밖에 없는 모텔을 찾아나서야 할지 모르지만 그래도 상관없었다. 더는 두고 볼 수가 없었다.

"이건 개수작이에요, 뉴섬 씨. 제 말 들리세요? 개수작이라고요."

그녀가 말했다.

"그쯤에서 그만하는 게 좋을 텐데. 잘리고 싶지 않으면 말이야. 통증 치료 전문 간호사는 버몬트에 많아."

뉴섬은 이렇게 말하며 미소를 지었다. 그에게는 여러 종류의 미소가 있는데 이건 조짐이 좋지 않은 미소였다.

그녀는 그쯤에서 멈출 수도 있었지만 라이드아웃이 "이야기하게 두시지요."라고 했다. 그 다정한 말투에 그녀는 이성을 잃었다.

그녀는 그의 공간 속으로 몸을 숙이고 담아두었던 말들을 봇물처럼 쏟아냈다.

"저는 뉴섬 씨가 제대로 된 물리치료를 받을 수 있을 만큼 호흡 기능이 회복된 이후로 지난 16개월 동안 이 우라지게 비싼 침대에 누워서 자신의 몸을 모욕하는 과정을 지켜보았어요. 그러고 있으려니 구역질이 나더군요. 그 비행기에 탑승한 사람은 모두 죽었는데 뉴섬 씨는 목숨을 부지한 게 얼마나 다행스러운 일이었는지 아세요? 척추가 절단되지도 않고, 두개골이 뇌 속으로 으스러져 들어가지 않고, 머리에서부터 발끝까지 불에 타지 않은 게(아니, 통닭 신세가 되지 않은 게) 얼마나 기적적인 일인지 아세요? 4일, 어쩌면 2주 동안 지옥과도 같은 고통 속에서 몸부림쳤을 수도 있어요. 그런데 멀쩡하게 튕겨져 나왔죠. 식물인간이 되지도 않았고요. 사지마비 환자인 척하지만 사실 그렇지도 않고요. 뉴섬 씨는 해야 하는 일을 하지 않으려고 하고 있어요. 쉬운 길을 찾으려고 하고 있어요. 돈으로 이 상황에서 벗어나려 하고 있어요. 뉴섬 씨는 죽어서 지옥에 떨어지면 맨 먼저 사탄에게 뇌물을 쥐어 줄 사람이에요."

젠슨과 멜리사가 경악한 표정으로 그녀를 쳐다보고 있었다. 뉴섬은 입을 떡 벌렸다. 그가 그런 소리를 들어 본 적 있다 하더라도 오래 전 이야기였다. 라이드아웃만 편안해 보였다. 이제는 *그가* 미소를 짓고 있었다. 아버지가 말을 안 듣는 4살짜리 아이에게 지음직한 미소를 짓고 있었다. 그 미소에 그녀는 뚜껑이 열렸다.

"뉴섬·씨는 지금쯤 걸어 다니고 있었어야 해요. 제가 그걸 이해시키려고 얼마나 노력했는지, 그 침대에서 벗어나 다시 두 발로 서려면 해야 하는 일들을 얼마나 여러 번 강조했는지 하늘도 알고 땅도 알 거예요. 배짱 있게 돌직구를 던진 의사가 샌프란시스코의 딜라와르 박사뿐이었는데 그 대가로 뉴섬 씨에게 호모라는 소리를 들었죠."

"호모였어."

뉴섬이 말했다. 그는 흉터가 진 두 손으로 주먹을 쥐고 있었다.

"뉴섬 씨가 아픈 건 맞아요. 당연히 그렇겠죠. 하지만 감당할 수 없는 정도는 아니에요. 저는 지금껏 감당하는 환자를 여러 명 보았어요. 눈물을 흘려가며 힘들게 노력해야 호전될 수 있는 걸 여기 계신 부잣집 나리는 특권의식으로 때우려고 하니 될 턱이 있나요. 안 하겠다고 거부하니 될 턱이 있나요. 그러고 나면 어떤 일이 벌어지는지 저는 봐서 알아요. 돌팔이와 사기꾼들이 찾아오죠. 다리를 잘린 남자가 고인 연못 속에 들어가면 거머리들이 들러붙듯이. 돌팔이들이 어떨 때는 기적의 크림을 들고 와요. 기적의 알약을 들고 올 때도 있어요. 민간요법으로 치료한다는 사람들은 여기 이분처럼 신의 능력 어쩌고 하며 근거 없는 주장을 하고요. 그들을 만나고 나면 대부분 통증이 어느 정도 사라지죠. 그럴 수밖에 없지 않겠어요? 통증의 절반은 하나만 알고 둘은 모르는 나태한 정신상태가 만들어낸 거니까요."

그녀는 날카롭게 떨리는 어린아이 목소리 수준으로 언성을 높이고 그에게로 더욱 바짝 몸을 숙였다.

"아빠, *아파요오오오!* 하지만 그 상태는 지속되지 않아요. 근긴장이 없고 힘줄은 여전히 축 늘어졌고 뼈는 체중을 감당할 수 있을 만큼 두꺼워지지 않았으니까요. 이분한테 전화해서 다시 아프기 시작했다고 하면(연락이 닿을지 모르겠지만) 뭐라고 할지 아세요? 믿음이 부족해서 그렇다고 할 거예요. 공장을 설립하고 다양

207

한 투자처를 물색할 때 그랬던 것처럼 이 일에도 지적 능력이라는 것을 동원하면 목구멍 맨 밑에 살아 있는 조그만 테니스공이 박혀 있지 않다는 걸 깨달을 수 있을 거예요. 뉴섬 씨는 산타클로스를 믿기에는 나이가 우라지게 많으니까요."

문 앞에 등장한 토냐가 눈을 휘둥그레 뜨고 한 손에 든 행주를 늘어뜨린 채 멜리사 옆에 서 있었다.

"자네는 해고야."

뉴섬이 다정하달 수 있는 목소리로 이렇게 얘기했다.

"네. 당연히 그렇겠죠. 그래도 거의 1년 동안 이렇게 속이 후련해 본 적이 없었다는 이야기는 해야겠네요."

캣이 말했다.

"이 아가씨를 해고하면 저도 작별인사를 하겠습니다."

라이드아웃이 말했다.

뉴섬은 목사를 향해 눈을 굴렸다. 당혹스러워하며 눈썹을 한데 모았다. 진통제를 먹을 시간이 지나면 늘 그랬듯이 손으로 엉덩이와 허벅지를 주무르기 시작했다.

"주님의 거룩하신 이름으로 가르칠 게 있어서요."

라이드아웃은 뒷짐을 진 채 뉴섬을 향해 몸을 숙였다. 캣은 그 모습에서, 예전에 한 번 그림으로 본 적 있는 이카보드 크레인의 모습을 떠올렸다. 워싱턴 어빙의 작품에 등장하는 그 교사 말이다.

"이 아가씨가 하고 싶은 말을 했으니 저도 한 마디해도 될까요?"

뉴섬은 전보다 심하게 진땀을 흘리고 있었지만 다시 미소를 지었다.

"하세요. 마음껏 퍼부으세요. 뭐라고 하시려는지 듣고 싶네요."

캣은 그를 마주보았다. 움푹 들어간 까만 눈이 불편하게 느껴졌지만 피하지 않았다.

"사실 저도 듣고 싶은데요."

라이드아웃은 숱이 없는 머리 사이로 분홍색 두피를 희미하게 반짝이고 긴 얼굴 가득 근엄한 표정을 지으며 계속 뒷짐을 진 채 그녀를 뜯어보았다.

"고통을 겪어 본 적이 없으시죠?"

캣은 뒷걸음질을 치거나 고개를 돌리거나 아니면 그 둘을 동시에 하고 싶은 충동을 느꼈다. 하지만 참았다.

"11살 때 나무에서 떨어져서 팔이 부러진 적이 있어요."

라이드아웃은 얇은 입술을 오므리고 휘파람을 불었다. 한 음으로 듣기 싫게 불었다.

"11살 때 팔이 부러진 적이 있단 말이죠. 그래요, 많이 아팠겠네요."

캣은 자신의 얼굴이 벌게지는 게 느껴졌다. 싫었지만 어쩔 수가 없었다.

"마음껏 비웃으세요. 다년간 동통 환자를 관리하면서 축적된 경험을 근거로 한 이야기니까. *의학적인 소견이라고요.*"

'이제 자기는 내가 기저귀를 차고 다니던 시절부터 악령인지 초록색 잡귀인지를 내쫓았다고 하겠지.'

하지만 그는 그러지 않았다. 그는 달래듯이 말했다.

"그럼요. 당신이 실력 좋은 간호사라는 것도 알아요. 사기꾼과 사이비들을 볼 만큼 보았다는 것도요. 그런 부류들을 잘 알겠죠. 그런데 나도 당신 같은 부류들을 잘 알아요. 전에도 여러 번 본 적 있거든요. 대개 당신처럼 예쁘지는 않지만……."

드디어 희미하게 사투리가 느껴졌다. *예쁘지*를 *애쁘지*라고 했다.

"직접 느껴 본 적 없고 심지어 상상조차 하지 못하는 고통을 대하는 고압적인 자세는 똑같거든요. 그들은 가벼운 통증에서부터 몸을 지지는 듯한 혹독한 고통에 이르기까지 다양한 수준으로 괴로워하는 환자들을 상대해요. 그런데 어느 정도 시간이 지나면 그들 모두 심하게 엄살을 부리거나 대놓고 사기를 치는 것처럼 느껴지기 시작하죠. 그렇지 않은가요?"

"전혀 그렇지 않은데요."

그녀는 대답했다. 목소리에 무슨 문제가 생겼는지 갑자기 작아졌다.

"그래요? 다리를 15도, 심지어 10도 구부리기만 해도 환자가 비명을 지르면 처음에는 속으로만 생각하다가 점점 싫은 티를 내지 않나요? 너무 농땡이 피우는 거 아니냐고. 힘든 과정을 거부하려는 거 아니냐고. 아니면 동정심을 자극하려는 거 아니냐고. 당신이 병실 안으로 들어섰는데 그들의 얼굴이 하얗게 질리면 이렇게 생각하지 않나요? '아, 이 게으르고 굼뜬 인간을 또 상대해야 해?' 그들이 다시 침대에 눕혀 달라고, 진통제나 뭐 그런 걸 좀 더 달라고 사정하면 점점 더 구역질이 치밀지 않나요? 나무에서 한 번 떨어져서 *팔이* 부러져 본 적 있는 분, 대답해 보시지요."

"너무하시네요."

캣은 이렇게 말했지만…… 이제는 나오는 목소리가 속삭임에 가까웠다.

"아주 오래 전에 맨 처음 이 일을 시작했을 때는 고통이 어떤

210

건지, 보면 알았을 거예요. 아주 오래 전에는 앞으로 보게 될 일을 단 몇 초 만에 믿었을 거예요. 사악한 이방인이 저 안에 들어앉아 있다는 걸 속으로는 알고 있었으니까요. 당신을 붙잡는 이유는 그때 기억을 되살리기 위해서예요…… 어느 시점에서 사라져 버린 연민이라는 감정을 되살리기 위해서예요."

"개중에는 정말 징징대는 환자도 있었어요."

캣은 이렇게 말하고 반항하는 눈빛으로 뉴섬을 쳐다보았다.

"잔인하게 들리겠지만 가끔 진실은 잔인한 법이거든요. 꾀병을 부리는 사람들도 *분명* 있어요. 그걸 모른다면 목사님은 눈이 먼 거예요. 아니면 멍청하든지. 그런데 제가 보기에 목사님은 둘 다 아니네요."

그는 칭찬이라도 들은 것처럼 허리를 숙여서 인사했다. 어떻게 보면 정말 칭찬일 수도 있었다.

"당연히 알지요. 하지만 요즘은 모든 환자들이 꾀병을 부린다고 생각하고 있지 않은가요? 너무 오랫동안 전쟁을 치른 병사처럼 면역이 된 거죠. 뉴섬 씨는 침략 당했어요. *전염됐어요.* 안으로 침입한 악귀가 너무 강력해서 신이 되었는데 녀석이 나왔을 때 당신도 옆에서 지켜보았으면 해요. 그러면 상황이 상당히 개선될 거예요. 통증을 바라보는 당신의 생각이 분명 달라질 거예요."

"제가 만약 그냥 가겠다고 하면요?"

라이드아웃은 미소를 지었다.

"아무도 붙잡지 않을 거예요, 간호사 아가씨. 주님의 모든 피조물이 그렇듯 당신에게도 자유의지가 있으니까요. 남을 동원하거나 내 스스로 강요할 생각은 전혀 없어요. 하지만 당신은 겁쟁이가 아니잖아요, 마음에 굳은살이 박였을 뿐. 신경이 무뎌졌을 뿐."

"당신은 사기꾼이에요."

캣이 말했다. 너무 화가 나서 눈물이 날 것 같았다.

라이드아웃이 다시 한 번 부드러운 목소리로 말했다.

"아니에요. 당신이 자리를 지키건 떠나건, 이 방을 나설 때 뉴섬 씨는 자기 몸을 갉아먹고 있었던 고통에서 해방돼 있을 거예요. 통증은 남아 있겠지만 고통은 사라지고 없을 테고, 단순한 통증이야 뉴섬 씨도 감당할 수가 있을 테죠. 당신이 겸손해지는 법을 배우고 나면 도움이 될 수 있을지도 모르고요. 그래도 떠날 작정인가요?"

"있겠어요."

그녀는 이렇게 대답하고 다시 말했다.

"도시락 가방을 저한테 주세요."

"하지만……."

젠슨이 말문을 열었다.

"넘겨 주세요. 마음대로 뒤져보라고 하세요. 하지만 앞으로 대화는 자제해 주세요. 녀석을 내쫓으려면 당장 시작해야 하니까."

라이드아웃이 말했다.

젠슨이 그녀에게 길고 까만 도시락 가방을 넘겼다. 캣은 도시락 뚜껑을 열었다. 다른 집 부인 같았으면 샌드위치와 작은 밀폐용기에 과일을 담아서 넣었을 테지만 이 안에는 주둥이가 넓고 안에 아무것도 없는 유리병이 있었다. 보온병을 고정하는 죔쇠가 달린 불룩한 뚜껑에는 에어로졸 스프레이가 들어 있었다. 그게 전부였다. 캣은 라이드아웃을 돌아보았다. 그는 고개를 끄덕였다. 그녀는 스프레이를 꺼내 당혹스러워하며 라벨을 쳐다보았다.

"페퍼 스프레이(호신용 스프레이 — 옮긴이)?"

라이드아웃이 맞장구를 쳤다.

"페퍼 스프레이 맞아요. 버몬트에서는 불법인지 모르겠지만(아마도 불법인 것 같지만요.) 내가 사는 지방에서는 대부분의 철물점에서 팔아요."

그는 토냐 쪽으로 고개를 돌렸다.

"성함이……?"

"토냐 마스던이에요. 뉴섬 씨의 요리사고요."

"만나서 정말 반갑습니다, 부인. 시작하기 전에 필요한 준비물이 한 가지 더 있는데요. 곤봉 비슷한 게 있을까요? 야구 방망이라도."

토냐는 고개를 저었다. 바람이 다시 거세어졌다. 전등이 다시 한 번 깜빡였고 발전기가 집 뒤편의 헛간에서 트림 소리를 냈다.

"빗자루는요?"

"아, 그건 있어요."

"그럼 좀 갖다 주세요."

토냐가 방을 나섰다. 바람소리만 들릴 뿐 정적이 흘렀다. 캣은 할 말을 찾아보려고 했지만 생각이 나지 않았다. 투명한 땀방울이 역시 사고로 흉터가 생긴 뉴섬의 좁은 뺨을 타고 흘러내렸다. 그는 불길에 휩싸인 걸프스트림의 잔해를 등지고 비를 맞으며 몸을 굴리고 또 굴렀다.

'나는 그가 아프지 않을 거라고 한 적 없어. 다만 그가 제국을 건설하는 동안 보인 의지의 절반만 발휘해도 그걸 감당할 수 있었을 거라고 했지.'

하지만 그녀의 생각이 틀렸다면?

'내 생각이 틀렸다 한들 흡혈귀가 피를 빨아먹듯 테니스공이 그의 안에서 그의 고통을 빨아먹는 게 되는 건 아니야.'

흡혈귀나 고통의 신 같은 게 있을 리 없었지만…… 대저택을 뼛속까지 흔들 정도로 세찬 바람이 불면 솔깃해지기는 했다.

토냐가 바닥 한 번 제대로 쓸어 본 적 없게 생긴 빗자루를 들고 돌아왔다. 솔이 밝은 파란색 나일론이었다. 자루는 색칠이 된 나무였고 길이가 1.2미터 정도 됐다. 그녀는 의심스러워하는 표정으로 빗자루를 들어 보였다.

"이거 말씀하신 거 맞나요?"

"그거면 될 것 같습니다."

라이드아웃이 말했지만 캣이 듣기에는 자신 없어 하는 말투였다. 그녀는 이 방에서 최근 들어 실수를 몇 번 저지른 사람이 뉴섬 말고도 또 있을지 모른다는 생각이 들었다.

"의심 많은 우리 간호사 아가씨한테 주시겠어요? 기분 나쁘게 생각하지는 말아 주세요, 마스던 부인. 젊은 분들이 반사 신경이 빨라서요."

토냐는 전혀 기분 나쁘게 생각하지 않는 표정으로(오히려 다행스럽게 여기는 표정으로) 빗자루를 내밀었다. 멜리사가 받아서 캣에게 건넸다.

"이걸로 뭘 해야 하는데요? 타고 다녀야 하나요?"

캣의 질문에 라이드아웃은 변색이 되고 못처럼 마모가 된 이를 잠깐 드러내며 미소를 지었다.

"때가 되면 알 거예요. 방 안에 들어온 박쥐나 너구리를 내쫓아

본 적이 있다면. 먼저 솔을 쓰고 그 다음에 자루를 써야 한다는 순서만 기억하고 있으면 돼요."

"이걸로 그 녀석을 끝장내라는 거로군요. 그러면 목사님이 표본 병에 넣을 거고요."

"맞아요."

"다른 죽은 악귀들과 함께 선반에 전시하시려고요?"

그는 이 말에는 아무 대꾸도 하지 않았다.

"젠슨 씨에게 스프레이를 주세요."

캣은 그가 시킨 대로 했다. 멜리사가 물었다.

"저는 뭘 하면 될까요?"

"지켜보세요. 그리고 할 줄 알면 기도를 해 주세요. 뉴섬 씨뿐 아니라 저를 위해서도. 제 심장이 버틸 수 있게요."

캣은 그가 심장마비를 일으킨 척 연극을 하겠거니 생각하며 아무 말도 하지 않았다. 양손으로 빗자루를 잡고 침대와 거리를 두고 그만이었다. 라이드아웃은 얼굴을 찡그리며 뉴섬 옆에 앉았다. 권총이라도 발사된 것처럼 무릎에서 딱 하는 소리가 났다.

"내 말 잘 들으세요, 젠슨 씨."

"네."

"여유가 있겠지만(녀석이 기절할 테니까요.) 그래도 잽싸게 움직여 주셔야 해요. 풋볼선수로 뛰었을 때처럼. 아시겠죠?"

"최루가스를 뿌릴까요?"

라이드아웃은 또다시 잠깐 미소를 지었지만 캣은 그가 정말로 아파 보인다는 생각이 들었다.

"그거 최루가스 아니에요. 최루가스는 내가 사는 동네에서도 불법이에요. 그래도 어떻게 하면 되는지 제대로 알고 계시네요. 이제 다들 조용히 해 주세요."

"잠깐만요."

캣은 빗자루를 침대에 기대 세워 놓고 라이드아웃의 왼쪽과 오른쪽 팔을 번갈아 손으로 훑었다. 무명천과 이 남자의 뼈만 앙상한 팔 말고는 아무것도 없었다.

"소매 속에 아무것도 없어요, 캣 양. 장담해요."

"얼른 해 주세요. 괴로워요. 늘 그렇지만 이 우라질 폭풍 때문에 더 괴로워요."

뉴섬이 말했다.

"쉿. 모두 조용히."

라이드아웃이 말했다.

모두 숨을 죽였다. 라이드아웃은 눈을 감았다. 입술을 소리 없이 움직였다. 캣의 시계를 기준으로 째깍째깍 20초가 지나고 30초가 지났다. 땀이 나서 그녀의 손이 축축해졌다. 그녀는 스웨터에 대고 번갈아서 땀을 닦고 다시 빗자루를 잡았다.

'누가 우릴 보면 임종을 지키려고 모인 줄 알겠어.'

그녀는 이런 생각을 했다.

밖에서는 돌풍이 홈통을 따라 으르렁거렸다.

라이드아웃은 눈을 뜨고 뉴섬 쪽으로 바짝 몸을 숙였다.

"주님, 이 남자 안에 사악한 이방인이 있습니다. 이방인이 그의 살과 뼈를 갉아먹고 있습니다. 예수 그리스도께서 거라사의 귀신 들린 자에게서 악귀를 내쫓았을 때 도와주셨던 것처럼 이 녀석을 내쫓을 수 있도록 도와주소서. 앤드류 뉴섬의 몸속에 든 이 초록

216

색 악귀에게 당신의 음성으로 명령을 내리소서."

그가 몸을 좀 더 바짝 숙였다. 관절염 때문에 퉁퉁 부은 한쪽 손의 긴 손가락으로 뉴섬을 교살하려는 것처럼 목 아래 부분을 감쌌다. 거기에서 몸을 좀 더 바짝 숙여 다른 쪽 엄지와 검지를 억만장자의 입 속에 넣었다. 손가락을 동그랗게 만들어서 턱을 아래로 내렸다.

"나오너라."

그가 말했다. 명령을 운운하더니 목소리가 부드러웠다. 비단 같았다. 거의 살살 달래는 말투였다.

"예수님의 이름으로 나오너라. 모든 성인과 순교자들의 이름으로 나오너라. 너에게 들어갈 권한을 부여하셨으나 이제는 나오라고 명령하시는 주님의 이름으로 나오너라. 밝은 빛 속으로 나오너라. 식탐을 버리고 나오너라."

아무 일도 없었다.

"예수님의 이름으로 나오너라. 모든 성인과 순교자들의 이름으로 나오너라."

그가 손을 살짝 풀자 뉴섬의 호흡이 거칠어지기 시작했다.

"아니, 더 깊숙이 파고들지 말고. 숨을 수 없어, 이 조그만 악귀야. 밝은 빛 속으로 나오너라. 예수님의 명령이다. 성인과 순교자들의 명령이다. 이 사람을 그만 갉아먹고 나오라는 주님의 명령이다."

누군가 차가운 손으로 팔뚝을 잡자 캣은 하마터면 비명을 지를 뻔했다. 멜리사였다. 눈을 휘둥그레 뜨고 입을 벌리고 있었다. 그녀가 캣의 귀에 대고 사포처럼 거친 목소리로 속삭였다.

"저것 좀 봐요."

라이드아웃이 느슨하게 붙잡고 있는 목의 바로 위쪽이 갑상선 종처럼 툭 튀어나왔다. 그 덩어리가 입 쪽을 향해 천천히 움직이기 시작했다. 캣은 지금까지 그런 광경은 한 번도 본 적이 없었다.

"그렇지."

라이드아웃은 나지막이 노래를 부르다시피 했다. 그의 얼굴 위로 땀이 쏟아지고 있었다. 셔츠 칼라가 흐물흐물하고 시커메졌다.

"나오너라. 밝은 빛 속으로 나오너라. 폭식은 끝났다, 어둠의 자식아."

바람이 비명을 질렀다. 이제는 진눈깨비가 반쯤 섞인 빗줄기가 산탄처럼 유리창을 강타했다. 전등이 깜빡거렸고 집이 삐걱거렸다.

"너를 들인 주님께서 명하노니 이제 그만 나오너라. 예수님께서 명하노니 이제 그만 나오너라. 모든 성인과 순교자들이 명하노니……."

그는 뉴먼의 입을 놓고 뜨거운 것을 건드린 사람처럼 손을 뒤로 뺐다. 하지만 뉴먼의 입은 닫히지 않았다. 오히려 처음에는 떡 벌리는 수준으로, 그 다음에는 소리 없이 비명을 지르는 수준으로 점점 넓어졌다. 그의 눈이 뒤집혔고 발이 덜덜 떨리기 시작했다. 소변이 나오자 가랑이를 덮고 있던 시트가 라이드아웃의 땀에 전 칼라처럼 까매졌다.

"그만하세요."

캣은 이렇게 말하며 앞으로 다가가려고 했다.

"발작을 일으키셨잖아요. 이제 그만……."

젠슨이 그녀를 뒤로 홱 잡아당겼다. 그녀가 뒤를 돌아보니 평소에는 불그스름하던 그의 얼굴이 리넨 냅킨처럼 하얬다.

뉴섬의 턱이 가슴뼈까지 늘어졌다. 얼굴의 아래쪽 절반이 거대한 하품 속으로 사라졌다. 힘든 물리치료를 받다보면 무릎 힘줄에서 끼익거리는 소리가 날 때가 있는데 턱관절에서 그런 소리가 나는 것이 캣의 귀에 들렸다. 꼭 먼지가 낀 경첩 소리 같았다. 방 안의 전등이 푸드덕거리며 꺼졌다가 켜졌다가 꺼졌다가 다시 켜졌다.

"나오너라!"

라이드아웃이 고함을 질렀다.

"나오너라!"

뉴섬의 치아 뒤편 시커먼 곳에서 부레 비슷하게 생긴 것이 솟아올랐다. 펄떡거리고 있었다.

와장창 하고 뭔가가 박살나는 소리와 함께 방 저편의 유리창이 산산조각이 났다. 커피잔들이 바닥으로 떨어져 깨졌다. 방 안으로 불쑥 나뭇가지가 들어왔다. 전등이 나갔다. 발전기가 다시 돌아가기 시작했다. 이번에는 트림소리를 내지 않고 일정하게 웅웅거렸다. 불이 다시 들어왔을 때 라이드아웃은 두 팔을 벌리고 시트의 축축해진 부분에 얼굴을 박은 채 뉴섬과 함께 침대에 쓰러져 있었다. 떡 벌린 뉴섬의 입에서 뭔가가 질질 흘러나오는데, 그의 이에 쓸려서 초록색의 뭉툭한 가시가 점점이 박힌 흉측한 몸 위에 자국이 남았다.

'테니스공이 아니야. 애들이 가지고 노는 쿠시볼(말미잘처럼 생긴 고무공 — 옮긴이)에 가깝잖아.'

캣은 생각했다.

토냐는 그걸 보더니 머리를 앞으로 수그리고 두 손을 목덜미로 넘겨서 깍지 낀 채 팔로 귀를 막으며 복도로 달려나갔다.

초록색의 그 녀석이 뉴먼의 가슴 위로 굴러 떨어졌다.

"스프레이 뿌려요! 도망치기 전에 얼른 뿌려요!"

캣이 젠슨에게 외쳤다. 그렇다. 그런 다음 표본병에 넣어서 뚜껑을 꽉 닫아야 했다. *아주 꽉 닫아야 했다.*

젠슨은 눈이 접시만 했고 흐리멍덩했다. 몽유병 환자 같았다. 바람이 방 안을 휘감았다. 그의 머리칼이 소용돌이쳤다. 벽에 걸려 있던 그림이 떨어졌다. 젠슨은 페퍼 스프레이를 들고 있던 손을 내밀어 플라스틱 캡을 눌렀다. 치익 하는 소리가 나더니 그가 비명을 지르며 펄쩍 뛰었다. 그는 토나처럼 도망갈 생각이었는지 몸을 돌리려고 했지만 자기 발에 걸려서 무릎을 찧었다. 캣은 어안이 벙벙해서 꼼짝할 수 없었지만(심지어 손 하나 까딱할 수 없었다.) 그래도 머릿속이 완전히 마비되지는 않았는지 어떻게 된 영문인지 알 수 있었다. 젠슨이 캡을 거꾸로 드는 바람에 정신을 잃은 라이드아웃 목사의 머리 속을 스멀스멀 움직이는 녀석이 아니라 자기한테 대고 스프레이를 발사한 것이었다.

젠슨은 꺅꺅거렸다.

"내 쪽으로 오지 못하게 해요! 앞이 안 보여요. 내 쪽으로 오지 못하게 해요!"

돌풍이 불었다. 창문을 뚫고 고개를 내민 나뭇가지에 매달려 있던 죽은 나뭇잎들이 방 안에서 빙글빙글 나풀거렸다. 초록색의 그 녀석은 쭈글쭈글하고 까맣게 탄 라이드아웃의 목덜미에서 바닥으로 떨어졌다. 캣은 물속에 잠긴 듯한 기분을 느끼며 빗자루의 솔이 달린 쪽으로 내리쳤다. 불발이었다. 녀석은 데굴데굴이 아니라 미끌미끌 침대 밑으로 사라졌다.

젠슨은 기어가다 문 옆 벽에 머리를 그대로 갖다 박았다.

"여기 어디에요? 앞이 안 보여요!"

뉴섬이 어리둥절한 표정을 지으며 일어나 앉았다.

"무슨 일이야? 어떻게 된 거야?"

그는 라이드아웃의 머리를 옆으로 치웠다. 목사는 연체동물처럼 침대에서 바닥으로 스르르 미끄러져 내려갔다.

멜리사가 그의 위로 허리를 숙였다.

"그러면 안 돼요!"

캣이 외쳤지만 이미 엎질러진 물이었다.

그 녀석이 정말로 악귀인지 아니면 기괴한 거머리 비슷한 생물인지 알 도리가 없었지만 아무튼 빨랐다. 침대에서 총알같이 튀어나오더니 라이드아웃의 어깨를 데굴데굴 굴러서 멜리사의 손으로 폴짝 옮겨가 팔을 타고 올라갔다. 멜리사는 팔을 흔들어서 떼어내려고 했지만 잘 되지 않았다.

'뭉툭한 가시에 끈적끈적한 게 붙어 있는 모양이네. 파리의 발바닥에 달린 끈끈이 같은 게 말이야.'

머릿속의 마비되지 않은 부분이 마비돼 버린 부분(사실 이쪽이 면적이 더 넓었다.)에게 말했다.

멜리사는 그 녀석이 어디에서 나왔는지 보았기에 겁에 질린 와중에도 현명하게 양손으로 입을 막았다. 그 녀석은 잽싸게 목을 타고 뺨으로 올라가 그녀의 왼쪽 눈 위에 쭈그리고 앉았다. 바람이 비명을 질렀고 멜리사도 덩달아 비명을 질렀다. 통증의 강도를 1에서부터 10까지로 나눈 병원의 차트로는 설명할 수 없을 만한 고통 속에서 허우적거리는 여자의 울부짖음이었다. 멜리사의 고통은 100을 훌쩍 넘겼다. 산 채로 끓는 물 속에 집어넣어진 수준이었다. 그녀는 눈에 매달린 그 녀석을 할퀴며 비틀비틀 뒷걸음질을 쳤다. 녀석은 좀 전보다 빠르게 펄떡거렸고 녀석이 양분을 다시 흡수하기 시작하자 축축한 소리가 나지막하게 들렸다. *질척거리는 소리가 들렸다.*

'먹잇감이 누가 됐건 상관하지 않는군.'

캣은 생각했다. 그녀는 비명을 지르며 팔을 마구 흔드는 여자에게로 다가가고 있었다.

"가만히 있어요! 멜리사, **가만히** *있어요!*"

멜리사는 들은 척도 하지 않고 계속 뒷걸음질을 쳤다. 그러다 방 안으로 놀러온 두꺼운 나뭇가지에 부딪쳐 대자로 넘어졌다. 캣은 그녀의 옆에 한쪽 무릎을 꿇고 앉아서 멜리사의 얼굴을 향해 빗자루 손잡이를 잽싸게 내리쳤다. 멜리사의 눈을 먹고 있는 그 녀석을 향해 내리쳤다.

철퍼덕 하는 소리와 함께 그 녀석이 끈적끈적한 자국을 남기며 멜리사의 뺨에서 힘없이 미끄러져 내려왔다. 침대 밑에 숨었던 것처럼 나뭇가지 밑으로 숨으려고 나뭇잎으로 어지럽게 덮인 바닥을 가로질렀다. 캣은 펄떡 일어나 녀석을 발로 밟았다. 튼튼한 뉴밸런스 운동화 밑에서 녀석이 터지는 게 느껴졌다. 그녀가 콧물이 가득 든 풍선을 밟아서 터뜨리기라도 한 것처럼 초록색 액체가 양쪽으로 발사됐다.

캣이 이번에는 양쪽 무릎을 꿇고 다시 앉아서 멜리사를 품에 안았다. 처음에는 멜리사가 버둥거렸다. 그녀의 귀를 스치고 지나가는 주먹이 느껴졌다. 그러다 멜리사는 숨을 헐떡이며 진정했다.

"죽었어요? 캣, 그거 죽었어요?"

"컨디션이 좋아졌어."

뉴섬이 딴 세상 사람처럼 그들의 뒤에서 감탄하는 목소리로 말했다.

"네, 죽었어요."

캣이 말했다. 그녀는 멜리사의 얼굴을 자세히 들여다보았다. 그녀석이 쭈그리고 앉았던 쪽 눈이 충혈된 것 말고는 전부 괜찮아 보였다.

"앞이 보여요?"

"네. 흐릿하긴 하지만 점점 맑아지고 있어요. 캣…… 얼마나 아픈지…… 꼭 세상이 끝나는 것 같았어요."

"누가 눈 씻을 물 좀 갖다 줘요!"

젠슨이 고함을 질렀다. 화가 머리끝까지 난 목소리였다.

그러자 뉴섬이 명랑한 목소리로 말했다.

"직접 씻지 그러나. 멀쩡한 두 다리가 있잖아. 캣이 잘 만져 주면 내 다리도 멀쩡해질 테지. 누가 라이드아웃 좀 체크해 봐. 이 가 없은 개새끼가 죽은 것 같기도 한데."

멜리사가 파란 눈과 충혈이 돼서 눈물을 흘리는 눈으로 캣을 올려다보았다.

"얼마나 아픈지…… 당신은 짐작조차 하지 못할 거예요."

"무슨 소리. 이제는 알겠어요. 자."

캣이 말했다. 그녀는 멜리사를 나뭇가지 옆에 앉혀 놓고 라이드아웃 쪽으로 갔다. 맥을 짚었지만 전혀 잡히지 않았다. 최선을 다하느라 계속 미친 듯이 헐떡거리는 심장의 떨림조차 느껴지지 않왔다. 라이드아웃의 고통도 끝난 듯했다.

발전기가 나갔다.

뉴섬이 여전히 명랑한 목소리로 말했다.

"염병할. 저런 일본제 쓰레기를 산답시고 7만 달러를 쓰다니."

"누가 눈 씻을 물 좀 갖다 줘요!"

젠슨이 고래고래 소리를 질렀다.

"캣!"

캣은 대답하려고 입을 열었다가 다물었다. 다시금 찾아온 어둠 속에서 무언가가 그녀의 손등 위로 올라왔다.

러스 도어에게 바친다

저 버스는 다른 세상이었다

나는 사람들 앞에 나서는 것을 좋아하지 않는다. 청중 앞에 서면 항상 사기꾼이 된 듯한 기분이 든다. 그렇다고 뭐 그렇게 고독을 즐기는 타입은 아니지만 혼자 있는 것을 어느 정도 좋아하는 것은 맞다. 나 혼자 아무렇지 않게 메인에서 플로리다까지 차를 몰고 갈 수 있는 정도랄까. 무대공포증 때문도 아니다. 요즘도 2000에서 3000명쯤 되는 사람들 앞에 서면 여전히 무대공포증을 느끼긴 하지만 그건 대부분의 작가들에게 비정상적인 상황이다. 우리는 30명쯤 되는 골수 도서관 동호회 회원들이 있는 풍경에 더 익숙하다. 엉뚱한 사람이 돼서 엉뚱한 곳에 서 있는 듯한 느낌이 드는 가장 큰 이유는 청중들이 누구를 (또는 무엇을) 보러 왔는지 몰라도 거기에는 없기 때문이다. 이야기를 만들어 내는 내 안의 일부분은 혼자 있을 때만 모습을 드러낸다. 청중들 앞에서 일화를 공개하고 질문에 대답하는 그자는 이야기 잣는 이의 허접한 대리인이다.

2011년 11월에 파리에서의 마지막 공식 행사를 소화하기 위해 2800석

227

규모의 르 그랑 렉스로 향한 적이 있었다. 까만색의 큼지막한 SUV 뒷좌석에 앉아 있는데 불안했고 위화감이 느껴졌다. 도로는 좁고 차는 많았다. 내 무릎 위에 놓인 파일에는 종이 몇 장(메모 몇 줄과 짧은 읽을거리)이 들어 있었다. 빨간 불이 켜지자 우리 차는 버스 옆에 멈추어 섰다. 덩치 큰 두 차량이 어찌나 바짝 붙어 있는지 거의 닿을락 말락 했다. 퇴근하는 길인지 정장을 입은 여자가 버스 차창 안쪽으로 보였다. 순간, 내가 모르는 언어를 쓰는 팬들로 매진사례를 빚은 극장이 아니라 그녀와 함께 저 버스를 타고 집으로 돌아가 맛있는 저녁을 먹고 환한 조명이 비추는 편안한 의자에 앉아서 2~3시간 책을 읽고 싶다는 생각이 들었다.

그녀가 내 시선을 느꼈을까. 아니면 단순히 신문을 읽다가 지겨워졌을까. 그녀가 고개를 들더니 겨우 몇 십 센티미터 거리를 두고 나란히 있는 나를 쳐다보았다. 우리의 시선이 만났다. 내가 느끼기에 그녀의 눈빛은 아파트로 돌아가 냉동실에서 꺼낸 음식을 데워먹고 저녁 뉴스와 만날 똑같은 시트콤을 볼 게 아니라 근사한 SUV를 타고 조명과 웃음과 여흥이 넘치는 곳으로 가고 싶다고 말하는 듯했다. 서로 입장을 바꿀 수 있었다면 우리 둘 다 행복했을 것이다.

잠시 후에 그녀는 신문 쪽으로, 나는 파일 쪽으로 시선을 다시 돌렸다. 버스는 저쪽으로, SUV는 이쪽으로 출발했다. 하지만 우리는 잠깐 동안 바로 옆에서 서로의 세상을 들여다보았다. 그때 이 작품의 아이디어가 떠오르기에 해외 강연회를 마치고 돌아왔을 때 책상 앞에 앉아서 단숨에 써내려갔다.

행복하게 반짝반짝 빛나는 부류라고 할 수 없는 윌슨의 어머니가 입버릇처럼 한 말이 있었다. "일이 한번 잘못되면 울음이 터질 때까지 계속 잘못된다."

윌슨은 어머니의 무릎에서 터득한 그 모든 삶의 지혜("아침에 먹는 오렌지는 금이고 저녁에 먹는 오렌지는 똥이다."도 보석 같은 진리였다.)와 더불어 이 말도 명심하고 있었기에 특별히 중요한 일이 있을 때마다 여행자 보험에 들었는데(일종의 충격 완화 장치였다.) 어른이 된 이래 뉴욕에서 마켓 포워드의 최고위층을 앉혀 놓고 포트폴리오를 제시하며 프레젠테이션을 하게 된 것보다 더 중요한 일은 없었다.

마켓 포워드는 인터넷 시대에 손꼽히는 홍보회사였다. 윌슨이 이끄는 사우스랜드 콘셉츠는 버밍엄의 1인 기업에 불과했다. 이런 기회는 두 번 다시 누릴 수 없었기에 충격 완화 장치가 필수였다. 그가 오전 6시에 이륙하는 직항편에 탑승하기 위해 새벽 4시에 버밍엄-셔틀스워스 공항에 도착한 이유도 그 때문이었다. 그 비행기를 타면 9시 20분에 라과디아 공항에 떨어질 수 있었다. 미팅(사실상 오디션이었다.) 예정 시각은 2시 30분이었다. 5시간의 충격 완화 장치면 여행자 보험으로서 충분했다.

처음에는 모든 면에서 순조로웠다. 탑승 수속 카운터 직원은 체크를 하더니 포트폴리오를 1등석 선반에 넣어도 된다고 했다. 윌슨은 물론 이코노미석을 타고 갔지만 직원들이 승객들의 이런저런 요구사항으로 피곤해지기 전에 일찌감치 물어보는 것이 요령이었다. 중요한 포트폴리오라고, 여기에 내 미래가 걸려 있다고 아무리 강조해도 피곤해진 사람들의 귀에는 들릴 리 없었다.

그래도 트렁크 1개는 수화물로 부쳐야 했다. 그가 만약 녹색 시대 광고 최종 낙찰 후보로 선정되면(워낙 유리한 고지를 점령했기에 가능성이 없지 않았다.) 뉴욕에서 10일 동안 버텨야 할 수도 있었다. 선별 작업에 며칠이 걸릴지 전혀 알 수가 없었는데 그는 룸서비스는 물론 빨래도 호텔에 맡길 생각 없었다. 호텔의 추가 서비스 비용은 모든 대도시에서 어마어마했고 뉴욕에서는 끔찍할 정도로 어마어마했다.

비행기가 정시에 이륙했을 때까지는 아무 문제없었다. 그런데 뉴욕 상공에서 교통 체증이 빚어지는 바람에 조종사들 사이에서 라과디아가 아니라 라가비지('가비지'가 쓰레기라는 뜻이다 — 옮긴이)라고 불리는 도착지의 잿빛 하늘을 선회하며 위아래로 오르락내리락 해야 했다. 승객들이 재미없는 농담을 던지고 대놓고 불만을 터뜨렸지만 윌슨은 평정심을 잃지 않았다. 그는 여행자 보험을 들어놓았다. 그의 충격 완화 장치는 두툼했다.

비행기는 1시간이 조금 지난 10시 30분에 착륙했다. 윌슨은 수하물 찾는 곳으로 갔지만 그의 가방이 나오지 않았다. 기다리고 또 기다려도 나오지 않았다. 마침내 까만색 베레모를 쓰고 수염을 기른 노인과 단둘이 남았지만 수취대에 남은 수화물은 스노슈즈 한 쌍과 여행으로 지저분해지고 잎사귀들이 축 늘어진 큼지막한 화분밖에 없었다.

윌슨은 노인에게 말했다.

"이럴 수는 없는 거 아닙니까? 직항이었는데."

노인은 어깨를 으쓱했다.

"버밍엄에서 수하물표를 잘못 붙인 모양이에요. 우리 짐이 지금쯤 호놀룰루로 날아가고 있을 수도 있겠네요. 분실 수하물 신고소에 가려는데 같이 갈래요?"

윌슨은 그를 따라가며 어머니가 한 말을 생각했다. 포트폴리오는 챙겼다는 데 하늘에 감사했다.

분실 수하물 신고소까지 반쯤 갔을 때 뒤에서 수하물 담당자가 그를 불렀다.

"혹시 이 수하물 주인 계신가요?"

윌슨이 고개를 돌리자 물에 젖은 듯이 보이는 그의 타탄 무늬 트렁크가 그를 맞았다.

"수하물 운반차에서 떨어졌어요."

담당자는 윌슨의 비행기 표에 스테이플러로 고정된 수하물표와 트렁크에 달린 표가 맞는지 확인했다.

"어쩌다 한 번씩 그럴 때가 있어요. 파손된 물품이 있을 경우에 대비해서 배상 청구서를 작성하셔야 해요."

"내 짐은요?"

베레모를 쓴 노인이 물었다.

"그건 저도 잘 모르겠네요. 하지만 막판에는 거의 다 찾게 되어 있어요."

담당자가 말했다.

"그렇겠죠. 그런데 막판이 아직 안 된 게 문제죠."

노인이 말했다.

윌슨은 트렁크와 포트폴리오와 휴대용 가방을 들고 거의 11시 30분이 다 됐을 때 공항 터미널을 빠져나왔다. 그동안 도착한 비행기가 몇 대 있어서 택시를 기다리는 줄이 길었다.

'나한테는 충격 완화 장치가 있잖아. 3시간이면 충분해. 게다가 이제는 차양 밑으로 비를 피했고. 이만하길 다행이다 생각하면서 진정해.'

그는 이런 생각을 하며 마음을 가라앉혔다.

윌슨은 프레젠테이션을 연습하며 앞으로 조금씩 움직였다. 포트폴리오에 챙긴 대형 쇼카드를 하나씩 떠올리며 침착하게 대처하자고 다짐했다. 파크 가 245번지로 들어서는 순간 최고의 매력으로 중무장하고 이로써 대운이 터질지 모른다는 생각은 머릿속에서 떨쳐버리자고 다짐했다.

다국적 정유회사인 그린 센추리는 앨라배마 주 걸프쇼스에서 멀지 않은 곳의 해저 유정에서 원유 유출 사태가 벌어지자 친환경적인 회사 이름이 골칫거리로 전락했다. 이후에 벌어진 딥워터

호라이즌 사태만큼 피해 규모가 어마어마하지는 않았지만 그래도 제법 심각했다. 그런데 그린 센추리라니. 심야 프로그램에서 코미디언들이 신나게 씹었다. (레터먼은 이런 수수께끼를 냈다. "초록색과 까만색이 섞였고 온 사방이 쓰레기로 덮힌 게 뭔지 아세요?") 그린 센추리 CEO가 맨 처음 공개석상에 나섰을 때 "우리는 원유가 있는 곳을 찾아다닐 수밖에 없는 회사인데 아무도 그 부분에 대해서 이해해 주지 않는다."며 징징거린 것도 악수였다. 유정이 CEO의 엉덩이를 비집고 나온 그림 밑에 그가 한 말을 캡션으로 넣은 만화가 인터넷을 타고 번졌다.

그린 센추리의 홍보팀은 기발하다고 자평한 아이디어를 들고 오래 전부터 함께 일했던 마켓 포워드 홍보회사를 찾아갔다. 사고수습용 캠페인을 기존의 똑 떨어지는 뉴욕인이 아니라 남부의 소규모 홍보회사에 발주하는 방식으로 미국인들의 분노를 잠재우려고 했던 것이다. 그들은 똑 떨어지는 뉴욕인들이 근사한 칵테일 파티에서 메이슨 밥팅 선이라고 부를 게 뻔한 메이슨 딕슨 선(미국의 남부와 북부를 나누는 경계로 간주되는 가상의 선 — 옮긴이) 이남에 사는 미국인들의 의견에 특별히 관심이 많았다.

택시를 기다리는 줄이 조금씩 앞으로 움직였다. 윌슨은 손목시계를 확인했다. 12시 5분 전이었다.

'걱정할 것 없어.'

스스로 다독였지만 걱정이 되기 시작했다.

그는 마침내 12시 20분에 졸리 딩글 택시에 탈 수 있었다. 활주로에서 젖어 버린 트렁크를 맨해튼의 으리으리한 사무실까지 끌고 가고 싶지는 않았지만(얼마나 촌뜨기처럼 보이겠는가.) 호텔에 들러서 두고 갈 시간이 없을지 모른다는 생각이 들기 시작했다.

택시는 밝은 노란색의 미니밴이었다. 기사는 주황색의 큼지막한 터번을 쓰고 우울한 표정을 짓고 있는 시크교도였다. 투명한 플라스틱에 담은 아내와 아이들 사진이 백미러에 매달려서 대롱거렸다. 라디오 채널이 1010 WINS에 맞춰져 있어서 4분 정도씩마다 이가 덜거덕거리는 소리를 닮은 실로폰 로고송이 울려 퍼졌다.

"오늘 차 마이 막혀요. 아주, 아주 마이 막혀요."

공항 출구를 향해 찔끔찔끔 움직이는 동안 시크교도가 말했다. 대화가 여기까지인 듯했다.

맨해튼을 향해 엉금엉금 움직이는 동안 빗줄기가 점점 굵어졌다. 윌슨은 멈춰 섰다가 연동운동을 하듯 앞으로 꿈틀거릴 때마다 충격 완화 장치가 점점 얇아져 가는 것을 느꼈다. 그에게 주어진 프레젠테이션 시간은 30분, 딱 30분뿐이었다. 늦게 도착해도 그들이 기회를 줄까? "여러분, 오늘 스타 탄생을 예고하는 큰 무대의 오디션에 참가한 14개의 소규모 남부 홍보회사 중에서 환경 사고를 당한 기업과 협업한 전적이 있는 유일한 회사가 사우스랜드 콘셉츠입니다. 그러니까 제임스 윌슨 씨가 좀 늦었더라도 봐줍시다." 이럴까?

그럴 가능성이 없진 않지만 그래도 윌슨이 생각하기에는…… 아닐 듯했다. 그들의 1차적인 목표는 심야 프로그램에서 오가는 조롱을 최대한 빨리 중단시키는 것이었다. 그렇기 때문에 프레젠테이션이 무엇보다 중요해지는데 어떤 호래자식이건 핑계거리가 있기 마련이었다.(이건 아버지가 알려준 보석 같은 지혜였다.) 절대 늦지 말아야 했다.

'1시 15분. 일이 한번 잘못되면 계속 잘못되기 마련이지.'

그는 생각했다. 그 말을 떠올리고 싶지 않은데도 자꾸만 생각이 났다.

'울음이 터질 때까지 계속 그러기 마련이지.'

미드타운 터널 앞에 도착하자 그는 몸을 앞으로 내밀고 시크교도에게 도착 예정 시각을 물었다. 그는 주황색 터번을 애절하게 좌우로 저었다.

"알 수가 없어요. 차가 아주, 아주 마이 막혀서."

"30분이면 될까요?"

한참 동안 정적이 흐른 끝에 시크교도가 말했다.

"어쩌면요."

위로 차원에서 조심스럽게 선택된 그 단어를 보면 윌슨의 상황이 심각에서 매우 심각으로 발전하고 있음을 알 수 있었다.

'빌어먹을 트렁크는 마켓 포워드 프런트에 맡기면 되지. 그러면 적어도 회의실까지 끌고 갈 필요는 없잖아.'

그는 생각한 다음 몸을 앞으로 숙이고 말했다.

"호텔은 포기할게요. 파크 가 245번지로 가 주세요."

터널 안은 밀실 공포증 환자의 악몽과도 같아서 가다 서다, 가다 서다를 반복했다. 34번 대로를 타고 시내를 관통하는 반대편 차로도 마찬가지였다. 미니밴이 높아서 전면의 암울한 장애물들이 모두 보였다. 그래도 매디슨 가에 도착하자 윌슨은 긴장의 끈을 조금 늦출 수 있었다. 아슬아슬하겠지만, 못마땅한 수준으로 아슬아슬하겠지만 조금 늦을 것 같다고 굴욕적인 전화를 할 필요가 없었다. 호텔을 건너뛰길 잘했다.

하지만 바로 그때 터진 수도관과 바리케이드가 앞을 가로막는 바람에 빙 돌아가야 했다.

"오바마가 왔을 때보다 더 심한데요?"

시크교도는 이렇게 말했고, 1010 WINS에서는 윌슨에게 20분만 할애하면 온 세상을 선물하겠다고 했다. 실로폰이 흔들리는 이처럼 딱딱거리는 소리를 냈다.

'온 세상은 필요 없어. 2시 15분까지 파크 가 245번지에 도착하기만 하면 돼.'

마침내 매디슨 가로 재진입한 졸리 딩글 택시가 36번 대로까지 질주하다가 딱 멈추어 섰다. 현란한 질주였지만 게임의 승부에는 별 영향이 없었다고 선언하는 미식축구 중계 아나운서의 목소리가 윌슨의 귀에 들리는 듯했다. 앞유리창에 달린 와이퍼가 툭탁거렸다. 어떤 기자가 전자담배에 대해 이야기했다. 슬리퍼스(매트리스 체인점 ― 옮긴이) 광고가 나왔다.

윌슨은 생각했다.

'진정해. 여차하면 걸어가면 돼. 11블록밖에 안 되잖아.'

그런데 비가 내리고 있고 망할 트렁크를 끌고 가야 한다는 게 문제였다.

피터 팬 버스가 슈우욱 하는 에어브레이크 소리와 함께 택시 옆에 멈추어 섰다. 윌슨은 차창 너머로 버스를 들여다볼 수 있었다. 1~2미터 정도밖에 안 되는 거리에서 어떤 미녀가 잡지를 읽고 있었다. 통로쪽 옆자리에서는 까만색 레인코트를 입은 남자가 무릎 위에 올려놓은 서류가방을 헤집고 있었다.

시크교도가 클랙슨을 누르더니 *세상이 날 어떤 식으로 괴롭히*

는지 *보라는* 듯이 양손바닥을 들어 보였다.

월슨은 버스 속 미녀가 립스틱이 지워지지 않았는지 확인하는 것처럼 입가를 살짝 건드리는 것을 보았다. 옆자리 남자는 이제 서류가방 뚜껑에 달린 주머니를 뒤지고 있었다. 거기서 까만색 스카프를 꺼내더니 코에 대고 킁킁 냄새를 맡았다.

'도대체 왜 저런 짓을 하는 걸까? 부인의 향수나 파우더 냄새가 남았나?'

월슨은 궁금해졌다.

그는 버밍엄에서 비행기에 탑승한 이래 처음으로 그런 센추리와 마켓 포워드와 이제 30분도 안 남은 미팅 결과에 따라 180도 달라질 수도 있는 그의 상황에 대해 잊었다. 그 순간만큼은 우아하게 입가를 더듬는 여자의 손길과 스카프를 코에 대고 킁킁거리는 남자에게 매료됐다. 다른 세상을 들여다보고 있는 느낌이었다. 그렇다. 저 버스는 다른 세상이었다. 희망적인 약속들이 저 남자와 저 여자를 기다리고 있을 것이었다. 그들에게는 납부해야 할 고지서가 있을 것이었다. 형제자매와, 어딘가에서 나뒹구는 어린 시절 장난감들이 있을 것이었다. 여자는 대학생 때 임신중절수술을 받은 적이 있을지 몰랐다. 남자는 페니스 링을 끼고 있을지 몰랐다. 그들은 반려동물을 키우고 있을 수도 있었고 그렇다면 그 동물에게는 이름이 있을 것이었다.

태엽장치로 이루어진 은하계의 이미지(흐릿하고 모호하지만 엄청나게 강렬한 이미지였다.)가 언뜻 월슨의 머릿속을 스치고 지나갔다. 그곳에서는 개별적인 톱니바퀴들이 어떤 숙명을 향해, 아니면 그냥 아무 이유 없이 비밀스럽게 움직였다. 이곳은 졸리 딩글 택시의 세상이었고 1.5미터 떨어진 곳은 피터 팬 버스의 세상이었다. 그들 사이에 있는 것은 1.5미터의 간격과 창유리 2장뿐이었다. 윌슨은 이 자명한 사실에 넋을 잃었다.

"차가 너무 마이 막히네요. 오바마 때보다 더 심해요."

시크교도가 말했다.

남자가 코에 대고 있던 스카프를 뗐다. 그걸 한 손에 들고 다른 쪽 손을 레인코트 주머니에 넣었다. 창가쪽 자리에 앉은 여자는 잡지를 뒤적였다. 남자가 여자 쪽으로 고개를 돌렸다. 그의 입술이 움직이는 것이 윌슨의 눈에 보였다. 여자가 고개를 들더니 놀란 듯이 눈을 휘둥그레 떴다. 남자는 비밀을 털어놓으려는 사람처럼 몸을 앞으로 숙였다. 윌슨은 남자가 여자의 목을 그은 다음에서야 그가 레인코트 주머니에서 꺼낸 것이 칼이었음을 알아차렸다.

여자는 눈을 휘둥그레 떴다. 입을 벌렸다. 한손을 들어서 목 쪽으로 움직였다. 레인코트를 입은 남자는 칼을 든 손으로 그녀의 손을 지그시, 하지만 단호하게 밑으로 눌렀다. 그러고는 그녀의 관자놀이에 입을 맞추며 그녀의 머리칼 사이로 앞을 쳐다보았다. 윌슨과 눈이 마주치자 그는 작고 반듯한 두 줄의 치아를 드러내며 활짝 미소를 지었다. *즐거운 하루 보내라거나 이제 우리 둘 사이에 비밀이 생겼다는* 듯이 윌슨을 향해 고개를 끄덕였다. 여자 쪽 창문 위로 떨어진 핏방울이 납작하게 퍼져서 창유리를 따라 흘렀다. 레인코트를 입은 남자는 스카프를 여자의 목에 댄 채 헤벌린 그녀의 입 속으로 한 손가락을 집어넣었다. 그러면서 계속 윌슨을 향해 미소를 지었다.

"드디어!"

238

시크교도가 외쳤고 졸리 딩글 택시가 움직이기 시작했다.

"저 사람 봤어요? 저 남자. 버스에 탄 남자. 여자 옆에 앉아 있는 남자요."

윌슨이 물었다. 그의 목소리는 높낮이가 없고 침착했다.

"뭐요, 손님?"

시크교도가 물었다. 그는 신호등이 노란색으로 바뀌는 순간 네거리를 쏜살같이 통과했고 여기저기서 울려대는 경적 소리를 무시해 가며 차선을 바꿨다.

피터 팬 버스는 뒤에 남겨졌다. 전면에서 빗줄기 사이로 어른거리는 그랜드 센트럴 역이 교도소처럼 느껴졌다.

택시가 다시 움직인 다음에서야 윌슨은 휴대전화를 생각했다. 외투 주머니에서 휴대전화를 꺼내 쳐다보았다. 그가 두뇌 회전이 빠른 타입이었다면(어머니의 평가에 따르면 그건 남동생의 주특기였다.) 레인코트를 입은 남자의 사진을 찍었을 것이었다. 그러기엔 늦었지만 911에 연락하기에는 아직 늦지 않았다. 익명으로 그런 전화를 할 수는 없었다. 전화가 연결되자마자 그의 이름과 전화번호가 화면에 뜰 것이다. 비 오는 날 오후에 뉴욕에서 장난 전화로 시간이나 때우려는 사람이 아닌지 확인하기 위해 그쪽에서 그에게 다시 연락할 것이다. 그쪽에서 자세한 정보를 원하면 그는 가까운 경찰서로 출두하는 수밖에 없을 것이다. 그건 선택하고 말고 할 일이 아니었다. 경찰 측에서는 그의 진술을 여러 번 반복해서 듣고 싶어 할 것이다. 그의 프레젠테이션에는 관심도 없을 것이다.

프레젠테이션의 제목은 '3년만 기다려 주시면 보여 드리겠습니다'였다. 윌슨은 어떤 식으로 프레젠테이션을 진행할지 생각해 보왔다. 먼저 그 자리에 모인 홍보팀과 고위 간부들에게 원유 유출 사태를 직시해야 한다는 이야기부터 꺼낼 것이다. 자원봉사자들이 아직까지 설거지용 세제로 기름을 뒤집어쓴 새들을 씻기고 있었다. 그걸 쉬쉬할 수는 없었다. 하지만 속죄가 반드시 추악할 필요는 없었고 때로는 진실이 아름다울 수도 있었다. 국민들은 여러분의 회사를 믿고 싶어 합니다. 그는 이렇게 얘기할 것이다. 여러분의 회사가 필요하니까요. A라는 지점에서 B라는 지점으로 이동하려면 여러분의 회사가 필요하거든요. 그렇기 때문에 자기들이 환경 파괴의 방조자처럼 몰리고 싶지 않은 겁니다. 그는 이 지점에서 포트폴리오를 열고 첫 번째 카드를 보여 줄 것이다. 깨끗한 백사장에 카메라를 등지고 서서 눈이 시릴 만치 파란 바다를 내다보는 남자아이와 여자아이의 사진이다. 카피 문구는 다음과 같았다. 에너지와 환경이 함께 갈 수 있습니다. 3년만 기다려 주시면 보여 드리겠습니다.

911에 연락하는 것은 어린애도 할 수 있을 만큼 간단한 일이었다. 실제로 어린애들이 연락하기도 했다. 도둑이 들어왔을 때. 여동생이 계단에서 굴렀을 때. 아니면 아빠가 엄마에게 손찌검을 하고 있을 때.

스토리보드상의 다음 단계는 폭스나 MSNBC와 같은 24시간 뉴스 채널과 지역 방송을 중심으로 걸프 만 주변의 모든 주에 내보낼 TV 광고 시안이었다. 기름이 둥둥 떠다녔던 시커먼 바닷가가 다시 깨끗해지는 과정을 저속 촬영한 사진을 통해 보여 주는 광고였다. "저희가 저지른 실수는 저희가 해결해야 합니다." 내레이터는 (살짝 남부 억양이 느껴지는 목소리로) 이렇게 얘기할 것이었다. "그

것이 저희가 사업을 하는 방식, 이웃을 대하는 방식입니다. 3년만 기다려 주시면 보여 드리겠습니다."

다음은 지면 광고. 라디오 광고. 그리고 2단계는…….

"손님? 뭐라고 하셨어요?"

'내가 연락할 수도 있지만 아마 그 남자가 버스에서 내리고 한참이 지난 다음에서야 경찰이 출동할 거야. 아마는 무슨. 그럴 가능성이 거의 100퍼센트지.'

윌슨은 생각했다.

그는 뒤를 돌아보았다. 버스가 이제는 저만치 멀리 있었다.

'아마 여자가 비명을 질렀겠지. 신발 폭탄범(2001년에 파리에서 출발한 마이애미행 비행기에 폭발물을 숨긴 신발을 신고 탑승한 리처드 리드를 말한다 — 옮긴이)의 속셈을 알아차렸을 때 비행기 승객들이 그랬던 것처럼 다른 승객들이 남자를 덮쳤겠지.'

그때 레인코트를 입은 남자가 그를 보며 어떤 식으로 미소를 지었는지 생각이 났다. 헤벌린 그녀의 입속에 어떤 식으로 손가락을 집어넣었는지도 생각이 났다.

윌슨은 생각했다.

'내가 오해한 것일 수 있어. 둘이서 날이면 날마다 치는 장난일 수 있어. 플래시몹이나 뭐 그런 거.'

생각하면 할수록 그럴 듯했다. 골목길이나 TV 드라마 속에서라면 모를까 벌건 대낮에 피터 팬 버스에서 여자의 목을 따는 남자가 어디 있겠는가. 그로 말할 것 같으면 아주 근사한 광고를 만들어 왔다. 그는 딱 알맞은 시점에 등장한 적임자였고 이 바닥에서 기회는 한 번 이상 주어지지 않는 법이었다. 그건 어머니가 하신 말씀이 아니라 진리였다.

"손님?"

"다음 번 신호에 걸리면 내릴게요. 걸어갈게요."

헤시 케스틴에게 바친다

부고

나는 어렸을 때 공포 영화를 많이 보았다.(여러분도 익히 짐작한 부분이겠지만.) 그런데 워낙 만만한 호구라 번번이 무서워서 죽을 뻔했다. 사방은 어두컴컴했고, 화면 속의 영상들은 나보다 훨씬 거대했고, 소리가 워낙 커서 눈을 감아도 공포가 가시지 않았다. TV로 보면 공포 지수가 떨어졌다. 중간에 등장하는 광고들이 리듬을 깨뜨렸고, 보고 있을지 모르는 꼬맹이들의 정신적인 충격을 방지하는 차원에서 가장 무서운 부분들을 편집하는 경우도 있었다.(아아, 그러나 나는 「디아볼릭」에서 죽은 여자가 욕조에서 일어나는 장면을 보고 말았으니 이미 망친 몸이었다.) 게다가 정 안 되겠다 싶으면 부엌으로 건너가 냉장고에서 하이어스(루트비어 브랜드 — 옮긴이)를 꺼내는 척하면서 무서운 음악이 끝나고 동네 세일즈맨이 "자동차, 자동차, 자동차 팔아요! 신용 조회 안 합니다! 아무나 사세요!" 하고 외치는 소리가 들릴 때까지 미적거리는 방법도 있었다.

하지만 제대로 오싹한 영화를 TV에서 본 적이 있었다. 77분의 상영시간

중에서 적어도 처음 1시간 동안은 그랬다. 결말이 작품을 망쳐 버렸는데 그 머리칼이 쭈뼛 서는 설정을 끝까지 고스란히 유지하며 누가 리메이크해 주었으면 하는 바람이 오늘날까지 있다. 그 작품의 제목은 지금까지 만들어진 모든 공포 영화를 통틀어 최고일지 모른다. 「나는 산 자를 묻는다」.

이것은 그 영화를 생각하며 쓴 작품이다.

간결하게, 군더더기 없이.

내가 졸업한 로드아일랜드대학교의 언론학과장 번 히긴스에게
는 이것이 복음이었다. 내가 학교에서 들은 수많은 가르침이 이쪽
귀로 들어와서 저쪽 귀로 나갔지만 히긴스 교수님이 워낙 강조했
던 그것만큼은 아니었다. 그는 명료하고 간결해야 인간들이 이해
라는 과정을 시작할 수 있다고 했다.

기자로서 너희들의 진정한 임무는 독자들이 결정을 내리고 다
음 단계로 나아갈 수 있도록 진실을 제공하는 것이다. 그는 수업
을 듣는 학생들에게 이렇게 말했다. 그러니까 복잡하게 꾸미지 마
라. 잘난 척 허세 부리지 마라. 시작할 부분에서 시작하고, 각 사건
의 사실들이 논리적으로 연결되도록 중간 부분을 깔끔하게 배치
하고, 마무리 지을 부분에서 마무리를 지어라. 보도에서는 그것이

*1차 종착지다. 그리고 일각의 주장에 따르면 또는 전반적인 여론
에 따르면 어쩌고 하며 게으른 헛소리는 늘어놓지 마라. 모든 사실
에는 출처를. 그것이 원칙이다. 처음부터 끝까지 꾸밈없이 단순하
고 쉬운 영어로 써라. 수사의 향연은 논평에서나 필요한 것이다.*

앞으로 펼쳐질 내 이야기를 믿을 사람이 있을지 모르겠고 내가
'네온 서커스'에서 보낸 시간은 훌륭한 글 솜씨를 기르는 데 아무
도움이 안 됐지만 그래도 나는 최선을 다해 보려고 한다. 각 사건
의 사실들이 논리적으로 연결되도록. 서론, 본론 그리고 결론.

그것이 나의 1차 종착지다.

* * *

훌륭한 보도는 육하원칙을 따른다. 누가, 언제, 어디서, 무엇을,
어떻게 그리고 이유를 찾을 수 있다면 왜. 내 경우에는 '왜'가 가장
어렵다.

'누가'는 쉽다. 이 작품에서 겁을 상실한 내레이터는 마이클 앤
더슨이다. 이 사건이 벌어졌을 당시 내 나이는 27살이었다. 나는
언론학 전공으로 로드아일랜드대학교 학부를 졸업하고 2년 동안
브루클린에서 부모님과 함께 살며 쇼핑 무가지에서 광고와 쿠폰
을 중간에 넣을 수 있도록 통신사에서 받은 뉴스를 고쳐 쓰는 일
을 했다. (변변치 않으나마) 꾸준히 이력서를 돌렸지만 뉴욕, 코네티
컷, 뉴저지에서 나를 쓰겠다는 신문사는 없었다. 그럼에도 불구하
고 부모님이나 나나 놀라워하지 않았던 이유는 내 학점이 개판이
었다거나(학점은 나쁘지 않았다.) 스크랩해 놓은 자필 기사(대부분

《굿 5센트 시가》라는 로드아일랜드 대학 신문에 실린 기사였다.)가 엉망진창이었기 때문이 아니라(그중 몇 편은 상도 받았다.) 신문사 마다 채용 계획이 없었기 때문이었다. 채용 계획이 없는 정도가 아 니라 아예 씨가 말랐기 때문이었다.(히긴스 교수님이 이 많은 괄호 를 본다면 나를 죽이려 들 것이다.)

우리 부모님은 다른 일자리도 알아보라고(아주, 아주 조심스럽 게) 나를 설득했다. 아버지는 가장 나긋나긋한 말투로 이렇게 얘기 했다.

"관련 분야에 취직하면 어떨까. 광고회사나 뭐 그런 데 말이다."

"광고는 뉴스가 아니잖아요. 광고는 뉴스의 *정반대*라고요."

나는 말했다. 하지만 나는 아버지의 속내를 간파했다. 아버지는 40살이 되도록 부모님의 냉장고에서 야식을 꺼내먹는 내 모습을 상상했던 것이다. 백수의 제왕.

나는 어쩔 수 없이 말발은 좋지만 경험은 없는 젊은 카피라이터 에 관심이 있을 것 같은 광고회사를 추리기 시작했다. 그 명단상 의 회사들에 이력서를 보내기로 한 디데이 전날 밤, 바보 같은 생 각이 떠올랐다. 나는 요즘도 그 생각이 떠오르지 않았다면 내 인 생이 얼마나 달라졌을지 가끔(사실은 종종) 뜬눈으로 밤을 지새우 며 궁금해 한다.

그 당시에 내가 가장 자주 들락거리던 웹사이트 중에 '네온 서 커스'라는 곳이 있었다. TMZ보다 필진이 훌륭한 가십 뉴스 전문 사이트라고 보면 된다. 그들은 대개 이 일대의 '유명인 출몰 현장' 을 소개하고 뉴욕과 뉴저지의 정계라는 좀 더 지저분한 크레바스 로 가끔 탐사에 나섰다. 그 사이트의 취재 방향은 내가 거기서 일한 지 6개월쯤 됐을 때 게재된 사진 한 장으로 요약할 수 있다. 파차 클럽 앞에서('네온 서커스'에서는 항상 "그 세대의 배리 매닐로"라고 지칭이 되었던) 로드 피터슨을 찍은 사진인데, 그의 데이트 상대가 허리를 수그리고 하수구에 토악질을 하고 있었다. 그는 행복한 얼간이처럼 미소를 짓고 여자의 원피스 등판에 손을 얹고 있었다. 사진 밑에 달린 캡션은: **그 세대의 배리 매닐로 로드 피터슨, 뉴욕의 로어이스트사이드를 탐험하다.**

'네온 서커스'는 기본적으로 클릭을 유도하는 카테고리로 무장한 웹진이었다. **간밤에 어디서 주무셨나, 못된 짓, 지난 주 최악의 TV 프로그램, 이 쓰레기 기사는 누가 썼을까.** 이밖에도 많지만 어떤 분위기인지 대충 짐작할 수 있을 것이다. 그날 밤에 나는 취직하고 싶지 않은 회사에 보낼 이력서를 잔뜩 쌓아 놓고 정크푸드로 기운을 추스르는 차원에서 '네온 서커스'에 접속했다가 잭 브릭스라는 젊고 인기 있는 배우가 약물 과다복용으로 세상을 떠났음을 알게 됐다. 그 전주에 그가 시내 핫스폿에서 비틀거리며 나오는 사진을 걸어 놓은 것은 '네온 서커스'다운 악취미였지만, 사진에 딸린 기사는 놀라우리만치 깔끔하고 전혀 '네온 서커스'답지 않았다. 바로 그때 영감이 떠올랐다. 나는 인터넷을 뒤져 자료를 수집하고 단숨에 악의적인 부고를 작성했다.

작년에 개봉한 「홀리 롤러스」에서 제니퍼 로렌스를 사랑하게 된, 말을 할 줄 아는 책꽂이 연기로 악명을 날렸던 잭 브릭스가 생전에 애용하던 간식 가루에 뒤덮인 시신으로 호텔 객실에서 발견됐다. 이로써 그는 약물 남용으로 명성이 자자했던 로버트 존슨, 지미 헨드릭스, 재니스 조플린, 커트 코베인, 에이미 와인하우스의 뒤를 이어 *27 클럽(알코올 중독, 약물 중독, 자살 등으로 27세에 사망한 뮤지션과 배우들을 지칭하는 용어다 —옮긴이)*의 멤버가 되었다. *2005년에 얼렁뚱땅 배우로 데뷔한 브릭스는……*

뭐, 이런 식이었다. 유치하고 무례하며 누가 봐도 악의적인 부고였다. 내가 만약 그날 제정신이었다면 작성한 부고를 드래그해서 휴지통에 넣었을 것이다. 아무리 '네온 서커스'라도 그 정도면 잔인한 수준이었다. 하지만 나는 그때 마냥 장난을 치고 있었기 때문에(마냥 장난을 치다 취직을 하게 된 사람이 몇이나 될지 궁금해지지만) 부고를 그들에게 전송했다.

이틀 뒤(인터넷 덕분에 모든 속도가 빨라졌다.)에 제로마 위트필드라는 사람이 내게 이메일을 보냈다. 부고를 게재하고 싶을 뿐 아니라 그런 식의 막말 기사를 좀 더 써 주었으면 한다고, 뉴욕으로 와서 점심을 같이 먹으며 얘기 좀 하자고 했다.

알고 보니 내가 넥타이에 재킷까지 차려입은 것은 오버의 극치였다. 3번 가에 있는 '네온 서커스' 사무실은 록밴드 티셔츠를 입은 동안의 남녀들로 넘쳐났다. 몇몇 여자들은 반바지 차림이었고, 모호크족처럼 깎은 머리에 마커 펜으로 무늬를 그리고 목수용 오버롤을 입은 남자도 있었다. 알고 보니 그가 **진츠, 레드 존에 또다시 똥을 싸지르다**라는 인상적인 기사를 작성한 스포츠 카테고리 팀장이었다. 놀랄 일은 아니었다. 이것이 인터넷 시대의 저널리즘이었고 그날 사무실로 출근한 정직원이 1명이라면 재택근무 중인 비정규직원은 5~6명이었다. 박봉을 받으며 그러고 있었다는 사족은 덧붙일 필요도 없을 것이다.

옛날 옛적 번드르르하던 시절, 기억도 가물가물한 전설 속의 그 시절에는 뉴욕의 출판업자들이 포시즌스, 르시르크, 러시안티룸 같은 데서 점심식사를 같이 했다고 한다. 하지만 그날 나는 제로마 위트필드의 어수선한 사무실에서 점심을 먹었다. 메뉴는 델리 샌드위치와 닥터브라운스 크림소다였다. 제로마는 '네온 서커스' 기준에 따르면 고대 유물이었고(40대 초반이었다.) 나는 그녀의 막무가내 식 거친 태도가 처음부터 마음에 안 들었지만 나에게 주간 부고 코너를 맡기고 싶다고 한 순간 그녀는 여신으로 등극했다. 그녀는 심지어 새로운 코너의 이름도 정해 놓았다. 죽은 자를 위한 뒷담화.

할 수 있겠느냐고? 두말하면 잔소리였다.

보수가 쥐똥만 할 텐데 괜찮겠느냐고? 물론이었다. 처음에는 상관없었다.

내 칼럼이 '네온 서커스' 사이트에서 가장 조회수가 많은 코너로 등극하고 내 이름이 사람들 입에 오르내리기 시작하자 나는 임금 인상 협상에 돌입했다. 뉴욕의 아파트로 독립하고 싶기도 했고 코딱지만 한 돈을 받으면서 광고 수익이 가장 높은 코너를 혼자 담당하는 데 신물도 났기 때문이었다.

1차 협상은 어느 정도 성공을 거두었다. 아마 내가 조심스럽게 이야기를 꺼냈고 요구조건이라고 해 봐야 가소로운 수준이었기 때문이었을 것이다. 4개월 뒤에 대기업에서 엄청난 금액에 우리 사이트를 인수할 거라는 소문이 돌자 나는 제로마의 사무실을 찾아가서 이번에는 전보다 변변한 수준의 임금 인상을 요구했다.

그녀가 말했다.

"미안, 마이크. 홀 앤드 오츠의 명언을 빌자면 그럴 순 없어. 안 되겠어. 유크 하나 먹을래?"

제로마의 어수선한 책상 위에는 박하 맛 유칼립투스 사탕이 가득 든 큼지막한 유리그릇이 당당하게 한 자리를 차지하고 있었다. 포장지에 이런저런 구호가 적힌 사탕이었다. *너의 함성이 사방에 울리도록.* 이런 구호도 있었다. *할 수 있다는 현재형을 할 수 있었다는 과거형으로 바꾸라는* 충고도 있었다.

"아뇨, 괜찮아요. 딱 잘라서 안 된다고 하기 전에 제 설명을 좀 들어보세요."

나는 차근차근 논리를 전개했다. 할 수 있다는 현재형을 할 수 있었다는 과거형로 바꾸려고 했다고 말할 수도 있을 것이다. 요지는 내가 죽은 자를 위한 뒷담화로 벌어들이는 수입에 상응하는 임금을 받을 자격이 있다는 것이었다. '네온 서커스'가 대기업에 인수된다면 더군다나 그랬다.

마침내 내 이야기가 끝나자 그녀는 유크 포장지를 벗겨서 자주색으로 바른 입술 사이로 넣었다.

"그래! 잘했어! 하고 싶은 말을 다했으니 이제 범프 디보 부고를 쓸 수 있겠네. 군침 도는 먹잇감이잖아."

맞는 말이었다. 라쿤스의 리드싱어 범프는 장난삼아 햄프턴스에 사는 여자친구의 집 창문을 열고 몰래 들어가려다 총에 맞아 죽었다. 여자친구가 그를 절도범으로 착각한 것이었다. 그녀가 쏜 총이 범프에게 받은 생일선물이었기 때문에 이 사건은 더욱 감칠 맛 나는 이야기가 되었다. 덕분에 범프는 27 클럽의 신규 회원으로 가입해 브라이언 존스와 기타 실력을 겨루게 되었다.

"그러니까 대꾸할 가치도 없다는 거네요? 나를 생각하는 마음이 그 정도라는 거죠?"

내 말에 그녀는 조그맣고 하얀 치아 끝이 살짝 보일 정도로 미소를 지으며 몸을 숙였다. 나는 박하 냄새를 느낄 수 있었다. 아니면 유칼립투스 냄새, 아니면 둘 다를 느낄 수 있었다.

"솔직하게 얘기할게, 알았지? 너는 아직 브루클린에서 부모님과 함께 사는 남자애치고 너의 역할을 너무 과대평가하는 성향이 있어. 파티를 벌이다 죽은 바보들의 무덤에 대고 오줌을 쌀 수 있는 사람이 너밖에 없다고 생각해? 다시 한 번 잘 생각해 봐. 너보다 더 재미있게 쓸 수 있는 알바생들이 대여섯 명은 되니까."

"그럼 그 말이 정말인지 아닌지 확인할 수 있게 내가 확 그만둬 볼까요?"

나는 화가 나서 이성을 잃었다.

제로마는 씩 웃으며 유칼립투스 사탕을 덜거덕덜거덕 이에 부딪쳤다.

"마음대로 해. 하지만 네가 그만두더라도 죽은 자를 위한 뒷담화는 못 들고 가. 내가 만든 제목이니까 여기 이 '네온 서커스'에 남겨둬야지. 물론 네가 인지도를 좀 쌓기는 했지. 그건 나도 인정하는 바야. 그러니까 네가 결정해. 컴퓨터 앞으로 돌아가서 얼른 범프 부고를 쓸지 아니면 《뉴욕 포스트》 면접을 볼지. 어쩌면 그 신문사에 취직할 수도 있겠다. 그러면 6면의 시시한 무기명 기사나 쓰게 되겠지. 그러고 싶으면 마음대로 해."

"부고 쓸게요. 하지만 이 문제는 다시 얘기하기로 해요, 제리."

"내가 이 자리에 앉아 있는 한 그럴 일은 없을 거야. 그리고 나를 제리라고 부르지 마. 그러면 안 된다는 거 알잖아."

나는 자리에서 일어났다. 얼굴이 화끈거렸다. 내 얼굴이 아마 신호등처럼 보였을 것이다.

"유크 하나 먹어. 아니다, 두 개 먹어. 자, 자. 먹으면 가슴이 뻥 뚫릴 거야."

나는 경멸하는 눈빛으로 유리그릇을 흘끗 쳐다보았고 문을 쾅 소리 나게 닫고 싶은 유치한 충동을 (간신히) 참아가며 사무실에서 나왔다.

* * *

여러분이 CNN에서 울프 블리처 뒤로 보이는 분주한 모습이나 우드워드와 번스타인이 닉슨을 폭로하는(닉슨 행정부가 민주당 선거운동본부를 도청한 워터게이트 사건을 말한다. 이때 《워싱턴 포스트》 기자 밥 우드워드와 칼 번스타인의 폭로로 워터게이트 사건이 세간에 공개되자 닉슨은 탄핵을 당했다 — 옮긴이) 그 옛날 영화 속의 보도국을 상상했다면 재고해 주기 바란다. 내가 앞에서도 이야기했다시피 '네온 서커스'의 필진은 대부분 재택근무를 했다. 우리의 조그만 뉴스룸('네온 서커스'의 기사를 감히 뉴스라고 지칭할 수 있을지 모르겠지만)은 대충 2대를 연결한 이동식 주택만 한 크기였다. 거기에 한쪽 벽면에 줄줄이 걸린 무음 TV 화면을 마주보고 20개의 학교 책상이 옹기종기 놓여 있었다. 책상에는 혹사당한 노트북이 놓여 있었고 노트북마다 **기기를 소중히 다루어 주시기**

바랍니다라고 적힌 우스꽝스러운 스티커가 붙어 있었다.

그날 아침에 그곳은 거의 비다시피 했다. 나는 뒷줄 벽 쪽 자리에 앉았다. 벽에 걸린 포스터에는 변기에 담긴 추수감사절 저녁 사진이 담겨 있었다. 이 매력적인 사진 밑에 **밥 먹는 데서 똥을 싸면 대환영입니다**라는 표어가 적혀 있었다.(원래 영어에서 밥 먹는 데서 똥을 싸지 말라고 하면 사내 연애를 하지 말라는 뜻으로 쓰인다 ─ 옮긴이) 나는 노트북을 켜고 서류가방에서 범프 디보의 짧고 별 볼일 없는 이력을 인쇄한 출력물을 꺼내 노트북이 부팅되는 동안 뒤적였다. 워드를 열고 알맞은 박스 안에 **범프 디보 부고**라고 적은 다음 가만히 앉아서 백지 상태인 문서를 물끄러미 쳐다보았다. 나는 죽는다는 게 남들 이야기인 줄 알았다가 세상을 떠난 스물 몇 살짜리의 면전에 대고 조롱하는 일로 돈을 벌었지만 화가 나면 재미있어지기가 힘든 법이다.

"시작 부분이 잘 안 써져?"

키가 크고 늘씬한 금발의 케이티 커랜이었다. 나는 그녀에게 강렬한 욕정을 느꼈지만 짝사랑일 가능성이 컸다. 그녀는 내게 늘 잘해 주었고 무한정 다정했다. 내가 한 농담에 웃어 주었다. 내게 욕정을 느낀다고 볼 수 없는 반응이었다. 뜻밖이었는가 하면 그건 아니었다. 그녀는 인기 만점이었지만 난 아니었다. 솔직히 나는 10대들이 보는 영화에서 늘 놀림감으로 등장하는 꺼벙이였다. 심지어 '네온 서커스'에서 근무한 처음 3개월 동안에는 꺼벙이에게 완벽하게 어울리는 아이템까지 장착하고 있었다. 테이프로 붙인 안경을 말이다.

"조금."

그녀의 향수 냄새가 느껴졌다. 과일 향이었다. 상큼한 배였다. 뭔지 몰라도 상큼한 것이었다.

그녀는 물 빠진 청바지를 입은 긴 다리를 접고 내 옆자리에 앉았다.

"나는 그러면 '갈색 여우가 게으른 개를 잽싸게 뛰어넘는다.' 이 문장을 3번 빠르게 쳐. 그러면 머릿속의 수문이 열리더라."

그녀가 수문이 어떤 식으로 열리는지 표현하려고 두 팔을 벌리자 까만색 탱크톱 안에 아늑하게 들어앉은 아찔한 젖가슴이 내 눈앞에서 숨 막히는 장관을 연출했다.

"이번 경우에는 그 방법도 소용이 없을 거야."

내가 말했다.

케이티가 맡은 코너는 죽은 이를 위한 뒷담화만큼 인기 있지는 않았지만 그래도 조회수가 높았다. 그녀의 트위터 팔로워 수가 50만 명이었다.(그 당시 내 팔로워 수는 몇 명이었는지 잘난 척 공개하지 않겠지만 몇 백만 명이었다고 보면 대충 맞는다.) 그녀가 맡은 코너는 케이티와 함께 취해보기였다. 우리가 아직 디스하지 않은 유명인들과 인터뷰를 하면서(이해가 안 되겠지만 우리에게 디스당해 놓고 인터뷰에 응한 경우도 몇 명 있었다.) 그들이 점점 취해 가는 모습을 취재하는 코너였다. 케이티는 그 엄청난 결과물을 분홍색의 깜찍한 아이폰에 모두 담았다.

그녀도 그들과 함께 취해야 하는 거였지만 술을 4분의 3잔만 마시고 장소를 옮기는 수법을 썼다. 그래도 유명인들은 거의 알아차리지 못했다. 그들은 완벽한 타원형인 그녀의 얼굴과 숱이 많은 황금색 머리칼과 동그란 회색 눈에만 주목했다. 그 눈은 늘 똑같은 메시지를 전달했다. 어머나, 정말 재미있는 분이시네요. 나보다 18개월 먼저 '네온 서커스'에 합류한 케이티 때문에 사회적으로 매장되다시피 한 사람이 대여섯 명에 달하는데도 다들 난도질을 당하고 싶어서 줄을 섰다. 그녀의 가장 유명한 인터뷰 상대는 마이클 잭슨을 두고 "그 환둥이가 되고 싶어 했던 계집애 같은 녀석은 죽은 게 차라리 잘됐다."고 했던 코미디언이었다.

"월급 올려 달라고 했다가 퇴짜 맞았지?"

케이티가 제로마의 사무실을 턱으로 가리키며 물었다.

"내가 월급 올려 달라고 할 작정이라는 걸 어떻게 알았어? 내가 얘길 했던가?"

그 촉촉한 두 눈에 넋이 팔려서 내가 무슨 말이든 늘어놓았을 가능성이 있었다.

"아니. 하지만 다들 네가 그럴 작정이라는 걸 알았어. 그녀가 안 된다고 할 거라는 것도 알았고. 알겠다고 하면 너도나도 올려 달라고 할 테니까. 가장 그럴 만한 자격이 있는 직원의 요구를 묵살함으로써 우리 모두의 입을 단칼에 막은 거야."

가장 그럴 만한 자격이 있는 직원. 살짝 전율이 일었다. 케이티한테서 들은 말이라 더욱 그랬다.

"그래도 계속 여기 있을 거야?"

"당분간은."

나는 한쪽 입꼬리만 움직여가며 말했다. 추억의 명화에서는 험프리 보거트가 이런 식으로 말을 하면 항상 효과 만점이었는데, 케이트는 황홀하리만치 납작한 배에서 있지도 않은 보푸라기를 털어내며 자리에서 일어났다.

"나도 이제 기사 써야겠다. 빅 알비니. 어휴, 얼마나 마셨나 몰라."

"게이 액션 히어로로 말이지?"

"속보. 게이가 아닌 것으로 밝혀짐."

그녀가 불가사의한 미소를 남기고 사라지자 나는 그게 무슨 뜻인지 궁금해졌다. 하지만 알아내고 싶지는 않았다.

* * *

텅 빈 범프 디보 문서를 마주 보고 10분 더 멍하니 앉아 있다가 몇 마디 썼다가 지우고 다시 10분 동안 멍하니 앉아 있었다. 나를 보는 제로마의 시선이 느껴졌고 그녀가 겉으로는 티를 내지 않을지 몰라도 속으로는 비웃고 있음을 알 수 있었다. 나의 상상에 불과하다 하더라도 그런 시선 속에서 일이 될 리 없었다. 나는 집에 가서 디보 기사를 쓰기로 마음먹었다. 지하철 안에서 뭔가가 떠오를 수도 있었다. 지하철을 타고 있으면 생각이 잘 났다. 노트북을 닫으려는 순간, 잭 브릭스가 하늘나라의 A급 뷔페식당을 찾아 떠났다는 기사를 접한 그날 밤처럼 또 다시 영감이 떠올랐다. 나중에 어떻게 되거나 말거나 회사를 때려치울 때 때려치우더라도 조용히 물러나지는 말자는 생각이 들었다.

아무것도 쓰지 않은 디보 파일을 휴지통에 버리고 새 문서를 열어서 **제로마 위트필드 부고**라고 제목을 달았다. 단숨에 써내려 갔다. 내 손끝에서 빚어진 200개의 사악한 단어들이 화면으로 옮겨졌다.

가까운 친구들 사이에서는 제리라고 불렸던(보도에 따르면 유치원 시절에 가깝게 지낸 친구가 두어 명 있었다고 한다.) 제로마 위트필드가 오늘

나는 시계를 확인했다.

오전 10시 40분에 사망했다. 현장에 있던 직장 동료들의 증언에 따르면 자기 담즙에 질식사했다고 한다. 제리는 배서대학을 우수한 성적으로 졸업했지만 지난 3년 동안 자기보다 능력이 출중한 20여 명의 노예들을 거느리고 3번 가에서 매춘업에 종사했다. 유족으로는 거세당한 두꺼비라는 별명으로 '네온 서커스'에 근무하던 남편과, 직원들 사이에서 폴 포트(민족 대학살을 자행한 캄보디아의 총리 — 옮긴이)라는 애칭으로 불리던 못난이 자식이 한 명 있다. 동료들이 하나같이 인정하다시피 제리는 재능이라고는 1도 없었지만 그것을 커버하고도 남을 만큼 고압적이고 피도 눈물도 없는 성격의 소유자였다. 듣기 싫은 그녀의 목소리는 뇌출혈 유발 요인으로 명성이 자자했고 그녀는 유머 감각이 없기로 타의 추종을 불허했다. 유족인 두꺼비와 포트는 조문객들에게 조화 대신 아프리카의 기아 아동들에게 유칼립투스 사탕을 보내는 것으로 그녀가 사망한 기쁨을 표현해 달라고 당부했다. 장례식장은 '네온 서커스' 사무실이며, 신이 난 조문객들은 이곳에서 소중한 추억을 공유하고 다 같이 「딩동, 마녀가 죽었다」(「오즈의 마법사」에서 사악한 동쪽 마녀가 죽었을 때 나오는 노래다 — 옮긴이)를 합창할 예정이다.

260

원래는 이렇게 신랄한 비난을 열 댓 장 출력해서 화장실과 양쪽 엘리베이터까지 온 사방에 붙이고 '네온 서커스' 사무실과 기침사탕의 여왕에게 영영 작별을 고할 작정이었다. 어쩌면 내 계획을 실천에 옮겼을 수도 있지만 써 놓은 글을 다시 한 번 읽어 보니 재미가 없었다. 재미 근처에 가지도 못했다. 심술 난 어린애의 작품이었다. 지금까지 내가 쓴 부고들이 전부 이렇게 재미없고 얼토당토않았을까 하는 생각이 들었다.

범프 디보가 현실 속의 인물이고 그의 죽음을 슬퍼할 사람들이 있을지 모른다는 깨달음이 처음으로(안 믿길지 모르지만 진짜다.) 나를 찾아왔다. 어쩌면 잭 브릭스도…… (내가 「투나잇 쇼」에서 사타구니 잡기 사건으로 유명세를 얻었다"고 표현한) 프랭크 포드도…… 처남과 한 침대에서 뒹구는 사진이 찍힌 뒤 스스로 목숨을 끊은 리얼리티 프로그램의 스타 트레버 윌리스도. '네온 서커스'가 처남의 소중한 부분을 까만 테이프로 가리고 즐겁게 온라인에 게재한 그 사진.(윌의 소중한 부분은 보이지 않는 곳에 있었는데 그곳이 어디인지는 여러분도 짐작하고 남을 것이다.)

내 인생에서 가장 창조적인 몇 년을 형편없는 일에 낭비하고 있었다는 생각도 들었다. 제로마 위트필드라면 어떤 맥락에서라도 절대 그런 생각을 하지 못하겠지만 사실상 수치스러운 일에 낭비하고 있었다.

나는 문서를 출력하는 대신 닫아서 휴지통에 넣고 노트북을 껐다. 제로마의 사무실을 다시 찾아가서 어린애가 벽에 똥칠하는 거나 다름없는 글은 그만 쓰겠다고 통보할까 싶었지만 내 안의 신중한 측면(우리들의 머릿속에는 대부분 교통경찰이 살고 있지 않은가.)

이 기다리라고 했다. 다시 한 번 생각해 보고 확신이 생기면 저지르라고 했다.

24시간. 그 교통경찰은 이렇게 선포했다. 오늘 오후에는 영화나 한 편 때리고 하룻밤 동안 묵혀둬. 내일 아침에도 그 생각에 변함이 없으면 저지르는 거야.

"벌써 퇴근하게?"

케이티가 자리 자리에서 물었고, 나는 이 회사에 출근한 이래 처음으로 그 동그란 회색 눈 때문에 그 자리에서 얼어붙지 않았다. 가볍게 손을 흔들고 사무실을 박차고 나왔다.

* * *

필름 포럼에서 「닥터 스트레인지러브」 마티네 상영분을 보고 있었을 때 내 휴대전화가 진동으로 울렸다. 거실만 한 상영관에 나와 꾸벅꾸벅 조는 주정뱅이와 뒷줄에서 진공청소기 소리를 내는 10대 커플밖에 없었기 때문에 과감하게 화면을 확인해 보니 케이티 커랜이 문자를 보냈다. **지금 당장 하던 일을 멈추고 연락 부탁해!**

별로 아쉬운 마음도 없이(슬림 피켄스가 폭탄을 타고 추락하는 장면은 언제 봐도 재미있지만) 로비로 나가서 그녀에게 전화를 걸었다. 그녀가 내뱉은 첫 두 마디가 내 인생을 바꾸었다고 해도 과언이 아니었다.

"제로마가 죽었어."

"뭐라고?"

나는 거의 비명을 지르다시피 했다.

262

잡지를 보던 팝콘 매장 여직원이 화들짝 놀라서 고개를 들었다.

"죽었어, 마이크! 죽었다고! 늘 쪽쪽거리면서 빨아 먹던 빌어먹을 유칼립투스 사탕이 목에 걸려서 죽었어."

오전 10시 40분에 사망했다. 자기 담즙에 질식사했다.

나는 그렇게 적었다.

물론 우연의 일치겠지만 이보다 더 불길한 우연의 일치가 없었다. 하느님이 제로마 위트필드를 현재형에서 과거형으로 바꾸었다.

"마이크? 내 말 듣고 있어?"

"응."

"그녀 밑에 차장이 없었던 거 알지?"

"응."

나는 이제 내게 유크를 권하고 덜거덕덜거덕 이에 부딪치는 소리를 내가며 유크를 빨아먹었던 그녀를 떠올리고 있었다.

"그래서 내가 차장 대행으로 내일 오전 10시에 직원 회의를 소집하려고 해. 아무라도 그 역할을 맡아야 하니까. 참석할 거지?"

"잘 모르겠는데. 아마 아닐 거야."

나는 휴스턴 대로로 나가는 문 쪽으로 걸어가고 있었다. 그런데 문 앞에 다다르지도 못했을 때 영화관 좌석 옆에 서류가방을 두고 왔다는 데 생각이 미치자 머리칼을 쥐어뜯으며 가방을 다시 가지러 갔다.

"때려치우기로 오늘 아침에 마음을 먹었거든."

"알아. 나가는 네 표정을 보니까 알겠더라."

케이티가 내 얼굴을 보았다니 다른 때 같았으면 생각만으로도 말문이 막혔겠지만 그때는 아니었다.

"사무실에서 그렇게 됐어?"

"응. 2시가 다 됐을 무렵이었어. 보도국에 남은 직원은 4명이었는데 일을 했다기보다 아는 이야기와 소문을 주고받으면서 그냥 노닥거리고 있었어. 어떤 분위기인지 알지?"

알았다. 내가 브루클린의 집에서 일을 하지 않고 출근하는 이유 중 하나가 그 잡담 시간이었다. 물론 케이티를 눈요기할 수 있다는 것도 또 한 가지 이유였지만.

"제로마의 사무실이 문은 닫혀 있었지만 블라인드는 올려져 있었거든."

대개 그랬다. 제로마는 중요인물로 간주하는 사람과 회의를 할 때가 아닌 이상 가신들을 감시하고 싶어 했다.

"맨 처음에 핑키가 '우리 보스 왜 저래? 저거 완전 강남 스타일 춤 아니야?' 이러지 뭐야.

그래서 들여다봤더니 제로마가 사무실 의자에 앉은 채로 목을 부여잡고 몸을 앞뒤로 홱홱 움직이고 있더라고. 그러더니 의자 밑으로 쓰러져서 바닥을 두드리는 발 말고는 아무것도 보이지 않았어. 로버타가 어떻게 해야 하느냐고 묻더라. 나는 대꾸조차 하지 않았어."

그들은 안으로 뛰어갔다. 로버타 힐과 박수진이 겨드랑이 밑에 손을 넣어서 그녀를 일으켰다. 케이트는 그녀의 뒤로 가서 하임리히 응급처치를 했다. 핑키는 문 앞에 서서 손을 흔들었다. 그녀의 횡격막을 한 번 강하게 압박해도 아무 소용이 없었다. 케이티는 핑키에게 911에 연락하라고 소리를 지르고 다시 한 번 횡격막을 압박했다. 그러자 유칼립투스 사탕이 튀어나와서 사무실 저쪽으로 날아갔다. 제로마는 심호흡을 하고 눈을 뜨더니 마지막 유언을 남겼다.(내 짧은 소견으로는 그보다 더 어울릴 수가 없었다.) "아, 씨발, 뭐야." 그러더니 다시 온몸을 부들부들 떨다가 더 이상 숨을 쉬지 않았다. 응급구조사들이 도착할 때까지 수진이 인공호흡을 했지만 아무 소용이 없었다.

케이티가 말했다.

"제로마가 숨을 멈추었을 때 벽시계를 확인했거든. 추억의 허클베리 하운드 만화영화 너도 알지? 뭐랄까…… 「로앤오더」(성범죄자를 추적하는 특별수사단 이야기를 다룬 미국 드라마 — 옮긴이)에서처럼 누가 나한테 정확한 사망시각을 물어볼지도 모른다는 생각이 들었어. 그런 상황이 되니까 별의별 시답잖은 생각들이 머릿속을 오가더라. 3시 10분 전이었어. 1시간도 안 지났는데 그보다 훨씬 오래된 것처럼 느껴진다."

"그러니까 2시 40분에 기침 사탕이 목에 걸렸을 수도 있다는 거네?"

내가 말했다. *10시 40분*이 아니긴 해도 *2시 40분*이었다. 그것 역시 영어로 *링컨*과 *케네디*의 글자 수가 같은 것처럼 우연의 일치일 것이다. 40분은 하루에 24번 찾아오지 않는가. 그래도 찜찜한 건 어쩔 수 없지만.

"그렇겠지. 그렇다 한들 뭐가 달라지는지 모르겠지만."

케이티는 짜증난 말투였다.

"내일 올 거야, 말 거야? 와주라, 마이크. 네가 필요해."

케이티 커랜이 나를 필요로 하다니! 아싸, 아싸, 아싸!

"알았어. 그런데 내 부탁 하나만 들어줄래?"

"뭔데?"

"내가 쓰던 노트북 휴지통 비우는 걸 깜빡했어. 추수감사절 만찬 포스터 바로 앞에 있는 거 말이야. 거기 휴지통 좀 비워 줄래?"

왜 그런 부탁을 했는지 나로서도 모를 노릇이었다. 그냥 부고라는 못된 장난을 지워 버리고 싶었다.

"너, 제정신이 아니로구나? 그래도 내일 10시에 오겠다고 너희 어머니의 이름에 대고 맹세하면 네 부탁 들어줄게. 마이크, 이건 우리한테 일종의 기회야. 단순히 금광에서 일을 하는 게 아니라 우리가 금광의 주인이 될 수도 있어."

"갈게."

* * *

코네티컷과 뉴저지 가장 깊숙한 곳에서 원시부족들과 함께 생활하는 비정규직 직원들 말고는 거의 전원이 회의에 참석했다. 심지어 정치적으로 올바르지 않은 쫄보들(나도 무슨 뜻인지 모르겠으니 묻지 말아 주기 바란다.)이라는 제목의 재미있는 이야기 코너를 담당하는 부스럼투성이 어빙 램스타인까지 왔다. 케이티가 침착하게 회의를 주관하며 쇼는 계속되어야 한다고 말했다.

"제로마도 그래주길 바랐을 거야."

핑키가 말했다.

"제로마가 어쩌길 바랐든 뭔 상관이야? 나는 월급이나 계속 받고 싶을 뿐이야. 그리고 일말의 가능성이라도 있으면 한몫 잡고 싶을 뿐이고."

조지아나 부코스키가 말했다.

몇 명이 덩달아 "한몫! 한몫! 한몫을 달라!" 하고 외치자 우리 사무실이 추억의 교도소 영화에나 나옴 직한 식당 폭동 장면처럼 변했다. 케이티는 한풀 꺾일 때까지 기다렸다가 직원들을 조용히 시켰다.

수진이 물었다.

"어떻게 숨이 막혀서 죽었을까? 젤리가 나왔는데."

로버타가 말했다.

"젤리가 아니었어. 수시로 빨아먹던 그 냄새나는 사탕이었어. 유칼립토나와 사탕 말이야."

"아무튼. 케이티가 뒤에서 가슴을 눌렀을 때 튀어나왔잖아. 우리 전부 봤잖아."

"나는 아니야. 나는 전화하고 있었어. 우라질 통화 대기음을 들으면서."

핑키가 말했다.

케이티는 응급구조사에게 물어보았는데(그 큼지막한 회색 눈을 분명 제대로 활용했을 것이다.) 질식하는 바람에 심장마비에 걸렸을지 모른다는 대답을 들었다고 전했다. 히긴스 교수님의 가르침을 받들어 중간 부분을 건너뛰고 연관성이 있는 사실부터 밝히자면 부검 결과 응급구조사의 짐작이 맞는 것으로 밝혀졌다. 만약 친애하는 우리 보스의 소식이 '네온 서커스'에 실렸다면 헤드라인이 **본사 수석 책임자 심장이 터지다**가 됐을 것이다.

회의는 길고 시끄러웠다. 이미 제로마의 대행에 걸맞은 천부적인 재능을 발휘한 케이티는 직원들에게 감정을 충분히 분출할 기회를 허락한 뒤(대부분 거칠고 히스테릭한 웃음으로 감정을 표출했다.) 세월과 인터넷은 사람을 기다려주지 않는다며 다시 본업으로 돌아가라고 했다. 이번 주 안으로 '네온 서커스'의 주요 투자자들과 대화를 나누겠다고 이야기하고는 나를 제로마의 사무실로 불렀다.

문이 닫혔을 때 내가 물었다.

"커튼 치수 재려고(영어로 커튼 치수를 잰다고 하면 다른 누군가를 대체할 준비를 한다는 뜻이 있다 — 옮긴이)? 이 경우에는 커튼이 아니라 블라인드인가?"

그녀는 상처를 받은 듯한 표정으로 나를 쳐다보았다. 아니면 단순히 놀란 표정일 수도 있었다.

"내가 이 자리를 차지하고 싶어 한다고 생각해? 나는 너랑 같은 일을 하는 칼럼니스트야, 마이크."

"그래도 네가 맡으면 잘할 거야. 나는 알아. 다른 직원들도 그렇고.(나는 다들 이제 자기 휴대전화를 찾거나 손끝으로 두드리거나 만지작거리고 있는 이른바 보도국을 턱으로 가리켰다.) 그리고 나로 말할 것 같으면 그냥 재미있는 부고를 쓰는 사람이지. 아니, 재미있는 부고를 썼던 사람이라고 해야겠다. 명퇴하기로 했으니까."

"네가 왜 그러는지 알 것 같아. 이 일을 하다보면 남는 게 호기심이라 휴지통을 비우기 전에 열어 봤어. 이게 있더라."

그녀는 청바지 뒷주머니에서 종이 한 장을 꺼내 펼쳤다. 나는 그녀에게 건네받기 전부터 그게 뭔지 알았다.

나는 종이를 받아서 들여다보지 않고 다시 접어서(그걸 다시 읽기는커녕 쳐다보고 싶지도 않았다.) 내 주머니에 넣었다.

"이제는 비운 거지?"

"응. 그리고 그 한 장만 출력했어."

그녀는 얼굴을 덮고 있던 머리칼을 쓸어 올리고 나를 쳐다보았다. 1000척까지는 못 되더라도 구축함 한두 척을 비롯해 몇 십 대는 출격시킬 만한 얼굴이었다.(영어에서 1000척의 군함을 출격시킬 만한 얼굴이라고 하면 예쁜 얼굴을 뜻한다 — 옮긴이)

"물어볼 줄 알았다. 너랑 1년 반 동안 같이 일을 해서 네 성격 중에 편집증이 있다는 걸 알거든."

"고마워."

"기분 나쁘라고 한 소리 아니야. 뉴욕에서는 편집증이 생존 기술이니까. 하지만 조만간 훨씬 짭짤한 수익을 거둘 수도 있는데 그런 이유로 일을 그만둘 필요는 없잖아. 솔직히 정말 섬뜩하긴 하지만 아무리 섬뜩해도 우연의 일치는 우연의 일치일 뿐이라는 걸 너도 알 테고. 마이크, 나는 네가 필요해."

우리가 아니라 나였다. 그녀는 커튼 치수를 재려는 게 아니라고 했지만 내가 보기에는 맞는 듯했다.

"네가 모르고서 하는 얘기야. 일을 계속 하고 싶어도 이제는 못 하겠어. 최소한 전처럼 웃기게는 못 써. 전부…… (나는 어린 시절에 썼던, 딱 알맞은 표현을 찾아냈다.) 흐물텅흐물텅하게 써질 거야."

케이티는 미간을 찌푸리고 생각에 잠겼다.

"페니한테 맡기면 될 수도 있겠다."

페니 랭스턴은 남들보다 암울한 환경에서 지내는 비정규직원 가운데 한 명이었고 제로마에게 케이티가 추천한 직원이었다. 언뜻 들기로는 대학생 때부터 알고 지낸 사이라고 했다. 그렇다 하더라도 둘은 서로 그보다 다를 수가 없었다. 페니는 출근하는 경우가 거의 없었고 출근을 하더라도 항상 너덜너덜한 야구 모자를 쓰고 섬뜩한 미소를 지으며 등장했다. 모호크족처럼 머리를 깎은 스포츠 담당 프랭크 제섭은 페니더러 항상 스트레스 지수가 조금만 더 쌓이면 폭발할 사람처럼 보인다고 했다.

케이티는 말을 이었다.

"하지만 너만큼 재미있게 쓰지는 못할 거야. 부고가 싫으면 어떤 코너를 맡고 싶어? '네온 서커스'에 남는다면 말이야. 나는 네가 남아주길 간절히 바라는데."

"글쎄, 비평? 그런 거라면 재미있게 쓸 수 있을 것 같아."

"난도질하는 거?"

미미하게나마 기대에 찬 말투였다.

"뭐…… 응. 아마도. 그런 비평도 있겠지."

이러니저러니 해도 나는 물어뜯기에 소질이 있었고 조 퀴넌(미국의 기자, 평론가 — 옮긴이)을 상대하더라도 판정승이나 케이오승을 거둘 수 있을지 몰랐다. 게다가 이번에는 상대가 살아 있는 사람들이라 그쪽에서 반격이 가능했다.

그녀는 두 손으로 내 어깨를 잡더니 까치발을 하고 서서 내 입가에 살짝 입을 맞추었다. 눈을 감으면 지금도 그날의 느낌을 되살릴 수 있다. 그녀는 구름이 잔뜩 낀 날 바다 같은 회색의 동그란 눈으로 나를 쳐다보았다. 히긴스 교수님이라면 이런 표현에 눈을 흘기겠지만 나 같은 C급 남자는 그녀 같은 A급 여자에게 키스를 받을 일이 거의 없다.

"부고 계속 쓰는 거 고민해 봐, 알았지?"

계속 내 어깨를 잡고 있는 두 손. 콧구멍을 간질이는 그녀의 옅은 체취. 그녀의 젖가슴과 내 가슴의 간격이 불과 2센티미터 정도였고 그녀가 숨을 크게 들이쉬자 둘이 서로 맞닿았다. 그때의 느낌도 지금 되살릴 수 있다.

"너나 나 좋자고 하는 얘기가 아니야. 이 사이트와 직원들 입장에서는 앞으로 6주가 아주 중요한 시기이거든. 그러니까 고민해 봐, 알았지? 부고를 한 달만 더 맡아줘도 도움이 될 거야. 그동안 페니나 다른 직원이 너한테 노하우를 전수받을 수 있으니까. 그리고 죽어나가는 유명인이 아무도 없을지 모르잖아?"

하지만 그럴 일은 없었고 우리 둘 다 그렇다는 것을 알고 있었다.

나는 아마 생각해 보겠다고 했을 것이다. 정확하게는 기억이 나지 않는다. 보도국에서 누가 보거나 말거나 그 자리에서 당장 그녀와 격렬하게 입을 맞추고 싶다는 생각뿐이었다. 하지만 나는 그러지 않았다. 로맨틱 코미디가 아닌 이상 나 같은 남자들은 그런 짓을 거의 저지르지 않는다. 이런저런 얘기를 하고 사무실을 나섰는지, 잠시 후에 정신을 차려 보니 이미 길거리로 나와 있었다. 어안이 벙벙했다.

한 가지 분명하게 기억하는 것이 있다면 3번 가와 15번 대로가 만나는 길모퉁이의 조그만 쓰레기통 앞에 다다르자 장난으로 썼지만 더 이상 장난이라고 할 수 없는 부고를 갈기갈기 찢어서 그 안으로 던졌다는 것이다.

* * *

그날 저녁에 나는 부모님과 맛있는 식사를 마치고 내 방(내가 속한 리틀 야구팀이 경기에서 진 날이면 샐쭉한 얼굴로 들어앉았던 그 시절과 같은 방을 쓰고 있었으니 이 얼마나 우울한 일인가.)으로 들어가 책상 앞에 앉았다. 살아 있는 사람의 부고를 한 편 더 쓰면 불안한 마음을 가장 간단하게 극복할 수 있을 것 같았다. 말을 타다 떨어지면 곧바로 다시 올라타야 한다고들 하지 않던가. 다이빙을 하다 배치기를 하면 곧바로 다시 가장 높은 다이빙보드로 올라가라고 하지 않던가. 내게 필요한 것이 있다면 이미 알고 있는 사실을 입증할 증거였다. 우리가 논리적인 세상에서 살고 있다는 증거였다. 바늘로 인형을 찌른다고 누가 죽지는 않는다. 철천지원수의 이름을 종이쪽지에 적어서 주기도문을 거꾸로 외며 태운다고 누가 죽지는 않는다. 마찬가지로 장난삼아 부고를 썼다고 누가 죽지는 않는다.

그래도 나는 악당으로 입증이 된 사람들만 조심스럽게 후보로 선정했다. 마이애미 버스 폭발 사건의 주범이라는 파힘 다지, 오클라호마에서 4건의 성폭행 살인범으로 기소된 케네스 원덜리. 몇 안 되는 7명의 후보 중에서 원덜리가 가장 괜찮게 느껴져서 부고를 급조하려는 순간, 피터 스테파노가 생각났다. 이 세상에 쓰레기 같은 씨방새라고 불릴 만한 존재가 있다면 바로 그였다.

스테파노는 자기가 만든 곡을 녹음하지 않겠다는 여자친구를 목 졸라 죽인 프로듀서였다. 그런데 사우디아라비아의 모처에서 바퀴벌레를 주워 먹고 자기 오줌을 받아 마시고 꼭두새벽마다 볼륨을 끝까지 올린 앤스랙스(미국의 헤비 메탈, 스래시 메탈 밴드 — 옮긴이)의 음반을 들어도 시원치 않을 판국에(물론 나의 솔직한 소견에 불과하다.) 감시가 그렇게 삼엄하지도 않은 교도소에서 형을 살고 있었다. 마침 그가 죽인 앤디 매코이는 내가 가장 좋아한 여성가수 가운데 한 명이었다. 그녀가 사망했을 당시에 내가 이미 장난식 부고를 쓰고 있었다 하더라도 그녀의 부고를 쓸 일은 없었다. 저 잘난 맛에 사는 머저리 때문에 젊은 시절 존 바에즈에 필적할 만한 그녀의 고음을 더 이상 들을 수 없게 되다니 5년이 지난 지금도 생각하면 울화가 치밀었다. 그만큼 귀한 성대는 소수의 몇 명만 타고날 수 있는 법인데 약에 취해서 발끈한 스테파노가 꺾어버렸다.

나는 노트북을 켜고 알맞은 칸에 **피터 스테파노 부고**라고 입력한 다음 빈 문서 위로 커서를 옮겼다. 터진 수도관에서 물이 쏟아져 나오듯 이번에도 낱말들이 지체 없이 쏟아져 나왔다.

사람을 노예처럼 부릴 줄만 알았지 재능이라고는 없었던 음반 프로듀서 피터 스테파노가 고완다 주립 교도소 독방에서 어제 오전 시신으로 발견됐다는 소식이 전해지자 우리는 모두 환호성을 질렀다. 공식 사인은 아직 발표되지 않았지만 교도소 관계자는 이렇게 말했다. "항문의 혐오샘이 파열돼서 똥독이 온몸으로 번진 듯합니다. 풀어서 설명하자면 지독한 자기 똥에 알레르기 반응을 보인 거죠."

스테파노는 수많은 유명 그룹과 솔로 가수 위에서 군림했지만 특히 그레너디어스, 플레이풀 매멀스, 조 딘(스테파노에게 계약 재협상을 거부당하자 스스로 목숨을 끊었다.) 그리고 빠지면 섭섭한 앤디 매코이의 가수 생활에 깊숙이 관여했던 것으로 유명하다. 그는 매코이의 가수 인생을 중단시키는 정도로는 부족했던지 필로폰에 취한 상태에서 스탠드 전선으로 그녀를 목 졸라 살해했다. 유족으로는 고마워하는 전처 3인과 예전 파트너 5인, 그의 휘하에서 어찌어찌 도산을 면한 두 군데 음반업체가 있다.

이런 분위기로 다시 100단어쯤 계속 이어졌지만 내 최고의 걸작이라고 볼 수는 없었다.(누가 봐도 그랬다.) 그래도 정의를 구현한 기분이 들었기에 상관없었다. 단순히 피터 스테파노가 악질이라 그런 건 아니었다. 형편없는 문장이었고 내 마음속 한구석에서는 형편없는 짓이라는 것을 알았지만 작가로서 옳은 일을 한 느낌이었다. 웬 뜬금없는 소리인가 싶을지 몰라도 나는 이것이 이 이야기의 핵심이라고 생각한다.(사실 그렇다는 것을 알고 있다.) 글을 쓴다는 것은 어려운 일이다. 적어도 내 입장에서는 그렇다. 정육점 주인이 되었건 빵집 주인이 되었건 촛대 제작자가 되었건 노동자들은 대부분 일이 얼마나 힘든지 모른다고 토로한다. 힘이 들지 않는 건 어쩌다 한 번씩뿐이다. 어쩌다 한 번씩은 일이 수월하다. 그럴 때는 볼링장에서 내가 굴린 공이 정확한 방향으로 굴러가는 것을 쳐다보고 있는 듯한 기분이 들고 스트라이크가 되겠다는 생각이 든다.

내 컴퓨터로 스테파노를 죽인 것이 스트라이크처럼 느껴졌다.

나는 그날 밤에 단잠을 잤다. 어쩌면 딱하게 살해당한 여가수, 허무하게 재가 되어 버린 그녀의 재능을 향한 나의 분노와 환멸을 분출했기 때문이었을지도 모른다. 하지만 제로마 위트필드의 부고를 쓸 때도 똑같은 감정을 느꼈다시피, 그녀가 저지른 잘못이라고는 월급을 올려 달라는 내 말을 거절한 것뿐이었다. 글쓰기 그 자체가 가장 큰 이유였다. 나는 권능을 느낄 수 있었고 권능을 느끼는 기분은 근사했다.

* * *

다음 날 아침에 내가 맨 처음 접속한 사이트는 '네온 서커스'가 아니라《허핑턴 포스트》였다. 거의 매일 그랬다. 연예면이나 미끼 기사들이 나오는 곳까지 스크롤을 내리지는 않았지만(솔직히 그 두 방면에서는 '네온 서커스'가 좀 더 훌륭했다.) 허포의 헤드라인 기사들은 군더더기가 없고 간결하며 따끈따끈했다. 첫 번째 기사는 티파티(2009년 미국의 여러 길거리 시위에서 시작된 보수주의 정치 운동 — 옮긴이) 소속 주지사의 발언을 다룬 기사였는데, 허포에서는 당연히 어처구니없는 주장으로 간주했다. 그 다음 기사를 본 순간 나는 커피 잔을 입으로 가져가다 말고 멈추었다. 숨이 멎었다. 헤드라인이 다음과 같았다. **피터 스테파노 도서관에서 언쟁 끝에 살해당하다.**

나는 입에 대지도 않은 커피를 내려놓고(한 방울도 흘리지 않도록 아주, 아주 조심스럽게) 기사를 읽었다. 도서관 천장 스피커에서 앤디 매코이의 노래가 나오자 스테파노와 위탁 사서 사이에서 언쟁이 벌어졌다. 스테파노가 자기를 도발할 생각하지 말라며 "저 쓰레기 당장 *꺼라*"고 했다. 위탁 사서는 아무도 도발할 생각 없다며 아무 CD나 집히는 대로 틀었을 뿐이라고 거부했다. 분위기가 점점 험악해졌다. 그때 누군가가 스테파노의 뒤로 다가가 교도소용 면도날 비슷한 걸로 그를 끝장냈다.

내가 아는 한 그는 내가 부고 작성을 완료한 무렵에 살해됐다.

나는 커피를 쳐다보았다. 잔을 들어 조금씩 마셨다. 차가웠다. 나는 개수대로 달려가 구역질을 했다. 그런 다음 케이티에게 전화해 회의에 참석하지 못하겠다고, 하지만 나중에 따로 만났으면 좋겠다고 전했다.

"온다고 했잖아. 이런 식으로 약속을 어기기야?"

"이유가 있어서 그래. 오늘 오후에 만나서 커피 마시면서 얘기해 줄게."

잠깐 정적이 흐른 뒤에 그녀가 말했다.

"똑같은 일이 벌어졌구나."

묻는 게 아니었다.

나는 그렇다고 실토했다. '죽어 마땅한 인간들' 명단을 만들다가 스테파노 생각이 났다고 했다.

"그래서 제로마의 죽음이 나하고 아무 상관없는 일이라는 걸 증명하려고 그의 부고를 썼어. 내가 부고를 마쳤을 무렵에 그가 도서관에서 칼을 맞았더라. 보고 싶으면 문서를 작성한 시간이 보이도록 출력해서 들고 나갈게."

"그런 거 안 봐도 네 말 믿어. 만나자. 하지만 커피가 목적은 아니야. 내 집으로 와. 부고 들고."

"그걸 사이트에 올릴 생각이라면……."

"맙소사, 아니야. 미쳤어? 내 눈으로 확인하고 싶어서 그러는 거야."

"좋아."

좋은 것 이상이었다. 그녀의 집이라니.

"하지만 케이티."

"응?"

"*아무한테도* 얘기하면 안 돼."

"당연하지. 날 어떻게 보고 그런 소릴 하는 거야?"

눈은 예쁘고 다리는 길고 젖가슴은 완벽한 여자. 나는 이런 생각을 하며 전화를 끊었다. 골치 아파지게 됐다는 걸 알아차렸어야 하는 건데 제정신이 아니었다. 내 입가에 닿았던 따뜻한 입술만 생각났다. 이번에는 입가가 아니길 바랐다. 그리고 그 다음으로 진도가 나가길 바랐다.

* * *

그녀의 아파트는 웨스트사이드에 있는 조그만 쓰리룸이었다. 그녀는 반바지와 얇은 상의라는, 누가 봐도 수위가 높은 옷차림으로 나를 문 앞에서 맞았다. 그러고는 나를 감싸안으며 말했다.

"아, 마이크, 안색이 너무 안 좋다. 어쩌면 좋아."

나는 그녀를 끌어안았다. 그녀도 나를 끌어안았다. 나는 로맨스 소설의 표현대로 그녀의 입술을 찾아서 내 입술을 갖다 댔다. 5초쯤 지났을 때(영원하지만 충분하지는 않은 시간이었다.) 그녀가 입술을 떼고 회색의 그 큼지막한 눈으로 나를 쳐다보았다.

"할 얘기가 *너무* 많다."

그러고는 미소를 지었다.

"하지만 얘기야 나중에 하면 되지."

그 뒤로, 이면의 속셈이 있지 않은 이상 나 같은 꺼벙이들은 거의 누릴 수 없는 기회가 찾아왔다. 하지만 그 순간에 나 같은 꺼병이들은 그런 생각을 하지 않는다. 그 순간만큼은 우리도 남들과 똑같아진다. 큰 머리는 산책을 나가고 작은 머리가 득세한다.

* * *

침대에 앉아서.

커피 대신 와인을 마셨다. 그녀가 말했다.

"작년인가 재작년에 신문에서 이런 기사를 본 적이 있어. 중부 내륙의 어느 주에서, 아마도 아이오와인가 네브래스카인가 그랬는데, 어떤 남자가 퇴근길에 즉석 복권을 샀는데 10만 달러에 당첨이 됐대. 그러고 나서 1주일 뒤에 파워볼 복권을 샀는데 이번에는 1억 4000만 달러에 당첨이 됐대."

"하고 싶은 얘기가 뭐야?"

나는 그녀가 하고 싶은 얘기가 뭔지 알았지만 관심 없었다. 시트가 내려가면서 드러난 그녀의 젖가슴은 내가 상상했던 것처럼 탱탱하고 완벽했다.

"두 번은 우연의 일치일 수 있잖아. 다시 한 번 해 봐."

"그게 과연 현명한 선택일까?"

하지만 내가 들어도 설득력 없는 말투였다. 손만 내밀면 닿을 거리에 예쁜 여자가 있는데 예쁜 여자 생각이 나지 않았다. 문득 정확한 지점을 향해 굴러가는 볼링공과, 2초 뒤면 사방으로 날릴 핀을 상상하며 그 공을 바라보는 기분이 생각났다.

그녀는 옆으로 몸을 돌려서 진지한 눈빛으로 나를 쳐다보았다.

"마이크, 이게 진짜라면 *어마어마*한 거야. 최고로 어마어마한 거야. 생사를 관장하는 능력이잖아."

"이걸 사이트에서 활용할 생각이라면……."

그녀는 세차게 고개를 저었다.

"그 말을 믿을 사람도 없을 거야. 믿는 사람이 있다 치더라도 '네온 서커스'에 무슨 득이 되겠어? 여론 조사를 하겠어? 처치해 마땅한 사람들 명단을 보내 달라고?"

그녀의 짐작은 틀렸다. 2016년 죽음의 투표가 열린다고 하면 다들 기쁘게 동참할 것이다. 규모가 「아메리칸 아이돌」보다 더 클 것이다.

그녀는 내 목을 두 팔로 감쌌다.

"스테파노 생각하기 전에 살생부에 누가 있었어?"

나는 움찔했다.

"그런 식으로 부르지 말아 줬으면 좋겠는데."

"걱정 말고 얘기해 봐."

나는 이름을 읊기 시작했다. 하지만 케네스 원덜리에 다다르자 그녀가 말문을 막았다. 회색 눈에 이제는 구름이 잔뜩 낀 정도가 아니라 폭풍이 불었다.

"그래! *그자*의 부고를 써! 네가 결정타를 날릴 수 있게 내가 인터넷에서 세부 정보를 검색……."

나는 내키지 않아 하며 그녀의 품에서 빠져나왔다.

"뭐 하러 그래. 이미 사형선고를 받았잖아. 정부에서 알아서 처리할 거야."

"아니!"

그녀는 침대 밖으로 벌떡 뛰쳐나가서 왔다 갔다 걷기 시작했다.

얼마나 매혹적인 광경이었는지 내 입으로 굳이 설명할 필요가 없을 것이다. 그 긴 다리야말로 으아악…….

"그럴 리 *없어!* 오클라호마에서는 2년 전에 실패한 이후로 사형이 집행된 적 없잖아! 케네스 윈덜리는 4명의 여자아이를 성폭행하고 (죽을 때까지 *괴롭히면서*) 살해했지만 65살이 되도록 거기서 우리 세금으로 만든 미트로프를 먹고 있을 거야! 자다가 죽을 때까지!"

그녀는 다시 침대로 돌아와서 털썩 무릎을 꿇었다.

"나를 위해서 해 줘, 마이크! *부탁할게!*"

"그 사람한테 그렇게 목숨을 거는 이유가 뭐야?"

그녀의 얼굴에서 핏기가 가셨다. 그녀는 발꿈치를 딛고 앉아서 고개를 숙이고 머리칼로 얼굴을 덮었다. 그런 자세로 한 10초 동안 있다가 나를 다시 쳐다보았을 때 그녀의 미모가…… 사라지지는 않았지만 망가졌다. 흉터가 생겼다. 두 뺨 위로 눈물뿐 아니라 망신스러운 침까지 흘렀다.

"어떤 심정인지 알거든. 대학생 때 성폭행을 당한 적이 있어. 남학생 사교 클럽 파티가 열린 날 밤에. 그 *자식* 부고를 써 달라고 하고 싶지만 얼굴을 못 봤어."

그녀는 몸서리를 치며 숨을 크게 들이마셨다.

"그 자식이 뒤에서 덮쳤거든. 나는 계속 엎드리고 있었어. 하지만 그 대신 윈덜리면 될 거야. 충분히 될 거야."

나는 시트를 젖혔다.

"컴퓨터 켜."

먹잇감을 묶어 놓았을 때만 발기가 되는 대머리의 겁쟁이 성폭행범 케네스 윈덜리가 오늘 새벽 오클라호마 주립 교도소 사형수 감방에서 자살함으로써 국민의 세무 부담을 상당 부분 덜어 주었다. 윈덜리(어번 딕셔너리를 보면 '아무 짝에도 쓸모없는 개똥' 항목에 그의 사진이 붙어 있다.)가 자기 바지로 만든 올가미에 목을 맨 것을 교도관들이 발견한 것이다. 조지 스토킷 교도소장은 당장 내일 저녁 일반 수감자용 식당에서 축하 만찬을 개최하고 뒤이어 양말만 신고 춤을 추는 시간을 갖겠다고 선포했다. 자살에 쓰인 청바지를 액자에 넣어서 교도소의 다른 기념품들과 함께 전시할 예정이냐는 질문에 스토킷 소장은 답변을 거부했지만 황급히 모인 기자들에게 윙크를 날렸다.

정상인으로 위장한 병폐라 할 수 있는 윈덜리는 1972년 10월 27일 코네티컷 주 댄버리에서 출생했고……

마이클 앤더슨의 환상적이고는 저질스러운 작품이 또 한 편 탄생했다!

죽은 자를 위한 뒷담화 중에서도 최악으로 꼽히는 글들이 더 재미있고 신랄했지만(내 말을 못 믿겠거든 직접 검색해 보기 바란다.) 그래도 상관없었다. 이번에도 낱말들이 쏟아져 나왔고 완벽하게 균형이 잡힌 능력이 느껴졌다. 어느 시점에 이르자 볼링보다 창 던지기에 가깝다는 생각이 어렴풋이 들었다. 끝을 뾰족하게 간 창이었다. 케이티도 그걸 느꼈다. 내 옆에 앉아 있는 그녀가 머리빗에서 나오는 정전기처럼 빠직거렸다.

우리들 모두에게 켄 윈덜리를 닮은 면이 조금씩 있다는 생각이 들기에 그 뒤에 있었던 일을 글로 옮기려니 난처하지만 진실을 달리 공개할 방법이 없으니 그냥 터뜨리도록 하겠다. 부고가 우리를 흥분시켰다. 나는 부고를 완성하자마자 꺼벙이답지 않게 그녀를 와락 부둥켜안고 침대로 데려갔다. 케이티는 다리로 내 허리를, 팔로 내 목을 꽉 끌어안았다. 두 번째 판은 50초 만에 끝났을 수도 있지만 우리 둘 다 절정을 느꼈다. 그것도 아주 강렬하게 느꼈다. 인간들이 가끔 이렇게 고약할 때가 있다.

켄 원덜리는 괴물이었다. 나만 그렇게 생각한 게 아니다. 사형을 모면하려고 모든 범행을 시인했을 때 그도 자기 자신을 가리켜 괴물이라고 했었다. 그 사실을 내가 저지른 짓(우리가 저지른 짓)의 면죄부로 삼을 수도 있겠지만 한 가지 문제가 있었다.

그의 부고를 쓰면서 느낀 쾌감이 이후의 섹스에서 느낀 쾌감보다 더 컸다.

그래서 또 쓰고 싶어졌다.

* * *

다음 날 아침에 눈을 떠 보니 케이티가 노트북과 함께 소파에 앉아 있었다. 그녀는 심각한 표정으로 나를 쳐다보며 자기 옆자리 쿠션을 두드렸다. 나는 거기 앉아서 화면에 뜬 '네온 서커스' 헤드라인을 읽었다. **하늘나라로 떠난 또 한 명의 악당, '악질 켄' 스스로 목숨을 끊다.** 그런데 목을 매달지는 않았다. 몰래 입수한 비누를(재소자들은 액상비누만 쓸 수 있는데 무슨 수로 그랬는지 수수께끼였다.) 목구멍에 쑤셔 넣었다.

내가 말했다.

"맙소사. 그런 식으로 죽다니 끔찍하다."

그녀는 두 손을 들어서 주먹을 쥐고 관자놀이 옆에 대고 흔들었다.

"잘됐어! *훌륭해!*"

나는 그녀에게 묻고 싶지 않은 것들이 몇 가지 있었다. 그 가운데 첫 번째가 그녀의 성폭행범을 대신할 알맞은 인물을 죽이겠다는 일념으로 나랑 잤느냐는 것이었다. 하지만 여러분도 (나처럼) 자문해 보라. 그런 걸 물어봐서 좋을 게 뭐가 있는지. 그녀가 100퍼센트 솔직하게 대답하더라도 내가 안 믿을 수 있었다. 이런 상황이 벌어지면 우리 관계가 노골적으로 망가지지는 않을지 몰라도 상태가 아주 안 좋아질 수는 있었다.

"다시는 이런 짓 하지 않을 거야."

내가 말했다.

"그래, 이해해." (거짓말이었다.)

"그러니까 다시는 이런 부탁하지 마."

"안 할게." (이것도 거짓말이었다.)

"그리고 아무한테도 얘기하면 안 돼."

"안 하겠다고 약속했잖아." (이미 했다.)

이런 대화가 무의미하다는 것을 내 마음속 한구석에서는 이미 알고 있었던 듯하지만 그래도 나는 알았다고 하고 그냥 넘어갔다.

"마이크, 널 급하게 내보내긴 싫지만 해야 할 일이 한두 가지가 아니라서……"

"걱정 마. 멀리 사라져 줄게."

사실 나는 나가고 싶었다. 약 25킬로미터를 정처 없이 걸으며 앞으로 어떻게 될지 생각하고 싶었다.

그녀는 문 앞에서 나를 붙잡고 격하게 입을 맞추었다.

"화내지 마."

"화 안 났어."

어떤 식으로 퇴장하면 좋을지 알 수 없을 따름이었다.

"그리고 회사 그만둘 생각은 하지도 마. 네가 필요하단 말이야. 생각해 보니까 페니는 죽은 자를 위한 뒷담화에 전혀 안 어울리겠지만 쉬고 싶어 하는 네 심정은 전적으로 이해해. 대안으로…… 조지나가 어떨까?"

"괜찮겠지."

나는 조지나가 정규 필진 중에서 최악이라고 생각했지만 더 이상 아무 관심 없었다. 부고 작성은커녕 읽는 것조차 다시는 하고 싶지 않다는 생각뿐이었다.

"독설로 무장한 평론을 쓰고 싶으면 써. 제로마도 없는데 안 될 이유가 없잖아, 안 그래?"

"맞아."

그녀는 나를 잡고 흔들었다.

"이 바보야, 그런 식으로 대꾸하지 말고 열정을 좀 보여 봐. 그 옛날 '네온 서커스' 특유의 패기 말이야. 그리고 그만두지 않겠다고 얘기해."

그녀는 언성을 낮추었다.

"우리 둘이서 회의를 할 수 있잖아. 우리 둘만의 회의를."

그녀는 내 시선이 그녀의 가운 앞섶으로 향하는 것을 보고 웃음을 터뜨렸다.

"이제 가. 잽싸게 튀어나가."

                    *   *   *

1주일이 지났다. '네온 서커스' 같은 곳에서 일을 하다 보면 1주가 3개월 같다. 유명인들은 계속 술에 취하고, 재활시설에 입소하고, 퇴소하자마자 다시 술에 취하고, 체포되고, 노팬티로 리무진에서 내리고, 밤새도록 춤을 추고, 결혼을 하고, 이혼을 하고, "서로 떨어져 지내는 시간"을 가졌다. 한 유명인은 자기 집 풀장에 빠져 죽었다. 조지아나가 독보적으로 재미없는 부고를 쓰자 마이크의 행방을 묻는 트위트와 이메일이 답지했다. 예전 같았으면 그걸 보고 기뻤을 것이다.

나는 케이티의 아파트로 찾아가지 않았다. 케이티가 너무 바빠서 부비부비할 시간이 없었다. 사실 케이티는 잘 보이지도 않았다. 뉴욕에서 두세 번, 시카고에서 한 번 '미팅'을 하느라 정신이 없었다. 그녀가 자리를 비우자 내가 책임자가 되었다. 내가 지명을 받거나 선거 운동을 벌이거나 선출된 건 아니었다. 어쩌다 보니 그렇게 됐다. 나는 케이티가 돌아오면 상황이 정상적으로 돌아갈 거라는 데서 위안을 얻었다.

제로마의 사무실에 있고 싶지 않았지만(귀신이 나올 것 같았다.) 불안해하는 직원들과 어느 정도 프라이버시를 지켜가며 미팅을 할 수 있는 곳이 남녀 공용 화장실 말고는 거기밖에 없었다. 그리고 직원들은 *시도 때도 없이* 불안해했다. 인터넷 기반이라 해도 신문사는 신문사였고 기자들은 역사를 자랑하는 콤플렉스와 강박

증의 소유자였다. 제로마 같았으면 꺼지라고 했겠지만 (나가는 길
에 유크 하나 먹으라고 하면서) 나는 그럴 수가 없었다. 나도 미쳐
버릴 것 같으면 조만간 익숙한 벽 앞 자리로 돌아가 신랄한 비평기
사를 쓸 수 있다는 사실을 떠올렸다. 정신병원의 또 다른 환자가
될 수 있다는 사실을 떠올렸다.

그 주에 내가 딱 한 가지 결정을 내린 사안이 있다면 제로마의
의자에 관한 것이었다. 운명의 기침 사탕이 목에 걸렸을 때 그녀의
엉덩이가 있었던 곳에 내 엉덩이를 둘 수는 없었다. 그 의자는 보
도국으로 옮기고 **밥 먹는 데서 똥을 싸면 대환영입니다**라는 표어
가 적힌 추수감사절 포스터 앞 책상에 딸린 의자, 내가 '내' 자리
라고 생각하는 그곳의 의자를 들고 왔다. 훨씬 불편했지만 그래도
귀신이 나올 것 같은 느낌은 없었다. 게다가 기사를 쓸 일도 많지
않았다.

* * *

금요일 오후 늦은 시각, 평소에 입고 다니던 청바지, 탱크톱과
대척점에 있는 무릎 길이의 아른아른한 원피스를 입은 케이티가
사무실로 들이닥쳤다. 머리칼은 미용실에서 만진 듯 인위적으로
곱실거렸다. 내 눈에 비친 그녀는…… 뭐랄까…… 예뻐진 제로마
였다. 오웰의 『동물농장』에서 "네 다리는 좋고 두 다리는 나쁘다"
던 슬로건이 어떤 식으로 "두 다리는 좋고 네 다리는 더 좋다"로
바뀌었는지 언뜻 생각이 났다.

케이티는 우리를 한 자리로 불러 모으더니 시카고의 피라미드

미디어가 우리를 인수하게 됐고 모두 (적으나마) 월급이 인상될 거라고 선포했다. 이 말에 우레와 같은 박수갈채가 터졌다. 박수소리가 잦아들자 그녀는 죽은 자를 위한 뒷담화의 담당자가 조지아나 부코스키로 완전히 바뀌고 마이크 앤더슨은 새롭게 문화 비평 코너를 맡게 될 거라고 했다.

"그 말은 곧 마이크가 날개를 펴고 풍경 위를 천천히 날아다니며 사방에 똥을 쌀 거라는 뜻이죠."

다시 우레와 같은 박수갈채가 터졌다. 나는 일어나서 신이 난 악마 같은 표정을 지어 보려고 애를 쓰며 인사를 했다. 나의 노력은 절반의 성공을 거두었다. 제로마가 갑작스럽게 죽은 이래 신이나 본 적이 없었지만 악마가 된 듯한 기분은 느낄 수 있었다.

"자, 이제 다들 일을 합시다! 영원히 남을 기사를 써 보자고요!"

그러고는 번들거리는 입술을 벌려 미소를 지으며 말했다.

"마이크, 잠깐 단둘이서 이야기할 수 있을까?"

제로마의 사무실(모든 직원들이 아직 그렇게 생각했다.)로 가자는 뜻이었다. 케이티는 책상 앞에 놓인 의자를 보더니 미간을 찡그렸다.

"저 못난이는 여기서 뭐 하는 거래?"

"제로마 의자에 앉기 싫어서. 싫으면 다시 바꿔 놓을게."

내가 말했다.

"응, 그래 줘. 하지만 그 전에……."

그녀는 내 쪽으로 다가왔지만 블라인드가 올려져 있고 다들 우리를 예의 주시하고 있음을 알아차렸다. 그래서 한 손을 내 가슴에 얹는 데 만족했다.

"오늘 저녁에 내 집으로 와줄 수 있어?"

"당연하지."

하지만 예상외로 그렇게 신이 나지는 않았다. 작은 머리가 쉬는 동안 케이티의 의도에 대한 의구심이 계속 증폭됐다. 그리고 솔직히 고백하건대 그녀가 제로마의 의자를 냉큼 다시 가져다 놓으려 하는 데에도 살짝 마음이 상했다.

단둘이 있는데도 그녀는 언성을 낮추었다.

"그동안 쓰지 않았겠지?"

그녀의 번들거리는 입술이 부고라고 벙긋거렸다.

"생각조차 한 적 없어."

그건 새빨간 거짓말이었다. 부고에 대한 생각으로 하루를 시작하고 마감했다. 낱말들이 어떤 식으로 쏟아져 나왔는지에 대해. 그때 느껴졌던 기분에 대해. 볼링공이 정확한 코스로 굴러가고, 6미터짜리 퍼팅이 구멍을 향해 똑바로 굴러가고, 창이 겨냥한 바로 그 지점에 푹 꽂히는 느낌. 과녁의 정중앙에 꽂힌 화살.

"그동안 뭐 쓰고 있었어? 비평기사 쓴 거 있어? 파라마운트에서 잭 브릭스 신작 개봉한다던데 「홀리 롤러스」보다 더 형편없다더라. 솔깃하지 않아?"

"기사는 쓴 거 없고 *대필*해 주고 있었어. 다른 직원들 기사를. 하지만 나는 편집에는 소질이 없는 것 같아. 그건 네가 제격이지."

이번에는 그녀도 군소리하지 않았다.

나중에 뒷줄에 앉아서 CD 비평기사를 쓰다 말고(계속 써지지 않았다.) 고개를 들어보니 그녀가 사무실에서 노트북 위로 고개를 숙이고 있었다. 입을 우물거리기에 전화를 하는 줄 알았는데 전화기가 보이지 않았다. 문득 맨 위 서랍에 남아 있던 유칼립투스 사탕을 한 개 빨아먹고 있는 건지 모르겠다는 생각(거의 말도 안 되는 발상이지만 이상하게 떨쳐 버려지지가 않았다.)이 들었다.

*　*　*

나는 펀 조이에서 포장한 중국 음식을 들고 7시 직전에 그녀의 집에 도착했다. 그날 저녁 그녀의 옷차림은 반바지도 속이 비치는 윗도리도 아니었다. 풀오버에 헐렁한 카키색 바지를 입고 있었다. 그리고 혼자도 아니었다. 페니 랭스턴이 소파 한쪽 끝에 앉아 있었다.(사실상 웅크리고 있다시피 했다.) 야구 모자를 벗었지만 *건드리면 죽여 버리겠다*고 얘기하는 듯한 그 묘한 미소는 여전했다.

케이티가 내 뺨에 입을 맞추었다.

"내가 페니를 초대했어."

누가 봐도 뻔한 상황이었지만 그래도 나는 인사를 건넸다.

"안녕, 펜스."

"안녕, 마이크."

개미 기어가는 목소리였고 눈을 맞추지 않았지만 그래도 그녀는 아주 조금이나마 덜 섬뜩한 미소를 지으려고 용감하게 노력하고 있었다.

나는 다시 케이티 쪽으로 시선을 돌렸다. 눈썹을 추켜세웠다.

케이티가 말했다.

"네 능력에 대해서 아무한테도 얘기하지 않았다고 했잖아. 그런데 좀…… 그렇지가 않았어."

"나도 좀 알고 있었어."

나는 점점이 기름이 묻은 하얀색 봉투를 커피 테이블에 내려놓았다. 더 이상 배가 고프지 않았고 앞으로 몇 분 동안 펀 조이, 그러니까 즐거움과 기쁨을 느낄 일이 없을 듯했다.

"이게 다 어떻게 된 일인지 설명해 줄래? 엄숙한 약속을 어겼다고 너를 비난하면서 나가 버리기 전에?"

"그러지 마. 부탁이야. 내 이야기를 들어봐. 페니가 '네온 서커스'에서 근무하는 이유는 내가 제로마한테 추천했기 때문이야. 나는 페니가 여기 이 뉴욕에서 살던 시절에 만났어. 우리 둘은 같은 단체 회원이었어. 그렇지, 펜스?"

"응. 홀리 네임 오브 메리 회원이었지."

페니가 특유의 개미 기어가는 목소리로 대답했다. 그녀는 손마디가 하얘지도록 세게 깍지를 끼고 무릎 위에 올려놓은 자기 손을 쳐다보고 있었다.

"구체적으로 설명하자면 어떤 단체인데?"

하지만 사실 물을 필요도 없었다. 가끔 모든 조각이 맞아 떨어지면 딱 하는 소리가 실제로 들리기 마련이다.

"성폭행 피해자 지원 단체야. 나는 나를 성폭행한 남자를 보지 못했지만 페니는 봤어. 그렇지, 펜스?"

케이티가 말했다.

"응. 여러 번."

이제 페니는 나를 쳐다보고 있었고 한 마디, 한 마디 내뱉을 때마다 목소리가 점점 커졌다. 막바지에 이르렀을 때는 거의 소리를 지르다시피 했고 두 뺨 위로 눈물을 흘렸다.

"삼촌이었거든. 나는 9살이었어. 언니는 11살이었고. 삼촌이 언니까지 건드렸어. 케이티가 그러는데 부고로 사람을 죽일 수 있다며? 삼촌 부고를 써 줘."

* * *

케이티가 옆에 앉아서 한쪽 손을 잡고 다른 쪽 손에는 휴지를 계속 쥐어 주는 가운데 그녀가 내게 들려 준 이야기를 지면에 옮기지는 않겠다. 이 나라에서 멀티미디어를 접할 수 없는 7군데 장소에서 살지 않는 이상 여러분도 들어 본 이야기일 것이다. 페니의 부모님이 교통사고로 세상을 떠나자 그들 자매는 에이머스 삼촌과 클로디아 숙모에게로 넘겨졌고, 클로디아 숙모는 자기 남편에게 불리한 이야기를 절대 들으려 하지 않았다는 것만 알면 된다. 그러면 나머지는 여러분도 짐작할 수 있을 것이다.

나는 그녀의 부탁을 들어주고 싶었다. 첫째, 이건 끔찍한 이야기였다. 둘째, 가장 힘이 없고 연약한 상대를 괴롭히다니 에이머스 삼촌 같은 남자들은 정신을 차려야 했다. 셋째, 케이티가 원하는 일이었다. 하지만 가장 결정적인 이유는 페니가 입고 있는 서글프게 예쁘장한 원피스였다. 그리고 신발이었다. 그리고 조금 어설픈 화장이었다. 그녀는 몇 년 만에 처음으로, 어쩌면 에이머스 삼촌이 밤에 그녀의 방으로 찾아와 "우리 둘만의 비밀"이라고 속삭이기 시작한 이래 처음으로 남자에게 잘 보이려고 애를 쓰고 있었다. 거기에 내 가슴이 미어졌다. 케이티는 성폭행으로 마음의 상처를 입었지만 그걸 딛고 일어섰다. 그럴 수 있는 여자들도 있다. 하지만 대다수는 그러지 못한다.

그녀의 이야기가 끝나자 내가 물었다.

"삼촌이 정말 그랬다고 하느님의 이름을 걸고 맹세할 수 있어?"

"응. 몇 번이고 할 수 있어. 삼촌은 우리가 임신할 수 있는 나이가 되니까 엎드리게 해서……."

그녀는 말문을 맺지 않았다.

"언니랑 나로 끝내지도 않았을 거야."

"그런데 체포되지도 않았단 말이지."

그녀가 고개를 격렬하게 끄덕이자 축축한 고수머리가 사방으로 날렸다. 나는 서류가방에서 아이패드를 꺼냈다.

"알았어. 하지만 삼촌이 어떤 사람인지 나한테 얘기해 줘야 해."

"그보다 더 좋은 방법이 있어."

그녀는 케이티에게 잡혀 있던 쪽 손을 빼더니 중고용품 할인매장 쇼윈도가 아닌 이상 본 적 없을 만큼 흉물스러운 핸드백을 집었다. 그 안에서 쭈글쭈글한 종이를 한 장 꺼냈다. 땀에 절어서 흐물흐물하고 반투명했다. 거기에 그녀가 연필로 적어 놓았다. 둥글둥글한 것이 꼭 어린애 글씨체였다. 제목은 **에이머스 컬런 랭퍼드: 부고**였다.

기회가 닿을 때마다 어린 소녀들을 성폭행했던 금수만도 못한 남자가 곳곳의 연약한 부위에서 발생한 암으로 서서히, 고통스럽게 세상을 떠났다. 마지막 주에는 눈에서 고름이 나왔다. 향년 63세였고 마지막으로 극도의 고통에 시달렸을 때는 진통제를 더 달라는 그의 비명소리가 집 안을 쩌렁쩌렁 울렸고…….

292

그 뒤로도 더 있었다. 훨씬 더 많이 있었다. 글씨체는 어린애 같 았지만 어휘 구사가 나무랄 데 없었고 지금까지 쓴 그 어떤 '네온 서커스' 기사보다 훨씬 훌륭했다.

나는 그녀의 글을 돌려주려고 했다.

"이걸로 될지 모르겠네. 내가 직접 써야 할 같은데."

케이티가 말했다.

"밑져야 본전이잖아, 안 그래?"

듣고 보니 그랬다. 나는 페니를 똑바로 쳐다보며 말했다.

"나는 이 남자를 본 적도 없는데 죽여 주길 바란단 말이지."

"응. 그래줬으면 좋겠어."

그녀가 말했다. 이제 그녀는 내 눈을 당당하게 쳐다보고 있었다.

"진심이지?"

그녀는 고개를 끄덕였다.

나는 케이티의 조그만 책상에 앉아서 페니가 직접 쓴 죽음의 주문을 아이패드 옆에 펼쳐 놓고 옮겨 적기 시작했다. 효과가 있겠 다는 것을 당장 느낄 수 있었다. 권능의 느낌이 그 어느 때보다 강 력했다. 제대로 조준하는 느낌이 그 어느 때보다 강력했다. 나는 두 번째 문장 이후로 종이를 쳐다보지 않고 중요한 부분을 살려가 며 자판을 두드렸고 이런 선언으로 말미를 장식했다. *장례식 참석 자(차마 입에 담을 수 없는 랭스턴 씨의 취향을 감안했을 때 아무도 그들을 조문객이라 부를 수 없을 것이다.)들의 경우 조화는 사절이 며 관 위에 침을 뱉는 것이 권장사항이다.*

두 여자가 눈을 동그랗게 뜨고 나를 쳐다보고 있었다.

"효과가 있을까?"

페니가 묻더니 자문자답했다.

"있을 거야. 느껴져."

"이미 효과를 발휘하기 시작했을지 몰라."

나는 케이티 쪽으로 관심을 돌렸다.

"한 번만 더 이런 부탁하면 케이티, 네 부고를 쓰고 싶다는 생각이 들 거야."

그녀는 미소를 지으려고 했지만 겁을 먹은 얼굴이었다. 그럴 의도로 한 말이 아니었기에(적어도 내가 생각하기에는 그렇다.) 나는 그녀의 손을 잡았다. 그녀는 펄쩍 뛰며 손을 빼려고 하다가 그냥 내버려두었다. 손이 차갑고 축축했다.

"농담이야. 기분 나쁜 농담이지만 진심이야. 이제 그만 해야 해."

"응, 당연하지."

그녀는 만화에서처럼 꿀꺽 하는 소리를 내며 요란하게 침을 삼켰다.

"그리고 얘기하면 안 돼. 아무한테도. 절대."

이번에도 두 사람은 알았다고 했다. 내가 자리에서 일어나려고 하는데 페니가 나를 덮쳐서 다시 주저앉히는 바람에 하마터면 둘이 같이 바닥으로 넘어질 뻔했다. 애정이 담긴 포옹이라기보다 물에 빠진 여자가 구출하러 뛰어든 사람을 부여잡은 것에 가까웠다. 그녀는 땀에 절어서 피부가 번들거렸다.

"고마워. 고마워, 마이크."

그녀가 쉰 목소리로 속삭였다.

나는 됐다는 대꾸도 없이 그 집을 빠져나왔다. 더는 잠시도 있고 싶지 않았다. 두 사람이 내가 들고 간 음식을 먹었는지 모르겠지만 아마 아니었을 것이다. 펀 조이라니 그보다 더 어이없을 수가 있을까.

*　*　*

나는 그날 밤에 잠을 이루지 못했다. 에이머스 랭퍼드를 생각하 느라 그런 게 아니라 다른 걱정거리 때문이었다.

그중 하나가 중독이라는 만고불변의 문제였다. 그 끔찍한 능력 을 두 번 다시 발휘하지 않겠노라고 다짐하며 케이티의 아파트를 나섰지만, 전에도 한 적 있고 지킬 수 있을지 장담할 수 없는 다짐 이었다. '생사람의 부고'를 쓸 때마다 또 쓰고 싶은 욕구가 강렬해 졌다. 꼭 마약 같았다. 한두 번 한 다음이면 끊을 수 있을지 모른 다. 하지만 어느 정도 지나면 참을 수가 없어진다. 나는 아직 그 단 계까지는 다다르지 않았을지 몰라도 수렁이 바로 앞이었고, 그렇 다는 것을 나도 알고 있었다. 내가 케이티에게 한 말은 적나라한 진실이었다. 그만 할 수 있을 때 그만 해야 했다. 이미 늦어버린 걸 수도 있었다.

두 번째 걱정거리는 그만큼 섬뜩하지는 않았지만 그래도 충분 히 심각했다. 브루클린으로 돌아가는 지하철 안에서 그보다 더 알 맞을 수 없는 벤 프랭클린의 명언이 생각났다. 두 *사람끼리 비밀을 지킬 수도 있다. 둘 중 한 명이 세상을 떠나면.* 이 경우에는 아는 사람이 이미 3명이었는데 내가 부고로 케이티나 페니를 죽일 마음 이 없었으니 정말 난감한 비밀이 그들의 수중에 쥐어진 셈이었다.

그들은 당분간 비밀을 지킬 것이다. 그것만큼은 확신할 수 있었다. 특히 페니는 아침에 사랑하는 에이머스 삼촌이 꼴까닥했다는 전화를 받으면 각별히 신경 쓸 것이다. 하지만 시간이 지나면 마음 가짐이 느슨해질 것이다. 그리고 또 한 가지 요소가 있었다. 그 둘은 그냥 기자가 아니라 '네온 서커스'의 기자였고 그렇기 때문에 비밀을 폭로하는 것이 그들의 사명이었다. 비밀 폭로가 부고로 사람을 죽이는 것만큼 중독성이 강하지는 않을지 몰라도 나도 알다시피 거부할 수 없는 매력이 있었다. 어느 날 술집에 갔다가 술을 너무 많이 마시기라도 하면…….

내가 진짜 말도 안 되는 이야기 하나 해 줄까? 하지만 아무한테도 얘기하면 안 돼.

추수감사절 포스터 앞 의자에 앉아서 독설이 난무하는 비평 기사를 정신없이 쓰고 있는 내 모습을 그려보았다. 그런데 프랭크 제섭이 슬그머니 다가와서 옆자리에 앉더니 시리아의 소두 독재자 바샤르 알아사드 아니면 (아, 이게 더 좋겠다!) 북한의 땅딸보 김정은의 부고를 쓸 생각이 없느냐고 묻는다. 내가 아는 한 제섭은 닉스에 새로 부임한 감독을 없애 달라고 하고도 남을 인간이었다.

그건 말도 안 되는 이야기라고 나를 설득해 보려고 했지만 되지 않았다. 모호크족처럼 머리를 깎고 다니는 그 스포츠 소년은 닉스 광팬이었다.

그보다 더 끔찍한 시나리오도 있었다.(새벽 3시쯤에 생각난 것이었다.) 나에게 이런 능력이 있다는 소문이 엉뚱한 정부 관리의 귀에 들어간다면? 그럴 가능성은 없어 보였지만 나는 정부에서 1950년대에 아무것도 모르는 사람들을 상대로 LSD와 세뇌 실험을 벌였다는 글을 어디에선가 읽은 적이 있었다. 그런 짓을 저지를 수 있는 인간들이라면 무슨 짓이든 저지를 수 있었다. 국가안보국 직원들이 '네온 서커스'나 브루클린의 집으로 찾아와서 나를 전용기에 태우고 어떤 본부로 데려가(럭셔리하지만 보초들이 문 앞을 지키고 있는) 1인용 아파트에 가두고 알카에다와 IS 지도부 명단과 아주 상세한 부고를 쓸 수 있는 정보가 담긴 파일을 주면 어쩔 것인가. 내가 있으면 미사일을 장착한 드론은 쓸모가 없어질 것이었다.

미친 거 아니냐고? 맞는 말이다. 하지만 새벽 4시에는 뭐든 가능하게 느껴질 수 있다.

아침 첫 햇살이 내 방으로 슬금슬금 스며드는 5시 무렵이 되자 내가 어쩌다 이런 달갑지 않은 능력을 소유하게 됐는지 다시금 궁금해졌다. *언제부터* 그랬는지도 궁금했지만 알 도리가 없었다. 살아 있는 사람의 부고를 쓰는 인간이 어디 있겠는가. 심지어 「뉴욕 타임스」에서도 유명인이 사망할 경우 당장 쓸 수 있게 필요한 정보를 수집해 놓기만 할 뿐, 부고를 써 놓지는 않는다. 나는 이 능력을 선천적으로 타고 났을 수도 있는데, 제로마를 상대로 섬뜩한 장난을 벌이지 않았다면 평생 그런 줄도 몰랐을 것이다. 내가 '네온 서커스'의 필진이 된 경위가 생각이 났다. 아무도 요청하지 않은 부고를 썼다가 그렇게 됐다. 물론 상대가 죽은 사람이었지만 부고는 부고다. 그러고 보면 능력이 원하는 건 한 가지뿐이다. 밖으로 드러나는 것. 턱시도를 입고 탭댄스를 추며 온 무대를 누비는 것.

그 생각이 떠오른 순간 잠이 들었다.

* * *

전화벨 소리가 12시 15분 전에 나를 깨웠다. 케이티였고 흥분한 목소리였다.

"사무실로 좀 와 줘야겠어. 지금 당장."

나는 일어나 앉았다.

"무슨 일이야?"

"여기로 오면 얘기해 주겠지만 지금 당장 이 한 마디는 할 수 있어. 다시는 그러면 안 된다는 거."

"당근이지. 내가 얘기했잖아. 그것도 여러 번."

그녀는 내 말을 들었더라도 아랑곳하지 않고 그대로 하던 이야기를 계속했다.

"*평생 그러면 안 된다는 거.* 상대가 히틀러였어도 그러면 안 되는 거였어. 너희 아버지가 너의 어머니의 목에 칼을 대더라도 그러면 안 되는 거였어."

그녀는 내 쪽에서 뭐라고 물어보기도 전에 전화를 끊었다. 나는 그녀가 비상 대책 회의장으로 프라이버시를 더욱 확실하게 보장받을 수 있는 그녀의 아파트가 아니라 쥐구멍만 한 '네온 서커스' 사무실을 선택한 이유를 고민해 보았다. 생각나는 이유가 하나뿐이었다. 케이티는 나와 단둘이 있기가 싫은 거였다. 나는 위험한 인물이었다. 나는 그녀와 그녀의 친구인 성폭행 피해자가 원한 대로 했을 뿐이지만 그런다고 달라지는 건 없었다.

이제 나는 위험한 인물이었다.

298

* * *

그녀는 식후 레드불을 들이켜며 노트북 자판을 느릿느릿 두드리는 몇 안 되는 직원을 감안해 미소와 포옹으로 나를 맞았지만, 오늘은 사무실 블라인드가 쳐져 있었기에 직원들의 시야에서 사라지자마자 미소를 거두었다. 그녀가 말했다.

"무서워 죽겠어. 간밤에도 그랬지만 실제로 *저지르고* 있을 때는……."

"기분이 좋지. 응, 나도 알아."

"하지만 지금은 어제보다 훨씬 무서워. 사람들이 손힘이랑 팔힘을 키운다고 계속 쥐었다 놓았다 하는 그 스프링 달린 기구가 끊임없이 생각나."

"그게 무슨 소리야?"

그녀는 설명하지 않았다. 적어도 그때는 그랬다.

"켄 윈덜리의 아이가 등장하는 중간 부분에서부터 이야기를 시작할게. 거기서 앞뒤로……."

"사악한 켄한테 *아이*가 있었어?"

"응, 아들. 자꾸 끼어들지 마. 중간 부분에서부터 이야기를 시작하는 이유는 내가 맨 처음 본 게 그 아들 기사였기 때문이야. 오늘 아침 《타임스》에 '사망 보고' 기사가 실렸더라고. 이번에는 웬일로 《타임스》가 인터넷을 제쳤지 뭐야. 이 일로 《허포》나 《데일리 비스트》에서 질책을 당하는 사람이 생길 거야. 왜냐하면 벌어진 지 좀 된 일이거든. 유족 측에서 장례를 치른 뒤에 소식을 공개하기로 했나 봐."

"케이티……."

"입 다물고 듣기만 해."

그녀는 몸을 앞으로 숙였다.

"*부수적인 피해자가 생겼어*. 그리고 사태가 점점 더 심각해지고 있어."

"그게 무슨……."

그녀는 손바닥으로 내 입을 막았다.

"아가리. 닥치라고."

나는 입을 다물었다. 그녀는 손을 치웠다.

"이 사건의 발단은 제로마 위트필드였잖아. 내가 구글로 검색해본 바에 따르면 전 세계를 통틀어서 제로마 위트필드는 한 명뿐이야. 아니, 한 명뿐이었어. 하지만 제롬 위트필드는 수도 없이 많아. 그러니까 그녀가 너의 첫 타깃이었다는 데 하늘에 감사해야 해. 아니면 그것이 다른 제로마들에게도 영향을 미쳤을 테니까. 다는 아니더라도. 가장 가까운 사람들부터 영향을 받았을 거야."

"그것이라니?"

그녀는 바보 대하듯 나를 쳐다보았다.

"그 능력 말이야. 너의 두 번째……"

그녀는 말을 하다 말고 멈추었다. 즉각적으로 떠오른 단어가 *희생자*였기 때문이었을 것이다.

"너의 두 번째 실험대상은 피터 스테파노였어. 전 세계를 통틀어 가장 흔한 이름은 아니지만 완전 특이한 이름도 아니지. 이제 이걸 봐."

그녀는 책상에서 종이 뭉치를 집었다. 클립으로 집어놓은 뭉치에서 한 장을 꺼내 내게 건넸다. 3건의 부고가 붙어 있는데 모두 소규모 신문에 실린 기사였다. 하나는 펜실베이니아, 또 하나는 오하이오, 나머지 하나는 뉴욕 북부였다. 펜실베이니아의 피터 스테파노는 심장마비로 죽었다. 오하이오의 피터 스테파노는 사다리에서 떨어졌다. 뉴욕(우드스톡이었다.)의 피터 스테파노는 뇌졸중을 일으켰다. 모두 이름이 같은 미치광이 음반 프로듀서와 같은 날에 죽었다.

나는 의자에 털썩 주저앉았다.

"그럴 리 없어."

"왜 없어? 그나마 다행스러운 건, 내가 미국 전역에 거주하는 20여 명의 다른 피터 스테파노를 알아봤는데 그들은 괜찮다는 거야. 고완다 교도소랑 거리가 있어서 그런가 봐. 거기가 제로 지점이었으니까. 거기서 파편이 튄 거지."

나는 멍하니 그녀를 쳐다만 보았다.

"사악한 켄이 그 다음 차례였지. 이번에도 다행히 흔치 않은 이름이었어. 위스콘신과 미네소타에 원덜리가 버글버글 살고 있지만 거긴 거리가 너무 멀었나 봐. 하지만……."

그녀가 또 다른 종이를 내게 건넸다. 맨 위에 《타임스》 기사가 붙어 있었다. **연쇄 살인범의 아들, 세상을 떠나다.** 아내의 주장에 따르면 켄 원덜리 2세가 권총을 청소하던 도중에 오발 사고가 났다는데 기사에서는 그의 아버지가 사망하고 12시간도 안 돼서 벌어진 '사고'였다는 데 주목했다. 그런 식으로 자살이었을지 모른다는 뉘앙스를 풍겼다.

"*나*는 자살이었을 거라고 생각하지 않아."

케이티가 말했다. 화장을 했지만 무척 창백해 보였다.

"사고였다고 생각하지도 않고. *그건 이름을 찾아다녀, 마이크*. 너도 보니까 알겠지? 그런데 설상가상으로 철자도 잘 몰라."

사악한 켄의 아들 기사 밑에 뉴저지 주 퍼래머스에 사는 케네스 원더리의 부고(이제는 그 단어가 혐오스러웠다.)가 있었다. 우드스톡의 피터 스테파노(아마 시간 말고는 아무것도 죽인 적 없는 무고한 희생자였을 것이다.)처럼 퍼래머스의 원더리도 뇌졸중으로 사망했다.

제로마처럼.

내 호흡이 가빠지고 온몸에서 땀이 났다. 불알은 대략 복숭아씨 정도 크기로 쪼그라들었다. 기절할 것 같았고 동시에 구토가 쏠렸지만 간신히 둘 다 참았다. 하지만 이후에는 토악질을 엄청 했다. 1주일 정도 계속해서 살이 4.5킬로그램 빠졌다.(걱정하는 어머니한테는 배탈이라고 둘러댔다.)

"이게 결정타야."

그녀가 말하며 마지막 종이를 건넸다. 17명의 에이머스 랭퍼드 명단이 적혀 있었다. 대부분 뉴욕, 뉴저지, 코네티컷 일대에 뭉쳐 있었지만 볼티모어에서 1명, 버지니아에서 1명 그리고 웨스트버지니아에서도 2명이 죽었다. 플로리다에서는 3명이었다.

"안 돼."

나는 속삭였다.

"응. 애미티빌에 사는 이 두 번째가 페니의 못된 삼촌이야. 에이머스도 요즘 시대에는 제법 흔치 않은 이름이었기 망정이지 제임스나 윌리엄이었다면 수백 명의 랭퍼드가 죽었을지 몰라. 그것이

302

중서부에만 영향을 미쳐서 수천 명까지는 안 됐겠지만. 그런데 플로리다까지는 1450킬로미터란 말이지. 낮 동안에는 AM 라디오 신호조차 닿지 않을 만한 거리인데."

내 손에서 빠져나간 종이가 펄럭펄럭 바닥으로 떨어졌다.

"이제 내가 손힘이랑 팔힘을 키운다고 계속 쥐었다 놓았다 하는 그 스프링 달린 기구를 운운했던 이유를 알겠지? 처음에는 양쪽 손잡이를 한두 번 붙이는 수준에 그칠지 몰라도 하다 보면 점점 악력이 생기잖아. 그런 현상이 너한테 벌어지고 있는 거야, 마이크. 분명해. 네가 살아 있는 사람의 부고를 쓸 때마다 효과가 더 강력해지고 미치는 반경도 넓어져."

"네가 하자 그랬잖아. 젠장, 네가 하자 그랬잖아."

나는 속삭였다.

하지만 그녀는 인정하지 않았다.

"내가 제로마의 부고를 쓰라고 하지는 않았잖아. 그건 네가 한 거지."

"그건 그냥 장난이었어. 바보 같은 실수였다고. 어떻게 될지 모르고서 저지른 실수!"

나는 항변했다. 하지만 그게 아닐 수도 있었다. 아이보리 비누 거품을 묻힌 손으로 욕조에서 난생 처음 오르가슴을 느꼈던 때가 떠올랐다. 손을 뻗어서 그곳을 잡았을 때 나는 내가 무슨 짓을 하고 있는지 몰랐지만 머릿속 깊숙한 곳에서는 본능적으로 알고 있었다. 옛날 옛적부터 전해 내려오는 명언이 또 하나 있는데, 이번에는 벤 프랭클린이 한 말은 아니다. *준비된 제자 앞에 스승이 나타나는 법이다.* 스승이 우리 안에 있을 때도 있다.

"원덜리는 네가 하자고 한 거였어. 한밤중에 찾아오던 에이머스도 마찬가지였고. 그 즈음에는 너도 어떤 일이 벌어질지 알고 있었잖아."

나는 짚고 넘어갔다. 그녀는 책상(이제는 그녀의 책상이었다.) 가장자리에 걸터앉았고 쉽지 않은 일이었을 텐데도 불구하고 나를 똑바로 쳐다보았다.

"그건 맞는 말이야. 하지만 마이크…… 그게 이런 식으로 확산될 줄은 몰랐어."

"그건 나도 마찬가지야."

"그리고 이건 중독성이 정말 강해. 네가 그러는 동안 옆에 앉아 있는데 꼭 마약 연기를 맡는 느낌이더라."

"나는 멈출 수 있어."

내가 말했다.

바라옵나이다. 바라옵나이다.

"진짜?"

"응. 이번에는 내가 물어볼게. 너는 비밀을 지킬 수 있겠어? 죽을 때까지?"

그녀는 예의상 생각하는 척했다. 그러고 나서 고개를 끄덕였다.

"그래야겠지. 여기 이 '네온 서커스'에서 대박을 칠 수도 있는데 제대로 기반을 잡기 전에 기회를 날려 버리고 싶지는 않으니까."

그러니까 중요한 건 그녀라는 말이었다. 더 이상 뭘 바랄 수 있었을까? 케이티가 제로마의 유칼립투스 사탕을 빨아먹었다는 건 내 착각이었을지 몰라도 그녀는 제로마의 책상을 마주하고 제로마의 의자에 앉아 있었다. 게다가 쳐다보기만 하고 건드리지는 말라고 얘기하는 넘실넘실한 헤어스타일이라니. 오웰의 작품 속 돼지들이 했음직한 표현을 빌자면 청바지도 좋지만 새 원피스는 더 좋다는 식이었다.

"페니는 어쩌고?"

케이티는 아무 대꾸도 하지 않았다.

"페니를 보면…… 나뿐 아니라 모두가 그럴 텐데, 나사가 하나 빠진 듯하다는 생각이 들거든."

케이티가 눈을 번뜩였다.

"당연한 거 아니야? 깜빡한 모양인데 엄청 충격적인 어린 시절을 보냈잖아. 악몽과도 같은 어린 시절을."

"나도 충분히 공감할 수 있어. 지금 이 상황이 나한테는 악몽이니까. 그러니까 같은 피해자 차원의 동정은 접어 둬. 내가 알고 싶은 건 그녀가 비밀을 지킬 수 있겠느냐는 거야. 이를 테면 죽을 때까지. 그럴 수 있을까?"

한참 동안 정적이 흘렀다. 마침내 케이티가 말했다.

"이제 그 인간이 죽었으니까 페니는 성폭행 피해자 단체 모임에 나가지 않을 거야."

"안 나가면 어떻게 되는데?"

"그러다…… 어느 시점에 이르러서…… 유난히 힘들어하는 피해자를 만나면 상황을 종료할 수 있도록 도와줄 수 있는 사람을 안다고 말할지 몰라. 이번 달이나 올해에는 안 그러겠지만……."

그녀는 말끝을 흐렸다. 우리는 서로 쳐다보았다. 그녀는 눈빛을 통해 내가 무슨 생각을 하는지 읽을 수 있었을 것이다. 페니의 입을 다물게 만들 수 있는 백발백중의 확실한 방법이 있지 않은가.

케이티가 말했다.

"안 돼. 꿈도 꾸지 마. 그녀는 인생을 즐길 자격이 있고 앞으로 좋은 일이 그녀를 기다리고 있을지 모를 뿐 아니라 다른 사람들까지 피해를 입을 수 있잖아."

그녀의 검색 결과에 따르면 맞는 말이었다. 페니 랭스턴도 아주 흔한 이름은 아니었지만 미국의 인구는 3억이 넘었고, 내가 노트북이나 아이패드를 켜서 새로운 부고를 작성하기로 마음먹으면 몇몇 페니 또는 페넬로페 랭스턴이 아주 고약한 복권에 당첨될 것이다. '인접' 효과도 나타날 것이다. 그 능력은 원덜리뿐 아니라 원더리의 목숨까지 앗아갔다. 만약 그것이 페툴라 랭스턴까지 건드리기로 작정하면 어쩔 것인가? 팻시 랭퍼드는? 레니 랭글리는?

내 상황도 생각해 보아야 했다. 마이클 앤더슨의 부고를 한 번 더 쓰기만 하면 그 짜릿한 유혹에 완전히 넘어가 버릴 수 있었다. 생각만 해도 손이 근질거렸다. 그러면 일시적으로나마 이 공포와 경악에서 벗어날 수 있지 않겠는가. 기분 전환 차원에서 존 스미스나 질 존스의 부고를 쓰는 내 모습을 그려보았다. 그 뒤로 이어질 대량 학살을 상상만 해도 불알이 한층 오그라들었다.

케이티가 물었다.

"어쩔 작정이야?"

내가 말했다.

"좋은 방법을 생각해 낼게."

*　*　*

나는 약속을 지켰다.

그날 저녁에 나는 랜드 맥널리 지도책의 미국 전도 면을 펼치고 눈을 감은 다음 손가락으로 한 군데를 짚었다. 내가 지금 와이오밍 주의 라라미에서 칠장이로 사는 이유가 그 때문이다. 나는 주로 집을 칠하지만 사실 직업이 여러 가지다. 이 나라 심장부(예전에는 뉴요커답게 '비행기를 타고 지나갈 때나 보는 지방'이라고 비하했던 그곳)의 소도시에 사는 사람들은 대부분 그렇다. 나는 조경업체의 파트타임 직원으로 잔디를 깎고 낙엽을 쓸고 나무를 심는 일도 한다. 겨울에는 이 집, 저 집 앞 진입로에 쌓인 눈을 치우고 스노위 레인지 스키 리조트에서 오솔길을 관리한다. 아주 여유롭지는 않지만 그럭저럭 잘 살고 있다. 사실 뉴욕에서 지낼 때보다 더 잘 살고 있다. 비행기를 타고 지나갈 때나 보는 지방이라고 마음껏 비웃어도 좋지만 이곳은 물가가 훨씬 저렴하고, 나에게 손가락으로 욕을 날리는 사람 하나 없이 지나가는 날들이 부지기수다.

우리 부모님은 내가 여기에 틀어박혀 지내는 이유를 이해하지 못하고 아버지는 실망감을 굳이 감추려 하지도 않는다. '피터 팬 같은 라이프스타일' 운운하며 마흔이 돼서 머리가 희끗희끗해지기 시작하면 후회할 거라고 한다. 어머니도 영문을 몰라 하긴 마찬가지지만 그렇게 못마땅해 하지는 않는다. 어머니는 '네온 서커스'를 좋아하지 않았다. 내 '작가적인 자질'을 지저분하게 낭비하는 짓이라고 생각했다. 어머니의 생각이 맞았을지 몰라도 나는 요즘 장볼 목록을 작성할 때 작가적인 자질을 가장 유감없이 발휘한다.

머리칼로 말할 것 같으면 뉴욕을 떠나기 전부터 희끗희끗해지기 시작했는데 그때 내 나이는 서른도 되지 않았다.

나는 요즘도 꿈에서 글을 쓰는데 그런 꿈을 꾸고 나면 기분이 좋지 않다. 이제는 노트북이 없는데도 노트북 앞에 앉아 있는 꿈을 꾼 적도 있다. 부고를 쓰는데 멈출 수가 없다. 그 꿈속에서 나는 멈추고 싶어 하지도 않는다. 권능의 느낌을 그렇게 강렬하게 느낀 적이 없기 때문이다. "슬픈 소식, 존이라는 이름을 쓰는 전 세계 모든 사람들이 어젯밤에 세상을 떠났다."까지 쓴 다음 눈을 떠 보면 내가 방바닥에 누워 있거나 이불을 돌돌 말고 누워서 비명을 지르고 있다. 이웃 사람들을 깨우지 않은 게 기적이다 싶을 때도 몇 번 있었다.

*　*　*

샌프란시스코에 내 마음을 두고 온 적은 없지만 노트북은 사랑하는 브루클린의 본가에 두고 왔다. 하지만 아이패드는 차마 포기하지 못했다.(이래서 중독이 무섭다.) 그걸로 이메일을 보내지는 않는다. 누군가와 급하게 연락할 일이 있으면 전화를 건다. 그렇게 급한 일이 아니면 우체국이라는 고풍스러운 기관을 이용한다. 편지와 엽서를 쓰던 시절로 얼마나 금세 돌아갈 수 있는지 알고 나면 여러분도 깜짝 놀랄 것이다.

그래도 아이패드는 내 애장품이다. 게임도 많이 들어 있고, 바람 소리를 들으면 밤에 잠이 잘 오고, 아침이면 알람 소리를 듣고 일어난다. 그 안에 담아 놓은 음악과 영화가 많고 오디오북도 몇

권 있다. 이 모든 게 재미없으면 인터넷 서핑을 한다. 여러분도 알 겠지만 그 안에서는 시간을 때울 방법이 무궁무진하고 라라미에 서는 일을 하지 않는 이상 시간이 더디게 흐른다. 겨울에는 특히 더 그렇다.

가끔 옛정을 생각해서 '네온 서커스' 사이트에 들어가 볼 때도 있다. 케이티가 편집장 역할을 잘 하고 있어서(비전이라고는 거의 없었던 제로마보다 훨씬 낫다.) 방문자 순위 5위권을 유지하고 있 다. 드러지 리포트보다 1~2위 높을 때도 있지만 대개는 바로 밑이 다. 광고도 많이 붙은 걸 보면 그 방면에서도 성적이 좋다.

제로마의 후임은 여전히 케이티와 함께 취해보기 인터뷰 기사 를 쓴다. 프랭크 제섭은 여전히 스포츠 코너를 맡고 있다. 올 스테 로이드 미식축구 리그를 관람하고 싶다는, 농담이라고 볼 수 없는 기사가 전국적인 관심을 모으자 ESPN, 모호크, 기타 등등에 출연 했다. 조지아나 부코스키는 죽은 자를 위한 뒷담화를 대여섯 꼭지 썼지만 재미가 없었다. 케이티가 그 코너를 없애 버리고 앞으로 12 개월 안으로 사망할 것 같은 유명인을 알아맞힌 독자들에게 상을 주는 죽음의 도박 코너를 신설했다. 페니 랭스턴이 그 코너의 MC 를 맡아서 매주 그녀의 웃는 얼굴이 춤추는 해골 위로 등장한다. '네온 서커스'에서 가장 인기 있는 코너라 매주 댓글이 수십 페이 지씩 달린다. 인간들은 죽음에 대해 읽는 것을 좋아하고 죽음에 대해 쓰는 것도 좋아한다.

나도 잘 안다.

　　　　*　　*　　*

　자, 내 이야기는 여기까지다. 나는 여러분이 믿어 줄 거라고 기대하지도 않고 믿어 주지 않아도 된다. 이곳은 미국이지 않은가. 그래도 나는 최선을 다해서 깔끔하게 소개했다. 언론학 수업에서 배운 대로 복잡하게 꾸미거나 감상주의로 빠지거나 잘난 척 허세를 부리지 않았다. 최대한 명료하고 간결하게 전달했다. 서론이 본론으로 이어지고 본론이 결론으로 이어지도록. 옛날식으로. 일렬로 가지런하게. 결론이 조금 밋밋하게 느껴진다면 히긴스 교수님의 가르침을 기억하기 바란다. 그는 그것이 보도의 1차 종착지라고 했는데, 현실세계에서는 유일한 종착지가 바로 부고 면이다.

　　　　　　　　　　　　　　스튜어트 오넌에게 바친다

하도 재미있어서 지난 몇 년 동안 공개석상에서 꾸준히 소개했던 일화가 하나 있다. 우리 집에서는 아내가 주로 장을 보지만(그렇지 않으면 집 안에서 채소가 끓길 거라고 한다.) 급하면 가끔 나를 내보내기도 한다. 그래서 건전지와 코팅 프라이팬 사오기라는 임무를 부여받고 어느 날 오후 동네 슈퍼마켓을 찾은 적이 있었다. 몇 가지 생필품(시나몬 번과 감자칩)을 장만하고 주방용품 코너를 어슬렁어슬렁 걸어가고 있었을 때 저쪽 끝에서 누군가가 전동 카트를 타고 등장했다. 완벽한 펌과 코도반 가죽처럼 까무잡잡하게 태운 피부를 자랑하는, 전형적인 플로리다 피한객 스타일의 80대 여성이었다. 그녀는 나를 쳐다보았다가 고개를 돌렸다가 깜짝 놀라며 나를 다시 쳐다보았다.

"나 당신 알아요. 스티븐 킹이죠? 그 무서운 소설들 쓰는. 뭐, 그래도 괜찮아요, 그런 작품을 좋아하는 사람들도 있으니까. 하지만 나는 아니에요. 나는 『쇼생크 탈출』처럼 희망을 느낄 수 있는 이야기가 좋아요."

"그 작품도 제가 쓴 건데요."

"설마 그럴 리가요."

그녀는 이 말을 남기고 총총히 사라졌다.

이렇듯 공포 소설을 몇 편 쓰고 나면 마을 변두리의 이동주택 주차장에서 지내는 여자아이처럼 꼬리표가 달린다. 나로서는 그러거나 말거나 상관없다. 그것으로 생계를 해결하고 여전히 신나게 작품 활동을 하고 있으니까. 하지만 '장르'라는 단어에는 전혀 관심이 없다. 나는 공포 소설을 좋아한다. 그런가 하면 탐정 소설, 긴장감 넘치는 이야기, 바다 이야기, 순수 문학, 기타 등등도 좋아한다. 재미있는 이야기를 읽고 쓰는 것도 좋아하는데 놀랄 일도 아닌 것이 유머와 호러는 샴쌍둥이와도 같다.

얼마 전에 어떤 사람이 메인 주의 어느 호수에서 폭죽 터뜨리기 경쟁이 펼쳐진 적이 있다고 이야기하는 것을 들었을 때 이 작품의 아이디어가 떠올랐다. 그런데 이 작품을 보고 '지방색' 어쩌고 하지는 말아 주기 바란다. 그것 역시 내가 질색하는 단어다.

진술자: 올던 매커즐랜드

캐슬 카운티 경찰서

작성자: 앤드류 클러터벅 서장

배석: 아델 베누아 담당 경관

2015년 7월 5일

11:15 AM - 1:20 PM

네, 아버지가 돌아가신 뒤에 나랑 어머니는 술도 많이 마시고 산장에서 빈둥거리며 지내고 그랬어요. 그게 불법은 아니잖아요? 운전만 하지 않으면요. 우리는 절대 술 마시고 운전한 적 없어요. 그리고 그렇게 살아도 될 만큼 형편이 좋았어요. 그 무렵 이른바 할 일 없는 유한족이었거든요. 아버지가 평생 목수로 지내셨으니 그렇게 살 수 있을 줄은 몰랐는데. 아버지가 자칭 '실력 있는 목수'라고 하면 어머니는 늘 사족을 달았죠. "얼마 있지도 않은 실력이 대부분 증발돼 버린 목수"라고. 그건 어머니만의 깜찍한 농담이었어요.

어머니는 캐슬 대로에 있는 로이스 꽃집에서 일을 했는데, 11월과 12월에만 풀타임으로 근무했어요. 크리스마스 리스의 달인이었고 장례식장 꾸미는 솜씨도 나쁘지 않았거든요. 아버지 장례식 때도 어머니가 솜씨를 발휘했죠. 우리가 그대를 얼마나 사랑했던가, 라고 적힌 노란색의 예쁜 리본을 얹었거든요. 무슨 성서에 나옴직한 구절 같지 않아요? 사람들이 그걸 보고 얼마나 울었는지 몰라요. 심지어 아버지한테 돈을 빌려준 사람들까지.

나는 고등학교를 졸업한 뒤 소니스 카센터에 취직해서 휠 밸런스를 맞추고 오일을 교환하고 펑크 난 타이어를 때웠어요. 예전에는 주유도 했지만 요즘은 다 셀프니까요. 그리고 솔직히 고백하자면 마리화나도 좀 팔았어요. 몇 년 지난 일이니까 그걸로 재판을 받을 일은 없겠지만 1980년대에는 그게 특히 이 일대에서 제법 짭짤한 현금 박치기 사업이었어요. 그래서 금요일이나 토요일 저녁에 스텝 밟으러 나갈 총알이 떨어진 적이 없었죠. 나는 여자들이랑 어울리는 걸 좋아하지만 아직까지는 결혼식장을 잘 피해 다니고 있어요. 나에게 꿈이라는 게 있다면 하나는 그랜드캐니언을 구경하는 것이고 또 하나는 평생 독신으로 지내는 거예요. 그래야 골치 아플 일이 줄거든요. 게다가 어머니도 계속 챙겨야 하니까. 그런 말도 있잖아요. 남자의 가장 좋은 친구는…….

본론으로 들어갈게, 아델. 하지만 이야기를 듣고 싶으면 내 방식대로 하게 내버려 둬. 어떻게 된 영문인지 조금이라도 관심이 있는 사람이 있다면 너일 테니까. 우리가 같이 학교에 다니던 시절에는 네가 잠시도 입을 다물 줄 몰랐잖아. 피치 선생님이 그랬지, 혀가 양옆으로 쉴 새 없이 움직인다고. 기억나? 4학년 때 선생님. 엄청 특이했잖아! 네가 껌을 선생님 구두 앞코에 넣었던 거 기억나? 하! 어디까지 얘기했더라? 산장, 맞죠? 아베나키 호수에 있는 거.

산장이라고 해 봐야 오래된 나루터가 있고 호숫가라고 하기도 민망한 곳에 있는 방 3개짜리 통나무집이에요. 아버지가 아마 1991년에 샀을 거예요. 어떤 일을 하고 몇 푼 안 되는 보수를 받았을 때. 계약금을 내기에도 부족했지만 내가 약초를 팔아서 번 돈을 보태니까 그럭저럭 메울 수 있었죠. 솔직히 아주 허름한 집이에요. 어머니는 거길 모기 잡는 그릇이라고 불렀고 쥐똥만큼이라도 수리한 적이 없었지만 아버지가 대출금은 제법 꼬박꼬박 갚았어요. 아버지가 못 내게 되면 어머니와 내가 때웠고. 어머니는 꽃 팔아서 번 돈을 처박는다고 욕을 했지만 심하게 하지는 않았어요. 벌레도 많고 비도 새고 했지만 처음부터 그 집에서 지내는 걸 좋아했거든요. 우리는 점심 도시락을 싸들고 테라스에 앉아서 지나가는 세상을 구경했어요. 그 당시에는 어머니가 대개 주말에만 술을 마셨는데도 여섯 캔 들이 맥주 세트나 커피 브랜디 한 병을 사양하는 법이 없었어요.

21세기가 시작될 무렵 대출금을 모두 갚을 수 있었는데 그럴 만도 했죠. 호수에서도 마을 쪽(그러니까 서쪽요.)이었으니까요. 거기가 어떤지 알잖아요. 갈대밭에 물도 얕고 잡초로 뒤덮였죠. 여름 피서객 소유의 대저택들이 즐비한 동쪽은 이보다 나아요. 그들은 판잣집, 통나무집, 이동식 주택으로 덮인 우리 쪽 빈민가를 보며 이 동네 주민들은 전용 테니스 코트도 없이 참 딱하게 산다고 생각하겠죠. 맘대로 생각하라 그래요. 우리로 말할 것 같으면 남부럽지 않게 잘살았으니까. 아버지는 나루터 한쪽 끝에서 낚시를 했고, 어머니는 아버지가 잡아온 물고기를 장작 난로에 구웠고, 2001년부터는(어쩌면 2002년이었을 수도 있어요.) 상수도가 연결돼서 한밤중에 변소까지 달려갔다 올 필요가 없어졌으니까. 남부럽지 않게 잘살았다고요.

대출금을 전부 갚으면 여유가 좀 생겨서 수리를 할 수 있을 줄 알았는데 그렇지가 않더라고요. 그 돈이 다 어디로 갔는지는 수수께끼였어요. 그 당시에는 집을 짓겠다는 사람들이 은행 대출을 많이 받을 수 있었고 아버지는 꾸준히 일감이 있었거든요. 아버지가 할로에서 일을 하다 심장마비가 돌아가신 게 2002년이었는데 어머니하고 나는 우리가 빈털터리일 거라고 생각했어요. "그래도 어떻게든 살아지겠지." 어머니는 이렇게 얘기했죠. "네 아버지가 남은 돈을 계집질에 썼더라도 나는 알고 싶지 않다." 하지만 그걸 사겠다는 정신 나간 작자가 있을지 몰라도 아베나키의 그 집은 팔아야 될 거라고 했어요.

"내년 봄에 내놓자." 어머니가 말했어요. "진딧물이 알을 까기 전에. 너도 괜찮지, 올던?"

나는 괜찮다고 했고 심지어 집을 말끔하게 단장하는 작업에 돌입했어요. 지붕널을 새로 장만하고 나루터에 깔린 널빤지 중에서 가장 심하게 썩은 녀석을 교체하고 그랬을 때 첫 번째 행운이 우리를 찾아왔어요.

어머니가 포틀랜드에 있는 보험회사의 전화를 받았을 때 통나무집과 부지 8000제곱미터의 대출금을 모두 갚았는데도 남는 돈이 없었던 이유가 밝혀졌죠. 계집질 때문이 아니었어요. 아버지는 남는 돈을 생명 보험에 넣고 있었어요. 이른바 예감을 느꼈던 걸까요? 이보다 더 희한한 일들도 날마다 벌어지긴 하죠. 개구리비, 캐슬 카운티 박람회에서 본 적 있는 머리 둘 달린 고양이(덕분에 무서운 꿈 좀 꾸었죠.) 아니면 네스 호의 괴물. 아무튼 생각지도 못했던 7만 5000달러라는 거금이 하늘에서 뚝 떨어져 키 은행 계좌로 입금이 됐어요.

그게 첫 번째 행운이었어요. 그 전화를 받고 2년이 지났을 때, 2년이 지나서 거의 비슷한 날짜가 됐을 때 두 번째 행운이 우리를 찾아왔어요. 어머니는 1주일에 한 번씩 노미스 슈퍼숍에서 장을 보고 나면 5달러짜리 즉석 복권을 사는 습관이 있었거든요. 몇 년째 그랬지만 20달러 이상은 당첨된 적이 없었어요. 그런데 2004년의 어느 날, 빅 메인 밀리언스 즉석복권에서 행운의 번호 27번을 맞췄는데 맙소사, 알고 보니 당첨금이 250만 달러였지 뭐예요. "하마터면 바지에 오줌을 쌀 뻔했다니까?" 어머니는 이렇게 얘기했죠. 슈퍼숍에서는 쇼윈도에 어머니의 사진을 전시했어요. 못해도 2개월 동안 거기 걸려 있었으니 서장님도 보셨을지 모르겠네요.

250만 달러라니! 세금을 내고 나니까 120만 달러 정도 남았지만 그래도요. 우리는 그 돈을 서니 오일에 투자했어요. 어머니가 말하길 말라 없어지지 않는 이상 석유는 훌륭한 투자처고 석유가 말라 없어질 때쯤이면 우리는 저세상 사람일 거라고 했거든요. 나는 그 말에 동의하는 수밖에 없었고 결과는 제법 괜찮았어요. 서

장님도 기억하시겠지만 주식 시장이 잘나가던 시절이라 그때부터 우리의 여유로운 생활이 시작됐죠.

그때로 말할 것 같으면 우리가 술을 너무 많이 마시기 시작한 시점이기도 해요. 시내에 있는 본가에서 마신 적도 있지만 그렇게 많지는 않아요. 동네 사람들이 뒷담화를 얼마나 좋아하는지 아시잖아요. 그래서 모기 잡는 그릇으로 간 다음에서야 본격적으로 술판을 벌였죠. 어머니는 2009년에 꽃집을 완전히 그만두었고 나는 그로부터 1~2년 뒤에 타이어 땜질하고 머플러 교체하는 일과 바이바이했어요. 그러고 났더니 겨울이 아닌 이상 시내에서 살 이유가 없어졌죠. 호숫가 집에는 보일러가 없거든요. 호수 맞은편에 사는 이탈리아 놈팽이들하고 부딪치기 시작한 2012년까지 우리는 전몰장병 추모일(5월 마지막 월요일이다 — 옮긴이) 1~2주 전에 그 집으로 가서 추수감사절까지 있다가 오곤 했어요.

어머니는 살이 쪘는데(70킬로그램 정도요.) 커피 브랜디 때문일 거예요. 그걸 아무 이유 없이 뚱땡이가 되는 지름길이라고 부르겠어요? 하지만 어머니는 애초부터 자기가 미스 아메리카는커녕 미스 메인도 못 될 타입이었다고 했어요. "나는 *껴안고* 싶은 타입이지." 입버릇처럼 이렇게 얘기했죠. 스톤 박사님은 앨런스 커피 브랜디를 끊지 않으면 요절하는 타입이 될 거라고 입버릇처럼 얘기했지만 그마저도 어머니가 병원에 발길을 끊기 전 얘기죠.

"이러다 심장마비를 일으킬 거예요, 핼리." 박사님은 이랬어요. "아니면 간경화. 벌써 2형 당뇨병에 걸렸는데 그걸로는 부족해요? 내가 한마디로 요약해 줄게요. 당신은 술을 끊어야 하고 그러려면 알코올중독자협회에 가입해야 해요."

"휴우!" 어머니는 집으로 돌아와서 이렇게 말했어요. "그런 식으로 혼이 났더니 술이나 한 잔 마셔야겠다. 너도 같이 마실래, 올던?"

나는 좋다고 했죠. 우리는 평소에 그랬던 것처럼 나루터 저 끝으로 정원 의자를 들고 가서 알딸딸해질 때까지 부어라 마셔라 하며 지는 해를 감상했어요. 남부럽지 않았고 웬만한 사람들보다 행복했어요. 인간은 누구나 병에 걸려서 죽기 마련이잖아요? 의사들은 그걸 자꾸 잊어버리는데 어머니는 알고 있었죠.

"건강식 어쩌고 하는 그 개새끼 말이 맞을지 몰라." 오두막집으로 비틀비틀 걸어가는데 어머니가 그러더군요. 10시 무렵이었고 모기약을 처발랐는데도 우리 둘 다 얼마나 물어 뜯겼는지 몰라요. "그래도 나는 재미나게 살았다는 생각을 하면서 눈을 감을 수 있을 거야. 그리고 내가 담배는 피우지 않잖아. 다들 알다시피 그게 최악인데. 나는 담배를 안 피워서 그 덕분에 어느 정도 버틸 수 있을 테지만 너는 어쩌니, 올던? 나는 죽고 돈은 다 떨어지면 어떻게 할래?"

"글쎄요." 나는 이렇게 대답했어요. "그래도 그랜드캐니언은 구경하고 싶을 텐데."

어머니는 웃음을 터뜨리더니 팔꿈치로 내 갈비뼈를 찌르면서 말했어요. "역시 내 아들답다. 그런 식으로 살면 위궤양에 걸릴 일은 없을 거야. 이제 우리 눈 좀 붙이자." 우리는 다음 날 아침 10시쯤에 일어났고 12시쯤에 머디 러더로 숙취를 달랬죠. 나는 의사 선생님하고는 다르게 어머니에 대해서 별로 걱정하지 않았어요. 공교롭게도 스톤 박사님은 어느 날 밤 피죤 다리 위에서 음주 운

321

전자가 모는 차에 치여서 우리 어머니보다 먼저 세상을 떠났어요. 아이러니일 수도 있고 비극일 수도 있고 인생이라는 게 원래 그런 것일 수도 있겠죠. 내가 철학자는 아니니까요. 가족들 없이 혼자 차에 타고 있어서 다행이었죠. 박사님도 보험금을 완납하셨길.

아무튼 여기까지가 배경 설명이에요. 이제 본론으로 들어갈게요. 마시모 가족. 그리고 욕 좀 쓸게요, 그 육시랄 트럼펫.

나는 그걸 7월 4일(미국의 독립 기념일이다 — 옮긴이) 군비 경쟁이라고 불러요. 그게 본격적으로 불을 뿜은 건 2013년이었지만 사실은 그 전해부터 시작됐고요. 마시모는 우리 바로 맞은편에 사는 가족이었어요. 기둥이 떠받치는 흰색의 넓은 저택이었고 호숫가까지 잔디밭이 이어지는데 우리처럼 호숫가가 자갈밭이 아니라 새하얀 모래밭이었죠. 방도 열 몇 개는 됐을 거예요. 손님용 별채까지 합하면 20개도 넘었을 거예요. 전나무들이 본채를 꽁꽁 감싸다시피 해서 그들은 그 집을 트웰브 파인스 캠프라고 불렀죠.

캠프라니! 망할, 그 집은 대저택이었어요. 물론 테니스 코트도 있었어요. 배드민턴 코트도 있었고 한쪽 옆에는 편자 던지기를 하는 곳도 있었고요. 그 가족은 6월 말쯤에 와서 노동절(9월 첫째 월요일이다 — 옮긴이)까지 있다가 그 개새끼를 잠그고 떠나요. 그 정도로 넓은 집을 12개월 중에 9개월 동안 비워 놓는 거예요. 나는 이해가 안 되더라고요. 그런데 어머니는 이해를 했어요. 우리는 '어쩌다 부자'지만 마시모 집안은 진짜 부자라면서.

"그런데 그게 다 부정축재야, 올던. 1000제곱미터짜리 마리화나밭, 이런 수준이 아니야. 모두들 알다시피 폴 마시모는 **연줄이 빵빵**하거든." 어머니는 연줄이라는 단어 위에 방점이라도 찍힌 것처럼 늘 그런 식으로 얘기했어요.

돈의 출처는 마시모 건설인 것 같았어요. 인터넷에서 검색해 보니까 합법적인 회사인 듯 보였지만 그들은 이탈리아 사람들인데 마시모 건설 본사는 로드아일랜드에 있었어요. 두 분은 경찰이니까 연관성을 알아차릴 수 있겠죠? 우리 어머니도 입버릇처럼 얘기했다시피 2 더하기 2가 5가 될 수는 없는 법이잖아요.

그들은 거기 머무는 동안 그 넓은 집에 있는 방을 전부 썼어요. '손님용 별채'에 있는 방까지요. 어머니는 호수 건너편을 쳐다보면서 솜브레로나 머디 러더를 들어서 건배하고, 마시모 집안사람들은 애를 한 다스씩 낳는가 보다고 얘기했죠.

그들이 놀 줄 아는 인간들이었다는 건 인정해요. 야외에서 음식을 만들어 먹고, 물총 싸움을 하고, 10대 아이들은 제트스키를 몰고 사방을 누볐어요. 제트스키가 대여섯 대는 됐을 텐데 어찌나 색이 밝은지 한참 동안 쳐다보고 있으면 눈이 시릴 정도였죠. 저녁에는 터치 풋볼을 했는데 11명 정규팀을 두 팀 만들 수 있을 정도로 인원이 많았어요. 그러다 공이 안 보일 정도로 어두워지면 노래를 불렀죠. 종종 이탈리아어로 고래고래 소리를 지르는 걸 보면 몇 잔 걸쳤다는 걸 알 수 있었어요.

그중 한 명이 트럼펫을 분답시고 노래에 맞춰서 그냥 꽥꽥거렸는데 어찌나 시끄러운지 눈물이 고일 정도였어요. "자기가 디지 길레스피(미국을 대표하는 트럼펫 연주자 — 옮긴이)다 이거지." 어머니는 이렇게 말했어요. "아무라도 저 트럼펫을 올리브 오일에 적셔서 저 자식 똥구멍에 쑤셔 넣어 주었으면 좋겠네. 방귀로 「갓 블레스 아메리카」를 연주하게."

11시쯤 되면 그 녀석이 하루를 마감하는 뜻에서 소등 나팔을 불었어요. 그들이 새벽 3시까지 노래를 부르고 트럼펫을 불렀더라도 동네 사람들은 아무 소리하지 않았을지 몰라요. 호수 이쪽 사람들은 대부분 마시모를 현실 속의 토니 소프라노(이탈리아 마피아 이야기를 다룬 드라마 「소프라노스」의 주인공 — 옮긴이)라고 믿었거든요.

그해(2012년 말이에요.) 7월 4일에 나는 폭죽 몇 개랑 블랙 캣 딱총 두세 상자, 체리 폭탄 두세 개를 샀어요. 옥스퍼드로 가는 길에 팝 앤더슨이 사장으로 있는 앤더슨 치어리 플리 마트에서요. 이거 고자질하는 거 아니에요. 두 분이 골빈당이라면 그런 식으로 생각할 수도 있겠지만 나는 두 분이 그렇지 않다는 거 알아요. 치어리 플리에 가면 폭죽을 구할 수 있다는 걸 모르는 사람이 없잖아요. 하지만 팝은 자잘한 폭죽만 팔았어요. 그 당시만 해도 폭죽이 불법이었거든요.

아무튼 이 마시모 집안사람들은 온 호수를 누비면서 풋볼을 하고, 테니스를 치고, 뚱꼬를 파고드는 수영복 차림으로 어린 것들은 호숫가에서 첨벙거리고 큰 것들은 제트스키에서 다이빙을 했단 말이죠. 나하고 어머니는 나루터 끝으로 나와서 애국심 고취용 품들을 늘어놓고 멍하니 정원용 의자에 앉아 있었고요. 땅거미가 지자 나는 어머니에게 폭죽을 드린 다음 불을 붙였고 내 폭죽도 어머니의 폭죽에 대서 불을 붙였어요. 우리가 어스름 속에서 폭죽을 흔들자 맞은편의 꼬맹이들이 그걸 보고 자기들도 폭죽을 달라고 난리를 부리더군요. 나이 많은 마시모 남자아이 둘이 폭죽을 나누어주었고 그들도 우리를 향해 폭죽을 흔들었어요. 그 아이들

324

폭죽이 우리 것보다 더 크고 오래 갔고, 심지에 무슨 화학처리를 했는지 누르스름하기만 한 우리 것과 달리 온갖 색상으로 탁탁거리더군요.

이탈리아 놈팽이가 꽥꽥거리면서 트럼펫을 부는데 꼭 "진정한 폭죽은 이런 거다." 하고 외치는 것 같더라고요.

"괜찮아." 어머니가 말했어요. "저 녀석들 폭죽이 더 클지 몰라도 딱총을 쏘면 저 녀석들이 어떤 반응을 보일지 궁금하네."

딱총에 하나씩 불을 붙인 다음 던졌더니 펑 소리와 함께 번쩍이고는 호수 속으로 떨어지더군요. 트웰브 파인스의 아이들이 그걸 보더니 또 난리를 부렸어요. 남자들 몇 명이 집 안으로 들어가서 어떤 상자를 들고 나왔어요. 딱총이 가득 든 상자였죠. 잠시 후에 큰아이들이 한 봉지씩 불을 붙여서 던지기 시작했어요. 몇 백 봉지 들어 있었는지 기관총처럼 터져서 우리 건 시시하게 보이더군요.

꽥꽥, 또 트럼펫 소리가 들렸죠. "다시 도전해 봐."

"이런 젠장." 어머니가 말했어요. "지금까지 아껴두었던 체리 폭탄을 주려무나, 올던."

"알았어요." 내가 말했어요. "하지만 조심하세요, 엄마. 몇 잔 걸친 상태라 내일 아침에도 열 손가락 다 제대로 붙어 있고 싶으면요."

"건방진 소리하지 말고 하나 주기나 해. 내가 무슨 어린애도 아니고. 저 트럼펫 소리가 싫단 말이다. 저 녀석들은 이런 거 없을 거야. 팝이 외지인들한테는 팔지 않을 테니까. 자동차 번호판을 확인하고는 다 떨어졌다고 하겠지."

어머니한테 하나 드리고 라이터로 불을 붙였어요. 도화선에서 불꽃이 일었고 어머니는 폭탄을 하늘 높이 던졌죠. 눈이 아플 정도로 환한 불빛이 번쩍였고 펑 하는 소리가 호수 저 끝까지 메아리쳤어요. 한 개 더 불을 붙이고 이번에는 내가 로저 클레멘스(사이 영 상을 7차례 수상한 미국의 전직 프로야구 투수— 옮긴이)처럼 던졌죠. 펑!

"자." 어머니가 말했어요. "이제 누가 한 수 위인지 알겠지."

그런데 폴 마시모가 가장 나이가 많은 두 아들을 거느리고 자기들 쪽 나루터 끝까지 걸어가더군요. 두 아들 중 한 명이 허리띠에 권총집 비슷한 걸 달고 거기다 그 빌어먹을 트럼펫을 꽂아두고 있었어요. 그들이 우리를 향해 손을 흔들었고 아버지가 아들들에게 뭔가를 하나씩 나누어주었어요. 아들들이 그걸 내밀자 아버지가 도화선에 불을 붙였죠. 호수 위로 그걸 던졌는데…… 맙소사! 이건 펑이 아니라 쾅이었어요! 새하얀 빛과 함께 다이너마이트처럼 요란한 소리를 내면서 터지더라고요.

"저건 체리 폭탄 아니에요." 내가 말했죠. "M-80이에요."

"저걸 어디서 구했을까?" 어머니가 물었어요. "팝은 저런 거 안 파는데."

우리는 서로를 쳐다보았고 아무 말도 할 필요가 없었죠. 로드아일랜드. 로드아일랜드에서는 뭐든 구할 수 있을지 몰라요. 마시모 집안사람이라면요.

아버지가 아들들에게 다시 하나씩 나누어주고 불을 붙였어요. 그런 다음 자기도 하나 불을 붙이더군요. 세 번 쾅 하는 소리에 아베나키 호수 북쪽 끝까지 모든 물고기들이 겁에 질렸을 거예요. 그러고 나서 폴이 우리를 향해 손을 흔들었고, 트럼펫을 들고 나온 녀석이 그걸 6연발 권총이라도 되는 것처럼 꺼내더니 길게 세 번 불더 군요. 꽤애애액…… 꽤애애액…… 꽤애애액. 꼭 "미안하지만 못난 양키들아, 내년을 기약하려무나." 이렇게 얘기하는 것 같았어요.

우리로서는 어쩔 도리가 없더라고요. 블랙 캣이 한 상자 남긴 했지만 M-80이 터진 마당에 얼마나 시시하게 느껴지겠어요. 건너 편에서는 이탈리아 놈팽이들이 박수를 치고 환호성을 지르고, 비 키니를 입은 여자아이들은 펄쩍펄쩍 뛰고 난리도 아니었어요. 잠 시 후에는 「갓 블레스 아메리카」를 부르기 시작했고요.

어머니는 나를 쳐다보았고 나는 어머니를 쳐다보았죠. 어머니는 고개를 저었고 나도 고개를 저었어요. 잠시 후에 어머니가 말했어 요. "내년에 두고 보자."

"네." 내가 말했어요. "내년에 두고 보자고요."

어머니는 잔을 들었고(내 기억으로는 그날 저녁에 버킷 럭을 마 시고 있었어요.) 나도 잔을 들었어요. 우리는 2013년의 승리를 기 원하며 건배를 했죠. 7월 4일 군비 경쟁이 그런 식으로 시작된 거 예요. 그 육시랄 트럼펫이 가장 큰 원흉이었죠.

욕을 써서 죄송하지만.

이듬해 6월에 나는 팝 앤더슨을 찾아가 상황을 설명했어요. 호 수 서쪽에 사는 우리들의 명예가 걸린 문제라고요.

"흠, 올던." 그는 이렇게 대답하더군요. "화약을 터뜨리는 게 명 예하고 무슨 상관인지 모르겠지만 사업은 사업이니까. 1주일쯤 뒤 에 다시 와 보면 내가 뭘 준비해 놓았을 수도 있어."

그는 나를 사무실로 데려가더니 책상 위에 상자를 하나 올려놓 더군요. 중국어가 잔뜩 적힌 상자였어요. "내가 보통은 이런 걸 팔지 않는데 너하고 너희 어머니하고의 인연은 초등학교 시절로 거슬러 올라가니까. 너희 어머니가 나를 장작 난로 옆에 앉혀 놓고 맞춤법과 구구단을 가르쳤던 그 시절로 말이야. 내가 입수한 물건은 M-120이라는 엄청난 폭죽이야. 소음 면에서 다이너마이트 말고는 적수가 없어. 그리고 이것도 12개 있어." 그가 꺼낸 건 빨간색 막대 위에 얹혀 있는 원기둥이었어요.

"꼭 물병 로켓처럼 생겼네." 내가 말했죠. "크기만 좀 더 크다뿐이지."

"음, 물병 로켓의 디럭스 모델이라고 보면 돼. 이름은 함박꽃. 다른 것들보다 2배로 높이 솟구쳐서 엄청 환하게 터져. 빨간색, 자주색, 노란색으로. 일반 물병 로켓처럼 콜라나 맥주병에 붙이면 되는데 멀찌감치 떨어져 있는 게 좋을 거야. 발사되는 순간 불똥이 사방으로 튀거든. 산불 나지 않게 수건 준비해 놓도록 해."

"오, 엄청난데?" 내가 말했죠. "이걸 보고는 트럼펫을 불지 못하겠지."

"전부해서 30달러에 팔게." 팝이 말했어요. "비싸다는 거 알지만 블랙 캣이랑 폭죽도 몇 개 넣었어. 나무 나발에 꽂아서 호수에 띄워 봐. 엄청 예쁠 거야."

"그걸로 되겠어?" 내가 말했죠. "너무 싸게 주는 거 아니야?"

"올던." 그가 말했어요. "이 바닥 사람한테는 그런 식으로 얘기하는 거 아니야."

그 물건들을 산장으로 들고 갔더니 어머니가 흥분하면서 M-120이랑 함박꽃을 당장 하나씩 터트려 보고 싶다고 하는 거예요. 내가 평소에는 어머니 말에 쌍지팡이를 짚고 나서지 않았지만

(어머니는 그 지팡이를 당장 분지르고도 남을 분이었으니까요.) 그 때만큼은 아니었어요. "저 마시모 집안사람들한테 조금이라도 기회를 주었다가는 훨씬 근사한 물건을 준비할 거예요."

어머니는 고민하더니 내 뺨에 입을 맞추었어요. "고등학교도 간신히 졸업한 녀석치고는 제법이로구나, 올던."

이렇게 해서 영광스러운 2013년 7월 4일의 날이 밝았죠. 평소처럼 스물 몇 명은 됨직한 마시모 집안사람들이 트웰브 파인스에 모였고, 나하고 어머니는 정원용 의자를 들고 나루터 저쪽 끝에 나가서 앉았어요. 폭죽이 담긴 상자와 오렌지 드라이버가 담긴 큼지막한 유리병을 우리 둘 사이에 놓고요.

잠시 후에 폴 마시모가 자기 폭죽이 담긴 상자를 들고 자기 쪽 나루터 저쪽 끝에서 모습을 드러냈는데 상자가 우리 것보다 조금 크기는 했지만 그래도 걱정은 되지 않았어요. 투견에게 중요한 건 몸집이 아니라 투지니까요. 제일 나이 많은 두 아들도 데리고 왔더군요. 그들이 손을 흔들었고 우리도 손을 마주 흔들었어요. 어스름이 깔리자 어머니와 내가 블랙 캣을, 이번에는 하나씩이 아니라 한 봉지씩 쏘아올리기 시작했어요. 아들들도 맞은편에서 똑같이 따라하다 싫증이 났는지 큼지막한 폭죽에 불을 붙여서 빙빙 돌리더라고요. 트럼펫을 들고 나온 아들이 튜닝 차원에서 두세 번 소리를 냈어요.

꼬맹이들이 그 소리를 듣고 트웰브 파인스 근처 나루터로 나왔고, 폴과 나이 많은 두 아들이 숙덕거리더니 아이들에게 M-80으로 보이는 회색의 큼지막한 공을 하나씩 나눠줬어요. 바람이 불지 않는 날이면 특히 호수 맞은편의 소리가 진짜 잘 들리는데 폴이 꼬맹이들에게 조심하라고 주의를 주면서 어떤 식으로 호수 위로 던지면 되는지 시범을 보이는 소리가 들리더군요. 잠시 후에 마시모가 폭죽에 불을 붙였어요.

세 아이는 정석대로 높이, 멀리, 멋지게 던졌지만 많아야 7살쯤 된 듯한 막내는 지랄 맞게 놀란 라이언 식으로 와인드업을 하더니 자기 발 사이로 패대기를 치더군요. 폴이 아이를 뒤로 홱 잡아당겼기에 망정이지 안 그랬으면 튕겨 올라온 폭죽에 코가 날아갔을 거예요. 여자들 몇 명은 비명을 질렀지만 마시모와 아들들은 배를 잡고 웃지 뭐예요. 아마 여러 잔 걸쳤을 거예요. 와인을 마셨겠죠. 그런 이탈리아 놈팽이들은 와인을 좋아하니까.

"좋아." 어머니가 말했죠. "실없이 시간 보내는 건 이쯤하면 됐어. 키 큰 놈이 그 우라질 나팔을 불기 전에 본때를 보여주자."

그래서 내가 M-120을 몇 개 꺼냈는데 시커먼 것이 그 옛날 만화에서 가끔 보던 폭탄처럼 생겼더라고요. 악당들이 철로, 금광, 기타 등등을 폭파할 때 쓰는 폭탄 말이에요.

"조심하세요, 어머니." 내가 말했어요. "이런 걸 너무 한참 들고 있으면 손가락이 날아가는 정도로 끝나지 않을 거예요."

"내 걱정은 할 것 없어." 어머니가 말했어요. "저 스파게티 먹는 놈들에게 본때를 보여주자."

그래서 불을 붙이고 어머니와 함께 콰쾅! 하고 던졌죠. 한 개 그리고 또 한 개! 워터퍼드까지 유리창이 흔들리고도 남았을 거예요. 나팔수는 트럼펫을 입 쪽으로 가져가다 말고 중간에 얼어붙었더라고요. 꼬맹이들 몇 명은 울음을 터뜨렸고요. 여자들은 테러라도 났나 하며 죄다 호숫가로 달려 나왔죠.

"한 방 먹였다!" 어머니는 이렇게 외치고, 손에 트럼펫을 들고 넋 털린 사람처럼 서 있는 나팔수를 향해 잔을 들어보였어요. 실제로 그랬다는 게 아니라 말이 그렇다는 거예요.

폴 마시모와 두 아들이 다시 나루터 끝까지 걸어가더니 만루가 됐을 때 야구선수들이 그렇듯 서로 머리를 모았어요. 그러더니 같이 집 쪽으로 걸어가더군요. 나는 이렇게 끝나는가 보다고 생각했고 어머니는 그렇다고 확신했죠. 그래서 자축하는 뜻에서 폭죽에 불을 붙였어요. 내가 우리 통나무집 쓰레기통에서 주운 스티로폼을 정사각형으로 잘라서 들고 나왔거든요. 거기다 폭죽을 꽂아서 호수로 띄워 보냈어요. 그때가 주변이 짙은 자주색으로 물든 시간이었어요. 해가 완전히 지기 전, 샛별이 하늘에서 반짝이고 다른 별들도 고개를 내밀 준비를 하는 그 황홀한 시간 말이에요. 낮도 아니고 밤도 아닌, 하루 중에서 가장 아름다운 시간. 폭죽들도 훨씬 예뻤어요. 빨간색과 초록색으로 촛불처럼 수면 위로 너울거리는데 장관이더라고요.

그리고 다시 잠잠해졌어요. 브릿지턴에서 시작된 불꽃놀이 소리와 호숫가에서 개구리들이 개굴거리는 소리가 들릴 만큼 고요해졌어요. 개구리들은 그날 저녁 소동이 그렇게 끝난 줄 알았을 거예요. 하지만 그건 녀석들의 착각이었죠. 바로 그때 폴과 나이 많은 두 아들이 나루터로 다시 등장해 호수를 사이에 두고 우리를 쳐다봤거든요. 폴이 거의 소프트볼 공만 한 크기의 무언가를 손에 쥐고 있었고 트럼펫을 들지 않은 아들(그래서 내 생각에는 둘 중에서 좀 더 똑똑하다고 볼 수 있는)이 거기에 불을 붙였어요. 마시모는 지체 없이 언더핸드로 호수 저 위를 향해 그걸 던졌고, 내가 어머니에게 귀를 막으라고 말할 겨를도 없이 그게 터졌어요. 맙소사, 번쩍 하는 불빛이 온 하늘을 덮을 정도였고 폭발하는 소리가 포탄만큼이나 요란하더군요. 이번에는 마시모 집안의 여자들뿐 아니라 호숫가에 사는 거의 모든 사람들이 무슨 일인지 확인하러 달려 나왔어요. 그 잡것이 터졌을 때 그 사람들 절반이 바지에 오줌을 지렸을지 모르는데 다들 박수를 치고 있는 거예요! 믿어져요?

어머니와 나는 그 다음 차례가 뭔지 알았기에 서로를 쳐다보았죠. 아니나 다를까, 나팔수가 그 염병할 트럼펫을 들더니 우리를 향해 길게 한 번 불더군요. 꽤애애애액!

마시모 집안사람들이 웃으며 박수를 쳤고 호수 양옆으로 달려 나온 다른 사람들도 전부 그랬어요. 쪽팔리더라고요. 내 심정 이해되시죠, 앤디 서장님? 아델, 너는 어때? 로드아일랜드에서 온 이탈리아 놈팽이들한테 우리가 진 거예요. 나도 가끔 스파게티를 먹긴 하지만 그걸 매일 먹으라굽쇼? 엿 먹으라 그래요!

"그래, 좋아." 어머니가 어깨를 펴고 말했어요. "저들이 소리에서 우리를 압도했을지 몰라도 우리한테는 함박꽃이 있잖아. 그걸 터뜨리면 어떤 반응을 보일지 궁금하네." 하지만 어머니는 그걸로도 질지 모른다고 생각하는 눈치였어요.

나는 우리 쪽 나루터 끝에 맥주와 탄산음료 캔을 열댓 개 늘어놓고 함박꽃을 하나씩 꽂았어요. 마시모 집안의 남자들이 저쪽에 서서 우리를 쳐다보고 있었는데 트럼펫을 불지 못하는 녀석이 잠시 후에 새로운 무기를 가지러 집 안으로 달려가더군요.

라이터로 깔끔하게 불을 붙였더니 함박꽃이 불발탄 하나 없이 차례대로 하늘로 날아올랐어요. 오래 가지는 않았지만 정말 예쁘더라고요. 팝이 얘기했던 것처럼 무지개 빛깔이었어요. 여기저기서 탄성을 터뜨렸고(마시모 집안 사람들도 몇 명 그랬어요.) 잠시 후에 심부름을 갔던 아이가 상자를 하나 들고 돌아왔어요.

알고 보니 그 상자 가득 우리 함박꽃하고 비슷한데 그보다 더 큰 폭죽이 들어 있었어요. 판지로 된 발사대가 하나씩 달려 있더라고요. 그 무렵 횃불처럼 생긴 전등이 마시모 쪽 나루터를 환히 밝히고 있었기 때문에 우리 눈에도 보였어요. 폴이 미사일에 불을 붙이니까 날아올라서 우리 것보다 2배 크고 2배 환한 황금색 별을 하늘에 수놓더군요. 그렇게 반짝이다 탁탁거리는 기관총 소리를 내면서 쏟아졌어요. 모두들 더 요란하게 박수갈채를 보냈고 패배를 깨끗하게 인정하는 사람처럼 보이려면 어머니와 나도 박수를 치는 수밖에 없었어요. 그리고 트럼펫 소리가 들렸죠. 꽤애애애액, 꽤애애애액, 꽤애애애액.

우리 쓰레기들을 모두 쏘아올린 뒤에 어머니가 나이트가운에 격자무늬 슬리퍼 차림으로 부엌을 씩씩대며 왔다 갔다 하는데 귀에서 정말 김이 뿜어져 나오더라고요. "그 작자들은 그런 무기를 어디서 구했을까?" 어머니가 물었지만 일종의 자문자답형 질문이라 나한테 대답할 시간조차 허락하지 않았어요. "로드아일랜드에 사는 깡패 친구들한테 구했겠지. **연줄이 있는** 인간이니까. 그리고 뭐든 이겨먹어야 직성이 풀리는 인간이니까! 척 보면 알 수 있잖니!"

엄마랑 비슷한 사람이란 말이죠. 나는 이런 생각이 들었지만 말로 표현하지는 않았어요. 침묵이 정말로 금일 때가 있는데, 앨런스 커피 브랜드에 취한 엄마가 비에 젖은 암탉보다 더 화가 났을 때가 바로 그런 때거든요.

"그리고 나는 그 염병할 트럼펫이 싫어. 정말 싫어."

그건 나도 동의할 수 있는 부분이었기에 맞장구를 쳤죠.

어머니는 그날 밤에 마지막으로 따른 술을 내 셔츠 앞섶에 모조리 쏟아가며 내 팔을 와락 붙잡았어요. "내년! 내년에는 누가 한 수 위인지 보여주자! 2014년에는 그 트럼펫 입을 다물게 만들겠다고 약속해라, 올던."

나는 노력해 보겠다고 했어요. 나로서는 그게 최선이었죠. 폴 마시모는 로드아일랜드에 온갖 연줄이 있는데 나한테는 아무도 없잖아요. 신발 할인매장 옆 길가에서 잡동사니를 파는 팝 앤더슨밖에 없잖아요.

그래도 다음 날 그를 찾아가서 무슨 일이 있었는지 설명했어요. 그는 내 이야기를 귀담아 들었고, 입을 몇 번 실룩이기는 했지만 그래도 대놓고 웃지는 않더라고요. 솔직히 웃긴 부분도 없잖아 있었지만(적어도 그 전날 밤까지는 그랬어요.) 핼리 매커즐랜드가 목에 대고 입김을 뿜고 있으면 그런 생각이 싹 달아나죠.

"그래, 어떤 부분이 너희 어머니의 신경을 건드렸는지 알겠다." 팝이 말했어요. "이기려고 달려드는 사람이 있으면 난폭해지시는 성격이잖아. 하지만 올던, 이건 그냥 폭죽이야. 술이 깨면 어머니도 생각이 바뀔 거야."

"아닐걸?" 나는 말했어요. 어머니가 이제는 술이 깨는 시간 없이 알딸딸했다가 만취해서 잠이 들었다가 숙취에 시달리다가 다시 알딸딸한 상태로 돌아갈 따름이라고, 나도 다를 바 없다고 덧붙이지는 않았어요. "폭죽 때문이라기보다 그 트럼펫 때문이거든. 7월 4일에 그 염병할 트럼펫을 입 다물게 만들 수 있으면 그걸로 만족하실 거야."

"아무튼 나는 도와줄 수가 없어." 팝이 말했어요. "그보다 더 큰 폭죽은 많지만 나는 가져다놓을 생각이 없거든. 첫째, 나는 노점상 허가를 취소당하고 싶지 않아. 둘째, 누가 다치는 걸 보고 싶지도 않고. 술에 취해서 폭탄을 터뜨렸다가 큰일 나는 경우가 얼마나 많다고. 하지만 정말 간절하면 인디언 아일랜드에 가서 거기 친구한테 얘기해 봐. 하워드 가마슈라는 덩치 큰 페놉스콧 족한테. 메인 주, 어쩌면 전 세계를 통틀어서 제일 덩치가 큰 아메리카 원주민일지 몰라. 할리 데이비슨을 타고 다니고 양쪽 뺨에 깃털 문신을 새겼어. 그 친구라면 네가 말하는 연줄이 있을 거야."

연줄이 있는 사람이라니! 우리가 바라던 인물이었어요! 나는 팝에게 고맙다고 인사하고 수첩에 *하워드 가마슈*라는 이름을 적은 다음 이듬해 4월, 트럭 사물함에 현금으로 500달러를 챙겨 들고 페놉스콧 카운티로 찾아갔죠.

가마슈 씨는 올드타운의 하비스트 호텔 술집에 있었는데 듣던 대로 덩치가 어마어마하더군요. 키는 2미터쯤 됨 직했고 몸무게는 160킬로그램 정도 되는 것 같았어요. 그는 내 하소연을 듣고, 내가 사 준 버드와이저 피처를 10초 만에 비우더니 이렇게 얘기했어요. "흠, 매커즐랜드 씨, 이 근처에 있는 내 천막으로 자리를 옮겨서 좀 더 자세하게 이야기를 나누어 봅시다."

그가 타고 다니던 할리 소프테일은 어마어마하게 큼지막한 썰매인데, 그가 올라타자 서커스에서 피에로들이 타고 움직이는 조그만 자전거처럼 느껴지더군요. 엉덩이가 새들백에 닿을 정도였어요. 그가 천막이라고 한 곳은 알고 보니 깔끔하고 조그만 2층짜리 목장이었어요. 뒷마당에는 어린이용 수영장이 있었는데 자식이 많더라고요.

아니, 아델, 오토바이랑 수영장이 아주 중요한 부분은 아니지만 내 이야기를 듣고 싶으면 내 식대로 하게 내버려 두라니까? 그리고 들어보면 재미있을 거야. 지하실에 홈시어터까지 있더라고. 어휴, 그 집에 들어가서 살고 싶더라.

폭죽은 나무 상자에 담겨서 방수포로 덮인 채 차고에 차곡차곡 쌓여 있었는데 정말 근사한 것들도 몇 개 보였어요. "이걸 터뜨리다 체포되더라도 하워드 가마슈라는 이름은 들어본 적 없는 거예요. 알겠죠?" 그가 물었어요.

나는 알겠다고 대답했어요. 나를 엿 먹일 리 없는(적어도 심하게 엿 먹일 리는 없는) 정직한 친구인 듯했거든요. 그에게 500달러면 어떤 걸 살 수 있냐고 물었고 여러 개의 폭죽을 납작하게 묶어서 도화선 하나로 연결한 제품을 입수했어요. 불을 붙이면 12개씩 하늘로 발사되는 그런 스타일이었어요. 이름이 방화광 원숭이라는 제품을 3개, 독립 선언을 2개, 발사하면 큼지막한 꽃 모양으로 터지는 아주 특별한 제품이라는 사이코델릭을 1개 샀어요. 그 녀석에 대해서는 나중에 설명할게요.

"이거면 그 이탈리아 놈팡이들의 입을 다물게 만들 수 있을까요?" 내가 물었어요.

"당연하죠." 하워드가 말했어요. "그런데 레드스킨이나 토마호크 톰보다 아메리카 원주민이라는 호칭을 더 좋아하는 사람으로서 다른 나라 출신을 깔보는 단어는 별로 듣고 싶지가 않네요. 그들도 당신이나 나와 같은 미국인인데 깎아내릴 필요 없잖아요."

336

"알았어요." 내가 말했죠. "명심할게요. 그래도 그 마시모 집안 사람들을 생각하면 열이 받는단 말이죠. 내 말에 기분이 나빴다면 미안한 일이지만."

"이해해요. 어떤 기분인지 충분히 공감하고요. 그런데 내가 충고 하나 할게요, 백인 양반. 집으로 갈 때 속도위반하지 마요. 트렁크에 저 똥덩어리들 싣고 가다 걸리고 싶지 않으면."

어머니는 내가 사온 물건들을 보더니 머리 위로 주먹을 흔들었고 자축하는 뜻에서 더티 허브캡을 두 잔 따랐어요. "이걸 보면 오줌을 지리겠지?" 어머니가 말했어요. "어쩌면 똥을 지릴 수도 있겠어! 어디 두고 보자!"

그런데 그게 그렇게 되지 않았어요. 서장님도 아시겠지만.

작년 7월 4일, 아베나키 호숫가는 인파로 가득했죠. 미국인 매커즐랜드와 이탈리아인 마시모 집안이 폭죽 챔피언 대결을 벌인다는 소문이 난 거예요. 우리 쪽 호숫가로 구경 나온 인파가 아마 거의 600명은 됐을 거예요. 저쪽은 그 정도까지는 아니었지만 그래도 전보다 많았고요. 미시시피 동쪽에 사는 모든 마시모 집안 사람들이 2014년 최후의 대결을 구경하러 온 것 같더군요. 우리는 딱총이나 체리 폭탄 같은 시시한 것들로 시간 낭비하지 않고 땅거미가 짙어질 때까지 기다렸어요. 어머니와 나는 우리 쪽 나루터에 한자가 적힌 상자를 쌓아 놓고 있었는데 저쪽도 마찬가지였죠. 마시모 집안의 꼬맹이들이 동쪽 호숫가에 일렬로 서서 폭죽을 흔들자 별들이 땅으로 떨어진 것처럼 보이더군요. 나는 가끔 폭죽으로도 충분하다는 생각을 하는데 오늘 아침에는 폭죽으로 만족하지 않은 게 정말 후회가 되네요.

폴 마시모가 손을 흔들자 우리도 손을 흔들었어요. 트럼펫을 든 머저리가 길게 뿜았죠. 패애애애액! 폴이 선생, 먼저 하시지요, 그렇게 얘기하는 것처럼 내 쪽을 가리키기에 방화광 원숭이를 하나 쏘아올렸어요. 녀석이 하늘을 밝히자 모두들 우와와 하고 함성을 터뜨렸죠. 그러자 마시모의 아들이 그 비슷한 걸 쏘아올렸는데 우리 것보다 더 환하고 좀 더 오래 갔어요. 관중들이 우우우 하고 함성을 터뜨렸고 염병할 트럼펫이 빽빽거렸어요.

"펑키 원숭인가 뭔가는 신경 쓰지 마." 어머니가 말했어요. "독립 선언을 터뜨려라. 그걸 보여 주면 정신 차릴 테지."

어머니가 시킨 대로 했고 정말 멋진 폭죽이었지만 이번에조차 빌어먹을 마시모 집안이 이겼어요. 우리가 뭘 쏘아 올리든 그들이 압도했고 그들의 폭죽이 더 환하고 시끄럽게 터질 때마다 그 개자식이 트럼펫을 불었죠. 어머니와 내가 얼마나 짜증이 치밀었는지 몰라요. 그 소리를 들었다면 교황도 짜증이 났을 거예요. 관중들은 그날 밤, 어쩌면 포틀랜드에서 보았던 것만큼이나 훌륭한 불꽃놀이를 감상하고 기분 좋게 집으로 돌아갔겠지만 모기 잡는 그릇은 초상집 분위기였죠. 어머니는 취하면 대개 기분이 좋아지는데 그날 밤은 아니었어요. 그 즈음에는 완전히 어둠이 깔려서 별들이 죄다 고개를 내밀었고 화약 연기가 호수 위를 둥둥 떠다니고 있었어요. 우리에게 남은 것은 가장 큰 거 한 방뿐이었어요.

"그걸 터뜨려라." 어머니가 말했어요. "저들이 이번에도 이길 수 있는지 보게. 이길 수 있을지 모르지. 하지만 저 빌어먹을 트럼펫 소리를 한 번만 더 들으면 내 머리가 터져 버릴 거야."

우리에게 남은 마지막 제품(아주 특별하다던 그것)은 이름이 분노의 유령이었고 하워드 가마슈가 성능을 장담했어요. "정말 화려하고 100퍼센트 불법이에요. 불을 붙인 다음 뒤로 물러서야 해요, 매커즐랜드 씨. 분수처럼 솟구치거든요."

도화선이 염병, 손목만큼 굵었어요. 거기에 불을 붙이고 뒤로 물러섰죠. 도화선이 타는데도 몇 초 동안 아무 반응이 없기에 불발인 줄 알았어요.

"아냐, 집에서 기르는 개랑 붙어먹었나." 어머니가 말했어요. "이제 저 자식이 트럼펫을 불게 생겼네."

하지만 그가 트럼펫을 불기 전에 분노의 유령이 발사됐어요. 처음에는 하얀 불똥만 분수처럼 쏟아졌는데 좀 더 높이 솟구치면서 장미색으로 바뀌더라고요. 거기서 발사된 로켓들이 별 모양으로 터졌고요. 이제 우리 쪽 나루터 위에서 높이가 최소 3.5미터는 되는 진홍색 분수 쇼가 펼쳐졌어요. 그 와중에도 음속 장벽을 돌파하는 제트기 중대처럼 요란한 소리와 함께 하늘 위로 로켓이 계속 발사되고 있었고요. 분수가 땅으로 떨어지다(어머니 표현에 따르면 사창가를 찾은 늙은이처럼) 마지막으로 솟구치며 빨간색과 노란색 꽃을 황홀하게 하늘로 쏘아올렸죠.

잠깐 정적이 흐르다(다들 넋을 잃었거든요.) 호숫가에 모인 모든 사람들이 미친 듯이 박수를 치기 시작했어요. 캠핑카를 타고 있던 몇 명은 경적을 울렸는데 요란한 폭죽 소리를 듣고 난 뒤라 가냘프게 들리더군요. 마시모 집안 사람들도 박수를 치는 걸 보고 나는 감동을 받았어요. 뭐든 지고는 못 사는 인간들은 대개 그렇지가 않은데 패배를 깨끗이 인정한다는 뜻이었으니까요. 트럼펫 불던 아이는 트럼펫을 꺼내지도 못했죠.

"성공이다!" 어머니가 외쳤어요. "올던, 엄마한테 키스해 주겠니?"

어머니에게 입을 맞추고 호수 건너편을 쳐다보니 폴 마시모가 횃불 모양의 전등 불빛을 받으며 자기 쪽 나루터 끝 쪽에 서 있더군요. 그가 두고 보라는 듯이 한 손가락을 들었어요. 불길한 예감에 뱃속이 꿈틀거리더군요.

트럼펫 없는 아들(내가 일말의 지각이라는 게 있지 않을까 판단한 그 아들요.)이 영성체를 나르는 복사라도 된 듯 천천히, 경건하게 발사대를 바닥에 내려놓았어요. 케이프 커내버럴(케네디 우주센터가 있는 곳이다— 옮긴이)을 다룬 TV 프로그램이라면 모를까, 실제로는 본 적 없을 만큼 우라지게 큰 로켓이 그 안에 들어 있더군요. 폴이 한쪽 무릎을 꿇고 앉아서 도화선에 라이터를 갖다 댔어요. 그러고는 불똥이 튀기 시작하자 두 아들을 데리고 나루터에서 도망을 쳤어요.

그 새끼는 우리가 쏜 분노의 유령처럼 잠깐 뜸을 들이지도 않더라고요. 아폴로 19호처럼 솟구치며 뒤로 길게 꼬리를 남기는데 꼬리 색이 처음에는 파란색이었다가 자주색이었다가 다시 빨간색으로 바뀌었어요. 몇 초 뒤에 호수를 이쪽 끝에서 저쪽 끝까지 거의 뒤덮은 새 모양의 거대한 불꽃으로 별들이 가려지다시피 했어요. 그렇게 이글거리다 폭발하는데 당연히 조그만 새들이 튕겨져 나와서 온 사방을 수놓았겠죠?

관중들은 이성을 잃었어요. 다 큰 아들들이 아버지를 얼싸안고 아버지의 등을 두드리며 웃음을 터뜨리지 뭐예요.

"들어가자, 올던." 아버지가 돌아가신 뒤로 그렇게 슬픈 어머니의 목소리는 처음이었어요. "우리가 졌다."

"내년을 기약하자고요." 나는 어머니의 어깨를 토닥였어요.

"아니야." 어머니가 말했어요. "저 마시모 집안이 늘 한 수 위일 거야. **연줄이 있는** 사람들은 원래 그래. 우리처럼 어쩌다 한 몫 잡은 가난한 인간들은 거기에 만족해야겠지."

허름한 통나무집 계단을 올라가는데 호수 건너편의 근사한 대저택에서 마지막으로 트럼펫 소리가 들렸어요. 꽤애애애애애액! 머리가 지끈거리더군요.

하워드 가마슈 말로는 맨 마지막에 터진 폭죽이 운명의 수탉이라고 했어요. 자기도 유튜브에서 본 적 있는데 영상마다 뒤에서 사람들이 중국어로 떠들고 있었다고요.

"그 마시모라는 분이 무슨 수로 그걸 입수했는지 나도 모르겠네요." 하워드가 말했어요. 그게 한 달이 지난 작년 여름 말미, 내가 인디언 아일랜드에 있는 그의 2층짜리 천막으로 찾아가서 자초지종을 설명할 의욕이 생겼을 때 한 이야기예요. 선전을 펼쳤지만 결국에는 그들에게 못 미쳤다고 말이죠.

"나는 알겠는데요." 내가 말했죠. "중국에 사는 친구들이 마약을 부치면서 덤으로 넣어서 보냈겠죠. 자기들이랑 거래해 줘서 고맙다고 조그맣게 성의를 표시하는 차원에서. 그걸 누를 만한 제품 있어요? 엄마가 엄청 우울해하고 있거든요, 가마슈 씨. 엄마는 이제 때려치우겠다고 하시지만 나는…… 모든 걸 이길 만한 으뜸 중의 으뜸이 있다면…… 1000달러까지 지불할 용의가 있어요. 7월 4일 저녁에 엄마의 웃는 얼굴을 볼 수 있다면 그 돈이 아깝지 않겠어요."

하워드는 크기가 커다란 자갈만 한 양쪽 귀(진짜로 덩치가 어마어마했어요.)에 무릎을 대고 뒤 계단에 앉아서 고민에 잠겼어요.

머리를 굴리고 요모조모 따졌어요. 그러다 마침내 말문을 열었어요. "내가 들은 소문이 있긴 한데요."

"어떤 소문요?"

"제4종과의 조우라는 특별한 제품이 있다는 소문요. 화약 장난감을 매개로 연락을 주고받는 친구한테 들은 소문이에요. 그 친구 원래 이름은 샤이닝 패스인데 대개 조니 파커로 통해요. 뉴욕 주 올바니 근처에 사는 카유가 족이고요. 이메일 주소를 알려 줄 수 있지만 내가 먼저 이메일을 보내서 당신이 믿을 만한 사람이라고 알려준 다음이라야 답장을 보낼 거예요."

"그래주시겠어요?" 내가 물었죠.

"물론이죠. 하지만 먼저 쩐을 좀 내야 해요, 백인 양반. 50달러면 되겠는데."

내 조막만 한 손에서 그의 큼지막한 손으로 돈이 옮겨지자 그가 조니 샤이닝 패스 파커에게 이메일을 보내주었고, 내가 호숫가로 돌아가서 이메일을 보냈더니 그가 당장 답장을 보내 왔어요. 하지만 정부에서 아메리카 원주민이 보내는 이메일을 전부 읽어 본다며 제4종 이야기는 직접 만나서 해야 한다고 그러더군요. 나는 토를 달지 않았어요. 그 인간들이 이메일을 전부 읽어 본다는 걸 나도 알거든요. 그래서 우리는 만나기로 했고, 작년 10월 초쯤에 내가 그를 찾아갔어요.

당연히 어머니는 내가 무슨 일로 뉴욕 주 북부까지 찾아가는지 궁금해 했고 나는 거짓말로 둘러대려는 시도조차 하지 않았어요. 내가 아주 꼬맹이였을 때부터 거짓말을 하면 꼭 들통이 났거든요. 어머니는 고개만 젓더라고요. "그래야 속이 시원하겠으면 다녀와.

하지만 너도 알다시피 저들은 더 근사한 걸로 반격할 테고 우리는 결국 그 이탈리아 머저리의 트럼펫 소리를 들어야 할 거야."

"뭐, 그럴 수도 있겠죠." 나는 이렇게 대답했어요. "하지만 샤이닝 패스 씨 말로는 모든 폭죽을 끝장낼 수 있는 폭죽이라고 했어요."

그런데 서장님도 아시다시피 진짜 그랬단 말이죠.

거기까지 가는 길은 경치가 좋았고 조니 샤이닝 패스 파커는 괜찮은 친구였어요. 그의 천막이 있는 그린 아일랜드는 집들이 마시모의 트웰브 파인스만큼 널찍했고 그의 아내가 만든 엔칠라다(토르티야에 고기를 넣고 매운 소스를 뿌린 멕시코 음식 — 옮긴이)는 맛이 끝내줬어요. 뜨끈한 그린 소스를 얹어서 3개나 먹었더니 집으로 오는 길에 설사가 났지만 그건 상관없는 부분이고 아델이 다시 짜증을 내려고 하고 있으니 건너뛸게요. 차에 1회용 행주가 있어서 다행이었다는 말만 하고요.

"제4종을 사려면 특별 주문을 넣어야 해요." 조니가 말했어요. "중국에서도 1년에 9개월 동안 눈이 녹지 않고 아이들을 일부러 새끼 늑대들과 함께 키우는 외몽고인가 어디에서만 한 해에 겨우 서너 개 만들거든요. 그런 폭발물은 대개 토론토로 배송이 돼요. 내가 하나 주문해서 캐나다로 가지러 갈 수 있을 것 같은데 그쪽이 기름 값이랑 수고비를 대줘야 해요. 그나저나 들고 오다 걸리면 테러리스트로 레번워스 교도소 신세를 지게 될지 모르는데."

"맙소사, 그런 위험부담을 감수하게 할 생각은 없어요." 내가 말했죠.

"뭐, 내가 살짝 오버하는 것일 수도 있고요." 그가 말했어요. "하지만 제4종은 진짜 끝내주는 폭죽이에요. 지금까지 만들어진 적 없는. 호수 맞은편에 사는 친구가 그보다 더 대단한 걸 듣고 나오면 당신한테 받은 돈은 못 돌려주더라도 수수료는 돌려줄게요. 내가 그 정도로 자신 있다는 뜻이에요."

"게다가." 신디 샤이닝 패스 파커가 옆에서 거들었어요. "조니는 모험을 좋아하거든요. 엔칠라다 하나 더 드실래요, 매커즐랜드 씨?"

그걸 사양한 덕분에 버몬트의 어딘가에서 폭발할 위기를 넘겼는지 모르겠지만, 나는 한동안 이 일을 거의 잊고 있었어요. 그러다 설 직후에(이제 이야기가 거의 끝나가고 있어, 아델, 기쁘지?) 조니에게 전화를 받았어요.

"작년 가을에 이야기했던 그 물건 입수했어요." 그가 말했죠. "그런데 2000달러를 받아야겠어요."

나는 숨을 헉 들이마셨어요. "엄청 비싸네요?"

"아니라고는 못하겠지만 이런 식으로 생각해요. 당신네 백인들이 맨해튼을 24달러에 사들인 이래 우리가 보상받을 방법을 계속 찾는 중이라고." 그는 웃음을 터뜨렸어요. "농담 아니라 이제는 필요 없다고 해도 괜찮아요. 호수 맞은편에 사는 그 사람이 관심을 보일지 모르니까."

"설마요."

내 말에 그는 더 큰소리로 껄껄대고 웃었어요. "다시 한 번 강조하지만 이 제품은 장난이 아니라니까요? 내가 지금까지 몇 년 동안 폭죽을 수없이 팔았지만 이 비슷한 건 본 적이 없어요."

"어떤 식이길래요?" 내가 물었어요. "궁금하네."

"와서 직접 확인해요." 그가 말했어요. "인터넷으로 사진을 보내줄 생각은 없으니까. 게다가…… 음…… 터지기 전에는 별것 아니게 보이거든요. 이쪽으로 건너오면 비디오 보여 줄게요."

"갈게요." 이렇게 해서 나는 2일인가 3일 뒤에 정신을 차리고 면도를 하고 머리를 빗었죠.

이제 두 분, 내 말 좀 들어봐요. 내가 저지른 짓에 대해 변명할 생각은 없지만(어머니는 끌어들이지 말아 줘요. 그 빌어먹을 물건을 사온 사람도, 터뜨린 사람도 나였으니까.) 조니가 비디오로 보여 준 제4종은 내가 어젯밤에 쏘아올린 그 폭죽이 아니었어요. 비디오 속의 그 녀석은 훨씬 작았어요. 나는 심지어 조니랑 같이 그 물건이 담긴 상자를 트럭 뒤편에 실으면서 상자 크기에 대해서 짚고 넘어갔어요. "완충재를 엄청 많이 넣은 모양"이라고요.

"배송 도중에 무슨 일이 생기지 않도록 만전을 기울인 모양이네요." 조니는 그러더군요.

그도 몰랐던 거예요. 신디 샤이닝 패스 파커가 제대로 왔는지 상자를 열어서 확인해 보아야 하지 않겠느냐고 했지만 온 사방에 못질이 되어 있었고 내 눈이 예전만 못하기 때문에 어두워지기 전에 돌아오고 싶었어요. 하지만 속 시원하게 털어놓기로 한 마당이니까 사실은 그게 아니었다고 고백할게요. 술을 마실 수 있는 저녁 시간을 놓치고 싶지 않았던 거예요. 그게 진짜 이유였어요. 통탄할 일이라는 건 나도 알고 뭔가 조치를 취해야 한다는 것도 알아요. 감옥으로 끌려가면 저절로 기회가 생기지 않을까요?

어머니와 나는 다음 날 상자를 열고 우리가 산 물건을 확인했어요. 시내 집에서 있었던 일이에요. 코가 떨어지게 추운 1월이었으니까. 완충재로 넣은 중국 신문 비슷한 게 진짜로 있었지만 생각했던 것처럼 그렇게 많지는 않았어요. 제4종은 길이가 210센티미터쯤 되는 정육면체였고 갈색 종이로 싼 소포처럼 보였는데 종이가 번들번들하고 하도 묵직해서 꼭 캔버스 천 같았어요. 밑바닥에서 도화선이 고개를 내밀고 있었고요.

"이게 정말 하늘로 날아갈까?" 어머니가 물었어요.

"흠." 내가 말했어요. "날아가지 않는다면 어떤 최악의 상황이 벌어질 수 있을까요?"

"2000달러를 그냥 날리겠지." 어머니가 말했어요. "하지만 그게 최악의 사태는 아니야. 몇 십 센티 날아오르다 피유우우 하면서 호수 속으로 떨어지는 게 최악의 사태겠지. 그러면 벤 애플릭처럼 생긴 그 이탈리아 애가 트럼펫을 불 테니까."

우리는 그걸 전몰장병 추모일까지 차고에 두었다가 꺼내서 호수로 들고 갔어요. 올해에는 팝 앤더슨이나 하워드 가마슈한테서 다른 폭죽은 사지 않았어요. 하나에 올인한 거죠. 제4종이 터지던지 망하던지, 둘 중 하나였어요.

자, 이제 어젯밤 이야기를 할게요. 아베나키 호숫가에서 2014년 7월 4일 같은 날은 지금까지 없었고 앞으로도 두 번 다시는 없길 바라요. 우리도 여름 내내 어마어마하게 건조했다는 건 알았지만 그 걱정은 한 번도 한 적이 없어요. 뭐 하러 그 걱정을 하겠어요? 호수에다 대고 쏠 건데. 그보다 더 안전한 장소가 어디 있겠어요?

마시모 집안 사람들이 총출동해서 재미있게 놀고 있더군요. 음악을 틀고, 게임을 하고, 그릴 5개로 소시지를 구워 먹고, 호숫가에서 헤엄을 치고, 제트스키에서 다이빙을 하고. 다른 사람들도 호수 양쪽을 채웠어요. 심지어 늪으로 뒤덮인 남쪽과 북쪽에도 몇 명 있더라고요. 다들 이탈리아인과 미국인이 벌이는 올해의 7월 4일

빅 매치를 구경하러 나온 거였죠.

어스름이 깔리자 늘 그렇듯 드디어 샛별이 등장했고, 마시모 쪽 나루터에 달린 횃불 모양의 전등에 스포트라이트처럼 불이 들어 왔어요. 폴 마시모가 장성한 두 아들을 양옆에 하나씩 거느리고 거들먹거리며 그 안으로 걸어가는데 근사한 컨트리 클럽 댄스파티 라도 가는 듯한 복장이지 뭐예요! 아버지는 턱시도를, 두 아들은 라펠에 빨간 꽃이 달린 흰색 디너 재킷을 입었고, 벤 애플릭처럼 생긴 아들은 청부 살인업자처럼 트럼펫을 골반에 걸쳐놓고 있었어요.

주변을 둘러보니 호숫가를 따라 서 있는 구경꾼들이 전보다 더 많더군요. 못해도 1000명은 됐을 거예요. 그들은 공연을 보러 왔고 마시모 부자는 거기에 걸맞게 단장을 하고 나온 반면, 어머니는 평소에 입던 홈드레스 차림이었고 나는 낡은 청바지에 KISS ME WHERE IT STINKS, MEET ME IN MILLINOCKET이라고 적힌 티셔츠를 입고 있었어요.

"저 사람, 상자를 안 들고 나왔어, 올던." 어머니가 말했어요. "이유가 뭘까?"

나는 알 수가 없었기에 고개를 저었어요. 하나뿐인 우리의 폭죽은 낡은 누비이불을 덮고서 이미 우리 쪽 나루터 끝 쪽에서 대기하고 있었어요. 하루 종일 그 자리를 지키고 있었어요.

마시모가 먼저 시작하라는 뜻에서 평소처럼 공손하게 우리 쪽으로 손을 내밀었어요. 나는 고개를 젓고 아니라고, 이번에는 선생님이 먼저 하시라고 얘기하는 듯이 그들 쪽으로 손을 내밀었어요. 그는 어깨를 으쓱하더니 야구에서 주심이 홈런 신호를 보내듯 허공에 대고 손가락을 빙글빙글 돌리더군요. 약 4초 뒤에 꼬리를 길게 늘어뜨리며 솟아오르는 불꽃이 밤하늘을 뒤덮었고, 호수 위로 별과 물보라 모양의 폭죽이 쏟아졌고, 여러 개의 깡통이 한꺼번에 터지면서 꽃이며 분수며 뭔지 모를 모양들이 뿜어져 나왔어요.

어머니는 헉 소리를 냈어요. "저 추잡한 인간! 아예 불꽃놀이 팀을 데려왔구만! *전문가를!*"

네, 그거였어요. 그는 더블 엑스칼리버와 울프팩이 맨 마지막에 등장하는 20분짜리 스카이 쇼에 만에서 만 5000달러를 투자했을 거예요. 호숫가의 관중들은 우레와 같은 함성을 터뜨리고, 자동차 경적을 울리고, 환호하고 비명을 질렀어요. 벤 애플릭처럼 생긴 녀석이 뇌출혈을 일으킬 정도로 세게 트럼펫을 불었지만 총천연색으로 하늘을 대낮처럼 환히 밝힌 포격 연습 소리 때문에 들리지도 않았죠. 불꽃놀이 팀이 폭죽을 발사하는 지점에서 연기가 피어올랐지만 호수 쪽으로는 한 가닥도 움직이지 않았어요. 전부 집 쪽으로 움직였지. 트웰브 파인스 쪽으로 말이에요. 그걸 알아차렸어야 하는 거 아니냐고 하실지 모르겠지만 몰랐어요. 어머니도 마찬가지였고요. 아무도 몰랐어요. 다들 넋을 잃었거든요. 마시모는 우리에게 메시지를 보내고 있었어요. 게임 끝이다. 내년에는 꿈도 꾸지 마라, 이 한심한 양키놈들아.

잠시 정적이 흘렀고 이제 끝났나 보다는 생각이 들었을 때 2줄의 불꽃이 분수처럼 솟구치자 돛이며 이것저것이 달린 이글거리는 대형 선박이 하늘을 가득 채웠어요. 하워드 가마슈에게 들은 게 있어서 그게 뭔지 나도 알았어요. 웅선. 중국 배였어요. 불꽃이 잦아들자 호숫가를 메운 구경꾼들은 흥분을 가라앉혔고, 마시모가 폭죽 전문가들에게 마지막으로 신호를 보내자 호수 위로 미국

국기가 떴어요. 음향기기에서 「아메리카 더 뷰티풀」이 흘러나오는 가운데 빨갛고 하얗고 파랗게 이글거리는 불덩이들이 사방으로 발사됐어요.

마침내 국기가 다 타서 없어지고 주황색 숯덩이만 남았어요. 계속 나루터 끝 쪽에 서 있던 마시모가 미소를 지으며 우리를 향해 손을 들더군요. 꼭 이렇게 말하는 것 같았어요. 어떤 허접한 쓰레기를 들고 나왔는지 모르겠지만 어서 쏘아 올리시지, 매커즐랜드. 그래야 이 시합을 끝낼 수 있을 것 아닌가. 올해를 마지막으로 영원히.

나는 어머니를 쳐다보았어요. 어머니는 나를 쳐다보았고요. 어머니가 남은 술(간밤에 마신 술은 문케이크였어요.)을 호수에 뿌리더니 이렇게 얘기했어요. "꺼내. 눈밭에 오줌구멍 내는 수준일지 몰라도 이왕 산 거 쫘 보기는 해야지."

얼마나 고요했는지 기억이 나요. 개구리들은 아직 다시 울음을 터뜨리기 전이었고 딱한 아비새들도 다음 날 아니면 내년 여름을 기약하며 짐을 싸서 떠나고 없었거든요. 호숫가에서 우리 차례를 기다리는 사람들도 많았지만 응원하던 팀이 대패해서 되밭아칠 가망이 영영 사라진 팬들처럼 집으로 발걸음을 옮기기 시작한 사람들이 더 많았어요. 119번 고속도로와 연결된 레이크 대로, TR-90을 타고 체스터스 밀까지 갈 수 있는 프리티 비치까지 줄줄이 이어지는 불빛들이 보이더라고요.

이왕 할 거면 한번 제대로 해 보자는 생각이 들었어요. 불발이 나더라도 남은 사람들이 배꼽 빠져라 웃을 수 있게. 올해로 끝이라 내년에는 들을 일이 없다고 생각하니 염병할 트럼펫 소리마저 견딜 수 있었어요. 어머니의 표정을 보니 나와 같은 생각을 하고 있다는 걸 알 수 있었어요. 심지어 어머니의 젖가슴마저 고개를 숙이고 있는 것처럼 느껴지더라고요. 간밤에 너무 꼭 끼어서 아프다며 브래지어를 벗어 버렸기 때문일 수도 있겠지만.

내가 공연을 하는 마술사처럼 누비이불을 홱 젖히자 2000달러를 주고 산(마시모는 웅선 하나에만 2배의 비용을 들였을지 모르지만) 정사각형의 폭죽이 모습을 드러냈죠. 캔버스 천처럼 묵직한 종이로 꽁꽁 싸져 있고 짧고 두툼한 도화선이 한쪽 끝에서 고개를 내밀고 있는 그것이요.

나는 그걸 가리킨 다음 하늘을 가리켰어요. 그러자 잔뜩 차려입고 나루터 끝 쪽에 서 있던 마시모 3부자가 웃음을 터뜨렸고 트럼펫이 고함을 질렀어요. 꽤애애애애애액!

도화선에 불을 붙였더니 불꽃이 튀기 시작했어요. 그 망할 것이 발사대에서 폭발할 수도 있으니 어머니를 뒤로 잡아당겼어요. 도화선이 상자까지 타들어가더니 사라졌어요. 우라질 상자는 그 자리에 가만히 놓여 있었고요. 마시모의 아들이 트럼펫을 입 쪽으로 가져갔지만 아직 불지는 못했을 때 상자 밑에 짜부라져 있다시피 했던 불꽃이 솟구쳤는데 처음에는 속도가 느렸지만 불이 옮겨 붙은 제트 엔진(내가 보기에는 제트 엔진이었어요.) 숫자가 많아질수록 점점 빨라졌어요.

위로, 위로. 3미터, 6미터, 12미터. 별들을 배경으로 정사각형의 형체만 어렴풋이 보이는 게 전부였어요. 15미터에 다다르자 모두들 고개를 빼고 쳐다보는 가운데 조니 샤이닝 패스 파커가 보여주었던 유튜브에서 그랬던 것처럼 녀석이 폭발했어요. 어머니와 나는 환호성을 질렀죠. 모두들 환호성을 질렀어요. 마시모 집안 사람들만 당황하고 살짝 업신여기는(호수 이쪽에서 잘 보이지는 않았지만) 표정이었어요. 꼭 이렇게 생각하는 것 같더라고요. 폭발하는 상자가 뭐라고 저 지랄들이야?

하지만 제4종은 거기서 끝이 아니었어요. 눈이 불빛에 적응이 되자 사람들이 탄성을 터뜨렸어요. 접혔던 종이 같은 게 펼쳐지면서 온갖 빛깔로, 몇 개는 지금까지 본 적도 없는 빛깔로 활활 타오르기 시작했거든요. 종이가 염병할 비행접시로 변했어요. 하느님이 성스러운 우산을 펴듯 점점 넓게 펼쳐지면서 사방으로 불덩이를 발사하기 시작했어요. 하나가 폭발할 때마다 불덩이들이 더 뿜어져나와서 비행접시 위로 무지개 비슷한 게 만들어졌어요. 두 분도 휴대전화로 촬영한 동영상을 봐서 알 테죠. 전화기가 있는 사람이라면 누구나 동영상을 찍었을 텐데 법정에 증거물로 제시되겠지만 동영상으로는 그 장관의 진가를 100퍼센트 느낄 수 없어요.

어머니는 내 팔을 움켜쥐고 있었어요. "정말 멋지다." 어머니가 말했죠. "그런데 나는 지름이 2.5미터밖에 안 될 줄 알았는데. 인디언 친구가 그렇게 얘기하지 않았니?"

맞아요. 그런데 내가 쏘아올린 폭죽은 지름이 *6미터*였고, 열댓 개 되는 낙하산을 펼치고 둥둥 떠서 더 많은 빛깔과 불꽃과 분수와 섬광 폭탄을 터뜨리며 계속 커졌어요. 마시모 집안의 폭죽쇼를 전부 합친 것만큼 화려하지는 않았지만 웅선보다는 화려했어요. 그리고 그게 맨 마지막 차례였잖아요. 사람들은 맨 마지막에 본 걸 기억하기 마련이고요, 안 그래요?

어머니는 고장 난 경첩에 달린 문처럼 입을 떡 벌리고 전 지구를 통틀어 가장 순진한 머저리처럼 하늘을 올려다보고 있는 마시모 집안 사람들을 보더니 춤을 추기 시작했어요. 벤 애플릭은 트럼펫을 들고 있다는 사실을 잊어버리기라도 한 것처럼 손에 대롱대롱 매달아놓았더군요.

"우리가 이겼어!" 어머니는 주먹을 흔들며 나를 향해 비명을 질렀어요. "우리가 결국 해냈어, 올던! 저들을 봐, 패배자의 얼굴이잖아! 지금까지 쓴 돈이 *하나도 아깝지가 않네!*"

어머니는 나도 같이 춤을 추길 바랐지만 내 눈에 뭔가 꺼림칙한 게 보였어요. 그 비행접시가 동쪽, 그러니까 트웰브 파인스 쪽으로 바람에 떠밀려가고 있더라고요.

폴 마시모도 보았는지 당신이 띄운 물건이니 아직 호수 위에 있을 때 당신이 끌어내리라는 듯이 나를 향해 손가락질을 하더군요. 당연히 나는 그럴 방법이 없었고, 그러는 와중에도 그 우라질 물건은 멈추지 않을 기세로 불덩이를 날리고 로켓과 포탄과 소용돌이 모양의 분수를 터뜨렸죠. 그러더니 음악을 뚱땅거렸어요. 조니 샤이닝 패스가 보여준 동영상이 무음 모드였기 때문에 그럴 줄 전혀 몰랐는데, 5개의 음을 두디두덤디 하면서 계속 반복했어요. 「미지와의 조우」(스티븐 스필버그 감독의 초기작으로 1977년에 개봉된 영화. 원제가 *Close Encounters of the Third Kind*, 즉 제3종과의 조우이다 — 옮긴이)에서 우주선이 내는 소리였어요. 그렇게 따라라 디, 따라라 두 하고 있을 때 염병할 비행접시에 불이 옮겨붙었어요. 돌발 상황이었는지 아니면 의도된 최후 효과였는지 그건 나도 모르겠어요. 그걸 붙들고 있던 낙하산에까지 불이 옮겨붙자 그 염병할 것이 추락하기 시작했어요. 처음에는 호수를 벗어나기 전에 떨어지겠거니, 그게 아니면 마시모 집안의 제트스키 위로 떨어지겠거니 했어요. 그것도 난처한 상황이긴 하지만 최악은 아니잖아요. 그런데 바로 그때 대자연이 마시모 집안에 신물이라도 난 것처럼 세찬 돌풍이 불었어요. 어쩌면 그 육시랄 트럼펫에 신물이 난 것일 수도 있을 테고요.

아무튼 서장님도 그 집 명칭의 유래를 아실 텐데 그 12그루의 소나무가 바짝 마른 상태였단 말이죠. 기다란 현관 양옆으로 소나무가 1그루씩 서 있었는데 제4종이 그 위로 추락했어요. 나무들이 금세 활활 타오르는데 크기만 좀 더 클 뿐, 마시모 집안 쪽 나루터 끝에 달린 횃불 모양의 전등하고 생김새가 비슷하더군요. 먼저 솔잎이, 그 다음에는 가지가, 그 다음에는 몸통이 불길에 휩싸였어요. 마시모 집안 사람들은 집을 밟힌 개미 떼처럼 온 사방으로 달음박질을 쳤어요. 불붙은 나뭇가지가 현관 위 지붕으로 떨어지자 거기도 금세 활활 타오르기 시작했어요. 그러는 동안에도 그 듣기 좋은 멜로디는 조용히 계속됐죠. 두디두덤디.

우주선이 둘로 갈라졌어요. 절반은 잔디밭으로 떨어져서 그나마 다행이었는데 나머지 절반이 마지막으로 로켓을 몇 발 터뜨리며 지붕 위로 내려앉는 바람에 로켓이 2층 유리창을 관통하면서 커튼에 불을 질렀죠.

어머니가 나를 돌아보며 말했어요. "흠, *저건 조짐이 별로 좋지 않은데.*"

"그러게요." 내가 말했어요. "상당히 안 좋아 보이네요."

어머니가 말했어요. "소방서에 전화하는 게 좋겠다, 올던. 사실 두세 군데에 연락하는 게 좋겠다. 안 그러면 호수에서 캐슬 카운티 경계선까지 나무들이 전부 숯덩이로 변하겠어."

내가 통나무집으로 가서 전화를 하려고 몸을 돌리는데 어머니가 내 팔을 붙잡았어요. 얼굴에 장난기 어린 미소를 머금고서 말이죠. "저것 좀 보고 가."

어머니가 호수 건너편을 손가락질했어요. 그 즈음에는 집 전체가 불길에 휩싸였으니 어머니가 뭘 말하는지 헷갈리고 말고 할 것도 없었죠. 그쪽 나루터에 아무도 없고 염병할 트럼펫만 남겨져 있더군요.

"내가 저지른 짓이라고 해." 어머니가 말했어요. "이 일로 교도소 신세를 지겠지만 그래도 상관없어. 저 우라질 물건을 잠잠하게 만들었잖니."

저기 아델, 나 물 한 잔만 마실 수 있을까? 목이 타는 듯이 마르네.

* * *

베누아 경관이 올던에게 물을 한 잔 가져다주었다. 그녀와 앤디 클러터벅은 물을 벌컥벌컥 마시는 그를 지켜보았다. 깡마른 몸에 면바지와 민소매 티셔츠를 입었는데 벗어져 가는 머리는 희끗희끗했고, 잠을 못 잔데다 간밤에 마신 60도짜리 문퀘이크 때문에 얼굴은 초췌했다. 올던이 말했다.

"그래도 다친 사람은 없잖아요. 그건 다행이에요. 숲이 홀라당 타버리지 않은 것도 다행이고요."

"다행히 바람이 잠잠해져서 그런 거였지."

앤디의 말에 아델도 거들었다.

"그리고 다행히 3개 도시의 소방차가 대기 중이었고. 7월 4일에는 술에 취해서 폭죽을 터뜨리는 바보들이 항상 있기 마련이라 그날 밤에는 관행처럼 그러지만."

올던이 말했다.

"다 내 잘못이에요. 그건 인정해 주었으면 좋겠어요. 그 우라질 물건을 산 사람도 나였고 그걸 발사한 사람도 나였어요. 어머니는 이 사건과 아무 상관없어요."

그는 잠깐 말을 멈추었다.

"마시모도 그렇다고 인정하고 어머니는 건드리지 말아 주었으면 좋겠어요. 그는 **연줄이 있는** 인간이니까요."

앤디가 말했다.

"그 집 식구들은 20 몇 년째 아베나키 호수에서 여름을 보내고 있고, 내가 아는 한 폴 마시모는 적법한 사업가일세."

올던이 말했다.

"그렇겠죠. 알 카포네처럼 말이죠."

엘리스 경관이 면회실 유리창을 두드리더니 앤디를 가리키며 전화가 왔다는 뜻에서 엄지와 새끼손가락을 세워 보인 다음 손짓으로 불렀다. 앤디는 한숨을 쉬고 면회실을 빠져나갔다.

아델 베누아는 올던을 빤히 쳐다보았다.

"별 개똥같은 경우를 예전에도 본 적 있고 경찰이 된 이후에는 더 자주 봤지만 이건 일등상 감이네."

"나도 알아. 아무 변명도 하지 않을게."

올던은 고개를 떨구며 말했다. 그러더니 얼굴을 환히 빛냈다.

"하지만 얼마나 장관이었는지 몰라. 본 사람들은 절대 잊지 못할 거야."

아델은 교양 없는 소리를 냈다. 저 멀리서 사이렌 소리가 들렸다.

잠시 후에 돌아온 앤디가 자리에 앉았다. 처음에 그는 아무 말도 하지 않고 허공만 멍하니 바라보았다.

"어머니하고 연관 있는 전화였나요?"

올던이 물었다.

"어머니 전화였어. 자네하고 통화하고 싶다고 했는데 지금 다른 일로 바쁘다고 했더니 메시지를 전해 달라고 하시더군. 럭키스 다이너에서 전화를 하는 건데, 호수 맞은편의 이웃과 앉아서 근사한 브런치를 먹었대. 그 이웃이 여전히 턱시도를 입고 있고 식대를 계산했다고 전해 달라고 하셨어."

앤디의 말에 올던이 외쳤다.

"그자가 어머니를 협박했대요? 그 개자식이⋯⋯."

"앉아, 올던. 진정해."

올던은 반쯤 일어서려다 말고 천천히 자리에 앉았지만 주먹을 불끈 쥐었다. 큼지막한 주먹이라 주인이 마음만 먹으면 얼마든지 피해를 줄 수 있을 것처럼 보였다.

"그리고 마시모 씨가 고소할 생각이 없다는 말도 전해 달라고 했어. 두 집안이 바보 같은 경쟁을 벌였으니 양쪽 모두 책임이 있다면서. 어머니 말로는 마시모 씨가 지난 일은 묻어 두기 바란다고 했다는군."

올던의 울대뼈가 올라갔다 내려오는 것을 보고 아델은 어렸을 때 가지고 놀던 장대 위의 원숭이 장난감을 떠올렸다.

앤디가 몸을 앞으로 숙였다. 웃고 싶지 않은데 참을 수가 없을 때 사람들이 그렇듯 일그러진 표정으로 미소를 머금고 있었다.

"그리고 마시모 씨가 남은 폭죽이 그렇게 된 걸 안타깝게 생각한다고도 했어."

"남은 폭죽이라뇨? 좀 전에 얘기했다시피 올해에는 그것 말고는……."

"내가 하는 얘기 잠자코 듣기나 해. 메시지 잊어버리지 않게."

올던은 입을 다물었다. 밖에서 두 번째 사이렌, 세 번째 사이렌 소리가 연거푸 들렸다.

"부엌에 있던 거. 그 폭죽들. 어머니 말로는 상자를 난로 옆에 너무 바짝 붙여서 놓은 것 같다던데. 그랬던 거 기억나?"

"어……."

"기억을 더듬어 봐, 올던. 이 개떡 같은 상황을 종료하고 싶은 마음이 굴뚝같으니까."

올던이 말했다.

"아마…… 그랬던 것 같아요."

"이 무더운 7월 저녁에 난로는 왜 켜 놓았느냐고 묻지는 않을게. 30년 동안 경찰 일을 하다 보니 술 취한 사람들은 별의별 이상한 생각들을 한다는 걸 알거든. 자네도 동의하지?"

올던은 인정했다.

"음…… 네. 술 취한 사람들은 예측이 불가능하죠. 그리고 문퀘이크는 치명적이고요."

"그래서 아베나키 호숫가에 있었던 자네 통나무집이 잿더미로 변한 거야."

"아니 이런 개 같은 일이!"

"이걸 가지고 개를 욕하면 되겠어? 보험은 들어놓았나?"

"아, 그럼요. 보험은 좋은 거잖아요. 아버지가 돌아가셨을 때 깨달았어요."

"마시모도 들어놨다더군. 어머니가 그 이야기도 전해 달라고 하셨어. 베이컨과 달걀을 사이에 두고 이로써 피장파장이라고 합의를 보았다고. 그 점에 대해 동의하나?"

"어…… 그의 집이 우리 통나무집보다 훨씬 컸는데요."

"그가 들어 놓은 보험으로 차액이 커버될 거야. 나중에 공판이 열리겠지만 일단 귀가해도 좋아."

앤디는 자리에서 일어섰다.

올던은 고맙다고 인사했다. 그러고는 그들의 생각이 바뀌기 전에 얼른 빠져나갔다.

앤드와 아델은 면회실에 앉아서 서로 쳐다보았다. 마침내 아델이 말문을 열었다.

"불이 났을 때 매커즐랜드 부인은 어디 있었대요?"

앤디가 말했다.

"마시모가 럭키스에서 바닷가재 베네딕트와 삶은 감자튀김을 사겠다고 찾아왔을 때까지 여기 있었지. 아들이 공판으로 넘겨지는지 아니면 구치소로 넘겨지는지 확인하느라. 보석으로 빼낼 수 있게 공판으로 넘겨지길 바라면서. 엘리스가 그러는데 마시모가 부인의 허리를 감싸 안고 여기서 데리고 나갔다더군. 부인의 허리 둘레를 감안하면 팔이 상당히 긴 모양이야."

"매커즐랜드 통나무집에 불을 지른 범인은 누구라고 생각하세요?"

"분명히 단정 지을 수는 없겠지만 내 짐작을 밝히라면 마시모의 아들들이 밤중에 저지른 짓이라고 하겠어. 남은 폭죽을 난로 옆에(아니면 그 위에) 놓은 다음 활활 잘 타게 난로 가득 불쏘시개를 넣었겠지. 생각해 보면 타이머를 맞춘 폭탄을 던진 거나 다름없다고 볼 수 있어."

"맙소사."

아델이 말했다.

"취중 폭죽 소동으로 귀결된 건 유감스러운 일이지만 누이 좋고 매부 좋게 퉁치게 된 건 잘된 일이지."

아델은 생각해 보더니 입술을 오므리고 「미지와의 조우」에 나오는 5음짜리 멜로디를 휘파람으로 불었다. 다시 한 번 불어 보려고 했지만 웃음이 터지는 바람에 입술이 풀려 버렸다.

앤디가 말했다.

"제법인데? 그걸 트럼펫으로 연주해 볼 수도 있겠나?"

마셜 닷지를 추억하며

여름 천둥

단편집의 최후를 장식하기에 인류의 최후를 다룬 이야기보다 더 어울리는 작품이 있을까. 같은 주제로 장황한 이야기도 출간한 적 있지만 여기에서는 초점이 거의 바늘 수준으로 인류의 최후에 맞추어져 있다. 사랑해 마지않던 1986년형 할리 소프테일 오토바이를 생각하며 쓴 작품이라는 것 말고는 딱히 할 말이 없는데, 이제는 어쩌면 그 녀석을 탈 기회가 영영 없어졌을지 모른다. 그걸 타고 100킬로미터로 달리면 나뿐 아니라 남들까지 위험해질 정도로 반사 신경이 둔해졌기 때문이다.

그 오토바이를 얼마나 사랑했던가. 「불면증」을 쓴 뒤에 그 녀석을 타고 메인에서 캘리포니아까지 달리다 어느 날 저녁, 캔자스의 어딘가에서 서쪽으로 지는 해와 동쪽에서 뜨는 큼지막한 주황색의 달을 본 적이 있었다. 나는 오토바이를 세우고 가만히 바라보며 내 평생 그렇게 아름다운 일몰은 처음이라는 생각을 했다.

아, 그런데 이 「여름 천둥」은 로빈슨과 그의 이웃, 간달프라는 이름의 떠돌이 개가 등장하는 작품 속 배경과 많이 비슷한 곳에서 집필된 원고다.

간달프가 괜찮으면 로빈슨도 괜찮았다. 모든 게 양호하다는 뜻이라기보다 하루하루 살아나가는 데 별 문제가 없다는 뜻이었다. 그는 요즘도 다이애나와 엘런이 살아 있는 꿈을 꾸고 종종 눈물을 흘리며 한밤중에 눈을 뜨지만 방 한구석의 담요 위에서 잠이 든 간달프를 안아서 침대에 눕히면 대개 다시 잠을 청할 수 있었다. 간달프의 입장을 말하자면 어디서 자든 상관없었고 로빈슨이 끌어안아도 싫지 않았다. 그곳은 따뜻하고 보송보송하고 안전했다. 그는 구조를 받았다. 간달프에게 중요한 건 그것뿐이었다.

챙겨야 할 생명체가 하나 추가되자 사는 게 즐거워졌다. 로빈슨은 19번 도로를 타고 시골 상점까지 8킬로미터를 달려가(간달프는 픽업트럭 조수석에 앉아서 귀를 쫑긋 세우고 두 눈을 반짝였다.) 사료를 장만했다. 상점에는 주인이 없었고 당연히 약탈을 당했지만 유카누바 개 사료는 아무도 들고 가지 않았다. 6월 6일 이후에 반려동물은 우선순위에서 맨 끝으로 밀려났다. 로빈슨이 짐작하기로는 그랬다.

그럴 때가 아니면 그 둘은 호숫가에 머물렀다. 식료품 저장실에 먹을 것들이 많았고 1층에도 이런저런 물품들이 상자째 쌓여 있었다. 예전에 그는 다이애나가 인류의 종말을 예견하는 모양이라고 농담처럼 얘기했었는데 입방정의 여파를 제대로 맞았다. 사실상 둘이서 같이 맞은 셈이었다. 다이애나도 인류의 종말을 예측했다면 에머슨 대학을 탐방한답시고 딸을 데리고 보스턴에 가지 않았을 것이다. 혼자서 축내고 있으니 죽을 때까지 식량이 동날 일은 없을 것이었다. 그것만큼은 분명했다. 팀린이 말하길 이제 그들은 끝장이라고 했다.

그는 끝장이 이렇게 근사할 줄은 몰랐다. 날은 따뜻하고 구름한 점 없었다. 예전 같으면 포콤턱 호수가 모터보트와 제트스키 들로 난리가 났을 텐데(그러면 노인들은 그 때문에 물고기들이 죽는다고 툴툴거렸을 텐데) 올 여름에는 아비새들 말고는 고요했고…… 밤마다 우는 아비새의 숫자도 나날이 주는 듯했다. 처음에는 다른 사고회로와 더불어 슬픔으로 망가진 그의 상상력의 소산인 줄 알았지만 팀린이 아니라고 했다.

"숲새들이 대부분 사라진 거 못 느꼈어? 아침이 돼도 박새가 공연을 벌이지 않고 정오가 돼도 까마귀 소리가 들리지 않잖아. 9월이면 아비새들도 사라질 거야, 이런 짓을 저지른 바보들처럼. 물고기들은 좀 더 버티겠지만 결국에는 사라지겠지. 사슴, 토끼, 다람쥐처럼."

그런 야생동물 이야기라면 반론의 여지가 없었다. 로빈슨도 간달프와 함께 카슨 코너스 잡화점(**버몬트 치즈와 시럽을 이곳에서 구입하세요!**라고 적힌 전면 입간판이 이제는 기름 한 방울 나오지 않는 주유기 옆에 엎어져 있었다.)으로 가는 길에 죽어서 호수길가에 쓰러진 10여 마리의 사슴을 본 적이 있었고, 19번 도로 양옆으로는 그보다 더 많았다. 하지만 대학살의 피해 규모가 가장 큰 곳은 숲속이었다. 바람이 동쪽에서 호수 쪽으로 불어오면 악취가 어마어마했다. 날이 따뜻해서 더욱 심각했으니 핵겨울이란 말은 어떻게 된 영문인지 궁금할 따름이었다.

"아, 나중에 찾아올 거야."

팀린은 흔들의자에 앉아서 나무 밑으로 아롱거리는 햇빛을 물끄러미 바라보며 이렇게 말했다.

"지구가 아직까지 충격을 흡수하는 중이거든. 게다가 마지막으로 보도된 바에 따르면 남반구가, 아시아 거의 대부분은 말할 것도 없고 어쩌면 걷히지 않을지 모르는 구름으로 뒤덮였다잖아. 있을 때 햇빛을 즐기라고, 피터."

그가 뭐라도 즐길 수 있는 상황이었던가. 그와 다이애나는 엘런의 학교가 결정되면 영국으로 여행을 다녀오자고(신혼여행 이후 처음으로 장기 휴가를 누리는 셈이었다.) 이야기를 하던 중이었다.

엘런. 그는 생각했다. 난생 처음 진지하게 사귄 남자친구와 헤어진 충격을 극복하고 다시 미소를 짓기 시작하던 참이었는데.

       *   *   *

    대참사 이후 화창한 늦여름이 계속되는 동안 로빈슨은 간달프의 목걸이에 목줄을 연결하고(6월 6일 이전에는 녀석의 이름이 뭐였는지 알 길이 없었다. 목걸이에 매사추세츠 주에서 예방접종을 했다는 꼬리표만 달려 있었다.) 이제는 하워드 팀린 혼자 사는 부유한 단지까지 3킬로미터 거리를 날마다 산책했다.

    예전에 다이애나는 그 길을 인증샷의 천국이라고 불렀다. 호수까지 이어지는 아찔한 비탈길과 뉴욕까지 65킬로미터의 풍경이 내려다보였다. 도로가 갈고리처럼 급하게 꺾이는 지점에는 **운전 조심!**이라고 적힌 표지판이 세워져 있었다. 여름에 놀러오는 아이들은 이곳을 죽음의 커브길이라고 불렀다.

    여기서 1.5킬로미터만 더 가면 우드랜드 에이커스(인류 최후의 날이 찾아오기 전부터 베일에 싸인 고급 주택 단지였다.)가 나왔다. 정중앙을 차지한 자연석 건물에는 끝내주는 전망과 5성급 셰프와 1000가지 브랜드의 '맥주 창고'("못 마시는 게 부지기수야." 팀린이 말했다. "진짜야.")를 갖춘 레스토랑이 있었다. 그 주변의 수풀이 우거진 골짜기에 그림과도 같은 20여 채의 '시골집'이 드문드문 자리를 잡고 있었는데, 그중 몇 채는 6월 6일을 기점으로 문을 닫은 대기업의 소유였다. 6월 6일까지 임자가 없었던 집도 많았고 이후 정신없는 열흘이 지나는 동안 몇 안 되는 사람들도 방사능 피해가 없다는 캐나다로 피신했다. 그것도 비행기 운항에 필요한 기름이 남았을 때의 이야기였지만.

    우드랜드 에이커스의 사장인 조지와 엘런 벤슨 부부는 남았다.

이혼남이자 먼저 떠나보내고 슬퍼할 아이도 없고 캐나다 이야기가 헛소문이라는 걸 알았던 팀린도 남았다. 그러다 7월 초에 벤슨 부부가 약을 먹고 건전지로 돌아가는 축음기로 베토벤을 들으며 눈을 감았다. 그래서 이제 팀린 혼자 남았다.

그는 호기롭게 팔을 흔들며 로빈슨에게 말했다.

"보이는 게 전부 내 것이야. 그리고 언젠가는 자네 것이 될 거야."

날마다 에이커스까지 걷다 보면 로빈슨의 상실감과 혼돈감이 가셨다. 햇빛이 매혹적이었다. 간달프는 덤불을 향해 코를 킁킁거리며 보이는 덤불마다 오줌을 누려고 했다. 숲속에서 무슨 소리가 들리면 용감하게 짖으면서 로빈슨 옆으로 도망쳤다. 목줄이 필요한 경우는 죽은 다람쥐와 얼룩다람쥐가 보일 때뿐이었다. 간달프는 그것들이 보이면 오줌을 누는 게 아니라 잔해 위에서 뒹굴고 싶어 했다.

우드랜드 에이커스 레인은 이제 로빈슨 혼자 사는 산장 대로에서 갈라져 나온 샛길이었다. 예전에는 구경꾼이나 그처럼 월급에 매여 사는 일반인들을 차단하느라 문이 닫혀 있었지만 지금은 24시간 열려 있었다. 비스듬히 내리쬐는 부연 햇살이 우뚝한 가문비나무와 소나무 못지않게 오래 된 것처럼 느껴지는 숲을 관통하고, 4개의 테니스 코트와 퍼팅 그린을 지나고, 관광용 말들이 죽어서 쓰러져 있는 마구간 뒤편을 뱅 돌아서 800미터쯤 구불구불 길이 이어졌다. 팀린의 시골집은 단지 맨 끝에 있었다. 방 4개와 화장실 4개, 옥외 욕조와 사우나가 갖추어진 소박한 주택이었다.

"혼자 살면서 방이 4개나 있을 필요가 있었나요?"

로빈슨이 예전에 한 번 물어본 적이 있었다.

"몰라. 하지만 전부 방이 4개야. 폭스글로브, 애로, 라벤더만 5개고. 라벤더에는 볼링장도 있어. 온갖 편의 시설이 갖추어져 있고. 하지만 어렸을 때 가족들이랑 여기 놀러왔던 시절에는 실외 변소에서 볼일을 보았어. 진짜야."

팀린이 말했다.

로빈슨과 간달프가 찾아가면 팀린은 대개 널찍한 앞 베란다의 흔들의자에 앉아서(그의 집은 베로니카였다.) 책을 읽거나 건전지로 돌아가는 CD 플레이어에서 흘러나오는 음악을 듣고 있었다. 로빈슨이 목줄을 풀어 주면 간달프(귀가 스패니얼을 닮았을 뿐 견종을 알 수 없는 잡종이었다.)는 계단을 달려 올라갔다. 팀린은 몇 번 쓰다듬은 뒤에 녀석의 희끗희끗한 회색 털을 여기저기 조심스럽게 잡아당겼고 털이 뽑히지 않으면 늘 똑같은 말을 했다.

"신기하단 말이지."

* * *

8월 중순의 이 화창한 날에 간달프는 팀린의 흔들의자에 잠깐 들러서 그의 맨 발목에 코를 대고 잠깐 킁킁거리더니 종종걸음으로 계단을 내려와 숲속으로 사라졌다. 팀린은 추억의 명화 속에 등장하는 인디언 식으로 손바닥을 들어 보이며 인사를 건넸다.

로빈슨도 똑같이 화답했다.

팀린이 물었다.

"맥주 한 잔 할 텐가? 시원해. 호수에 담갔다가 좀 전에 꺼냈어."

"오늘의 술은 오래된 쓰레기인가요 아니면 초록색의 마운틴 듀인가요?"

"둘 다 아니야. 창고에 버드와이저가 한 상자 있었어. 자네도 기억할 테지만 맥주의 제왕 아닌가. 그걸 뜯었지."

"그렇다면 기꺼이 동참하겠습니다."

팀린은 끙 소리를 내며 자리에서 일어나 좌우로 살짝 뒤뚱거리며 안으로 들어갔다. 그가 로빈슨에게 말하길 2년 전에 고관절을 기습한 관절염이 거기에 만족하지 않고 발목까지 마수를 뻗었다고 했다. 로빈슨은 물어본 적 없었지만 팀린은 나이가 70대 중반인 듯했다. 호리호리한 체구를 보면 평생 관리를 하며 건강하게 살았다는 것을 알 수 있었지만 그 건강이 이제 무너지기 시작했다. 로빈슨은 요즘 들어 육체적으로 이보다 더 컨디션이 좋았던 적이 없었다는 생각이 드는데, 앞으로 남은 날이 얼마나 적은지를 감안하면 아이러니컬한 일이었다. 서로 죽이 잘 맞기는 했지만 팀린에게 그가 반드시 필요한 존재는 아니었다. 기이하도록 아름다운 이 여름이 저물어가는 가운데 그를 필요로 하는 존재는 간달프밖에 없었다. 그래도 상관없었다. 지금으로서는 간달프만으로 충분했다.

한 남자와 반려견의 조합이라고 할까. 그는 생각했다.

문제의 그 개는 6월 중순, 비쩍 마르고 후줄근한 모습으로 숲속에서 튀어나왔다. 털에는 산우엉 가시가 엉켰고 주둥이에는 깊은 상처가 나 있었다. 그 당시 로빈슨은 손님용 침실에 누워서(다이애나와 함께 쓰던 침대에 차마 누울 수가 없었다.) 상심과 우울로 불면의 밤을 보내며 이제 그만 포기하고 끈을 놓을 날이 머지않았음을 느끼고 있었다. 몇 주 전만 해도 그런 사람을 보았다면 나약하다고 했겠지만 그 뒤로 깨달은 명백한 사실이 몇 가지 있었다.

고통은 멈출 가능성이 없었다. 상심도 멈출 가능성이 없었다. 그리고 그에게 남은 인생이 길지 않았다. 숲속에서 동물들이 썩어 가는 냄새를 맡으면 어떤 미래가 기다리고 있는지 알 수 있었다.

덜거덕거리는 소리가 들렸을 때 처음에는 사람인가 했다. 아니면 목숨을 부지한 곰이 그의 식료품 냄새를 맡았나 했다. 하지만 전기가 아직 끊기기 전이라 전등이 집 앞 진입로를 환하게 밝히고 있었고, 문을 긁다가 현관 위로 몸을 웅송그리기를 반복하는 회색의 자그마한 개가 거기에 비쳐 보였다. 로빈슨이 문을 열자 녀석은 귀를 뒤로 눕히고 꼬리를 감추며 뒷걸음질을 쳤다.

"안으로 들어오지 그래?"

로빈슨이 말하자 녀석은 더 이상 망설이지 않고 안으로 들어왔다.

녀석은 로빈슨이 준 물을 게걸스럽게 핥아먹었고 프루던스 쇠고기 통조림은 대여섯 입 만에 해치웠다. 식사가 끝나자 로빈슨은 물리지 않기만을 바라며 녀석을 쓰다듬었다. 녀석은 물기는커녕 그의 손을 핥았다.

"네 이름은 간달프야. 『반지의 제왕』에 나오는 그 간달프."

로빈슨은 이렇게 말하고 눈물을 흘렸다. 이 무슨 어처구니없는 반응이냐고 자신을 나무라고 싶었지만 어처구니없는 반응이 아니었다. 이제 새로운 가족이 생겼다.

* * *

"자네의 그 오토바이는 어떻게 됐나?"

팀린이 물었다.

그들은 맥주를 두 잔째 마시고 있었다. 이 잔을 비우면 로빈슨
과 간달프는 집까지 3킬로미터를 걸어가야 했다. 그는 시간을 너
무 지체하고 싶지 않았다. 해가 지면 모기들이 극성을 부렸다.

'팀린의 주장이 맞는다면 그 흡혈 곤충들이 나약한 인간들을
대신해서 이 지구를 물려받겠지. 빨아먹을 피가 남아 있을지 모르
겠지만.'

그는 팀린에게 말했다.

"배터리가 방전됐어요. 아내가 50살이 되면 오토바이를 팔겠다
고 약속하라고 그랬는데. 50살이 넘으면 반사 신경이 느려져서 위
험하다면서요."

"언제 50살이 되는데?"

"내년요."

로빈슨은 대답했다. 그러고는 이 어이없는 현실에 웃음을 터뜨
렸다.

"오늘 아침에 이가 하나 빠졌어. 내 나이에 별일 아닐 수 있지
만……"

팀린이 말했다.

"변기에 핏방울이 떨어져 있던가요?"

팀린이 말하길 그것이 고도 피폭의 첫 번째 증상이라고 했고
그는 이 분야에 대해서 로빈슨보다 아는 게 훨씬 많았다. 로빈슨
이 아는 것이라고는 6월 5일에 제네바 평화회담이 핵 섬광 속으로
사라졌을 때 아내와 딸이 보스턴에 있었고, 인류가 자멸한 그 다
음 날에도 계속 보스턴에 있었다는 사실뿐이었다. 하트퍼드에서

마이애미까지 미국의 동부 해안은 대부분 잿더미로 변했다.

팀린이 말했다.

"그 부분에 대해서는 묵비권을 행사하겠네. 자네 개가 오는군. 발바닥을 확인해 봐. 다리를 살짝 절고 있어. 왼쪽 뒷다리 같은데."

하지만 간달프의 발바닥에 박힌 가시는 없었고 팀린이 그의 털을 살짝 잡아당기자 이번에는 궁둥이 털이 한 움큼 뽑혔다. 간달프는 털이 빠진 줄도 모르는 눈치였다. 두 남자는 서로 쳐다보았다.

한참 만에 로빈슨이 말했다.

"피부병 때문일 수 있어요. 아니면 스트레스 때문이거나. 개들은 스트레스를 받으면 털이 빠지잖아요."

"그럴지도 모르지."

팀린은 호수를 가로질러 서쪽을 쳐다보고 있었다.

"저녁노을이 장관이겠어. 하긴 지금은 뭐든 아름답지. 크라카타우(인도네시아의 화산. 1883년 폭발 당시 발생한 해일로 3만 여 명이 사망했다 — 옮긴이)가 1883년에 폭발했을 때도 그랬잖아. 이건 크라카타우를 1만 개 합친 만큼의 강도였지만."

그는 허리를 숙여서 간달프의 머리를 쓰다듬었다.

"인도하고 파키스탄 때문에 이렇게 됐죠."

로빈슨이 말했다.

팀린은 다시 허리를 폈다.

"음, 그렇지. 하지만 다른 나라에서도 전투 대세에 돌입할 수밖에 없지 않았나? 심지어 체첸군마저 몇 개 안 되는 무기를 픽업트럭에 실어서 모스크바로 보냈잖아. 이 무기를 갖춘 나라가(아니, *집단이*) 얼마나 많은지 전 세계 사람들이 애써 잊어버리기라도 한 것처럼."

"아니면 모두가 이 무기의 위력을 애써 잊어버리기라도 한 것처럼 말이죠."

팀린은 고개를 끄덕였다.

"맞아. 우리는 재무한계를 놓고 너무 전전긍긍했고 바다 건너 친구들은 어린이 미인대회를 중단하고 유로화의 환율을 높이는 데 집중했지."

"캐나다도 우리나라만큼 오염이 됐을까요?"

"정도의 차이는 있겠지. 뉴욕보다는 버몬트가 낫고 버몬트보다는 캐나다가 나을지 몰라. 하지만 결국에는 오염이 될 거야. 게다가 그 나라로 건너간 사람들이 대부분 이미 환자인걸. 키에르케고르가 남긴 책 제목을 도용하자면 죽음에 이르는 병에 걸린 환자. 맥주 한 잔 더 할 텐가?"

"이제 그만 돌아가는 게 좋겠어요. 가자, 간달프. 운동 좀 하자꾸나."

로빈슨은 자리에서 일어섰다.

"내일 또 볼 수 있을까?"

"오후 느지막이 올게요. 오전에는 할 일이 있어서요."

"무슨 일인지 물어봐도 되겠나?"

"거기까지 왕복할 수 있을 만큼 기름이 남았을 때 베닝턴에 다녀오려고 해요."

팀린은 눈썹을 추켜세웠다.

"오토바이 배터리를 구할 수 있는지 알아보려고요."

＊　＊　＊

　간달프는 절뚝거림이 점점 심해지기는 했지만 어느 정도까지는 제발로 걸어갔다. 그러다 죽음의 커브길에 다다르자 호수 위로 비친 석양을 감상이라도 하려는 것처럼 그냥 주저앉았다. 지는 해가 시뻘건 혈관을 꿈틀거리며 주황색으로 이글거리고 있었다. 녀석이 낑낑거리며 왼쪽 뒷다리를 핥았다. 로빈슨은 그 옆에 잠깐 앉아 있었지만 모기 정찰부대가 증원 병력을 호출하자 간달프를 안고 다시 걷기 시작했다. 집에 도착했을 무렵 로빈슨의 팔은 후들거렸고 어깨는 욱신거렸다. 간달프가 5킬로그램, 아니 2~3킬로그램만 더 나갔어도 녀석을 그냥 두고 트럭을 가지러 갔어야 했을 것이다. 더위를 먹었기 때문인지 아니면 맥주를 두 잔 마셨기 때문인지 아니면 양쪽 모두 때문인지 머리도 지끈거렸다.

　가로수가 늘어선 집 앞 내리막길은 그림자로 덮여 있었고 집 자체는 어둠이었다. 발전기가 몇 주 전에 작동을 멈추었다. 석양이 칙칙한 자주색으로 잦아들었다. 그는 현관까지 터벅터벅 걸어가서 간달프를 내려놓고 문을 열었다.

　"들어가."

　간달프는 끙끙대며 일어나려고 하다가 주저앉았다.

　로빈슨이 다시 안아 올리려고 허리를 숙인 순간, 간달프가 다시 기운을 냈다. 이번에는 문지방을 넘어서 숨을 헐떡이며 옆으로 벌러덩 쓰러졌다. 개의 위쪽 벽에, 로빈슨이 사랑했지만 이제는 세상을 떠난 사람들의 사진이 20장 넘게 걸려 있었다. 이제 그는 다이애나와 엘런의 번호로 전화를 걸어서 녹음이 된 그들의 목소리를 들을 수도 없었다. 발전기가 작동을 멈춘 직후에 그의 전화기도 사망했고 그 전부터 휴대전화는 아예 연결이 되지 않았다.

그는 식료품 저장실에서 폴란드 스프링 생수를 한 병 꺼내 간달프의 물그릇에 붓고 사료를 한 숟가락 넣었다. 간달프는 물만 몇 모금 마시고 사료는 먹지 않았다. 로빈슨이 쪼그리고 앉아서 녀석의 배를 긁어 주자 털이 한 움큼씩 빠졌다.

그는 생각했다.

'정말 순식간이네. 오늘 아침까지만 해도 멀쩡했는데.'

* * *

로빈슨은 손전등을 들고 집 뒤편의 별채로 나갔다. 호수 위에서 아비새가 울었다. 딱 한 마리였다. 오토바이는 방수천으로 덮어 놓았다. 그는 천을 벗기고 반짝이는 차체를 전등으로 요리조리 비추어 보았다. 2014년형 팻밥으로 산 지 몇 년 지났지만 주행거리는 짧았다. 5월부터 10월까지 7000에서 8000킬로미터씩 달리던 시절은 끝났다. 그래도 그는 여전히 팻밥을 몰고 지난 2~3년 동안 다녀 본 길이나마 다시 한 번 달리는 꿈을 꾸었다. 공랭식 트윈캠 엔진. 6단 기어. 거의 1700cc에 달하는 배기량. 그리고 그 소리! 여름 천둥 같은 그런 소리를 낼 수 있는 오토바이는 할리뿐이었다. 신호등에 걸려서 쉐보레 옆에 서면 차 안에 갇힌 운전자들이 대개 문을 잠갔다.

로빈슨은 핸들을 손으로 훑다가 한쪽 다리를 넘겨서 발판에 발을 얹고 안장에 걸터앉았다. 다이애나는 이제 그만 팔아야 한다

고 점점 더 언성을 높였고, 그가 타고 나갈라치면 버몬트에서는 헬
멧 착용이 법적으로 의무화된 이유가 있다고 거듭 강조했다. 뉴햄
프셔나 메인의 바보들과는 다르기 때문이라고 했다. 이제 그는 원
하면 헬멧 없이 타고 다닐 수 있었다. 그런들 다이애나의 잔소리를
듣거나 경찰의 제지를 받을 일이 없었다. 원하면 알몸으로 타고 다
닐 수도 있었다.

"내릴 때 배기관을 조심하긴 해야겠지만."

그는 이렇게 말하고 웃음을 터뜨렸다. 할리를 방수천으로 다시
덮지 않고 집 안으로 들어갔다. 간달프는 앞발 위에 코를 얹고 로빈
슨이 깔아 준 담요 위에 누워 있었다. 사료에는 입도 대지 않았다.

"좀 먹어야지."

로빈슨은 간달프의 머리를 쓰다듬으며 말했다.

"그래야 기운이 날 텐데."

* * *

다음 날 아침, 간달프의 엉덩이를 중심으로 담요에 빨간 자국이
남았고 아무리 애를 써도 녀석은 일어나지 못했다. 두 번의 시도
끝에 포기하자 로빈슨이 안아서 밖으로 데리고 나갔다. 간달프는
잔디밭에 누워 있다가 끙끙대며 몸을 일으켜 웅크리고 앉았다. 혈
변이 쏟아져 나왔다. 간달프는 부끄러운 듯이 저만치 기어가서 주
저앉고는 애절한 눈빛으로 로빈슨을 바라보았다.

이번에는 로빈슨이 안아 올리자 간달프가 고통의 비명을 질렀
다. 으르렁거렸지만 그를 물지는 않았다. 로빈슨은 녀석을 집 안으

로 데려가 담요 위에 내려놓았다. 허리를 펴고 그의 손을 쳐다보니 털 범벅이었다. 손바닥을 마주대고 털자 털이 민들레 홀씨처럼 날렸다.

그는 간달프에게 말했다.

"괜찮을 거야. 그냥 배탈이 살짝 난 거야. 내가 딴 데 보고 있는 동안 빌어먹을 다람쥐를 한 마리 먹은 모양이지. 거기 가만히 누워서 쉬어. 내가 돌아올 때쯤이면 컨디션이 좀 더 괜찮아져 있을 거야."

* * *

실버라도에는 아직 연료가 반쯤 남아 있었다. 100킬로미터 거리의 베닝턴까지 다녀오고 남을 양이었다. 로빈슨은 먼저 우드랜드 에이커스에 들러서 팀린에게 필요한 게 없는지 물어보기로 마음먹었다.

마지막으로 남은 그의 이웃은 베로니카 현관의 흔들의자에 앉아 있었다. 얼굴이 새하얬고 눈 밑에 자주색 주머니가 달려 있었다. 로빈슨이 간달프 얘기를 하자 팀린은 고개를 끄덕였다.

"나도 화장실을 들락거리느라 밤새 거의 못 잤어. 우리 둘이 같은 바이러스에 감염이 된 모양이야."

그는 농담이라는 뜻에서 미소를 지어 보였지만 별로 재미있는 농담이 아니었다.

그는 베닝턴에서 사다주길 바라는 건 없지만 오는 길에 들러 달라고 했다.

"*자네*한테 필요한 게 나한테 있을지 모르거든."

* * *

버려진 차량들이 고속도로 곳곳에 흩뿌려져 있어서 베닝턴까지 가는 속도가 생각보다 더뎠다. 로빈슨은 정오가 거의 다 됐을 무렵에서야 킹덤 할리데이비슨의 전면 주차장으로 들어설 수 있었다. 쇼윈도는 깨지고 진열품은 모두 사라졌지만 뒤편에는 남은 오토바이가 많았다. 플라스틱으로 덮인 강철 케이블과 튼튼한 오토바이용 자물쇠로 도난 방지 조치가 취해졌기 때문이었다.

그래도 상관없었다. 로빈슨이 슬쩍하려는 물건은 배터리였다. 그가 점찍은 팻밥은 그의 오토바이보다 1~2년 뒤에 출시된 모델이었지만 같은 배터리를 쓰는 듯했다. 그가 픽업트럭 바닥에서 공구상자를 꺼내 임팩트(2년 전 생일 때 딸에게 선물 받은 테스터였다.)로 체크해 보니 초록불이 들어왔다. 배터리를 떼어 내고 전시실로 들어가 지도 뭉텅이를 찾았다. 시골길까지 가장 자세하게 그려진 지도를 참고한 덕분에 3시쯤 호숫가로 돌아갈 수 있었다.

가는 길에 죽은 동물을 숱하게 목격했다. 시멘트 블록으로 된 어느 이동식 주택 계단 옆에는 몸집이 어마어마하게 큰 무스가 쓰러져 있었다. 잡초로 뒤덮인 이동식 주택의 잔디밭에는 손으로 적은 팻말이 꽂혀 있었다. 팻말에 적힌 단어는 단 2마디였다. **천국이 머지않았다.**

* * *

베로니카의 현관에는 아무도 없었지만 로빈슨이 문을 두드리자 안에서 팀린이 들어오라고 외쳤다. 그는 그 어느 때보다 창백한 얼굴을 하고 가식적으로 소박한 분위기를 풍기는 거실에 앉아 있었다. 한손에 큼지막한 리넨 냅킨을 들고 있었다. 점점이 핏자국이 묻은 냅킨이었다. 그의 앞 커피 테이블에 3가지 물건이 놓여 있었다. 『버몬트의 아름다운 풍경』이라는 제목의 도감과 노란색 수액이 가득 든 주사기 그리고 권총이었다.

"와 줘서 고맙네. 자네한테 작별인사도 없이 떠나고 싶지는 않았거든."

팀린이 말했다.

로빈슨은 맨 처음 떠오른 말(뭘 그렇게 서두르세요)이 얼마나 어처구니없는 반응인지 알았기 때문에 잠자코 있었다.

"이가 대여섯 개 빠졌어. 하지만 가장 심각한 문제는 그게 아니야. 지난 12시간 동안 내장을 거의 비운 느낌이거든. 그런데 섬뜩한 건 거의 아프지도 않다는 거야. 내가 50대에 치질에 걸렸을 때보다 덜 아파. 나중에 고통이 찾아오겠지만(지금까지 읽은 게 있어서 그렇다는 걸 알아.) 그걸 고스란히 느낄 때까지 여기 남아 있을 생각은 없어. 배터리는 구했나?"

"네."

로빈슨은 대답하고 털썩 주저앉았다.

"맙소사, 하워드. 정말 유감이네요."

"고맙네. 자네는? 자네는 상태가 어때?"

"육체적으로요? 괜찮아요."

100퍼센트 진실은 아니었다. 일광화상이라고 볼 수 없는 붉은 반점이 팔뚝에 꽃을 피웠고 오른쪽 젖꼭지 위쪽에도 생겼다. 그 부위가 가려웠다. 그리고…… 아침을 게우지는 않았지만 속이 많이 부대꼈다.

팀린은 몸을 앞으로 숙이고 주사기를 손끝으로 두드렸다.

"데메롤(모르핀과 유사한 진통제 — 옮긴이)이야. 원래는 그걸 맞고 버몬트 사진을 계속 보고 있으려고 했어. 그런데 생각이 바뀌었어. 총이 좋겠어. 주사기는 자네한테 주겠네."

"저는 아직 마음의 준비가 되지 않았는데요."

"자네 말고 개한테 쓰라고. 고통에 시달릴 이유가 없잖은가. 폭탄을 만든 게 개들도 아니고."

"다람쥐를 먹어서 그런 거 아닐까요?"

로빈슨은 힘없이 물었다.

"그게 아니라는 걸 자네도 알고 나도 알잖아. 설령 그렇다 한들 죽은 동물들은 코발트 캡슐이나 다름없을 만큼 방사능 덩어리야. 지금까지 살아 있은 게 기적이지. 그 녀석과 함께 보낸 시간을 고맙게 여기도록 해. 일말의 품위. 착한 개한테서 지켜 줘야 할 건 그거 아니겠나. 일말의 품위."

팀린은 그를 빤히 쳐다보았다.

"내 앞에서 울지 마. 자네가 그러면 나도 눈물이 터질 테니까 남자답게 굴라고. 냉장고에 6개 들이 버드와이저가 1팩 더 있어. 그걸 왜 거기 넣어 뒀는지 모르겠지만 습관이 무섭더군. 한 개씩 마시게 가지고 와 주겠나? 미지근한 맥주라도 없는 것보다는 낫잖

아. 우드로 윌슨이 한 말이 아닌가 싶은데. 간달프를 위해 건배하세. 그리고 자네의 새 오토바이 배터리를 위해서. 그동안 나는 화장실에 좀 다녀와야겠어. 좀이 아니라 시간이 걸릴 수도 있겠지만."

로빈슨은 맥주를 가지러 갔다. 제자리로 돌아와 보니 팀린이 보이지 않았고 거의 5분 동안 감감무소식이었다. 잠시 후에 그가 이런저런 것들을 붙잡아가며 천천히 돌아왔다. 바지를 벗고 허리에 큼지막한 수건을 동여매고 있었다. 자리에 앉는 순간 아파서 살짝 비명을 질렀지만 로빈슨이 내민 맥주 캔을 받아들었다. 그들은 간달프를 위해 건배하고 맥주를 마셨다. 과연 미지근했지만 못 마실 정도는 아니었다. 이러니저러니 해도 맥주의 제왕 아닌가.

팀린이 총을 집었다.

"전형적인 빅토리아 스타일로 자살할 거야."

그는 상상하며 즐거워하는 눈치였다.

"총으로 관자놀이를 겨누고. 다른 쪽 손으로는 눈을 가리고. 잔인한 세상이여, 안녕."

"나는 서커스단원이 되러 떠나네(제임스 대런이 부른 「잔인한 세상이여 안녕」의 가사다 — 옮긴이)."

로빈슨은 무의식적으로 중얼거렸다.

팀린은 몇 개 남지 않은 이를 드러내며 껄껄대고 웃었다.

"그러면 좋겠지만 과연 그럴 수 있을까? 내가 어렸을 때 트럭에 치인 적 있다는 얘기했던가? 우유 배달하는 트럭에 말이야."

로빈슨은 고개를 저었다.

"1957년이었어. 나는 그때 15살이었고, 자동차를 얻어 타고 트래버스 시티로 가서 동시 상영되는 영화를 보려고 22번 고속도로

쪽으로 미시건의 어느 시골길을 걸어가고 있었지. 같은 반 여학생 생각을 하면서(다리가 얼마나 길고 예쁘고 가슴이 얼마나 봉긋했는지 몰라.) 갓길과 멀찌감치 떨어져서 터벅터벅. 그런데 언덕 꼭대기를 넘어온 우유 배달 트럭이(과속이었어.) 나를 정면으로 치고 지나갔어. 우유가 가득 들었다면 내가 즉사했겠지만 빈 트럭이었기 때문에 가벼웠고, 덕분에 나는 75살까지 살아서 물이 내려가지도 않는 변기에 대고 내장을 비우는 게 얼마나 뭣 같은 일인지 경험하고 있지."

이 말에는 적절하게 대꾸할 방법이 없을 듯했다.

"배달 트럭이 언덕 꼭대기를 넘어오는 순간 앞유리창에 번쩍 하고 반사되는 햇빛이 보였고 그러고는…… 암흑이었어. 머릿속을 관통한 총알에 내가 지금까지 생각하고 경험했던 모든 것들이 파괴되면 그 비슷한 현상이 나타나지 않을까 싶은데."

그는 대학교수처럼 한 손가락을 들었다.

"다만 이번에는 그 뒤로 아무것도 없겠지. 우유 배달 트럭 앞유리창에 햇빛이 반사되듯 번쩍 하고는 끝이겠지. 그 생각을 하면 황홀한 동시에 사무치도록 우울해."

로빈슨이 말했다.

"좀 기다려 보세요. 만에 하나……"

팀린은 눈썹을 추켜세우고 정중하게 기다렸다.

"젠장, 모르겠어요."

로빈슨은 이렇게 말하고 잠시 후에 자기도 놀랄 정도로 버럭 고함을 질렀다.

"그 인간들은 무슨 짓을 저지른 걸까요? 그 새끼들이 무슨 짓을 저지른 걸까요?"

"그들이 무슨 짓을 저질렀는지 자네도 완벽하게 알잖아. 우리가 지금 그 결과물과 더불어 살고 있고. 피터, 자네가 그 개를 사랑한다는 거 알아. 정신과 의사들은 히스테리성 전환이라고 부르는 전이된 사랑이지만 주어진 현실에 만족해야 하는 법이고, 제정신이 반만이라도 박힌 사람이라면 그거라도 고맙게 생각해야겠지. 녀석의 목 깊숙이 주사바늘을 꽂아. 움찔할 수 있으니까 목걸이를 꽉 잡고."

로빈슨은 맥주를 내려놓았다. 더는 마시고 싶지 않았다.

"제가 집에서 나왔을 때 상태가 상당히 안 좋았어요. 이미 죽었을지 몰라요."

*   *   *

하지만 간달프는 죽지 않았다.

로빈슨이 방 안으로 들어서자 피로 물든 담요를 꼬리로 두 번 두드리며 고개를 들었다. 로빈슨은 그 옆에 앉았다. 간달프의 머리를 쓰다듬으며 정면으로 직시하면 단순하기 그지없는 사랑의 운명에 대해 생각했다. 간달프는 로빈슨의 무릎에 머리를 얹고 그를 올려다보았다. 로빈슨은 셔츠 주머니에서 주사기를 꺼내 바늘에 씌워진 덮개를 벗겼다.

"너는 좋은 녀석이야."

그는 이렇게 말하며 팀런이 시킨 대로 간달프의 목걸이를 잡았다. 용기를 그러모으고 있었을 때 총소리가 들렸다. 거리가 있다 보니 어렴풋했지만 호수가 워낙 잠잠해서 착각의 여지가 없었다. 그 소리는 뜨거운 여름 공기를 관통하며 점점 희미해지는 바람에 메아리치지 못하고 사라졌다. 간달프가 귀를 쫑긋 세우자 황당하면서도 위안이 되는 생각이 로빈슨의 머릿속에 떠올랐다. 어쩌면 팀린의 말이 전부 맞았을 수도 있었다. 그럴 수 있었다. 고개를 들면 복도처럼 끝없이 이어지는 별들이 보이는 세상에서는 뭐든 가능했다. 어쩌면…….

어쩌면.

그가 주사바늘을 꽂았을 때 간달프는 그를 계속 쳐다보고 있었다. 잠깐 동안 개의 눈빛이 영리하게 반짝였고, 그 빛이 사라지기 전 무한한 순간 동안 로빈슨은 시간을 되돌릴 수만 있다면 되돌리고 싶어졌다.

그는 마지막 아비새가 한 번 더 울어 주길 바라며 방바닥에 한참 동안 앉아 있었지만 아비새는 울지 않았다. 그는 별채로 나가서 삽을 찾아들고 아내의 꽃밭에 구덩이를 팠다. 동물들이 간달프의 시체를 파낼 걱정이 없으니 깊게 팔 필요가 없었다.

다음 날 아침에 일어나보니 로빈슨의 입에서 쇠 맛이 느껴졌다. 고개를 들자 베개에 들러붙었던 뺨이 떨어졌다. 밤 동안 코와 잇몸에서 피가 난 탓이었다.

* * *

그날도 날이 화창했고 아직 여름인데도 단풍이 슬금슬금 들기 시작했다. 로빈슨은 별채에서 팻밥을 끌고 나와 깊은 정적 속에서 천천히, 조심스럽게 배터리를 교체했다.

작업이 끝나자 스위치를 켰다. 초록색 중립 표시등에 불이 들어왔지만 약간 깜빡거렸다. 그는 스위치를 끄고 나사를 단단히 조인 다음 다시 켰다. 이번에는 불빛이 깜빡거리지 않았다. 시동을 걸자 특유의 그 소리(여름 천둥소리)가 정적을 뒤흔들었다. 신성 모독적이었지만 신기하게 좋은 쪽으로 신성 모독적이었다.

로빈슨이 다이애나를 만나기 1년 전인 1998년에 사우스다코타에서 해마다 열리는 스터지스 모터사이클 랠리에 처음이자 마지막으로 참가했던 기억을 떠올린 것도 당연한 수순이었다. 혼다 GB 500을 몰고 정선 가를 천천히 달리며 2000대가 벌이는 퍼레이드에 동참했던 것과, 오토바이들이 한데 포효하는 소리가 워낙 커서 물리적인 현상처럼 느껴졌던 것이 생각났다. 그날 밤에는 캠프파이어가 열렸고 스톤헨지처럼 쌓아놓은 마셜 앰프에서 스톤스와 AC/DC와 메탈리카가 끝없이 함성을 질렀다. 문신을 한 여자들은 모닥불 앞에서 반라로 춤을 추었다. 수염을 기른 남자들은 희한한 헬멧에 맥주를 담아서 마셨다. 나름대로 판박이 문신을 한 아이들은 폭죽을 흔들며 온 사방을 뛰어다녔다. 섬뜩하고 놀랍고 근사했고, 세상의 옳고 그른 모든 일이 한 곳에서 완벽하게 초점이 맞추어졌다. 머리 위에서는 그날도 별들이 복도처럼 이어졌다.

로빈슨은 팻보이의 엔진을 고속으로 공회전하다 스로틀에서 손을 뗐다. 다시 엔진을 고속으로 공회전하다 스로틀에서 손을 뗐다. 또다시 엔진을 고속으로 공회전하다 스로틀에서 손을 뗐다. 기름이 연소되는 진한 냄새가 집 앞길을 가득 메웠다. 온 세상이 죽어가고 있었지만 당분간이나마 정적을 몰아낼 수 있어서 좋았다. 그래서 기뻤다.

'엿 먹어라, 정적아. 네가 타고 다니는 그 말도 엿이나 먹으라 그래. 이게 *내* 말이거든. 내 철마. 어떠냐?'

그는 클러치를 잡고 발끝으로 1단 기어를 넣었다. 집 앞길로 내달려 몸을 오른쪽으로 기울이며 기어를 2단으로, 다시 3단으로 바꾸었다. 도로가 흙길이었고 군데군데 파였지만 오토바이는 홈을 별 무리 없이 지나갔고 그럴 때마다 로빈슨의 몸이 앉은 자리에서 위아래로 들썩였다. 다시 코피가 났다. 뺨을 타고 흘러내린 피가 굵게 방울진 채 뒤로 날아갔다. 그는 점점 더 몸을 심하게 기울이며 첫 번째 커브, 두 번째 커브를 지났고 짧은 곡선구간에 진입하자 기어를 4단으로 바꾸었다. 팻밥은 달리고 싶어 했다. 그 빌어먹을 별채에서 너무 오랫동안 먼지를 뒤집어쓰고 있었다. 로빈슨의 오른쪽으로 포콤턱 호수가 언뜻 보였다. 태양이 파란 거울 같은 수면 위로 누르스름한 황금빛 자취를 남기고 있었다. 로빈슨을 고함을 지르며 하늘을 향해(우주를 향해) 한쪽 주먹을 휘두르다가 다시 핸들을 잡았다. **운전 조심!**이라고 적힌 표지판이 세워져 있는, 갈고리 모양의 죽음의 커브길이 눈앞에 등장했다.

로빈슨은 표지판을 향해 달리며 스로틀을 끝까지 돌렸다. 막판에 가까스로 기어를 5단으로 바꿀 수 있었다.

커트 서터와 리처드 치즈머에게 바친다

옮긴이 | 이은선

연세대학교 중문과와 같은 학교 국제학대학원 동아시아학과를 졸업했다. 편집자와 저작권 담당
자로 일했으며, 현재는 전문 번역가로 활동 중이다. 옮긴 책으로는 『탐정 아리스토텔레스』, 『통
역사』, 『포의 그림자』, 『몬스터』, 『딸에게 보낸 편지』, 『노 임팩트 맨』, 『셜록 홈즈 실크 하우스의
비밀』, 『11/22/63』, 『닥터 슬립』, 『셜록 홈즈 모리아티의 죽음』, 『미스터 메르세데스』, 『파인더
스 키퍼스』, 『엔드 오브 왓치』 등이 있다.

악몽을 파는 가게 2

1판 1쇄 펴냄 2017년 11월 9일
1판 6쇄 펴냄 2022년 9월 29일

지은이 | 스티븐 킹
옮긴이 | 이은선
발행인 | 박근섭
편집인 | 김준혁
펴낸곳 | 황금가지

출판등록 | 2009. 10. 8 (제2009-000273호)
주소 | 06027 서울 강남구 도산대로 1길 62 강남출판문화센터 5층
전화 | 영업부 515-2000 **편집부** 3446-8774 **팩시밀리** 515-2007
홈페이지 | www.goldenbough.co.kr

도서 파본 등의 이유로 반송이 필요할 경우에는 구매처에서 교환하시고
출판사 교환이 필요할 경우에는 아래 주소로 반송 사유를 적어 도서와 함께 보내주세요.
06027 서울 강남구 도산대로 1길 62 강남출판문화센터 6층 민음인 마케팅부

한국어판 © ㈜민음인, 2017. Printed in Seoul, Korea
ISBN 979-11-5888-333-1 04840
ISBN 979-11-5888-282-2 04840(set)

㈜민음인은 민음사 출판 그룹의 자회사입니다.
황금가지는 ㈜민음인의 픽션 전문 출간 브랜드입니다.

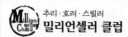

추리·호러·스릴러
밀리언셀러 클럽